D1865446

Für Christine

mit den besten

Wünschen

Carola S. Ossig

Jan. 2018

mainbook

Das Buch

Jolanda, Tochter von Staatsanwalt Volker Schilling, mit dem Hauptkommissarin Jessica Steinfels seit Jahren eng zusammenarbeitet, wurde vergewaltigt und mit eingeschlagenem Schädel tot im Grüneburgpark aufgefunden. Jessica schwört ihm, Jolandas Mörder zu finden. Doch bevor sie ihr Versprechen einlösen kann, erhält sie die an sie persönlich gerichtete anonyme Ankündigung eines Mordes. Was zunächst wie ein übler Scherz wirkt, entpuppt sich als Auftakt einer brutalen Mordserie, bei der der Täter fast täglich ein neues Opfer hinrichtet. Jessicas Ermittlungen führen sie nicht nur tief in die Vergangenheit von Täter und Opfern, sie offenbaren auch Abgründe, die schier unglaublich sind – und die sie auf eine Spur führen, von der sie sich wünscht, sie niemals entdeckt zu haben.

Die Autorin

Carola Sieglinde Ossig wurde 1964 in Offenbach geboren und widmet sich, nach einem kaufmännisch geprägten Berufsweg, seit 2016 nur noch dem Schreiben. Angeregt durch Abschnitte ihrer Berufserfahrung hat sich Carola S. Ossig mit den Abgründen der menschlichen Psyche näher befasst und lässt dieses Wissen in ihre Werke einfließen. Sie lebt mit ihrem Mann in Hessen und ist Mutter eines erwachsenen Sohnes. Carola S. Ossig ist Mitglied der „Mörderischen Schwestern, Vereinigung deutschsprachiger Krimiautorinnen e.V.“ Bisherige Veröffentlichungen: „Besondere Tage wie diese“ (Kurzgeschichten, 2014). „36, attraktiv, sucht“ (Liebesgeschichte mit Tiefgang, 2015). „Nebeltanz“ ist ihr Krimi-Debüt. Homepage: www.carola-s-ossig.de

Carola S. Ossig

Nebeltanz

Kriminalroman

Anmerkung der Autorin

Alle im Buch beschriebenen Inhalte sind frei erfunden. Ähnlichkeiten mit realen Begebenheiten oder Namensgleichheiten mit lebenden oder verstorbenen Personen sowie Firmen wären rein zufällig und sind in keiner Weise beabsichtigt. Besonders das Don-Bosco-Internat und die damit verbundenen Figuren sind fiktiv. Ebenso die St.-Blasius-Kirche in Frankfurt-Bonames. Wo konkrete Adressen genannt werden, stimmen zwar die Straßennamen, aber die Handlungen beziehen sich nicht auf real existierende Gebäude.

ISBN 978-3-946413-86-8

Lektorat: Mara Laue
Covergestaltung: Olaf Tischer
Covermotiv: © Manuel Dorn (Fotograf, www.manueldorn.de)

Auf der Verlagshomepage finden Sie weitere spannende Bücher:
www.mainbook.de

Hoffnung
sieht das Unsichtbare,
fühlt das Unfassbare
und erzielt das Unerklärbare.

Maximilian Maria Kolbe
(1894 – 1941)

Hoffnung lässt leben – oder sterben.

Taunus-Internat – 1979

Prügel von den Lehrern, Kakerlaken im Essen, Fliegen im Pudding, Ekel, Abscheu und Angst sind meine ständigen Begleiter. Ich sitze in unserem Klassenraum in der ersten Reihe, wir tragen kurze Hosen. Vorne zu sitzen ist besonders unangenehm. Ich kann meine nackten Beine nicht verbergen. Herr Dickensdorf ist unser Lateinlehrer. Er versteht keinen Spaß. Wenn wir unsere Vokabeln nicht aus dem Effeff beherrschen, verteilt er schmerzhafte Kopfnüsse. Ede kommt dran. Ich kann seinen Angstschweiß riechen. Dennoch hebt er tapfer seinen Kopf und versucht aufzusagen, was er gelernt hat: *„Hodie Tullia et Iulius in forum properant. Ibi Marcus amicus diu expectat.”*

Herr Dickensdorf verhöhnt ihn: „Na, Eduard, weißt du denn auch ausnahmsweise, wie es weitergeht?”

Ede murmelt undeutlich mit gesenktem Kopf: *„Populus clamat: Ibi sunt.“*

„Ibi *est*, du Schwachkopf, ibi *est*! Wie oft muss ich dir das noch erklären? Wir sind hier im Singular nicht im Plural!” Er schlägt Ede mit dem Rohrstock so hart auf den Arm, dass es kracht. Alle in der Klasse zucken zusammen. Ede wischt sich die Tränen weg. Herr Dickensdorf scheint heute trotz allem gut gelaunt zu sein, denn er belässt es bei nur dem einem Hieb. Ede reibt seinen schmerzenden Arm. Der dunkelrote Striemen bleibt für alle als Mahnmal sichtbar. Nicht nur Ede ist erleichtert, als die Lateinstunde endlich zu Ende ist.

Verstohlen schaue ich mir in der Pause die Schüler der höheren Klassen an. Ob es wohl jemanden gibt, der stark ist? Der vielleicht sogar in Ruhe gelassen wird? Wenn ja, wie hat der das geschafft? Gibt es jemanden, dem ich vertrauen, den ich fragen und um Hilfe bitten kann? Mir geht die vergangene Nacht nicht aus dem Kopf. Was war mit Ede in der Zwischenzeit passiert, als man ihn zu später Stunde aus unserem Zimmer rief? Warum hat er nach seiner Rückkehr so geweint? Er lag wie ein Embryo gekrümmt in seinem Bett, zitterte, ihm schien alles weh zu tun. Aber meine Frage, was passiert war, hat er nicht beantwortet, sich nur weggedreht und geschwiegen.

Die Gluthitze des Hochsommers legt sich wie ein nicht gebetener Stoff über uns und lässt freies Atmen kaum zu. Der Schweiß läuft mir den Rücken runter. Konzentration fällt schwer. Selbst nach fast fünf Monaten hier im Internat habe ich kaum Kontakt zu den Mitschülern, was nicht an mir liegt, aber jeder wendet sich ab, wenn ich ihn anspreche, und dann, für mich das Schlimmste: keinen Kontakt zur Außenwelt. Ich habe ja auch niemanden, der an mich denkt oder mich besuchen würde. Waisenkinder haben niemanden. Ede ist der Einzige, der mich scheu, jedoch freundlich anlächelt. Er ist sehr schweigsam. Aber es ist eine positive Verschwiegenheit. Auch wenn er nicht redet: Ede tut mir gut.

Es ist Freitag, wir haben über einunddreißig Grad, der Himmel ist blau, und nur wenige Wolken ziehen träge dahin. Wir haben eine Stunde Freizeit. Es wird ein langer Tag, und ich versuche, einen Platz zu finden, wo ich mich zurückziehen und ausruhen kann. Ich gehe in den Hof und steuere meinen Lieblingsbaum an, eine riesige Buche. Leider sind auf diese Idee mit dem schattigen Platz unter der Buche schon andere Schüler gekommen. Alles besetzt. Ich gehe in das Schulhaus zurück. Wenigstens ist es hinter den dicken Mauern angenehmer als draußen. Ich setze mich in einen leeren Klassenraum und lehne meinen Kopf an die kühlen Steinwände. Ferdinand, den alle nur Ferdel nennen, schlendert zu mir herüber. Er ist so alt wie ich, aber ich mag ihn nicht besonders. Er bleibt vor mir stehen.

„Kennst du Nikolaus?“, will er wissen. „Er geht in die elfte Klasse. Er hat dich beobachtet und findet dich nett. Keine Ahnung, was er an dir mag. Ich denke, er kann sich bessere Freunde aussuchen. Aber er lässt dir ausrichten, dass er dich sprechen will. Und du scheinst ja gerade nicht beschäftigt zu sein.“ Er grinst. „Ja, also, ich gehe dann mal wieder. Nikolaus wartet auf dich in der Umkleidekabine der Turnhalle. Er will alleine mit dir reden.“ Lässig schlendert er Richtung Hof, die Hände tief vergraben in seinen Hosentaschen.

Ich sitze da, versteinert wie die Mauern um mich herum. Was will dieser Nikolaus von mir? Der alte Holzstuhl knarrt, als ich ihn beim Aufstehen nach hinten schiebe. Die Turnhalle des Internats befindet sich in einem Nebengebäude. Über den Hof, einen kleinen Kiesweg entlang, der zu beiden Seiten von Rasen gesäumt ist.

Seit Tagen ist er gelb, ausgeblichen von den Strahlen der erbarmungslosen Sonne. Die Luft steht flirrend wie eine Wand. Es ist kaum auszuhalten. Wenigstens ist es drinnen kühler. Ein hochgewachsener Junge erwartet mich. Er hat die Statur eines durchtrainierten Sportlers. Nikolaus kommt auf mich zu und reicht mir die Hand. „Hallo, schön dass du da bist. Ich dachte, es wäre an der Zeit, dass wir uns mal kennenlernen.“

Ich nehme seine Hand und drücke sie. „Hallo Nikolaus. Ferdel sagte, du wolltest mich sprechen. Um was geht’s denn?“

Nikolaus quetscht schmerzhaft meine Hand und dreht mir den Arm auf den Rücken.

„He, was soll das? Lass mich los!“

Nikolaus denkt nicht dran. Er holt eine Augenbinde aus seiner Hosentasche und flüstert mir ins Ohr: „Du wirst gleich noch mehr aushalten, mein Kleiner. Du bist ein wirklich hübscher Junge. Das finden meine Kumpels übrigens auch. Und damit du später nicht weißt, von wem ich rede, werde ich dir jetzt die Augen verbinden. Ist auch besser – für dein Seelenheil.“ Er lacht dreckig.

Ich versuche mich zu wehren und wegzulaufen, als er mich loslässt, um die Binde anzubringen. Er stellt mir ein Bein, wirft mich zu Boden, kniet sich auf meinen Rücken, dass ich kaum noch Luft bekomme und zerrt ein schwarzes Tuch über meinen Augen fest.

„Halt gefälligst still!“

Ich gerate in Panik. Was will er von mir? Was hat er vor? Schon höre ich verschiedene Stimmen, aber die Augenbinde verhindert, dass ich etwas sehe. Die Tür fällt ins Schloss. Ich bin ausgeliefert. Nikolaus zerrt mich hoch. Von hinten werden mir die Arme festgehalten, von vorne die Hose runtergezogen. Ich kann mich nicht wehren. Auf einmal lachen alle. Über die Größe von meinem Penis, nehme ich an. Über meine schwach sprießende Schambehaarung. Ich wäre am liebsten in den Erdboden versunken.

„Das wächst noch“, meint einer. „Aber noch braucht er sein kleines Stehaufmännchen sowieso nicht.“

„Nun wollen wir mal sehen, wie er den Einführungslehrgang besteht.“ Das war eindeutig Nikolaus‘ Stimme. Einführungslehrgang? Was meint er damit? Schon werde ich mit einem kräftigen Schlag auf den Boden gezwungen.

„Knie dich, ich bin der Erste. Das ist mein Vorrecht.“

Meine Hose wickelt sich um meine Knöchel. Mein Hemd wird mir unter die Achseln geschoben. Mein Hintern ragt blank und ungeschützt in die Luft.

„Knebelt ihn! Ich will keine Zuhörer."

Mir wird ein Stofflappen in den Mund gestopft. Ich würge und habe das Gefühl, mich übergeben zu müssen. Ich kann nicht schlucken, nicht sprechen, nicht um Hilfe schreien. Meine Pobacken werden brutal auseinandergezogen. Etwas drückt von außen nach innen. Ich zucke zusammen. Dann ein so heftiger Schmerz, dass ich das Gefühl habe, ich werde zerrissen. Ich schreie, aber der Knebel verhindert, dass mehr als ein leises Wimmern herauskommt.

„Halt still, dann hast du es schnell hinter dir", raunt mir Nikolaus zu.

Ich will nicht stillhalten! Ein Schlag auf den Hinterkopf macht mich benommen, aber nicht benommen genug, dass ich den Schmerz nicht spüre, der immer stärker wird. Nikolaus packt mich an den Hüften und hält mich eisern fest. Jemand fasst mich an den Schultern, mein Kopf wird zwischen zwei Beine geklemmt. Ich bekomme kaum noch Luft.

„Mein Gott, der ist eng wie eine Mädchenmuschi", höhnt Nikolaus und stößt noch fester zu. Es tut so weh! Himmel! Es tut so verdammt weh! Ich will mich wehren, aber Schläge donnern auf meinen Hinterkopf.

„Wenn du nicht stillhalten kannst, bekommst du noch mehr Prügel. Also benimm dich, du Memme."

Ich versuche stillzuhalten, so gut es geht, denn jede Bewegung, die ich mache, vergrößert den Schmerz. Nikolaus wird schneller, die Stöße tiefer. Mir laufen die Tränen über das Gesicht. Ich denke, ich muss sterben. Er stößt noch ein paar Mal kurz und tief, und dann zieht er sich aus mir zurück. Zufrieden grunzte er.

„Das hast du doch gut gemacht, mein Kleiner. Ganz wunderbar. Und damit du gleich weißt, was Sache ist, bleib mal schön knien. Denn die anderen wollen auch mal."

Etwas wischt mir über den wunden Hintern. Auch das tut weh.

„Der Vorteil ist, dass du jetzt schön offen bist und feucht. Glaub mir, das Weitere tut nicht mehr weh."

Ich kann nicht glauben, was ich höre. *Die anderen?* Soll ich das hier weitere Male über mich ergehen lassen? Bitte, bitte nicht! Ich versuche wieder mich zu wehren, aufzustehen, aber schon schlägt mir jemand ins Gesicht.

„Bleib, sonst setzt es Prügel. Also sei brav, mein Kleiner.“

Blut läuft aus meiner Nase. Mein ganzer Körper schmerzt. Mir ist schlecht. Schon macht sich der Nächste an mir zu schaffen. Sein Penis ist nicht ganz so wuchtig, dafür sind seine Stöße umso brutaler. Der Rest der Meute feuert ihn an. Wie viele mögen wohl noch kommen? Ich will mich in eine andere Dimension denken. Wo Ruhe und Frieden herrschen und keine Schmerzen zu spüren sind. Weg von hier! Weit, weit weg!

Irgendwann später komme ich nackt im Duschraum zu mir. Wasser rieselt von oben auf mich herab. Zwischen meinen Beinen läuft das Blut verdünnt von dem kalten Wasser in den Abfluss. Dort, denke ich, läuft mein Leben davon. Dort, Richtung Abfluss, verlässt mich meine Seele. Irgendwann kommt der Tod. Hoffentlich.

Ein Lehrer findet mich schließlich. Meine Abwesenheit ist zunächst gar nicht aufgefallen. Erst als ich auch zum Abendessen nicht erschienen bin, hat man mich vermisst. Der Lehrer ist entsetzt. Er umsorgt mich, holt eine Decke, wickelt mich vorsichtig ein und trägt mich in die Krankenstation. Dann holt er den Internatsarzt. Ich werde untersucht. Der Rektor trifft ein.

Dem undeutlichen Gemurmel beider Männer entnehme ich, dass „kein Skandal“ gewünscht wird. Der Junge muss doch nicht gleich in ein Krankenhaus. Die aufgerissenen Wunden an After und Darm würden doch bestimmt irgendwann von alleine heilen bei guter ärztlicher Betreuung. Nicht wahr, Herr Doktor? Und die Hämatome im Gesicht – nun ja, die Jungs prügelten sich halt ab und zu, da kann man nichts machen. Auch das heilt von alleine. Und es soll Ihr Schaden nicht sein, wenn Sie ihn ohne Krankenhaus wieder zusammenflicken. Schaffen Sie doch. Oder?

Der Lehrer schweigt. Ihm scheint die Sache peinlich zu sein. Der Arzt bekommt vom Rektor Anweisungen. Sie werden sich einig. Ich werde vorsichtig auf mein Zimmer gebracht. Ein Beruhigungsmittel haut mich um. Doch ich erlebe in den folgenden Albträumen immer wieder alles von vorne.

Das, was mir passierte, was man mir angetan hat, wird totgeschwiegen. Ich frage mich, was ist mit Nikolaus? Wird er denn nicht zur Rechenschaft gezogen? Hat denn niemand Interesse daran, herauszufinden, wer die Mittäter waren? Meine Seele hungert verzweifelt nach Gerechtigkeit. Aber nichts geschieht. Gar nichts!

Als ich langsam wieder gehen und am Schulalltag teilnehmen kann, merke ich eine Veränderung im Verhalten der älteren Mitschüler. Man grinst mich von der Seite an, man klopft mir beim Vorbeigehen auf die Schulter. Fast so, als hätte ich eine Mutprobe, eine Feuertaufe bestanden. Sind die denn alle total durchgeknallt? Nikolaus gehe ich aus dem Weg. Allein der Gedanke, ihm zu begegnen, verursacht mir Übelkeit. Bevor ich einen Raum betrete, luge ich um die Ecke, um zu sehen, ob er drinnen ist. Bevor ich einen Gang betrete, tue ich dasselbe. Und nie, nie gehe ich allein irgendwo hin. Ede begleitet mich, froh über meine Freundschaft. Ich habe das Gefühl, er weiß, was mir passiert ist.

Er weiß es! Und ich weiß nun, was sie mit ihm machen, wenn er nachts aus unserem Zimmer geholt wird. Oh Gott!

Dies ist die Hölle, und ich kann ihr nicht entkommen. Ich bin Waise und habe kein anderes Zuhause, in das ich mich flüchten könnte. Keine Familie, die ich anflehen könnte, mich auf ein anderes Internat zu schicken. Ich muss bleiben. Aber ich hasse es hier! Hasse Nikolaus, den Direktor und das ganze Leben.

Es gibt nur einen Weg hier raus. Manchmal wird einer von uns Waisen adoptiert. Doch das Glück haben nur die Vorzeigeschüler und die mit den guten Manieren. Ich lerne noch verbissener, noch intensiver, noch zielstrebiger. Ich will der Beste werden. Auch in den Benimmkursen, die wir alle besuchen müssen.

Der nette Lehrer setzt sich beim Rektor für mich ein, dass ich sonntags beim Pastor der Kirche in Falkenstein als Messdiener tätig sein und zu dem Zweck das Schulgelände verlassen darf. Ich bin seit etwas über einem Jahr nicht mehr außerhalb des Internats gewesen und freue mich unglaublich über diesen Freigang. Der Pastor selbst ist ein netter und gütiger Mensch. Ich überlege, ob ich mich ihm wohl anvertrauen kann. Aber zunächst überwiegt die Freude, all die Dinge zu sehen und zu erleben, die mir früher so selbstverständlich gewesen sind. Diese Freude verdeckt meine Trostlosigkeit. Vorübergehend.

*

Ein halbes Jahr später besucht mich der freundliche Lehrer auf meinem Zimmer. Ich freue mich, ihn zu sehen.

„Hallo, mein Junge, wie geht es dir?“, begrüßt er mich und gibt mir die Hand.

Mir tut sein Kommen gut. „Danke, alles in Ordnung. Und Ihnen?“

Er sieht mich lächelnd an. „Ich habe immer viel zu tun. Aber heute Abend habe ich frei, und da dachte ich, ich schaue mal nach dir.“

Dieses Verhalten zeichnet ihn aus, und dass er zu mir kommt, ist etwas Besonderes. Ich lege mein Buch beiseite. „Sehr nett von Ihnen, nehmen Sie doch Platz.“

Ede schleicht sich aus dem Zimmer. Warum tut er das? Der Lehrer setzt sich zu mir auf die Bettkante. „Es ist mir etwas unangenehm, aber ich möchte gerne etwas mit dir besprechen.“

Ich kann mir nicht vorstellen, was das sein könnte.

Er hüstelt. „Damals, als dir das mit Nikolaus passiert ist. Das geht mir nicht mehr aus dem Kopf. Wie du da lagst, so hilflos. So nackt. Du hast mir so endlos leid getan.“

Schweigend schaue ich ihn an. Und?

„Bitte glaube nicht, ich wäre wie die anderen.“ Er stockt. „Ich bin nicht so – so ...“ Wieder hüstelt er. „Aber damals, wie ich dich da so liegen sah, so nackt. Da ist etwas mit mir passiert. In mir. Verstehst du?“

Nein, ich verstehe ganz und gar nicht. Mir wird der Mund trocken. Warum packt mich plötzlich Angst? Was will er von mir?

Er nimmt meine Hand. Ich entziehe sie ihm. Er nimmt meine andere Hand.

„Ich bitte dich doch nur, mir ein wenig entgegenzukommen. Ich will und werde dir bestimmt nicht weh tun. Bestimmt nicht.“

Ich rücke ein Stück von ihm weg. „Bitte gehen Sie.“

„Nein, ich werde nicht gehen!“, herrscht er mich an und lässt die Maske der Freundlichkeit fallen. „Du schuldest mir was für meine Hilfe.“ Er geht zur Tür, schließt sie ab und steckt den Schlüssel ein. „So. Nun sind wir ungestört.“

Mir läuft es kalt den Rücken herunter. „Was wollen Sie von mir?" Ich kann kaum noch atmen.

„Ich verspreche dir, ich werde dir nicht weh tun. Aber ein bisschen entgegenkommen musst du mir schon." Er öffnet seinen Hosenschlitz und sein praller Schwanz springt heraus. „Fass mich an, ja? Und ich fasse dich ein wenig an. Mehr musst du nicht tun."

Ich will raus hier, aber die Tür ist versperrt. Ich sehe seinen Schwanz und mir wird übel.

„Hör mal, du hast bei mir was gutzumachen. Schließlich habe ich dir die Möglichkeit mit dem Messdienst in der Kirche eröffnet, das kann ich dir auch ganz schnell wieder wegnehmen und jemand anderen vorschlagen. Dann kriegst du in den nächsten Jahren überhaupt keinen Freigang mehr. Also, los: Fass mich an!" Er nimmt meine Hand und führt sie zu seinem aufrechtstehenden Schwanz. „So. Und jetzt umfassen und ganz langsam hin und her gleiten. Ah, ja, genau so." Genießerisch legt er den Kopf nach hinten und verdreht die Augen. „Und nun lass deine Hose herunter. Ich will dich auch anfassen."

In welchen Albtraum bin ich hier geraten? Ich will nicht! Aber er lässt mir keine Wahl. Zerrt meine Hose auf und duldet nicht, dass ich ihn loslasse. Er fummelt an meinem Schwanz herum. Sieht er meinen Ekel nicht? Wenn ja, stört ihn das nicht.

„Du bist so ein süßer Junge. Du bist so schön. So rein. Ah, ja, weiter, immer hin und her." Er umfasst meine Hand und drückt sie fest um seinen Schaft. Dann werden seine Bewegungen immer schneller. „Ja, gut. Weiter. Das machst du gut." Er stöhnt. Packt meinen Kopf wie einen Schraubstock, drückt ihn nach unten und stößt mit seinem Schwanz hart in meinen Mund. Und schon klatscht sein klebriges Wasser bis in meinen Hals. Ich würge, kriege keine Luft! Er zieht sich heraus, der Rest geht aufs Bettlaken.

„Na", er lacht, „da werden die Damen von der Zimmerreinigung denken, du wärst schon soweit. Du wichst doch sicher jede Nacht, mein Kleiner?"

Ich muss mich übergeben. Aufs Bett. Doch selbst der Geschmack der Galle aus meinem Magen überdeckt nicht den Geschmack von seinem ekelhaften Zeugs in meinem Mund.

Er putzt sich mit einem Taschentuch sauber und zieht die Hose wieder hoch. „Wie dem auch sei." Sein Tonfall ist beiläufig. „Ich habe dich in Zukunft für mich reserviert, das ist so abgesprochen. Da hätte es dein Hintern richtig gut, denn ich bin nicht so wie die anderen. Aber versprechen, dass ich bei dir der Einzige bin, kann ich dir nicht." Er streichelt mir über den Kopf. „Und das hier, nicht wahr, das bleibt unser kleines Geheimnis. Oder meinst du, einem fantasierenden Kind würde man mehr Glauben schenken als einem angesehenen Lehrer der Schule?" Mit dem Kinn deutet er auf das vollgekotzte Bett. „Mach das sauber, ja?" Er holt die Schlüssel aus seiner Jacke, geht zur Tür und schließt sie auf. Bevor er geht, blickt er noch einmal zu mir zurück. „Bis zum nächsten Mal."

Bis zum nächsten Mal? Bis. Zum. NÄCHSTEN Mal?

In meinem Magen wächst ein riesiger Knoten aus Zorn, der sich so heiß und brennend anfühlt wie todbringendes Magma kurz vor der Eruption.

Hier ist die Hölle. Und ich bin verdammt.

Montag, 10. Oktober 2016

Kriminalhauptkommissarin Jessica Steinfels kam gut gelaunt, aber völlig gerädert im Präsidium an. Den Kopf hätte sie unter den Arm klemmen können, denn die Nacht war eine einzige Katastrophe gewesen. Ihr Vater pflegte zu sagen: „Bier auf Wein, das lass sein, doch Wein auf Bier, das rat ich dir." Obwohl sie sich gestern an diesen Ratschlag gehalten hatte, musste das letzte Glas Rioja wohl schlecht gewesen sein. Sie grinste reumütig. Der Wein war einfach zu gut gewesen, um ihm zu widerstehen. Und wenn man obendrein eingeladen wurde ... Allerdings wurde es langsam Zeit, dass die Aspirintablette ihre Aufgabe erfüllte. Wenn nicht, musste sie wohl noch eine nachschieben.

Sie seufzte, setzte sich an ihren Schreibtisch und breitete die Akten der letzten Woche vor sich aus. Ihr Arbeitseifer befand sich nicht nur aufgrund der Kopfschmerzen im Keller. Sie hatte weder Lust, an dem Fall der misshandelten Tochter von diesem Mistkerl eines Alkoholikers zu arbeiten, der seine ganze Familie terrorisierte, noch an dem Fall Heinrich Helm, dem ständig die Hand ausrutschte. Seine Frau zog regelmäßig in ein Frauenhaus, kroch aber immer wieder zu ihm zurück. Ihre nachweislichen Hämatome waren ihren und erst recht seinen Behauptungen nach stets auf „natürliche" Gründe zurückzuführen, an denen die Frau angeblich selbst schuld war, weil sie ständig „aus Versehen" irgendeine Treppe hinunterfiel oder sich an einer Möbelkante nach der anderen stieß. Manchmal hatte Jessica das Gefühl, wie Don Quijote gegen Windmühlen zu kämpfen. Aber das war ihr Job.

Sie schüttelte den Kopf und schlug lustlos die Helm-Akte auf. Widerwillig starrte sie auf die Seiten, ohne den Text oder eins der Fotos wahrzunehmen. Verdammt, sie brauchte einen Kaffee. Vielleicht machte der sie ein wenig munterer. Mit etwas Glück killte er auch die Kopfschmerzen.

Sie hatte die Kaffeemaschine in der Gemeinschaftsküche befüllt und eingeschaltet, als ihr Kollege Franz Faller hereinkam. „Morgen, Jessica. Alles klar?"

„Ja, danke und bei dir?"

Franz ließ sich auf einen Stuhl fallen. Er streckte die Beine von sich, verschränkte die Hände hinter dem Kopf und lehnte sich zurück. „Du weißt doch, wenn man Kinder hat, ist immer Trubel angesagt, da gibt es keine Erholung am Wochenende. Im Gegenteil! Die Kids halten einen ganz schön auf Trab, weil sie gerade am Wochenende alles nachholen wollen, wozu Papa unter der Woche keine Zeit hatte." Er grinste. „Aber das ist auch das Schöne mit ihnen. Wie geht es dir denn?"

Jessica lächelte. „Abgesehen von einem Killer-Kater geht es mir gut."

Franz öffnete den Mund zu einer garantiert anzüglichen Antwort, wie Jessica an seinem spöttischen Gesichtsausdruck ablas, doch zu ihrem Glück verhinderte das Eintreten von Sven Köhler und Monika Möller, dass er sie aussprach.

„Morgen, ihr!" Sven warf einen konsternierten Blick auf die Kaffeekanne, deren Boden erst daumenbreit bedeckt war. „Wie – der Kaffee ist noch nicht fertig?"

Bevor Jessica darauf antworten konnte, tauchte Hajo Schiele, der Leiter des Kommissariats 11, an der Tür auf. Sein ernstes Gesicht verhieß nichts Gutes. Statt eines Grußes nickte er in die Runde.

„Es gibt eine weibliche Leiche im Grüneburgpark! Laut den Kollegen von der Bereitschaft eindeutig ein Tötungsdelikt. Jessica, Franz, ihr übernehmt. Ich habe das Tatortteam schon verständigt. Die sind unterwegs."

Jessica warf einen sehnsüchtigen Blick auf die Kaffeemaschine, die mit der Kaffeeproduktion immer noch nicht fertig war. „Der Montag fängt ja gut an", murmelte sie und meinte damit nicht nur den Leichenfund. Sie knuffte Franz an der Schulter, der noch keine Anstalten gemacht hatte, sich zu erheben. „Gehen wir."

Franz stand seufzend auf und folgte ihr.

*

Der Parkplatz wimmelte von Polizeiwagen, deren Blaulicht ihn in ein gespenstisches Licht tauchte. Ein Stück dahinter auf der Rasenfläche zeigte das rot-weiße Absperrband den Fundort der Leiche an. Jessica und Franz parkten ihren Wagen und zogen sich Spurenschutzanzüge, Schuhüberzieher und Einweghandschuhe an, bevor sie zur Absperrung gingen. Sie kannte einige der uniformierten Kollegen, so auch den älteren Beamten, der am Absperrband dafür sorgte, dass die Schaulustigen, die sich in einer großen Traube versammelt hatten, weder den Einsatz behinderten noch die Absperrung überschritten. Jessica zeigte trotzdem ihren Ausweis. „K11, Steinfels und Faller.“ Sie nickte zu Franz hin.

Der Beamte nickte ebenfalls. „Ich erinnere mich noch an euch, Kollegen. Ich hoffe, ihr habt nicht allzu gut gefrühstückt oder seid hart im Nehmen.“ Er hob das rot-weiße Band und ließ sie durch.

Nach dieser Vorwarnung wappnete sich Jessica gegen einen wahrhaft grauenvollen Anblick. Sie und Franz gingen zu einer großen Eiche, wo die Kollegen vom Erkennungsdienst bereits dabei waren, das weiße Schutzzelt um die Leiche herum aufzubauen.

„Morgen, Leute“, grüßte sie in die Runde. „Dürfen wir?“

Auf das zustimmende Nicken trat sie näher an die Leiche heran. Eine Frau lag mit verkrümmten Gliedern und blutig geschlagenem Schädel zwischen einer oberirdischen Wurzelgabelung. Jemand – vermutlich der Täter – hatte sie teilweise mit Laub zugedeckt. Ihre Hose war bis zu den Knöcheln heruntergezogen, das Gesicht unter dem blutverkrusteten Haar nicht zu erkennen. Die Kopfwunde, die von einem aufgestellten Scheinwerfer beleuchtet wurde, sah wirklich übel aus. Der Schädel war stellenweise regelrecht zerquetscht. An der linken Schläfe war er so stark zertrümmert, dass Gehirnmasse herausgequollen war.

Franz stieß scharf die Luft aus. „Overkill“, meinte er.

Dem musste Jessica sich anschließen. Sie hatte schon etliche Leichen gesehen und bei jeder, die so zugerichtet gewesen war, hatte sich am Ende herausgestellt, dass der Täter mit großer Wut immer wieder auf das Opfer eingeschlagen hatte. Fast immer handelte es sich bei solchen Fällen um eine Beziehungstat. Aber hier im Park? Das war für eine Beziehungstat ungewöhnlich.

Franz wandte sich an einen der Kollegen. „Wer hat die Leiche entdeckt?“

„Ein Jogger, der jeden Morgen hier mit seinem Hund lang läuft.“ Er deutete auf einen Mann, der jenseits der Absperrung neben einem Einsatzwagen stand, einen schwarzen Labrador an seiner Seite, und sehr betroffen wirkte. Kein Wunder, denn man fand nicht alle Tage eine Leiche, schon gar keine so übel zugerichtete. Vermutlich würde der Mann eine Weile mit Albträumen zu kämpfen haben; vielleicht sogar für den Rest seines Lebens.

Franz bedankte sich und ging zu dem Mann hinüber. Jessica beugte sich zu der Leiche hinab, um sie näher in Augenschein zu nehmen. Bodennebel waberte im Park und verbarg die Tote vor den Blicken der Schaulustigen, die den Hals reckten, um etwas zu sehen. Ein passendes Leichentuch.

„Weiß man schon, wer die Tote ist?“, fragte sie eine Frau von der Kriminaltechnik, die inzwischen die Jackentaschen der Toten durchsucht hatte und deren Inhalt durchsah.

Die Frau nickte. „Sie hat einen Perso dabei und einen Schülerausweis. Gemäß denen heißt sie Jolanda Schilling und ist noch keine achtzehn.“

Jessica hatte das Gefühl, unvermittelt in einen Albtraum geraten zu sein. „*Wie* heißt sie?“

„Jolanda Schilling. Kennen Sie sie?“

„Scheiße!“

Das durfte nicht wahr sein. Jessica beugte sich zu der Leiche hinunter und schob ihr sanft das blutverkrustete Haar aus ihrem Gesicht. Inständig hoffte sie auf einen Irrtum, eine zufällige Namensgleichheit. Doch das, was sie von dem zerstörten Gesicht erkennen konnte, hatte tatsächlich eine große Ähnlichkeit mit Jolanda. Jessica ging zu der KT-Beamtin und warf einen Blick auf den Personalausweis. Er gehörte Jolanda, ohne jeden Zweifel. Gottverfluchte Scheiße!

„Das ist die Tochter von Staatsanwalt Volker Schilling.“

Jolandas Tod würde Volker umbringen. Nachdem er vor zehn Jahren seine Frau an den Krebs verloren hatte, war Jo sein Ein und Alles. Jessica hatte ihn zwar erst kennengelernt, als er schon Witwer war, aber sie hatte immer den Eindruck gehabt, dass er sich längst das Leben genommen hätte, um seiner Frau zu folgen, wenn er sich nicht um seine Tochter hätte kümmern müssen. Eine ständige Aura von Traurigkeit umgab ihn, auch wenn er sich stets bemühte, sich das nicht anmerken zu lassen. Die große Liebe seines Lebens zu verlieren, war schlimm genug; eine Hölle, die Jessica sich nicht ausmalen mochte. Und jetzt auch noch Jo ...

„Oh Mann“, kommentierte die KT-Beamtin. Sie schüttelte den Kopf. „Ich will Ihnen nichts vormachen.“ Sie deutete auf die Leiche. „Bei dem Wetter wird es schwer sein, irgendwelche Spuren zu finden. Wir hatten starken Wind letzte Nacht, und es hat geregnet.

Wie soll man da noch etwas rund um den Fundort erkennen? Aber wir tun unser Möglichstes. Unser Bestes."

Jessica lächelte flüchtig. „Das tut ihr doch sowieso immer, wie ich weiß. – Darf ich mal sehen?" Sie streckte die Hand nach dem Portemonnaie aus, in dem sich der Ausweis befunden hatte.

Die Frau reichte ihr das gelbe, mit Strassblumen bedeckte Mäppchen. Jessica warf einen Blick hinein. Das Fach für die Geldscheine war leer, ebenso das fürs Münzgeld. Das deutete auf Raubmord hin. Aber der Overkill, wie Franz es genannt hatte, passte nicht dazu. Außerdem trug Jolanda noch ihre Halskette mit dem Medaillon, in dem sich ein Foto ihrer Mutter befand, wie Jessica wusste, weil Volker Schilling es ihr gezeigt hatte, um ihre Meinung zu hören, ob es seiner Tochter gefallen könnte. Die Armbanduhr und ein goldener Ring am Finger, der bestimmt nicht aus unedlem Metall bestand, waren ebenfalls noch vorhanden. Ein Täter, dem es nur auf Wertsachen angekommen war, hätte alles mitgehen lassen. Und die heruntergezogene Hose deutete auf ein Sexualdelikt hin.

„Habt ihr ein Smartphone gefunden?", wollte Jessica wissen.

Die Frau von der Kriminaltechnik schüttelte den Kopf. „Falls sie eins bei sich hatte – und welcher Teenager hat keins? – und sie es nicht irgendwo hier verloren hat und wir es nur noch nicht gefunden haben, dann ist es wohl gestohlen worden."

Ein Lichtblick, denn wenn der Dieb nicht die Sim-Karte ausgetauscht hatte, konnte man das Handy orten und ihm und damit hoffentlich auch dem Mörder auf die Spur kommen.

Franz kam zurück und deutete mit dem Daumen über die Schulter zurück zu dem Mann, der die Tote gemeldet hatte. „Der Hund hat die Tote gefunden und wie verrückt gebellt. Dadurch ist der Besitzer erst auf sie aufmerksam geworden. Und ich hatte stark den Eindruck, dass er sich wünscht, er wäre heute mal woanders langgelaufen. – Was ist los? Du siehst aus, als wärst du einem Geist begegnet."

Sie schüttelte den Kopf. „Das Mädchen ist Jolanda Schilling. Die Tochter vom Staatsanwalt."

Franz wurde blass. „Oh mein Gott!" Er fuhr sich mit beiden Händen über den Kopf. „Scheiße!"

Das konnte er laut sagen. Todesnachrichten zu überbringen war nie einfach. Jessica hatte jedes Mal ein mulmiges Gefühl vorher, weil man nie wusste, wie die Hinterbliebenen reagierten. Von kompletter Erstarrung über scheinbar unberührte Sachlichkeit, Weinkrämpfe und Nervenzusammenbruch hatte sie schon alles erlebt. Deren geballte Verzweiflung auszuhalten war am schwersten und ging einem immer wieder aufs Gemüt. Aber dafür gab es regelmäßig Schulungen und Supervision. Doch vor dem Moment, in dem sie Volker über den Tod seiner Tochter informieren musste, fürchtete sie sich wie nie zuvor.

Der Nebel wurde dichter und entzog Jolanda nachhaltig den Blicken der Schaulustigen, sofern diesen nicht schon vom Schutzzelt die Sicht versperrt wurde. Die KT-Beamten hatten die unmittelbare Umgebung fotografiert und begannen damit, die Leiche vorschriftsmäßig vollständig zu entkleiden, während die Frau, die Jessica das Portemonnaie gegeben hatte, den Vorgang fotografierte. Ein Mann steckte einen faustgroßen Stein in einen Asservatenbeutel. Möglicherweise die Tatwaffe.

Jessica empfand eine maßlose Wut auf den noch unbekannten Täter. Sie lenkte sich davon ab, indem sie weiter das Portemonnaie inspizierte. Sie fand Visitenkarten, kurze Notizen, die Quittungen einer Boutique auf der Zeil über 121,25 Euro.

„Was machte Jolanda im Grüneburgpark?", rätselte sie. „So durchnässt wie ihre Kleidung war, muss sie seit gestern Abend hier gelegen haben, als es anfing zu regnen."

Franz legte ihr die Hand auf die Schulter. Er wusste von ihrer Freundschaft mit Volker Schilling und ahnte, wie sie sich fühlte. „Das werden wir rausfinden, Jess. Und alles andere auch." Er drückte ihre Schulter. „Komm, bringen wir es hinter uns. Besser Schilling erfährt die Nachricht von dir als von jemand anderem."

Jessica nickte. Hier konnten sie im Moment sowieso nicht viel tun.

*

Jessica hatte Magenschmerzen, als sie und Franz Volker Schillings Büro im Gebäude der Staatsanwaltschaft betraten. Irrationalerweise fühlte sie sich schuldig, weil die entsetzliche Nachricht, die sie ihm überbringen musste, sein Leben zerstören würde. Und zwar restlos. Sie hätte es ihm lieber zu Hause gesagt anstatt hier in seinem Büro.

Volker Schilling saß hinter seinem Schreibtisch und legte den Telefonhörer auf, als Jessica und Franz eintraten. Er war grau im Gesicht und hatte Schatten unter den Augen.

„Guten Morgen“, grüßte er erstaunt. „Hatten wir einen Termin?“ Er winkte ab, bevor Jessica antworten konnte. „Es muss warten. Meine Tochter ist gestern Abend nicht nach Hause gekommen.“ Er presste abwechselnd die linke Faust in die rechte Hand und umgekehrt.

Jessica trat neben ihn, nahm sanft seine Hand und drückte sie. „Volker, wir haben Jolanda gefunden.“

Er erwiderte ihren Händedruck. „Oh, Gott sei Dank! Egal, was sie angestellt hat, Hauptsache sie ...“ Sein Blick in Jessicas Gesicht ließ ihn verstummen. Seine Augen wurden groß, sein Gesicht verlor alle Farbe. Er schüttelte den Kopf. „Nein.“ Schüttelte den Kopf heftiger. *„Nein!“* Tränen traten in seine Augen.

„Es tut mir so unendlich leid.“ Der Satz, schon unzählige Male gesprochen, klang so hohl wie immer. Doch dieses Mal hatte Jessica das Gefühl, dass er nicht nur nicht den geringsten Trost spendete, sondern das Entsetzliche, Unaussprechliche noch verschlimmerte. „Jolanda ist Opfer eines Tötungsdelikts geworden. Man hat sie heute früh im Grüneburgpark gefunden.“

Wieder starrte er Jessica an. Tränen rannen ihm über die Wangen, doch er schien es nicht zu merken. „B-bitte sag, dass ... dass das nicht w-wahr ist.“

Jessica konnte nur den Kopf schütteln. Sein Leid schnitt ihr ins Herz. Er sog scharf die Luft ein und stieß sie wimmernd wieder aus, gefolgt von einem heftigen Schluchzen. Er sackte über dem Schreibtisch zusammen, barg das Gesicht in den Armen und heulte in einer Weise, die Jessica die Haare zu Berge stehen ließ. Sie kniete sich neben ihn, legte eine Hand auf seinen Arm und strich ihm mit der anderen über den Kopf.

„Es tut mir so entsetzlich leid“, wiederholte sie. „Ich bin hier. Du bist nicht allein.“ Blöder Spruch, denn das half ihm nichts. Nichts auf der Welt konnte ihm helfen. Doch sie hatte das Gefühl, etwas sagen zu müssen, obwohl sie nicht wusste, was. Also schwieg sie und beschränkte sich darauf, seinen Arm zu drücken und seine Schultern und seinen Rücken zu streicheln.

Nach einer gefühlten Ewigkeit hob er den Kopf und blickte sie an. „Ist es wirklich Jo?“ Seine Stimme war kaum zu verstehen.

Jessica nickte. „Kein Zweifel möglich.“ Wie sehr wünschte sie, sich zu irren! „Sie hatte ihre Ausweise bei sich und ich“, sie räusperte den Kloß weg, der ihr im Hals saß, „habe sie auch identifiziert. Ich kenne sie schließlich.“ Sie verzichtete darauf, ihm nochmals zu versichern, wie leid es ihr tat. Stattdessen drückte sie seine Schulter. „Kannst du uns sagen, wann du Jolanda zuletzt gesehen hast? Wenn nicht, dann machen wir das zu einem anderen Zeitpunkt.“

Seine Augen füllten sich mit neuen Tränen. Er wischte sie mit dem Ärmel seines Jacketts weg und nickte. „Gestern Abend beim Abendessen. Sie wollte mit ihrer Freundin Nathalie mal wieder ins Kino gehen. Beim Abschied hat sie mir noch ein Luftküsschen zugeworfen.“

Diesmal konnte er die Tränen nicht wieder zurückhalten. Er fischte eine Packung Papiertaschentücher aus einer Schreibtischschublade. Seine Hände zitterten, als er es aufriss, eins herauszog und sein Gesicht darin verbarg. Seine Schultern zuckten in stummem Schluchzen. Jessica streichelte wieder seine Schultern und fühlte sich so elend hilflos, dass sie am liebsten etwas zerschlagen hätte. Idealerweise das Gesicht des noch unbekannten Mörders.

Schilling wischte sich das Gesicht ab und warf das zerknüllte und durchweichte Taschentuch in den Abfalleimer neben dem Tisch, ehe er ein weiteres aus der Packung nahm und sich schnäuzte. Franz entdeckte eine Wasserflasche und ein paar Gläser auf einem Beistelltisch, goss eins davon voll und stellte es ihm hin. Schilling trank einen Schluck und räusperte sich. In seinen Augen schimmerten die nächsten Tränen.

„Als sie um elf immer noch nicht zu Hause war, obwohl der Film nur bis zehn ging, rief ich bei Nathalie an. Sie schlief schon, die Mutter war am Telefon und sagte, dass Nathalie den ganzen Tag zu Hause war. Jo hatte den Kinobesuch abgesagt.“ Er sah Jessica in die Augen. „Warum hat sie mir denn erzählt, dass sie ins Kino geht, wenn sie da gar nicht hin wollte?“ Er schüttelte den Kopf. „Das passt nicht zu ihr! Sie belügt mich doch nie!“

Jessica hütete sich, darauf zu antworten. Sie fragte sich nicht zum ersten Mal, ob Eltern wirklich so naiv waren zu glauben, ihre Kinder seien Engel, die immer die Wahrheit sagten und keine Geheimnisse hatten. Besonders wenn sie im Teenageralter waren. „Ich bin sicher, dafür findet sich eine Erklärung."

Volker nickte, aber sie fühlte, dass er nicht überzeugt war. „Ich habe bei der Polizei angerufen, ob sie vielleicht einen Unfall hatte." Seine Stimme klang schleppend, als müsste er sich zu jedem Wort zwingen. „Aber die haben abgewiegelt. Ein Mädchen kurz vor der Volljährigkeit dürfe auch mal eine Nacht durchmachen, ohne den Eltern was davon zu sagen. Ich solle noch abwarten." Er schüttelte den Kopf. „Ich habe die ganze Nacht kein Auge zugetan und dauernd versucht, Jo auf dem Handy zu erreichen. Aber sie ist nicht rangegangen. Jetzt weiß ich auch warum." Wieder brach er in Tränen aus. „Warum? Oh Gott im Himmel, warum denn nun auch noch Jo? Gott, warum tust du mir das an?"

Jessica fühlte ebenfalls Tränen aufsteigen und schluckte sie mühsam hinunter. Sie wünschte, sie könnte irgendetwas tun, um Volkers Leid zu mildern. Doch das Einzige, was sie tun konnte, war, Jolandas Mörder möglichst schnell zu ermitteln. Nicht, dass das Volker in irgendeiner Weise geholfen hätte.

Das nächste nasse Taschentuch flog in den Abfallkorb, in nur kurzem Abstand gefolgt von einem dritten. „Wisst ihr schon Näheres?" Volkers Stimme klang rau. „Wie kommt Jolanda überhaupt in den Grüneburgpark? Was machte sie denn da?"

Das war eine verdammt gute Frage. So wie Jessica Jolanda kannte – gekannt hatte –, sah es ihr nicht ähnlich, ihren Vater zu belügen und sich abends im Grüneburgpark herumzutreiben. Das machte in Verbindung mit dem „Overkill" und der mutmaßlichen Vergewaltigung sowie dem unvollständigen Diebstahl der Wertsachen eine Beziehungstat immer wahrscheinlicher, bei der ein Raubmord nur hatte vorgetäuscht werden sollen.

Volker blickte Jessica in einer Weise an, dass sie ahnte, was er sie fragen wollte. Er schluckte, räusperte sich und musste mehrmals ansetzen, bevor er die Frage stellen konnte. „W-wurde sie – v-vergewaltigt?" Flüsternd, als würde die Befürchtung zur Gewissheit, wenn er sie laut ausspräche.

Himmel, welche Antwort sollte sie ihm geben? Die ungeschminkte Wahrheit würde ihn noch mehr vernichten, aber eine

Lüge würde er ihr nie im Leben verzeihen. Manchmal hasste sie ihren Job.

„Das können wir noch nicht mit Sicherheit sagen. Wir können es aber auch nicht ausschließen.“ Dass seine Tochter mit bis zu den Knöcheln heruntergezogener Hose gefunden worden war, die man ihr bestimmt nicht ohne Grund ausgezogen hatte, würde er früh genug erfahren. Jetzt nicht.

Volker nahm ihre Hand und drückte sie so fest, dass es schmerzte. Eindringlich sah er ihr in die Augen. „Wie“, er schluckte, „wie wurde sie umgebracht? Bitte, ich muss es wissen.“

Jessica atmete tief durch und streichelte seine Hand, ehe sie antwortete. „Sie wurde erschlagen. So wie es aussieht, muss es ein schwerer Gegenstand gewesen sein, vermutlich ein Stein. Wir haben einen in Tatortnähe gefunden, der zur der Verletzung passen könnte. Das wissen wir aber erst nach der Untersuchung der KT mit Sicherheit.“ Sie beugte sich ein Stück vor, um ihren Worten Nachdruck zu verleihen und erwiderte den Druck seiner Hand. „Wir finden den Täter, Volker. Und wenn wir dafür jeden Zweig, jedes Blatt und jeden Grashalm im Park umdrehen müssen. Das verspreche ich dir.“

Sei vorsichtig mit solchen Versprechungen, mahnte ihr Gewissen. *Du weißt, wie Dürrenmatts Kommissär Matthäi aufgrund des gleichen Versprechens geendet hat.* Sie ignorierte die Warnung. Sie würde ganz sicher nicht den Verstand verlieren und ein Wrack werden, falls sich der Täter nicht innerhalb der nächsten Wochen ermitteln ließe. „Ehrenwort!“, bekräftigte sie.

Er nickte und tätschelte ihre Hand. „Ich weiß, Jessica. Und dafür bin ich dir – deiner ganzen Abteilung unendlich dankbar.“

Zitternd stemmte er sich hoch und trat ans Fenster, stützte die Hände auf dem Fensterbrett ab und starrte hinaus in den Herbstnebel, den die Sonne immer noch nicht zu durchdringen vermocht hatte.

„Ich will sie noch einmal sehen.“

„Nach der Obduktion wirst du bestimmt die Gelegenheit dazu bekommen, wenn du das wirklich willst. Aber du solltest sie vielleicht besser so in Erinnerung behalten, wie sie sich gestern von dir verabschiedet hat.“

Er schüttelte den Kopf. „Ich werde Jolanda immer in meinem Herzen tragen. So wie meine Marianne. Also gib mir Bescheid – oder sag dem Rechtsmediziner, er soll mir Bescheid geben, wenn ...“

„Mach ich.“

„Und halte mich bitte auf dem Laufenden, Jessica. Ich weiß, dass du das nicht offiziell tun darfst und eigentlich überhaupt nicht tun darfst gemäß den Vorschriften.“ Er drehte sich zu ihr um und sah ihr in die Augen, die seinen dunkel vor Trauer und mit einer Leere darin, von der Jessica in diesem Moment wusste, dass nichts und niemand sie je wieder füllen könnte. „Aber ich bitte dich. Als – Freund.“

Sie nickte. „Klar. Kein Thema.“

Er nickte ebenfalls. „Lasst ihr mich bitte allein.“

Sie zögerte. „Bist du dir sicher?“

„Ja. Geh. Ich komme klar.“

Jessica hörte den Zweckoptimismus und wusste, dass er weit davon entfernt war „klarzukommen“. Nicht heute, nicht morgen und für die nächsten Wochen – Monate auch nicht, die ihm wie eine Ewigkeit aus Schmerz und Verzweiflung vorkommen würden. Wie damals als Marianne gestorben war. Nur diesmal war niemand mehr da, der ihm einen Grund zum Weiterleben gab.

„Volker, wenn du irgendwas brauchst ...“

„Findet den Mörder“, unterbrach er sie. Seine Stimme klang gepresst und eisig. „Mehr brauche ich nicht.“

Jessica zögerte wieder, aber der Ausdruck in Volkers Augen zeigte ihr, dass er wirklich allein sein musste. Sie nickte. „Ich melde mich. Wenn du uns noch Nathalies Nachnamen sagen würdest? Wir müssen mit ihr sprechen.“

„Feld. Nathalie Feld. Sie wohnt im Schlehenweg. Die Nummer weiß ich nicht.“

Jessica wartete, ob er noch etwas sagen würde, doch er wandte sich wieder dem Fenster zu. „Die Hausnummer finden wir schon raus. Bis dann.“

Er antwortete nicht. Sie hätte gern noch mehr gesagt, ihn nochmals ihres Mitgefühls versichert, ihm gesagt, dass alles gut würde; doch solche Plattitüden wären ein Schlag ins Gesicht gewesen. Also schwieg sie, gab Franz einen Wink und verließ das Büro. Draußen atmete sie auf. Das Schlimmste war überstanden. Für sie. Besser fühlte sie sich dadurch nicht. Noch immer war ihr übel und die Kopfschmerzen des Killer-Katers hatten sich gefühlt verdreifacht. Sie brauchte endlich einen starken Kaffee und eine nicht minder starke Schmerztablette. Danach musste sie die „Mordkommission Jolanda“ zusammenstellen.

*

Stille empfing Volker, als er sein Haus betrat. Um diese Zeit nichts Ungewöhnliches, denn Jolanda war normalerweise immer noch in der Schule. Wäre in der Schule gewesen, wenn ... Und eben deshalb kam ihm die Stille niederschmetternd vor. Denn sie würde niemals enden. Kein Lachen mehr. Keine Diskussionen am Abend so wie früher, ob Jolanda schon um neun oder doch erst um zehn Uhr nach Hause kommen dürfe. Keine laute Musik mehr, von der er Kopfschmerzen bekam. Wie gerne würde er diese Kopfschmerzen aushalten! Klaglos, wenn dafür nur sein Kind noch lebte!

Doch sie war tot. Keine gemeinsamen Gespräche mehr, über Politik und das Weltgeschehen, bei denen Jo alles, was er sagte, aufsog und ihm später mit seinen eigenen Worten Kontra gab. Dass Jo, seine kleine und doch schon so große Jolanda, nie mehr zurückkommen würde, war für ihn unvorstellbar. Ein Horrorszenario, dessen Grausamkeit nicht einmal von den schlimmsten Gruselfilmen übertroffen wurde.

War dies überhaupt sein Haus? Es sah aus wie seins, aber es wirkte vollkommen fremd. Verändert. Als hätte er jeden Bezug dazu verloren.

Er ging zu der Bar im Wohnzimmer, die nur dürftig gefüllt war, denn er trank selten Alkohol. Doch heute brauchte er einen kräftigen Drink. Oder zwei. Vielleicht fühlte sich das Haus danach wieder wie sein Heim an. Er griff zur erstbesten Flasche, einen spanischen Brandy, schenkte sich ein Glas voll und trank es in einem Schluck aus. Goss es noch einmal voll und kippte den Inhalt hinunter, ohne etwas zu schmecken. Er spürte nur das Brennen im Magen und die alkoholbedingte Hitzewallung.

Langsam ging er in den ersten Stock, wo Jolanda ihr Zimmer hatte. Er öffnete die Tür, und ihr Duft schlug ihm entgegen – nach dem Apfelshampoo, das sie so gern benutzt hatte. Ihm wurde schwindelig. Hastig setzte er sich auf ihr Bett, bevor er umkippte. Er strich über das ungemachte Bett, ehe er seinen Kopf auf das Kissen legte. Hier war der Duft nach Apfelshampoo noch intensiver.

Er brach in Tränen aus. Schlug auf das Kissen ein und wünschte sich, es wäre das Gesicht ihres Mörders. Es durfte nicht wahr sein. Es durfte einfach nicht wahr sein! Jolanda hatte doch noch ihr ganzes Leben vor sich gehabt. Er hörte ein Jaulen, Wimmern und Röcheln und begriff erst sehr viel später, dass er selbst diese Laute ausstieß. Egal. Hier hörte ihn keiner und er musste sich nicht zusammenreißen. Konnte seiner Trauer, seiner Verzweiflung freien Lauf lassen.

Könnte er doch die Zeit zurückdrehen und verhindern, dass Jo gestern Abend das Haus verließ! Dann wäre sie noch am Leben. Schuldgefühle überschwemmten ihn mit einer solchen Macht, dass er sie wie ein Stakkato von Schlägen empfand. Er hatte Jo wohl zu viele Freiheiten gelassen, sie zu sehr verwöhnt, ihr jeden Wunsch erfüllt und ihr zu wenige Grenzen gesetzt. Oder war es umgekehrt? Hatte er sie zu sehr behütet, dass sie sich gegängelt gefühlt und deshalb zu einer Lüge gegriffen hatte, um sich abends aus dem Haus zu stehlen? Wie oft hatte sie ihn wohl noch belogen? War er schuld an ihrem Tod?

Sein Körper schmerzte. Der Brandy ließ seinen Magen rebellieren. Er würgte, hastete ins Bad und übergab sich. Kotzte sich die Seele aus dem Leib, bis nur noch grünlicher Schleim kam. Die Seele? Nein, die war schon fort. Ihm aus dem Leib gerissen worden mit Jos Tod.

Er kehrte in ihr Zimmer zurück, um Jo festzuhalten und prägte sich jedes Detail ein, als sähe er es zum ersten Mal. Auf dem Sideboard stand das goldgerahmte Foto von Marianne. Jolanda hatte ihre Mutter nie vergessen. Die Schulbücher waren nach Themen sortiert, genauso ordentlich wie seine Akten im Büro. Ihr Notebook auf dem Schreibtisch stand aufgeklappt, wie sie es verlassen hatte. Daneben saß ihr alter Teddy, das ehemals braune Fell verblasst und knubbelig von intensiven Umarmungen und auch Tränen.

Er ertrug es nicht länger hier zu sein. Hastig verließ er das Zimmer, kehrte ins Wohnzimmer zurück und goss sich einen weiteren Brandy ein. Er setzte sich in einen Sessel und starrte durch das Terrassenfenster in den Garten, ohne mehr wahrzunehmen als eine grüne Fläche unterbrochen von ein paar Farbklecksen.

Warum nur? Warum? Diese Frage kreiste wie ein immer schneller werdendes Karussell in seinem Kopf. Gefolgt von dem nicht weniger dringenden „Wer?“. Wer hatte Jo das angetan? Dass sie vergewaltigt worden war, stand für ihn außer Frage. Auch wenn Jessica das nicht direkt bestätigt hatte. Er kannte sie seit zehn Jahren und wusste zwischen den Zeilen dessen zu lesen, was sie sagte und wie sie es sagte. Sie war davon überzeugt, dass eine Vergewaltigung stattgefunden hatte; also konnte er das als Fakt betrachten.

Bei dem Gedanken, dass der Mörder Jo dieses Unaussprechliche angetan hatte, bekam er das Gefühl, sein ganzer Körper stünde in Flammen. Er kippte den Brandy hinunter, der seinem Namen alle Ehre machte und auf seinem Weg in den Magen brannte wie Höllenfeuer. Namenloses Grauen schlug über ihm zusammen. Bilder und Gedankenfetzen rasten durch sein Gehirn, unzusammenhängend und eins schlimmer als das andere. Gesichtslose schwarze Gestalten vergingen sich an Jo. Volker brüllte, wollte ihr helfen und war doch wie gelähmt. Gewaltsam unterdrückte er die Bilder und versuchte, einen klaren Gedanken zu fassen. Vergeblich. Er goss sich einen weiteren Brandy ein, trank auch den auf ex und sackte kurz danach in seinem Sessel zusammen.

*

Hajo Schiele hatte Jessica zur Ermittlungsleiterin für den Mord an Jolanda ernannt. Markus Stelzer hatte den Fall als Staatsanwalt übernommen und der ersten Besprechung des Teams der „MK Jolanda“ beigewohnt. Im K11 hatte es sich in Windeseile herumgesprochen, dass die Tote im Grüneburgpark Jolanda Schilling war. Obwohl sie alle bereits mindestens einmal in ihrer Karriere mit Mordfällen zu tun gehabt hatten, machte dieser sie besonders betroffen. Wenn ein Bekannter oder wie in diesem Fall die Tochter eines Mannes das Opfer war, den jeder mehr oder weniger gut kannte, gewann die Ermittlung einen ganz anderen „Beigeschmack“. Nicht dass das den Eifer, mit dem der Fall untersucht wurde, in irgendeiner Weise beeinflusst hätte. Jeder im K11 gab grundsätzlich sein Bestes. Falls nicht, wurde derjenige schon sehr bald zu einer anderen Abteilung versetzt. Hajo legte als Dienststellenleiter großen Wert darauf, das beste Team zu haben.

Aber in einen Fall wie diesem mischte sich eine nicht unerhebliche Versagensangst, auch wenn keiner das zugeben mochte. Die konnte anspornen oder lähmen. Bei Jessica verursachte sie ein verdammt mulmiges Gefühl und einen Druck, der ihr ganz und gar nicht gefiel. Ihre Freundschaft mit Volker hatte sie zu einem Versprechen verleitet, das sie möglicherweise nicht halten konnte. Auch wenn Mord nicht verjährte und die Aufklärungsquote jedes Jahr bei durchschnittlich fünfundneunzig Prozent lag, blieben immer noch diese fünf Prozent, die sich nicht oder erst nach Jahren, manchmal sogar nach Jahrzehnten aufklären ließen. Und vor Volker wortbrüchig dazustehen, wäre mehr als unangenehm. Ja, es hatte definitiv seinen mehr als berechtigten Grund, warum Beamte, die in irgendeiner Form persönlich in einen Fall verstrickt waren, in dem nicht ermitteln durften.

Da die Kriminaltechniker immer noch damit beschäftigt waren, den Tatort akribisch zu untersuchen und alles zu asservieren, was vielleicht mit der Tat zu tun haben könnte, konnte das MK-Team noch nicht viel tun. Deshalb fuhren Franz und Jessica zu Jolandas Freundin Nathalie, um mit ihr zu sprechen. Vielleicht konnte sie Licht in das Dunkel der Frage bringen, was Jo spät abends im Park gewollt hatte, zumindest aber den Grund nennen, warum sie den gemeinsamen Kinobesuch abgesagt hatte.

Schlehenweg 9 B entpuppte sich als ein gepflegtes Einfamilienhaus mit Vorgarten und Ligusterhecken als Grundstücksbegrenzung. Eine Frau ungefähr Ende dreißig öffnete ihnen die Tür, nachdem sie geklingelt hatten. Jessica und Franz zückten ihre Dienstausweise.

„Kripo Frankfurt, Hauptkommissarin Steinfels und Hauptkommissar Faller", stellte Jessica sie beide vor. „Frau Feld?"

Die Frau nickte und reichte ihnen die Hand. „Lina Feld, guten Tag."

„Wir hatten telefonisch schon angekündigt, dass wir im Mordfall Jolanda Schilling ermitteln und gerne mit Nathalie sprechen würden. Ist sie da?"

Lina Feld nickte. „Bitte kommen Sie rein. Das mit Jolanda ist ganz schrecklich. Ich habe es Nathalie schonend beizubringen versucht, als sie vorhin aus der Schule kam. Sie ist vollkommen fertig. – Darf ich ihnen einen Kaffee oder einen Tee anbieten?"

„Zu einem Kaffee sagen wir nicht Nein", nahm Jessica das Angebot an.

Sie und Franz setzten sich im Wohnzimmer an den Tisch, an den Lina Feld ihnen mit einer Handbewegung Platz angeboten hatte.

„Nathalie!", rief sie. „Die Herrschaften von der Polizei sind da! Kommst du bitte ins Wohnzimmer."

Aus einem angrenzenden Zimmer kam eine junge Frau mit rotgeweinten Augen, ein zerknülltes Taschentuch in der Hand. Das etwas wirr in ihr Gesicht hängende dunkle Haar zeigte, dass sie es sich gerauft haben musste. In Zusammenhang mit ihrem tieftraurigen Gesichtsausdruck wirkte sie wie die personifizierte Verlorenheit. Sie setzte sich an den Tisch und vermied es, Jessica oder Franz in die Augen zu sehen. Stattdessen starrte sie auf die bunte Tischdecke und knetete das Taschentuch.

Lina Feld streichelte ihrer Tochter kurz den Rücken. „Ich mach uns Kaffee. Möchtest du auch einen?"

Nathalie schüttelte den Kopf. Ihre Mutter nickte ihr zu, lächelte aufmunternd und ging in die Küche.

„Nathalie, das mit Jolanda tut uns sehr leid", versicherte Jessica. „Wie es aussieht, bist du eine der letzten Personen, die Kontakt zu ihr hatte. – Ich darf dich doch noch duzen?"

Nathalie nickte.

„Jolanda ist gestern Abend im Grüneburgpark Opfer eines Gewaltverbrechens geworden. Ihr Vater hat uns gesagt, dass du gestern mit ihr noch telefoniert hast. Ihr wolltet ursprünglich zusammen ins Kino."

Nathalie nickte wieder. Neue Tränen traten in ihre Augen. Sie wischte sie mit dem zerknüllten Taschentuch ab. „Ich versteh nicht, warum sie abgesagt hat. Wir hatten uns schon seit Tagen auf den Film gefreut. *Doctor Strange*." Ein allzu flüchtiges Lächeln huschte über ihr Gesicht. „Darum habe ich mich sehr gewundert, als Jolanda mich gegen halb sechs angerufen hat, um den Kinobesuch abzusagen – eine halbe Stunde, bevor wir uns beim Kino treffen wollten." Sie schüttelte den Kopf. „Ein Treffen, das zwischen uns fest vereinbart war, hat sie noch nie abgesagt. Kein einziges Mal! Sie plant alles immer ganz genau. Und was sie plant, das hält sie ein."

Das wusste Jessica auch. Nach dem Tod ihrer Mutter waren minutiöse Planungen für Jolanda ein wichtiges Kriterium gewesen, das sie für ihre seelische Stabilität gebraucht hatte. Durch den Verlust hatte sie das Leben als so unberechenbar empfunden, dass sie diese Unberechenbarkeit mit strenger Strukturierung und deren Einhaltung versucht hatte auszuhebeln. Wenn etwas nicht klappte, geriet sie jedes Mal an den Rand einer Panik. Natalie hatte recht: Ein vereinbartes Treffen abzusagen, noch dazu derart kurzfristig, passte nicht im Geringsten zu Jolanda.

Franz zog sein Notizbuch und einen Kugelschreiber aus der Jackentasche und schrieb in Stichpunkten auf, was Nathalie gesagt hatte.

„Sie ist immer so pünktlich, nach ihr kann man die Uhr stellen ... Konnte." Nathalies zurückgehaltene Tränen brachen sich Bahn. Sie vergrub das Gesicht in den Armen und schluchzte. Jessica streichelte sanft ihren Rücken, wohl wissend, dass das nicht den geringsten Trost brachte.

Lina Feld kam aus der Küche geeilt und nahm ihre Tochter in die Arme. Murmelte tröstende Worte, die vermutlich ungehört verhallten, und reichte Nathalie ein frisches Taschentuch.

„Wenn es zu schmerzhaft für dich ist, können wir uns auch morgen unterhalten", bot Jessica an, die aus Erfahrung wusste, dass Zeugen in diesem Zustand nicht immer hilfreich waren.

„Geht schon." Nathalie schnäuzte sich, wischte die Tränen ab und unterdrückte sichtbar weitere.

„Hat Jolanda einen Grund für die Absage erwähnt?", wollte Franz wissen.

„Nein", schluchzte Nathalie. „Sie hat nur gesagt, ihr wäre was dazwischengekommen."

„Und sie hat nicht gesagt oder angedeutet, was das sein könnte?"

„Nein. Und auch das passt nicht zu ihr. Wir sind beste Freundinnen! Wir haben uns immer alles gesagt." Die Verletztheit darüber, dass die beste Freundin ihr etwas verschwiegen hatte, war nicht zu überhören.

„Hast du nachgefragt?", hakte Franz nach.

„Klar. Aber sie hat nur gesagt, es wäre was Wichtiges. Ziemlich kurz und knapp. Dann hat sie einfach aufgelegt. Auch das hat sie noch nie gemacht. Ich war darüber ziemlich sauer." Was sich selbst jetzt noch in ihrem Tonfall ausdrückte.

Diese ungewöhnliche Geheimniskrämerei passte zu Jessicas Theorie mit der Beziehungstat. Sie hatte zwar keine Kinder, aber von Kollegen mit Kindern im Teenageralter gehört, dass beste Freundinnen und Freunde schlagartig zweitrangig wurden, sobald die erste Liebe die Bühne betrat. Die oft auch mit manchmal an Verstocktheit grenzender Verschwiegenheit einherging.

„Hatte Jolanda einen Freund?"

Nathalie schüttelte heftig den Kopf. „Das hätte sie mir garantiert gesagt. – Oder?" Der Blick, mit dem sie Jessica ansah, drückte deutlich aus, dass sie in diesem Moment das „oder" für wahrscheinlicher hielt. Was mit dem neuen Schmerz einherging, für die beste Freundin nicht mehr das Wichtigste gewesen zu sein.

Aus der Küche ertönte das typische Röcheln einer Kaffeemaschine, die im Endstadium ihrer Arbeit war. Lina Feld ging hin und kehrte gleich darauf mit einem Tablett, dem Kaffee und Geschirr zurück, das sie vor Jessica und Franz hinstellte, Kaffee einschenkte und Milch und Zucker dazustellte.

Nathalie schniefte. „Es tut mir so leid, aber ich kann Ihnen leider überhaupt nichts sagen. Aber eines ist sicher: Wenn Jo niemandem etwas gesagt hat, weder mir noch ihrem Vater, dann muss es etwas Wichtiges gewesen sein." Sie zuckte mit den Schultern. „Vielleicht war jemand in der Klemme, und sie wollte helfen. Keine Ahnung. Aber dann hätten wir doch zusammen hinfahren können. Ach, Jo!" Sie weinte leise vor sich hin.

Ihre Mutter streichelte ihren Kopf. „Vielleicht hat es mit ihrem Job bei der Bahnhofsmission zu tun", vermutete sie.

„Welcher Job?", wollte Jessica wissen.

Nathalie wischte sich über die Augen und nickte. „Sie hat vorige Woche ehrenamtlich bei der Bahnhofsmission angefangen. Als Vorbereitung auf ihr Soziologiestudium. Sie wollte Sozialarbeiterin werden."

Was zu etlichen Diskussionen im Haus Schilling geführt hatte, wie Jessica wusste, denn Volker hätte es lieber gesehen, wenn Jo in seine Fußstapfen getreten wäre und Jura studiert hätte. Am Ende hatte er aber ihre Wahl respektiert.

Nathalie runzelte die Stirn. „Wenn ich darüber nachdenke ... Also, es könnte schon sein, dass es was mit dem Ehrenamt zu tun hat. Am Freitag ist sie mitten aus 'ner Matheklausur rausgelaufen, weil sie eine Nachricht auf dem Handy bekommen hatte. Hat was von einem Notfall gesagt. Herr Döring, unser Mathelehrer, war stinksauer und wollte sie zurückhalten, aber Jo hat sich nicht beirren lassen, hat die Arbeit abgegeben und ist gegangen." Sie nickte heftig. „Am Abend habe ich mit ihr telefoniert und sie gefragt, was los war. Da hat sie gesagt, sie habe jemanden sterben gesehen. Über die Details wollte sie nicht reden."

Jessica und Franz sahen einander an. Gab es hier eine heiße Spur?

„Sie hat nicht zufällig gesagt, wen sie hat sterben sehen?", hakte Franz nach und nahm einen Schluck Kaffee.

Nathalie schüttelte den Kopf. „Sie hat das Gespräch dann ziemlich schnell beendet. – Überhaupt war sie irgendwie anders, seit sie den Missionsjob hatte." Sie blickte Jessica an. „Hat ihr Tod damit zu tun?"

„Das finden wir raus", versprach Jessica.

Allerdings wäre es ein großer Zufall, wenn die Tätigkeit für die Bahnhofsmission mit dem Mord an Jolanda in Verbindung stände. Ausgeschlossen war es jedoch nicht. Jessica trank ihren Kaffee, während sie in Gedanken kombinierte, wie die Dinge wohl zusammenhingen.

„Kannst du uns sonst noch irgendwas sagen, Nathalie?", fragte sie, als sie die Tasse ausgetrunken und das Mädchen kein weiteres Wort gesagt hatte.

Nathalie dachte nach, ehe sie den Kopf schüttelte.

Franz schob ihr eine Visitenkarte hin. „Du hast uns schon sehr geholfen", versicherte er. „Falls dir noch was einfällt, auch wenn es dir vielleicht unwichtig vorkommt, ruf uns an. Okay?"

Nathalie nickte. Er klappte sein Notizbuch zu und trank seinen Kaffee aus. Mit einem Blick verständigten er und Jessica sich, dass sie hier fertig waren. Beide standen auf.

„Tschüss, Nathalie“, sagte Jessica und reichte ihr ihre eigene Visitenkarte. „Vielen Dank für deine Hilfe. Und Ihnen, Frau Feld, für den hervorragenden Kaffee.“

„Keine Ursache.“ Lina Feld begleitete die beiden hinaus. „Ich hoffe, Sie finden den Mörder.“ Sie schüttelte den Kopf. „Wer tut denn so was?“

„Das finden wir heraus, Frau Feld. Und eher werden wir nicht ruhen.“ Denn Jessica hatte ein Versprechen zu erfüllen. Sie verabschiedete sich.

„Bahnhofsmission?“, vergewisserte sich Franz, als sie im Auto saßen.

Jessica nickte und fragte sich, was sie über Jolanda noch alles herausfinden würden, was niemand gewusst oder ihr zugetraut hatte.

*

Daniel Mannsfeld, Leiter der Bahnhofsmission, empfing Jessica und Franz mit einem kräftigen Händedruck. Der Mittvierziger musterte sie mit wachem Blick aus nussbraunen Augen, in denen Jessica auch eine gewisse Vorsicht entdeckte. „Was kann ich für Sie tun?“, fragte er und strich sich über das volle dunkle Haar. Bei einem anderen Menschen hätte die Geste vielleicht eitel gewirkt, bei Mannsfeld wirkte sie mehr wie ein Reflex. „Es ist hoffentlich keine Katastrophe passiert? Von denen haben wir schon genug hier. Menschliche Katastrophen, wenn Sie verstehen, was ich meine.“ Er deutete einladend auf die Stühle vor seinem Schreibtisch.

Jessica und Franz setzten sich.

„Herr Mannsfeld, nach unseren Informationen hat Jolanda Schilling ehrenamtlich hier gearbeitet“, leitete Jessica die Befragung ein. „Ist das korrekt?“

Mannsfeld nickte. „Seit knapp einer Woche.“ Er sah von einer zum anderen. „Es ist ihr doch nichts passiert? Sie wollte heute um halb drei herkommen, ist aber nicht aufgetaucht.“

„Jolanda Schilling wurde gestern Abend Opfer eines Gewaltverbrechens.“

Mannsfeld stieß scharf die Luft aus. „Meine Güte! Das arme Mädchen! Wann und wo, und vor allem – was ist ihr denn zugestoßen?“

„Wir dürfen aus ermittlungstechnischen Gründen keine Details nennen“, wehrte Franz ab.

Mannsfeld blickte ihn an. Empörung malte sich auf seinem Gesicht. „Sie glauben doch nicht etwa, dass ihr Tod – Mord? – mit ihrer Arbeit hier zu tun hat?“ Er schüttelte den Kopf. „Ausgeschlossen!“

„Um eben das sicherzustellen, wäre es hilfreich, wenn Sie uns sagen, was Jolandas Aufgabe hier gewesen ist.“

Mannsfeld strich sich erneut übers Haar. „Selbstverständlich. Sie hat letzten Mittwoch hier angefangen. Ihr erster Auftrag war, ein paar Unterlagen zu unserer Fixerstube zu bringen. Der ‚Druckraum' in der Moselstraße. Es war nur ein Botengang. Sie kam auch relativ zeitnah wieder zurück.“

Jessica notierte das.

„Danach hat sie sich in unser Programm eingearbeitet. Wie Sie vielleicht wissen, bieten wir in der Bahnhofsmission ein praktisches sowie spirituelles Programm. In unseren Räumen können sich Reisende oder das Bahnhofspersonal entspannen, was lesen oder bei Musik meditieren. Beten. Und für Behinderte bieten wir eine Umsteigehilfe, das heißt, wir begleiten sie von einem Bahnsteig zum nächsten und helfen ihnen in ihren Anschlusszug. Jolanda hat die Blumen gegossen und die Räume sauber gemacht und die Texthefte sortiert. Um halb vier hat sie ihren ersten Tag bei uns beendet. Sie hatte mit Sicherheit noch eine große Zukunft vor sich.“ Er schüttelte den Kopf. „Sie war so engagiert. Wissen Sie, viele gerade junge Freiwillige haben keine oder eine völlig andere Vorstellung von unserer Arbeit. Und wenn man sie auffordert sauberzumachen, sind sie erst empört und am nächsten Tag für immer weg. Nicht so Jolanda. Sie hat alles mit einer Begeisterung gemacht, als wäre der Putzdienst hier eine Auszeichnung.“

Das sah Jo in der Tat nicht ähnlich. Zu Hause gab es, wie Volker Jessica mal erzählt hatte, immer wieder Streit, weil sie ihr Bett nicht machte und oft genug ihre Kleidung im Zimmer verstreute, als gäbe es keinen Schrank und keinen Stuhl dafür. Außerdem gab es zu Hause eine Reinigungskraft, die für Sauberkeit sorgte. Und hier hatte Jolanda freiwillig Putzdienst geleistet, als wäre der eine Auszeichnung?

Mannsfeld seufzte. „Wenn man so lange hier arbeitet wie ich, dann hat man schon sehr viel erlebt. Sehr viele Schicksale. Sehr viele Menschen, die kamen und gingen. Gerade auch bei den Ehrenamtlern. Jolanda war ein aufgehender Stern am Himmel. Sie wollte Sozialarbeiterin werden. Ich bin mir sicher, sie hätte es weit gebracht. Verdammt." Er blickte zur Seite.

Jessica stimmte diesem „verdammt" uneingeschränkt zu. „War sie den Rest der Woche jeden Tag hier? Wenn ja, von wann bis wann? Sie hatte ja auch Schule."

Mannsfeld nickte. „Das war von vorn herein klar. Sie erzählte mir, dass sie ein Einser-Abitur hinlegen wollte, Schule ging ihr vor. Wir hatten uns geeinigt, dass sie kommt, wann immer es für sie zeitlich möglich war. Donnerstag war bis Nachmittag Schule, da lohnte es sich für sie nicht. Am Freitag hatten wir einen Notfall. Eine junge Frau gab sich in der Bahnhofstoilette den Goldenen Schuss. Jolanda hat sie wohl gekannt. Soweit ich das, was sie hinterher zu sagen imstande war, richtig verstanden habe, hat das Mädchen sie wohl angerufen und um Hilfe gebeten. Sie ist direkt von der Schule hergekommen, um der Frau zu helfen." Er schüttelte den Kopf. „Ich habe ihr gesagt, dass sie das nicht hätte tun dürfen, sondern sofort mich oder die Polizei hätte verständigen müssen. Aber ich glaube, das hat sie nicht so richtig mitbekommen. Die Frau ist noch vor Eintreffen des Rettungswagens gestorben. Jolanda war die letzten Minuten ihres Lebens bei ihr und hinterher fix und fertig. Sie ist danach gleich zu uns gekommen. Sie brauchte Trost, um das zu verarbeiten. Man hält schließlich nicht jeden Tag eine Sterbende in den Armen und erlebt ihren Tod hautnah mit. Als sie heute nicht gekommen ist, dachte ich, das Erlebnis hat sie so abgeschreckt, dass sich damit ihr Ehrenamt erledigt hat."

Jessica und Franz sahen einander an. Das deckte sich mit dem, was Nathalie gesagt hatte und würde dazu passen, dass Jo mitten in einer Matheklausur rausgerannt war. Für eine Fremde hätte sie das wohl kaum getan.

Mannsfeld seufzte. „Ich vermute, dass ihre Bekanntschaft, vielleicht sogar Freundschaft mit der Toten wohl den Anlass für ihr

Ehrenamt bei uns gegeben hat. Für die Probleme der Junkies hat sie sich besonders interessiert. Sie wollte Gutes tun."

Jessica nickte. Das war in der Tat typisch Jolanda. „Wann traf Jolanda am Freitag hier ein?"

Mannsfeld überlegte. „Das muss zwischen halb eins und eins gewesen sein. Ich habe nicht auf die Uhr gesehen. Wir hatten hier gerade ein ziemliches Tohuwabohu mit einer afrikanischen Familie, die kein Wort Deutsch und auch kein Englisch oder Französisch sprach, aber total panisch war. Wir hatten Mühe, sie zu beruhigen und rauszufinden, woher sie kamen, damit wir einen Dolmetscher organisieren konnten. Erst danach konnten wir uns um Jolanda kümmern."

„Hat sie gesagt, wie die Tote heißt?", wollte Franz wissen.

Mannsfeld schüttelte den Kopf. „Sie hat geweint und die nicht zu beantwortende Frage nach dem Warum gestellt." Er seufzte. „Was hätte ich darauf antworten sollen? Mit religiösen Plattitüden? Gemeinplätzen?"

Das Problem kannte Jessica nur allzu gut. Sie konnte durch ihren Job immerhin dazu beitragen, einen Teil dieser Frage zu beantworten, aber selten vollständig. Auch wenn das Motiv eines Täters glasklar war, blieb meistens noch die Frage, warum es überhaupt so weit gekommen war, dass er die Tat begangen hatte. Darauf wussten oft genug nicht einmal die Täter eine Antwort.

„War Jolanda bis zum Sonntag noch einmal hier?", fragte Franz.

„Ich hatte am Wochenende frei." Mannsfeld zog ein Klemmbrett heran und blätterte ein paar Seiten darauf um, ehe er den Kopf schüttelte. „Sie hat sich weder Samstag noch Sonntag in die Anwesenheitsliste eingetragen. Und so gewissenhaft, wie sie bei allem war, kann ich mir nicht vorstellen, dass sie das zweimal vergessen hat."

Das konnte sich Jessica auch nicht vorstellen. Andererseits konnte sie sich auch nicht vorstellen, dass Jo mit einer Drogensüchtigen befreundet gewesen war. Volker wäre ausgerastet, wenn er davon gewusst hätte, denn so eine Freundschaft hätte ihn als Staatsanwalt angreifbar machen können. Aber Kinder veränderten sich gewaltig, wenn sie Teenager wurden, wie Franz – Vater von drei Sprösslingen – nie müde wurde zu jammern. „Gibt es sonst noch etwas, was Sie uns sagen können? Oder wollen?"

Mannsfeld überlegte einen Moment und schüttelte den Kopf. „Außer dass es mir wahnsinnig leid tut um Jolanda. Ich hoffe, Sie finden den Täter. Möglichst bald."

„Das haben wir vor", versicherte Jessica und klappte ihr Notizbuch zu. „Danke, Herr Mannsfeld. Sie haben uns ein gutes Stück weitergeholfen." Sie reichte ihm ihre Visitenkarte.

Das tat auch Franz. „Falls Ihnen noch was einfällt, können Sie uns jederzeit anrufen."

„Mach ich", versicherte Mannsfeld.

Die beiden verabschiedeten sich und gingen zum Parkplatz.

„Was hältst du von ihm?", fragte Jessica.

„Er wirkt integer und engagiert. Ich mache mir mehr Gedanken darüber, ob das Mädchen tatsächlich mit einem Junkie befreundet gewesen sein könnte." Er sah Jessica an. „Du hast sie gekannt. Was meinst du?"

Sie seufzte und schüttelte den Kopf. „Das passt nicht zu ihr. Jedenfalls erscheint es mir unwahrscheinlich. Aber so gut habe ich sie auch nicht gekannt. Ich bin ihr nur ein paar Mal begegnet. Volker hat viel über sie erzählt. Offenbar hat sie aber ein Geheimnis gehabt, von dem sie nicht mal ihrer besten Freundin erzählt hat. Also ist theoretisch alles möglich."

Sie hatten den Parkplatz erreicht und Jessica schloss den Wagen auf. „Lass uns rausfinden, wer die Tote vom Bahnhof ist. Vielleicht wissen wir dann mehr."

Sie fuhren ins Präsidium zurück und telefonierten sich durch die Krankenhäuser nach einer Drogentoten, die am Freitagmittag am Hauptbahnhof gefunden worden war. Schon beim dritten Versuch wurden sie fündig. Ein junges Mädchen, sechzehn bis neunzehn Jahre alt, hatte sich auf der Toilette des Bahnhofs den Goldenen Schuss gesetzt. Die Rettungskräfte hatten sie noch ins Krankenhaus gebracht, wo sie wenig später verstorben war. Da sie weder Ausweispapiere noch etwas anderes bei sich gehabt hatte, anhand derer man sie hätte identifizieren können, nicht einmal ein Handy, lag sie als unbekannte Tote in der Pathologie des Krankenhauses.

Eine interessante Information. Die die Frage aufwarf, warum Jolanda den Rettungskräften nicht den Namen des Mädchens genannt hatte. Sie musste sie gekannt haben, andernfalls wäre sie nicht mitten aus dem Unterricht gerannt, um ihr zu helfen. Seltsam.

Jessica rief Sven Köhler an, der sich zusammen mit Monika Möller in der Schule umhörte, und bat ihn, Jolandas Mathematiklehrer auf den Vorfall am Freitag anzusprechen. Anschließend genehmigte sie sich einen starken Kaffee und zwei Kopfschmerztabletten, ehe sie ihren Bericht in den Computer tippte. Hörte der Brummschädel denn gar nicht mehr auf? Franz kümmerte sich um einen richterlichen Beschluss für die Ortung von Jolandas Handy. Doch mit dem war frühestens morgen zu rechnen.

Als Jessica den Bericht beendet hatte, war es Zeit für die Nachmittagsbesprechung. Ihre Kopfschmerzen waren endlich weg. Wieder nahm Staatsanwalt Markus Stelzer teil, obwohl er das nicht musste.

Sven und Monika berichteten, was sie in der Schule erfahren hatten. Jolanda war bei den meisten Klassenkameraden beliebt. Die Lehrer mochten sie wegen ihres umgänglichen, freundlichen Wesens. Außerdem war sie eine hervorragende Schülerin, eine Überfliegerin, wie einer es formuliert hatte. Das hatte Dr. Döring, der Mathelehrer, bestätigt. Obwohl Jolanda am Freitag zehn Minuten vor dem Ende der Stunde ihre Klausur abgegeben hatte, weil sie einen nicht näher genannten Notruf auf dem Handy erhalten hatte, war sie nicht nur bereits mit der Arbeit fertig gewesen, sondern hatte die Aufgaben fehlerfrei gelöst. Nicht nur er war über ihren Tod entsetzt und erschüttert.

Die Frage, ob Jolanda einen Freund gehabt hatte, hatten alle übereinstimmend verneint. Falls sie doch einen gehabt haben sollte, dann niemanden aus der Schule. Natürlich mussten noch ihre Klassenkameraden befragt werden, ob jemand in den letzten Tagen oder grundsätzlich etwas Ungewöhnliches bei Jolanda bemerkt hatte, aber nicht nur Jessica machte sich in dem Punkt keine Hoffnungen. Wenn nicht einmal die beste Freundin etwas wusste, hatte Jo sich ganz sicher auch niemand anderem anvertraut. In der Schule gab es deshalb keinerlei Anhaltspunkte, die eine Spur zu ihrem Mörder liefern könnten.

Alle hofften, dass die Obduktionsergebnisse sie weiterbringen würden. Vielleicht lag morgen sogar schon ein erster Bericht der KTU vor. Da sie heute nicht mehr viel tun konnten, schickte Jessica die Leute nach Hause und machte ebenfalls Feierabend. Auf dem Heimweg spielte sie mit dem Gedanken, noch bei Volker Schilling vorbeizufahren; vielleicht konnte sie ihm etwas Trost spenden.

Sie entschied sich dagegen. Bei einem solchen Verlust, wie er ihn erlitten hatte, gab es keinen Trost. Bestimmt hatte Volker sich seiner Trauer hingegeben und wollte in dem Zustand, in dem er sich höchstwahrscheinlich befand, niemanden sehen. Sie würde ihn anrufen und ihre Unterstützung anbieten. Wenn er sie sehen wollte, konnte sie immer noch zu ihm fahren.

Als Jessica nach Hause kam und die Wohnungstür aufschloss, schlug ihr ein Hauch von Kälte entgegen. Nicht, dass die Heizung nicht funktioniert hätte; die hatte alle Zimmer bereits angenehm aufgewärmt. Aber die Wohnung war ebenso leer wie der Kühlschrank und ließ sie die Einsamkeit fühlen, die sie für gewöhnlich erfolgreich ignorierte. Doch durch Jolandas Tod und den Gedanken daran, dass Volker nun völlig allein auf der Welt war – was ihr tiefer ins Herz schnitt, als sie wahrhaben wollte –, spürte sie ihre eigenen Defizite auf dem Gebiet nur allzu deutlich. Ihr Job hatte ihr schon so manche Beziehung kaputtgemacht und ließ auch nur wenig Zeit für Freundschaft. Freundschaften wollten gepflegt werden. Das kostete Zeit, die Jessica selten hatte.

Sie griff zum Telefon und wählte Volkers Nummer. Doch sie erreichte nur den Anrufbeantworter. „Hier ist Jessica", hinterließ sie eine Nachricht. „Ich wollte fragen, ob ..." – *du klarkommst.* Nein, das konnte sie nicht sagen, denn das klang in der gegebenen Situation nicht nur bescheuert, sondern auch gefühllos. „Ob ich was für dich tun kann. Irgendwas. Schulter zum Ausweinen leihen, zuhören – was auch immer. Wenn du was brauchst, ich bin für dich da. Jederzeit." Sie wollte schon auflegen, fügte aber hinzu: „Tag und Nacht. Und das meine ich wörtlich. Bis dann."

Sie legte auf und fühlte sich noch beschissener als vorher. Kurzentschlossen verließ sie die Wohnung, bevor ihr die Decke auf den Kopf fiel, und ging zur *Bodega* gleich um die Ecke. Früher war diese *Bodega* ein Apfelweinlokal gewesen, bis die alteingesessenen Sachsenhäuser, die es über viele Jahre geführt hatten, es aus Altersgründen an einen Spanier verkauft hatten. Er hatte das Lokal umgestaltet und umbenannt, machte seine Sache aber richtig gut.

Dieses spanische Restaurant war inzwischen ein Insider-Tipp geworden. Die Tapas, die man dort bekam, waren ein Traum.

Als Jessica das Lokal betrat, brummte der Laden. Alle Tische waren besetzt. Mist! Sollte sie an der Bar warten, bis einer frei wurde oder in ein anderes Lokal gehen? Aber dort sah es wahrscheinlich auch nicht anders aus als hier. Und zurück in die einsamkeitskalte Wohnung zu gehen war keine Option. Sie bahnte sich ihren Weg zur Theke, wich einem schwer beladenen Kellner aus und prallte dadurch prompt gegen eine Frau, die im selben Moment von einem Zweiertisch aufstand, an dem sie allein gesessen hatte.

„Tschuldigung!“, sagten beide gleichzeitig.

„Nein, nein, es war mein Fehler“, versicherte die Frau. „Ich hab nicht aufgepasst. Tut mir leid.“

„Kein Problem. Wollten Sie gerade gehen? Kann ich dann Ihren Tisch haben?“

Sie schüttelte den Kopf. „Nur zur Toilette. Aber ich überlasse Ihnen gern den zweiten Platz.“ Sie verzog das Gesicht. „Man hat mich versetzt. Wenn Ihnen meine Gesellschaft also recht ist, nehmen Sie Platz. Ich bin gleich wieder da.“ Sie eilte in Richtung der Toilettenräume.

Jessica setzte sich und hielt die Gelegenheit für ein Geschenk des Himmels. Wer weiß, wie lange sie sonst auf einen freien Tisch hätte warten müssen. Sie angelte sich die Speisekarte, die neben dem Gedeck auf dem Platz der Frau lag, blätterte zu der Liste der Tapas und wurde wie immer mit der Qual der Wahl konfrontiert, denn das Angebot war sehr umfangreich. Als die Frau zurückkam, hatte sie sich immer noch nicht entschieden.

Die Fremde reichte ihr die Hand. „Nele Schröder.“

Jessica ergriff die Hand. „Jessica Steinfels. Danke für den Platz an Ihrem Tisch. Auch wenn der Anlass für Sie unschön ist.“

Nele Schröder winkte ab. „Halb so wild. Und nein, ich habe kein gebrochenes Herz. Ich wollte mir mit einer Bekannten einen schönen Abend machen. Vor zehn Minuten hat sie abgesagt, weil ihr Kind eine Kolik hat und dringend ins Krankenhaus muss.“ Sie zuckte mit den Schultern. „Shit happens, wie man so schön sagt.“ Sie lächelte Jessica an. „Ich bin zum ersten Mal hier. Kennen Sie sich hier aus? Was ist denn die Spezialität des Hauses?“

„Die Tapas. Die sind unbezahlbar. Für Leute, die noch nie welche gegessen haben oder sich nicht für eine Sorte entscheiden können", Jessica zwinkerte ihr zu, „gibt es einen Tapas-Teller mit verschiedenen Sorten."

Nele Schröder strahlte sie an. „Dann nehme ich den."

„Ich auch", entschied Jessica. Nachdem sie sich bisher nicht hatte entscheiden können, hatte sie keine Lust, noch lange zu überlegen. Sie hatte Hunger. Bis das Bestellte gebracht wurde, würde es sowieso noch eine Weile dauern. Übergangslos bekam sie ein schlechtes Gewissen. Sie saß hier und machte Smalltalk, während Volker zu Hause immens litt. Wie gern hätte sie ihm einen Teil des Leids abgenommen.

Die Bedienung kam und fragte nach ihren Wünschen. Nele Schröder warf Jessica einen verwunderten Blick zu, als sie zu den Tapas nur Mineralwasser und einen Mokka bestellte.

„Ich habe gestern ordentlich über die Stränge geschlagen", fühlte sich Jessica gezwungen zu erklären, „und bin so was von froh, dass die Katerkopfschmerzen endlich weg sind. Ich werde mich hüten, heute Alkohol auch nur anzusehen."

Nele Schröder schwieg eine Weile und sah Jessica nachdenklich an. „Geht mich ja nichts an, aber du siehst ... sorry, *Sie* sehen irgendwie traurig aus."

„Von mir aus können wir du sagen", bot Jessica an.

Sie konnte sich nicht erklären, warum sie das gesagt hatte. Normalerweise brauchte sie eine geraume Zeit des Kennenlernens, ehe sie einem Menschen das Du anbot. Was war an Nele Schröder anders, dass sie von dieser Routine abwich? Sie wirkte offen und umgänglich. Jessica spürte bei ihr eine authentische Herzlichkeit, von der sie sich angezogen fühlte. Wenn sie ehrlich war, spielte auch eine Rolle, dass sie ausgehungert war nach Gemeinschaft mit anderen Menschen, die ihr mehr bedeuteten als ihre Kollegen oder flüchtige Bekanntschaften. Nele war von einer Aura umgeben, die diese Sehnsucht zu erfüllen versprach.

Hatte Jolandas Mörder auf sie eine ähnliche Wirkung gehabt? Gerade Jo mit ihrem großen Herzen für alle Welt, hilfsbereit und mitfühlend, sah immer das Gute im Menschen, obwohl sie durch den Beruf ihres Vaters wusste, wie schlecht und bösartig manche Zeitgenossen sein konnten. Falls sich der Verdacht mit der Beziehungstat bestätigte, war es mehr als wahrscheinlich, dass die Person, mit der Jo im Park gewesen war, aus einem Milieu stammte, das ihr Vater im Leben nicht als Umgang für seine Tochter gebilligt hätte. Volker war zwar grundsätzlich ein toleranter Mensch, aber wenn es um Jo ging, hatte seine Toleranz manchmal sehr enge Grenzen. Dazu die Drogentote vom Freitag ... Hingen beide Fälle zusammen?

„Tschuldigung, ich bin wirklich zu neugierig", sagte Nele.

Erst dadurch wurde Jessica bewusst, dass sie ihr eine Antwort schuldig war. „Nein, bestimmt nicht. Mir ist nur ein Gedanke gekommen, der mit meinem neuen Fall zu tun hat." Sie lächelte entschuldigend. „Ich bin bei der Kripo und jage böse Buben und Mädels."

„Echt jetzt? Bei der Kriminalpolizei? Das klingt spannend."

Jessica nickte. „Wir haben heute einen Mordfall reinbekommen. Das Opfer ist jemand, den ich flüchtig kannte. Und ja, dieser Tod stimmt mich traurig. Gut beobachtet." Sie lächelte entschuldigend. „Ich kann leider nicht immer die Arbeit im Präsidium lassen. Also bin ich diejenige, die sich entschuldigen muss. Und was machst du so beruflich?" Eigentlich interessierte sie das nicht besonders. Aber Nele zuzuhören lenkte sie hoffentlich davon ab, über Jolandas Tod und Volkers Leid zu grübeln.

Das Essen und die Getränke wurden gebracht. Jessica lief beim Anblick der verschiedenen Tapas und dem Stück Schafskäse als Beilage das Wasser im Mund zusammen. Sie merkte erst jetzt, wie hungrig sie tatsächlich war.

Nele hatte sich einen Rotwein bestellt und trank einen Schluck. „Mein Job ist weniger spannend. Ich leite eine Firma in der Logistik-Branche mit Just-In-Time Lieferungen. Letztes Jahr kam eine Spedition dazu. Ärger gibt es immer mal mit der Zollabwicklung, da wir auch international tätig sind. Ansonsten haben wir einen mörderischen Zeitdruck." Sie verdrehte die Augen. „Dazu die ganzen Auflagen wie die vorgeschriebenen Ruhezeiten bei den Fahrern ..." Sie schüttelte den Kopf. „Wenn einer in einen Stau kommt, der länger als eine Viertelstunde dauert, wird's oft schon zeitlich eng. Schließlich darf ich die Fahrer nicht dazu ermutigen, die Geschwindigkeitsbegrenzungen zu überschreiten oder die Ruhezeiten nicht einzuhalten."

Jessica grinste. „Stimmt, das erlauben wir von der Polizei nicht."
Beide lachten.

Jessica fühlte, dass sie sich entspannte. Ein bisschen zumindest. Diesem bisschen könnte gern noch mehr folgen. Deshalb sah sie Nele auffordernd an, um sie zum Weitererzählen zu animieren. Das Manöver funktionierte.

„Ich habe ein ganz verrücktes Jahr hinter mir. Vor etwas mehr als zwei Jahren habe ich mich von meinem Freund getrennt. Der war stark esoterisch angehaucht und meinte, mich und mein Leben ständig analysieren zu müssen. Eigentlich ein echt lieber Kerl, aber das ging mir irgendwann tierisch auf den Geist. Wir haben uns im Guten getrennt. Freundinnen von mir haben dann beschlossen, mich unter die Haube zu bringen. In einem ganzen Jahr sollte das zu schaffen sein, meinten sie." Nele lachte. „Es wurde turbulent. Was glaubst du, wie viele Blind Dates ich hatte?"

„Dreihundertfünfundsechzig?", scherzte Jessica. „Moment, du brauchtest ja auch mal Pause zwischendurch, also waren es wohl nur dreihundertfünfzig." Sie konnte sich nicht erinnern, wann ihr letztes Date gewesen war. Wenn sie ehrlich war, hatte sie sich auch um keins bemüht. Bei dem einzigen Mann, der sie ernsthaft interessierte, hatte sie keine Chance, weil es in seinem Leben nur eine einzige Frau gegeben hatte, an der sein Herz immer noch hing. Und nach Jolandas Tod war eine neue Liebe das Allerletzte, woran er denken konnte. Vielleicht – nein, wahrscheinlich würde er sich von diesem Verlust nie mehr erholen.

Nele lachte. „Es waren nur zweiunddreißig. Waren schon durchgeknallte Typen dabei, sag ich dir! Einen fand ich echt toll. Und was ist passiert: Er ist heute mit meiner Freundin zusammen. Tja, wie das Leben so spielt. Dennoch habe ich zu Silvester letztes Jahr einen Heiratsantrag bekommen. Von einem Mann, der mir die Welt zu Füßen legt. Ich hätte es nicht besser treffen können." Sie seufzte. „Leider ist er oft beruflich unterwegs. Zurzeit auch wieder. Wir sind also noch in der Verlobungszeit. Aber das mit dem Heiraten, das klappt noch, da bin ich mir ganz sicher. Wie ich Ralph kennenlernte, ohne die Hilfe meiner Freundinnen, erzähle ich dir ein anderes Mal." Nele grinste Jessica an.

Diese „Vertagung" war ganz in ihrem Sinn, denn sie war nicht in der Stimmung, eine Geschichte von glücklicher Liebe zu hören.

Sie biss ein Stück vom Schafskäse ab und genoss den würzigen Geschmack.

„Und du so?“, wollte Nele wissen.

„Single. Ein Heiratskandidat ist mir bis heute nicht über den Weg gelaufen.“ Sie zuckte mit den Schultern. „Vielleicht bin ich nicht beziehungsfähig.“

„Quatsch!“, war Nele überzeugt. „Sobald der Richtige kommt, wirst du erleben, wie beziehungsfähig du bist.“

Davon war Jessica nicht überzeugt, würde sich aber gern überraschen lassen, falls es so weit kommen sollte. Eine Weile widmeten sich beide ihrem Essen. Doch Jessicas Gedanken kehrten immer wieder zu Jolanda zurück.

„Sag mal“, wandte sie sich an Nele, „gäbe es für dich einen Grund, eine Beziehung zu verschweigen und nicht mal deiner besten Freundin was davon zu sagen?“

Nele nickte. „Wenn ich mir noch nicht sicher wäre, ob es überhaupt eine Beziehung ist oder wird. Wenn sie schiefgeht, möchte ich mich nicht unbedingt dem dann unweigerlich folgenden wohlmeinenden Mitleid aussetzen.“

Nachvollziehbar. „Und wenn du ein Teenager wärst?“

Nele legte den Kopf schräg. „Reden wir gerade von deinem Fall?“

Jessica seufzte und ließ den Kopf hängen. „Sorry. Ja. Er lässt mich einfach nicht los.“

„Macht nichts.“ Sie dachte nach. „Also wenn ich an meine Teenagerzeit zurückdenke, dann habe ich meinen Eltern schon mal Beziehungen verschwiegen, weil ich nicht wollte, dass sie sich einmischen. Oder mir die Beziehung verbieten. Das tun Eltern gern, wenn sie der Überzeugung sind, dass kein Mann oder Junge gut genug für ihr fast erwachsenes Kind ist.“ Sie verzog das Gesicht. „Und auch bei erwachsenen Kindern mischen manche sich noch gern mahnend ein.“ Gesprochen in einem Tonfall, als spräche sie aus Erfahrung.

Das passte. Wie Jessica Volker kannte, hätte der jeden Jungen, für den Jo sich interessierte, erst einmal heimlich überprüft, ob er nicht Dreck am Stecken hatte. Und falls er „nur“ nicht aus einem Akademikerhaus stammte, hätte er seiner Tochter den Umgang mit ihm zu verbieten versucht. Die Beziehungstat wurde immer wahrscheinlicher.

Jessica riss sich gewaltsam von dem Fall los und plauderte weiter mit Nele, die eine so amüsante Art zu erzählen hatte, dass Jessica nach einer Weile tatsächlich abschalten und immer wieder zwischendurch herzhaft lachen konnte. Als sie einen Blick zur Uhr warf, stellte sie fest, dass es schon fast Mitternacht war.

„Himmel! So spät schon! Tut mir leid, Nele, ich muss nach Hause, damit ich noch ein bisschen Schlaf bekomme, bevor ich morgen zu gefühlt nachtschlafender Zeit aufstehen muss. Es war ein ganz wundervoller Abend."

Nele lächelte. „Finde ich auch. Darf ich hoffen, dass wir das wiederholen?"

„Worauf du wetten kannst." Jessica reichte ihr eine ihrer Visitenkarten, die sie immer dabei hatte. „Ruf mich an."

Nele gab ihr eine von ihren und grinste. „Ruf mich an."

Sie verabschiedeten sich und Jessica ging nach Hause. Kaum war sie zurück in ihrer Wohnung, kreisten ihre Gedanken wieder um Jolandas Tod, sodass an Schlaf nicht zu denken war. Sie versuchte sich abzulenken, indem sie sich durch die Kanäle des Fernsehers zappte, ohne sich für kein geeignetes Programm entscheiden zu können. Schließlich blieb sie bei einer Dokumentationssendung über die Kanarischen Inseln hängen. Eine Reise nach Lanzarote, Gran Canaria, die kleine Insel Hierro wäre schön. Vielleicht bekam sie dazu die Gelegenheit, wenn der Fall abgeschlossen war. Sie seufzte, als ihr bewusst wurde, dass sie schon wieder an den Fall dachte. Entschlossen ging sie zu Bett und schlief trotz allem fast sofort ein. Doch im Traum hatte sie ständig Jolandas eingeschlagenen Schädel und ihr blutverschmiertes Gesicht vor Augen.

Dienstag, 11. Oktober

Jessica und Franz hatten gleich nach der Frühbesprechung zusammen mit Staatsanwalt Stelzer Jolandas Obduktion beigewohnt. Obwohl es für beide nicht die erste Autopsie gewesen war und sie eine gewisse Routine hatten, war diese zumindest für Jessica schwierig gewesen. Zuzusehen, wie ein Mensch, den man kannte, aufgeschnitten und ausgeweidet wurde, ging einem an die Nieren. Sie hatte sich ständig wie ein Mantra vorbeten müssen, dass der Körper auf dem Obduktionstisch nicht Jolanda, sondern nur noch eine leere Hülle war, nicht mehr das Mädchen, das sie gekannt hatte. Wenn sie Stelzers Mimik richtig gedeutet hatte, war es ihm ähnlich ergangen.

Todesursache war zweifelsfrei ein heftiger Schlag mit einem stumpfen Gegenstand gegen den Kopf gewesen. Dr. Max Schmitt, der Rechtsmediziner, konnte nicht sagen, welcher von den fünf Schlägen, die er festgestellt hatte, der erste oder letzte gewesen war. Das war auch nicht wichtig, denn zwei waren tödlich gewesen. Der eine hatte den Schädel so stark gebrochen, dass Knochensplitter ins Gehirn gedrungen waren. Der andere hatte die Schädeldecke geknackt wie eine Nussschale. Alle Schläge waren mit großer Kraft ausgeführt worden. Overkill in der Tat. Leider stand nun auch fest, dass Jolanda tatsächlich vergewaltigt worden war – *ante mortem*. Möglicherweise hatte der Mörder sie erschlagen, damit sie ihn nicht anzeigen konnte. Auch das sprach dafür, dass Jolanda den Täter gekannt hatte. Den Todeszeitpunkt konnte Schmitt auf die Zeit zwischen neunzehn und zwanzig Uhr am Sonntag eingrenzen.

Immerhin gab es einen Lichtblick, sofern man in einer solchen Situation von einem Lichtblick sprechen konnte. Schmitt hatte Spermaspuren in Jolandas Körper sicherstellen können. Sobald sie einen Tatverdächtigen hatten, konnten sie dessen DNA mit der des Spermas abgleichen und ihm die Tat nachweisen. Vielleicht haftete auch noch an dem Stein, mit dem Jolanda vermutlich erschlagen worden war, verwertbare DNA. Hoffentlich, denn dann hätte es der Mörder schwer, sich aus der Schlinge rauszuwinden, die seine Spuren ihm um den Hals gelegt hatten, egal wie gut sein Anwalt sein Handwerk verstehen mochte.

Nach der Obduktion waren Jessica und Franz zu Volker Schilling gefahren. Der Staatsanwalt öffnete ihnen erst nach dem vierten Klingeln die Tür. Er sah schrecklich aus. Schatten unter den geschwollenen Augen, ungekämmte Haare und eine deutliche Alkoholfahne sprachen Bände.

„Was habt ihr rausgefunden?", fragte er ohne eine Begrüßung. „Wurde Jo ... Hat man ihr ..."

Jessica nickte. „Ja. Daran besteht leider kein Zweifel. Volker, wir ..." Sie unterbrach sich, denn er begann am ganzen Körper zu zittern und stieß einen wimmernden Laut aus. Sie berührte ihn am Arm, um ihn zu einem Sessel zu führen, damit er sich setzen konnte. Er zuckte so heftig zusammen, dass sie erschrocken einen Schritt zurücktrat. „Vielleicht setzt du dich besser", schlug sie vor.

Er reagierte nicht.

„Volker?" Sie wagte nicht noch einmal, ihn zu berühren.

Er drehte sich um, ging zum nächsten Sessel und ließ sich hineinfallen. Starrte vor sich hin und knetete die Hände. Wenigstens hörte er auf zu zittern.

„Kannst du uns ein paar Fragen beantworten?"

Er schloss die Augen und atmete ein paarmal tief durch, ehe er nickte.

„Hatte Jolanda einen Freund?"

Er schüttelte den Kopf. „Das wüsste ich."

Nach dem, was ihre neue Bekannte Nele gestern darüber gesagt hatte, war sich Jessica in dem Punkt nicht annähernd so sicher wie er. „Sie wird doch bestimmt schon mal einen Freund gehabt haben. Junge Mädchen haben heutzutage mit siebzehn meistens schon erste Erfahrungen."

Wieder ein Kopfschütteln. „Nicht Jolanda. Sie hat auf den Richtigen gewartet." Er schlug die Hände vors Gesicht. „Oh Gott!" Übergangslos straffte er sich. Als hätte man bei ihm einen Schalter umgelegt, wurde er vom am Boden zerstörten Vater zum Staatsanwalt. „Was habt ihr herausgefunden? Erzähl mir alles, Jessica. Ich weiß, dass ich als Angehöriger keine Akteneinsicht bekomme, also sag's mir. Bitte."

Sie gab ihm einen kurzen Bericht über das, was Daniel Mannsfeld und Nathalie gesagt hatten.

Volker schüttelte beinahe unablässig den Kopf. „Sie hat mir nichts davon erzählt, dass sie eine Tote gefunden hat. Wieso nicht? Und da ist sich dieser Mannsfeld sicher?"

„Absolut", bestätigte Franz. „Wir haben uns auch das entsprechende Protokoll der Kollegen vom Bereitschaftsdienst angesehen, die den Fall aufgenommen haben. Jolanda hat noch vor Ort eine Aussage gemacht und sollte gestern ins Präsidium kommen, um sie zu unterschreiben."

„Unfassbar!" Volker blickte Jessica an. „Was hat sie mir denn noch alles verschwiegen? Und warum?"

„Um das herauszufinden, würden wir uns gern ihr Zimmer ansehen", bat Jessica. „Möglicherweise hatte sie einen Freund, den sie vor dir geheimgehalten hat."

Seinem Gesichtsausdruck nach wollte er sie nicht in das Zimmer seiner Tochter lassen, sah die Notwenigkeit aber ein. „Bitte verändert nichts. Lasst alles so, wie es ist. Bitte."

Jessica nickte. Volker verzichtete darauf, sie zu begleiten, und so sahen sie sich allein in Jolandas Zimmer um, beließen es aber dabei, ihren Schreibtisch durchzusehen, ihren Nachttisch und die Dinge, die offen herumlagen. Sie fanden nichts, was darauf hingedeutet hätte, dass Jolanda einen Freund gehabt hatte. Auch ein Tagebuch gab es nicht. Oder sie hatte es so gut versteckt, dass Jessica und Franz intensiv danach hätten suchen müssen. Sie nahmen aber Jolandas Laptop mit. Sobald der richterliche Beschluss für die Einsichtnahme in ihre Verbindungsdaten vorlag, konnte die Datenverarbeitungsabteilung den Inhalt prüfen, der ihnen möglicherweise weiterhalf. Volker erteilte ihnen dazu vorab als Erziehungsberechtigter die Genehmigung und nannte ihnen auch Jolandas Passwort.

Als sie sich von ihm verabschiedeten, wirkte er wie ein Mann am Abgrund, der kurz davor war hineinzustürzen. Jessica hoffte inständig, dass es ihm gelang, die Krise zu überwinden und Jolandas Verlust zu verkraften. Irgendwann. Irgendwie.

*

Als sie das Präsidium betraten, kam ihnen Hajo entgegen. „Jolandas Handy wurde geortet. Der Beschluss vom Richter ist da.

Wir konnten die Ortung auf einen Radius von zwanzig Metern eingrenzen. Die Kollegen von der Bereitschaft sind schon unterwegs, um den Besitzer ausfindig zu machen." Er nickte, den Blick grimmig. „Mit etwas Glück haben wir den Mörder."

Eine gute Nachricht. Andererseits wusste nicht nur Jessica aus Erfahrung, dass das Glück ihnen nicht immer hold war. Bevor sie Hajo antworten konnte, zerrten zwei uniformierte Kollegen ein menschliches Wrack herein, das sich trotz seines schlechten Zustands nach Leibeskräften wehrte. Für eine wirksame Gegenwehr fehlte ihm allerdings die Kraft.

Einer der beiden Beamten reichte Hajo ein Smartphone in einem Asservatenbeutel. „Das ist der Mann, der Jolanda Schillings Handy bei sich hatte. Kein Unbekannter. Wir hatten schon öfter mit ihm zu tun. Jochen Knobloch, Gewohnheitsfixer mit intensiver Beschaffungskriminalität."

„Ihr Scheißbullen, ihr! Ich hab nix getan!", greinte Knobloch und versuchte erneut vergeblich, sich aus dem Haltegriff der beiden Beamten zu winden.

Nicht nur Hajo fühlte sich enttäuscht, wie Jessica an seinem Gesicht ablas, ihr ging es ebenso. Jochen Knobloch mochte Jolandas Handy gestohlen haben, aber dass er sie erschlagen hatte, war relativ unwahrscheinlich. Dazu fehlte ihm die Kraft, denn seine gesamten Bewegungen, mit denen er sich gegen die Beamten zu wehren versuchte, waren schlapp. Und ganz sicher hatte er Jolanda nicht vergewaltigt. Die lange Fixerkarriere stand ihm ins abgehärmte Gesicht und den ausgemergelten Körper geschrieben. Ein so intensiver Drogenmissbrauch erzeugte üblicherweise Impotenz, die bei manchen Männern sogar noch anhielt, nachdem sie clean geworden waren.

„Bringt ihn in die Gewahrsamszelle", bat sie die Kollegen. „Und verständigt bitte den Amtsarzt." Doch so wie Knobloch sie anstierte mit stecknadelkopfkleinen Pupillen, brauchte sie keine Einschätzung eines Arztes, um zu sehen, dass der Mann zumindest gegenwärtig weder vernehmungs- noch haftfähig war. Vielleicht ging es ihm in ein paar Stunden besser und gut genug, dass sie ihm wenigstens ein paar Fragen stellen konnte.

„Widerstand gegen Vollstreckungsbeamte und Beamtenbeleidigung kommen heute noch dazu“, sagte der andere Polizist. „Er ist in jedem Fall mal wieder dran. Egal ob Knast oder Psychiatrie.“

Die beiden verabschiedeten sich in Richtung Gewahrsamszellen. Jessica ging mit Franz und Hajo in ihr Büro. Sie zog sich Einweghandschuhe an, nahm das Smartphone aus dem Beutel und hängte es erst mal an die Ladestation, denn ein Blick auf das Display sagte ihr, dass der Akku fast leer war.

Da es aber trotzdem benutzt werden konnte, scrollte sie durch die Anrufer- und Nachrichtenliste, während ihr Franz und Hajo über die Schulter sahen.

Eine SMS war interessant. Empfangszeitpunkt: Freitag, 11.07 Uhr. Sie lautete: *Krimhild gefunden. Bahnhf M-Klo, komm schnell. M*

„Jetzt wissen wir, wie die Bahnhofstote vom Freitag vermutlich heißt“, stellte Franz fest. „Wenigstens den Vornamen.“

„Und wenn sie in Frankfurt gemeldet ist, kriegen wir auch den Rest raus“, ergänzte Hajo. „Der Vorname Krimhild dürfte äußerst selten sein.“

Franz wertete die Bemerkung als Arbeitsauftrag und setzte sich an Jessicas Computer.

Jessica scrollte zu Jolandas Antwort auf die Nachricht. *Ist sie OK?* Worauf „M“ gesimst hatte: *No, komm!* Jolandas Reaktion darauf war typisch für sie: *Notarzt?* Keine zehn Sekunden später kam die Antwort: *NEIN!!! Komm! Allein!* Worauf Jolanda den Unterricht mitten in der Matheklausur verlassen hatte und Krimhild und „M“ zu Hilfe geeilt war. Aber warum hatte sie den Sanitätern oder der Polizei nicht Krimhilds Namen genannt, den sie offensichtlich gekannt hatte? Und wer war M?

Es folgten ein paar Nachrichten an Nathalie und andere Personen, die vermutlich Schulkameradinnen waren. Die letzte SMS an Jolanda stammte vom Sonntag um 17.03 Uhr: *Grüneburgpark 19.30 h. ALLEIN! Hab Infos ü Drogengang 4 U Dad. 300 €. M*

Jessica und Hajo stießen unisono scharf die Luft aus.

„Sie kann doch nicht so naiv gewesen sein?“, überlegte Hajo. „Gerade als Tochter eines Staatsanwalts nicht.“

„Ich fürchte, das war sie doch.“ Aber auch Jessica fiel es schwer, Jolanda eine so bodenlose nicht nur Naivität, sondern ausgemachten Leichtsinn zuzutrauen. Falls M tatsächlich Informationen über eine Drogenbande für Volker Schilling gehabt hatte und sie für 300 Euro an Jolanda verkaufen wollte, musste ihr doch bewusst gewesen sein, wie gefährlich das war. „Immerhin hat sie nach dieser SMS den Kinobesuch mit Nathalie abgesagt und ist offenbar zum Park gegangen, um sich mit M zu treffen. Der höchstwahrscheinlich ihr Mörder ist."

Sie aktivierte die Anwahl der Nummer, von der die Nachricht gesendet worden war und erhielt nur die automatische Ansage, dass der Gesprächsteilnehmer gegenwärtig nicht erreichbar sei. Mist! Aber vielleicht hatte Jolanda mit M nicht nur gesimst, sondern ihm auch E-Mails geschrieben. *Bitte, Gott! Bitte lass das eine heiße Spur sein!*

„Vier in Frankfurt gemeldete Kriemhilds mit e", verkündete Franz vom Computer, „und eine Krimhild ohne e, die im richtigen Alter der Leiche ist: Krimhild Lachmann, siebzehn Jahre und von der Mutter Verena Lachmann vor drei Monaten als vermisst gemeldet."

Ein Straßen-Kid. Jessica ahnte die Lebensgeschichte des Mädchens: immenser Zoff zu Hause, vor dem sie geflüchtet oder vielleicht auch rausgeworfen worden war. Aus Trotz oder wegen der unerträglichen Zustände bei den Eltern hatte sie sich nicht mehr heim getraut und war ins Drogenmilieu abgerutscht. In dem sie vielleicht schon vorher gesteckt und ein typisches Ende gefunden hatte wie so viele Junkies.

„Wir reden mit der Mutter."

„Und ich kümmere mich um einen Beschluss für die Ortung des Handys von diesem M", sagte Hajo.

„Manchmal verfluche ich unsere Vorschriften", murmelte Franz.

Hajo maß ihn mit einem strafenden Blick. „Das habe ich jetzt nicht gehört, Franz."

Franz winkte ab. „Nein, hast du nicht."

Aber Hajo ließ das nicht gelten. „Ich muss hoffentlich nicht betonen, dass wir gerade in diesem Fall alles penibel nach Vorschrift erledigen müssen. Wenn uns der Fall um die Ohren fliegt, weil wir uns nicht buchstabengetreu an die Regeln gehalten haben, macht Schilling uns fertig. Aber vorher mach ich euch fertig. Damit das klar ist!"

„Völlig klar", versicherte Jessica und Franz nickte.

Hajo ging.

„Gib mir die Nummer von dem Handy“, bat Franz. „Um über Google den Besitzer ausfindig zu machen, brauchen wir keinen Beschluss.“

Jessica nannte sie ihm.

„Kein Eintrag“, stellte Franz gleich darauf fest. „Entweder Geheimnummer oder Prepaid.“

In dem Milieu, in dem sich M höchstwahrscheinlich herumtrieb, war Letzteres naheliegend.

Franz räumte den Platz an Jessicas Computer. „Ich bringe das Handy zum Erkennungsdienst. Wer weiß, durch wie viele Hände es inzwischen gegangen ist, aber vielleicht finden sich noch verwertbare Spuren.“

Jessica nickte und Franz verließ den Raum. Vielleicht konnte Knobloch weiterhelfen, sobald man mit ihm reden konnte. Einer der Beamten, die ihn festgenommen hatten, rief an und meldete, der Amtsarzt würde den Mann in einer halben Stunde begutachten. Das hieß, mit einem Ergebnis war in ungefähr einer Stunde zu rechnen. Sobald es vorlag, konnten sie Knobloch entweder befragen oder Verena Lachmann aufsuchen.

Bis dahin bleib noch genug Zeit, um Jolandas E-Mails zu durchforsten, ob sie mit einem M Kontakt gehabt hatte. Doch keine der E-Mails war an einen männlichen M gerichtet. Es gab nur ein paar ältere, in denen sich Jolanda mit einer Maya über die Biologiehausaufgaben ausgetauscht hatte. Eine Krimhild hatte sie in keiner Mail erwähnt oder mit ihr welche ausgetauscht.

Als Jessica mit der Durchsicht fertig war, meldeten die Kollegen, dass Jochen Knobloch kurz befragt werden konnte. Der Amtsarzt bestand aber darauf, bei der Vernehmung für alle Fälle anwesend zu sein. Sie rief auch Franz dazu, damit vorschriftsmäßig zwei Beamte bei der Befragung anwesend waren.

Knobloch ging es tatsächlich etwas besser, als er gleich darauf in Jessicas Büro geführt wurde. „Ich habe nichts getan“, versicherte er und hielt drei Finger zum Schwur hoch. „Ihr könnt mich nicht einfach einsperren.“

„Zunächst einmal wollen wir nur mit Ihnen reden.“ Jessica sah ihn eindringlich an. „Herr Knobloch, Sie waren in Besitz eines Smartphones, das einem Mordopfer gehört. Verstehen Sie, was das bedeutet?“ Jessica glaubte es kaum, aber sie sah es mit eigenen Augen: Die bleiche Haut des Mannes wurde noch blasser.

„Mord?“ Seine Stimme quietschte fast vor Schreck. „Ey, seid ihr jetzt total beknackt geworden? Ich hab doch mit Mord nichts zu tun!“ Hektisch sah er von einem zum anderen. „Ich schwör’s!“ Wieder hielt er die Hand zum Schwur hoch. „Ehrlich! Das müsst ihr mir glauben!“

Kaum zu glauben war zumindest, dass seine Augen sich mit Tränen füllten.

„Bitte beruhigen Sie sich, Herr Knobloch. Wenn Sie uns eine plausible Erklärung liefern können, woher Sie das bei Ihnen sichergestellte Smartphone haben und uns sagen können, wo Sie Sonntagabend zwischen sechs Uhr und Mitternacht waren ...“

„Bei meiner Freundin“, unterbrach er sie hektisch. „Ich wohne bei ihr. Gabriele Görges, Launhardtstraße 5 D, rechts. Da war ich den ganzen Sonntag und bin erst Montagmorgen gegangen, als sie zur Arbeit musste. Sie können sie fragen.“

„Werden wir“, versicherte Jessica. „Hat Ihre Freundin eine Telefonnummer, unter der wir sie erreichen können?“ Sie schob ihm einen Notizblock und einen Stift hin.

Knobloch schrieb eine Nummer auf. Jessica reichte den Block Franz, der zum Telefon griff und wählte.

„Herr Knobloch, woher haben Sie das Handy?“ Jessica sah ihm eindringlich in die Augen.

„Von so ’nem Typen am Bahnhof. Ich hab gestern Abend beim Pokern in der Bahnhofskneipe Geld gewonnen. Sonst hätte ich mir das mit dem Handy ja gar nicht leisten können. Der Typ war jung. Vielleicht Mitte zwanzig. Keine Ahnung. Groß und schlank. Dunkle Haare. Verdammt. Weiß nicht. Der ist rumgegangen und hat das Ding angeboten. Für zweihundert Eier. Das Ding sieht hübsch aus. Ich wollte es Gabi schenken.“

Illegales Glücksspiel kam also auch noch dazu. Ebenso auf den Kneipier, denn im ganzen Bahnhof gab es keine Kneipe, die eine Konzession besaß, Glücksspiele wie Poker in ihren Räumen zu gestatten, wenn dabei um Geld und nicht um Kronkorken gespielt wurde.

Sie schüttelte den Kopf. „Und Ihnen ist nicht der Gedanke gekommen, dass das Ding gestohlen sein könnte?“

Knobloch errötete. „Nee.“

Glaubte Jessica keine Sekunde.

„Ich dachte, das ist ein Junkie, der Geld für'n Schuss braucht und deshalb sein letztes Hab und Gut verkauft.“ Er nickte. „Mach ich ja auch, wenn ich nix mehr habe. Obwohl“, er dachte nach, „sah eigentlich nicht aus wie ein typischer Fixer. Aber ich hab mir echt keine Gedanken gemacht. Ehrlich nicht!“

Franz hatte das Telefonat beendet und nickte Jessica zu. „Die Freundin hat bestätigt, dass Herr Knobloch von Samstagabend bis Montagmorgen bei ihr zu Hause war.“

Knobloch stieß erleichtert die Luft aus. „Dann bin ich doch jetzt nicht mehr verdächtig, oder?“

„Des Mordes nicht“, bestätigte Jessica. „Bleiben aber immer noch Beamtenbeleidigung und Widerstand gegen Vollstreckungsbeamte.“

„Scheiße.“ Knobloch sackte in sich zusammen.

„Wissen Sie den Namen des Mannes, der Ihnen das Handy verkauft hat?“

Er schüttelte den Kopf.

Jessicas gab ihm ihre Karte. „Wenn Ihnen noch etwas einfällt, rufen Sie mich an.“

„Heißt das, ich kann gehen?“

„In die Gewahrsamszelle zurück, Herr Knobloch“, mischte sich der Arzt ein, der die ganze Zeit an der Tür gestanden hat. „Danach geht es in die geschlossene Psychiatrie, sobald der Richter die Einweisung angeordnet hat. Das hatten wir doch besprochen.“

„Scheiße!“ Er sackte wieder zusammen.

Jessica nickte Franz zu, der Knobloch, begleitet vom Arzt, aus dem Büro führte. Da Knobloch eine Akte hatte, in der seine Fingerabdrücke registriert waren, brauchten sie ihm die nicht nochmals abzunehmen, um auf dem Handy seine von denen des potenziellen Mörders zu unterscheiden. Falls überhaupt noch verwertbare Abdrücke existierten.

Jessica rief in der Pathologie des Krankenhauses an und bat um ein Foto der Toten vom Freitag. Falls sie tatsächlich Krimhild Lachmann war, konnte ihre Mutter sie anhand dessen identifizieren. Als Franz zurückkam, machten sie sich auf den Weg.

*

Familie Lachmann wohnte in einem nicht gerade ansehnlichen Mehrfamilienhaus in Frankfurt-Preungesheim. Auf dem Namensschild der Klingelleiste stand „Lachmann“ und darunter durchgestrichen „Hensler“, was auf eine beendete Beziehung hinwies. Jessica klingelte.

Beim zweiten Mal meldete sich eine Frauenstimme über die Gegensprechanlage. „Ja, bitte?“

„Kripo Frankfurt, Steinfels und Faller, wir würden gerne mit Frau Verena Lachmann reden. Können wir raufkommen?“

Es trat eine kurze Stille ein.

„Ja, sicher. Vierter Stock links.“ Der Türsummer ertönte. Franz drückte die Haustür auf und ließ Jessica höflich den Vortritt in das Haus, das schon bessere Zeiten erlebt hatte. Die Wände im Flur waren zum Teil mit Graffiti verziert. Deprimierend, wenn man das jeden Tag sehen musste und keine Alternative hatte, dachte Jessica. Hier wohnten Menschen, die die Leistungsgesellschaft ausgespuckt hatte, oder die ihr erst gar nicht angehören wollten.

Im vierten Stock erwartete eine Frau sie in der geöffneten Wohnungstür. „Guten Tag, Verena Lachmann“, stellte sie sich vor.

Jessica und Franz zeigten ihre Ausweise.

„Bitte kommen Sie rein. Geradeaus ist das Wohnzimmer. Kommen Sie wegen Krimhild?“ Verena Lachmann wartete eine Antwort nicht ab, sondern ging voran und bot den beiden mit einer Handbewegung Platz auf der Couch an. Sie setzten sich.

Jessica sah sich um. Die Wohnung wirkte aufgeräumt. Die Einrichtung stammte erkennbar von IKEA, denn Jessica hatte sich erst kürzlich den neuesten Katalog dieser Firma angesehen. Auf dem Boden lagen farbenfrohe, wenn auch abgewetzte Teppiche.

„Frau Lachmann, Sie haben vor drei Monaten Ihre Tochter Krimhild als vermisst gemeldet.“

Verena Lachmann nickte und blickte die beiden ängstlich an. Ganz offensichtlich fürchtete sie die schreckliche Nachricht, die sie tatsächlich brachten. Sie nickte. „Haben Sie sie gefunden?“

Jessica holte ihr Smartphone heraus, rief das Foto des toten Mädchens auf, das ihr die Klinik geschickt hatte, und hielt es ihr hin. „Ist das Ihre Tochter?“

Verena Lachmann schlug die Hand vor den Mund. Ihre Augen füllten sich mit Tränen. „Oh, mein Gott, ja! Ist sie – tot? Was ist denn passiert?"

Die zweite Todesnachricht in zwei Tagen. Scheißjob! „Frau Lachmann, es tut uns sehr leid." Hohle Worte, die noch niemanden getröstet hatten. Doch was hätte sie sonst sagen können? „Ja, Krimhild ist am Freitag verstorben. An einer Überdosis Heroin. Da sie keinen Ausweis oder etwas anderes bei sich hatte, woran man sie identifizieren konnte, haben wir erst heute herausgefunden, wie sie heißt und dass sie vermisst wird."

„Heroin?" Verena Lachmann heulte. „Ich hätte den gottverfluchten Scheißkerl früher rausschmeißen sollen! Viel früher! Dieses verfluchte Arschloch!" Sie verbarg das Gesicht in den Händen und weinte.

Jessica und Franz sahen einander an. War der gottverfluchte Scheißkerl „M"?

Jessica zog eine Packung Papiertaschentücher, die sie wohlweislich mitgenommen hatte, aus der Jackentasche, fischte eins heraus und reichte es der Frau. Sie nahm es mit einem kaum verständlichen Dank und weinte eine Weile vor sich hin.

Franz rutschte auf dem Sofa hin und her, rieb sich die Hände, strich sich über das Haar, blickte nach links, rechts, an die Decke. Jessica hätte es ihm am liebsten gleichgetan. Ruhig zu bleiben, wenn ein Angehöriger sich die Seele aus dem Leib weinte, den Schmerz hilflos mit ansehen zu müssen, war jedes Mal ein Kraftakt. An den man sich nie gewöhnte.

„Frau Lachmann", sagte sie sanft, als der erste Tränenfluss ein bisschen nachließ, „wir gehen davon aus, dass Krimhild weggelaufen ist. Ist sie schon öfter mal nicht nach Hause gekommen?"

Verena Lachmann nickte. „Das passierte immer häufiger. Aber höchstens für ein oder zwei Nächte. Sie kam immer wieder zurück."

„Gab es dafür einen Grund?"

Einerseits eine überflüssige Frage, denn gäbe es keinen, wäre Krimhild nicht weggelaufen. Aber diese Frage erlaubte den Befragten in der Regel ihr Gesicht zu wahren. Fragte man sie rundheraus nach dem Warum, fühlten sich die Leute oft angegriffen und reagierten abweisend oder sogar aggressiv und machten dicht.

Verena Lachmann knetete das Taschentuch zu einem Ball und blickte zu Boden.

„Frau Lachmann?“, sagte Jessica sanft, da die Frau offenbar nicht vorhatte zu antworten.

Verena Lachmann seufzte und vermied es, Jessica oder Franz anzusehen. „Mein – Ex-Freund war der Grund“, antwortete sie schließlich. „Glaube ich jedenfalls. Er ...“ Sie drehte den Kopf zur Seite. „Er und Hilde kamen nicht gut miteinander aus. Eigentlich gar nicht. Dauernd gab es Streit. Er hat sie auch geschlagen. Weil sie rotzfrech und aufsässig war“, verteidigte sie die Gewalttätigkeit ihres Ex-Freundes.

„Ihnen ist schon klar, dass er damit gegen den Paragrafen 1631 Absatz 2 des BGB verstoßen hat, der Kindern seit dem Jahr 2000 das verbriefte Recht auf eine gewaltfreie Erziehung zusichert“, warf Franz undiplomatisch ein. „Sowohl körperlich wie seelisch. Und dass Sie sich auch strafbar gemacht haben, indem Sie dem keinen Riegel vorgeschoben haben.“

Dem Blick nach, den Verena Lachmann ihm zuwarf, hatte sie von diesem Paragrafen noch nie etwas gehört. Wie leider nur allzu viele Eltern. Und wie die meisten Eltern in so einer Situation fühlte sie sich angegriffen und reagierte empört.

„Ja, natürlich, die Mutter ist immer an allem schuld! Wissen Sie überhaupt, wovon Sie da reden? Haben Sie Kinder? Hilde wurde immer verstockter. Es war kaum noch an sie heranzukommen.“ Sie brach erneut in Tränen aus.

Jessica reichte ihr ein weiteres Taschentuch, maß Franz mit einem strafenden Blick und schüttelte missbilligend den Kopf. Er zuckte entschuldigend mit den Schultern.

Eine Zimmertür wurde geöffnet und ein junges Mädchen kam ins Wohnzimmer, das eine auffallende Ähnlichkeit mit der toten Krimhild hatte; offenbar ihre jüngere Schwester. „Was ist denn hier los?“ Sie blickte Franz und Jessica misstrauisch an. „Wer sind Sie?“

„Kriminalpolizei“, antwortete Franz.

Verena Lachmann sprang auf und riss ihre Tochter an sich. „Sarina, sie haben Hilde gefunden. Sie ist tot!“ Sie weinte an der Schulter des Mädchens weiter.

Für ein paar Sekunden. Dann stieß Sarina ihre Mutter von sich. „Bist du nun zufrieden?“, brüllte sie sie an. „Daran bist nur du schuld! Warum hast du den Scheißkerl nicht sofort rausgeworfen?“ Tränen liefen ihr über das Gesicht. Sie sah Jessica an. „Verhaften Sie den Ex von meiner Mutter. Der hat Hilde umgebracht!“ Sie drehte sich um, rannte in ihr Zimmer zurück und knallte die Tür zu.

Verena Lachmann sank weinend in ihren Sessel zurück. Franz verdrehte die Augen und Jessica hätte am liebsten dasselbe getan, denn im Nebenzimmer hörte sie Sarina schluchzen. Sie musste entscheiden, ob es sinnvoll war zu bleiben, um die beiden noch weiter zu befragen, oder ob sie lieber an einem anderen Tag wiederkommen oder sie ins Präsidium bestellen würden. Da sie den Eindruck hatte, dass zumindest Verena Lachmann Krimhilds Tod schon befürchtet hatte und sie nicht mehr allzu überrascht darüber war, entschied sie sich, die Befragung fortzusetzen. Sie wartete, bis die Frau sich halbwegs wieder beruhigt hatte.

„Frau Lachmann, was hat Sarina damit gemeint, dass Ihr Ex-Freund Krimhild umgebracht habe?“

„Ach, das hat sie doch nur so dahergesagt, weil sie wütend ist. Allenfalls meint sie, dass er an ihrer Drogensucht schuld ist. Aber sie gibt immer an allem anderen die Schuld. Genau wie Hilde.“

Den Eindruck hatte Jessica ganz und gar nicht. „Also wussten Sie davon.“

Verena Lachmann wiegte den Kopf. „Nein, gewusst habe ich es nicht. Aber – befürchtet. Sie ist manchmal in einem Zustand nach Hause gekommen, als wäre sie ... na ja, nicht unbedingt komplett betrunken, aber in jedem Fall nicht mehr nüchtern. Wenn ich sie zur Rede stellen wollte, hat sie sich in ihrem Zimmer eingeschlossen.“

Jessica wartete, dass sie fortfahren würde, aber das tat sie nicht. „Sie haben vorhin gesagt, Sie hätten Ihren Ex-Freund schon ‚viel früher’ rausschmeißen sollen. Also geben auch Sie ihm die Schuld an Krimhilds Drogensucht. Oder zumindest daran, dass sie weggelaufen ist.“ Sie sah die Frau eindringlich an. „Was war da los? Der Grund dafür war doch bestimmt nicht nur, dass er sie geschlagen hat.“

Verena Lachmann schüttelte den Kopf. „Nein, ich meinte nur das."

Gelogen; davon war Jessica überzeugt. Die Frau verschwieg etwas.

Franz fragte: „Kennen Sie den Umgang Ihrer Tochter, Freunde oder Freundinnen, die wir befragen könnten?"

Sie schüttelte den Kopf. „Die Freunde, die ich Ihnen hätte nennen können, gibt es nicht mehr. Hilde ist irgendwie ausgeflippt, durchgedreht und hat zu allen den Kontakt abgebrochen. Sie hatte wohl einen neuen Freund, den sie aber nie mit hierher brachte. Ich kenne nicht mal seinen Namen. Aber Sarina könnte ihn kennen. Wenn Hilde sich jemandem anvertraut hat, dann ihr."

Jessica stand auf und klopfte an Sarinas Tür. Als sie keine Antwort erhielt, öffnete sie sie und lugte ins Innere. Sarina lag bäuchlings auf dem Bett, hatte das Gesicht im Kissen vergraben, einen Teddybären im Arm und weinte. Jessica setzte sich neben sie und strich dem Mädchen sanft über das brünette Haar.

„Ich heiße Jessica. Und es tut mir wahnsinnig leid, was mit deiner Schwester passiert ist."

Sarina weinte weiter und antwortete nicht.

„Warum glaubst du, dass der Ex-Freund deiner Mutter Krimhild umgebracht hat? Jeder Hinweis ist für uns wichtig, um ihren Tod aufzuklären."

Sarina fuhr hoch und wischte sich energisch mit dem Ärmel die Tränen aus dem Gesicht. „Weil der arbeitsfaule Scheißkerl sie angefixt und auf den Strich geschickt hat! Darum ist sie doch immer wieder weggelaufen! Aber *sie*", sie stach den Zeigefinger in Richtung auf die geschlossene Tür zum Wohnzimmer, „hat ihn erst rausgeworfen, als er es auch bei mir versucht hat, weil Hildi nicht mehr nach Hause kam!"

Eine schwerwiegende Anschuldigung und mit Sicherheit das, was ihre Mutter zu verschweigen versucht hatte. „Hat er Hildi oder dich vergewaltigt?"

Sarina schüttelte den Kopf.

Wenigstens ein kleiner Lichtblick. „Bist du dir sicher, dass er deine Schwester auf den Strich geschickt hat?"

„Ja!", heulte Sarina. „Und Mama hat so getan, als würde sie nichts merken. Und als Hildi ihr ins Gesicht gesagt hat, was er mit ihr tut, da hat sie *Hildi* verprügelt und nicht das Arschloch!" Sie weinte wieder ins Kissen.

Jessica streichelte ihr das Haar. „Wie heißt denn das Arschloch?"

„Karsten", schluchzte Sarina. „Hensler."

Kein M. Also hatte nicht er Jolanda die Nachrichten geschickt. „Sarina, wenn du bereit bist, das auszusagen und zu Protokoll zu geben, können wir das Arschloch dafür zur Rechenschaft ziehen."

Das Mädchen hörte schlagartig auf zu weinen. Ihr Kopf ruckte hoch. „Echt?"

Jessica nickte. „Du musst nur aussagen."

„Mach ich!" Sarina nickte heftig. „Gleich? Sofort?"

„Du kannst uns, wenn wir gehen, begleiten. Aber sag mal, deine Mutter hat behauptet, Hildi hätte einen Freund gehabt. Weißt du denn, ob das stimmt? Oder wie der heißt?"

Sarina überlegte. „Sie hatte mal einen, ja, den Mike."

M – wie Mike! „Kennst du seinen Nachnamen?"

Wieder überlegte das Mädchen und schüttelte schließlich den Kopf. „Ich glaube, den hat sie nie erwähnt. Wenn doch, kann ich mich nicht mehr erinnern."

Mist! Aber immerhin ein Teilerfolg. „Hast du ihn denn auch mal getroffen? Weißt du wie der aussieht?"

„Ja, einmal, aber das ist schon eine Weile her. Hm, schon älter, über 20 auf alle Fälle. Ziemlich groß, aber keine zwei Meter. Und so wuschelige Haare. Fast schwarz, glaube ich."

Größe, Alter und Haarfarbe deckten sich mit der Beschreibung, die auch Jochen Knobloch gegeben hatte. „Würdest du ihn wiedererkennen? Könntest du ihn vielleicht so gut beschreiben, dass wir ein Phantombild anfertigen können?"

Sarina zögerte, ehe sie den Kopf schüttelte. „Wiedererkennen könnte ich ihn vielleicht schon. Aber Phantombild? Nee, ich glaube nicht. Ist das denn wichtig?"

Jessica nickte. „Mike hat vermutlich eine junge Frau umgebracht."

Sarina starrte sie entsetzt an.

„Hat Krimhild vielleicht mal den Namen Jolanda Schilling erwähnt? Oder eine Jo?"

Das Mädchen schüttelte den Kopf. „Seit der Arsch ihr das angetan hat und Mama ihr nicht glauben wollte, hat sie auch mit mir nicht mehr viel geredet." Das klang traurig und neue Tränen rannen ihr über das Gesicht.

„Dann weißt du auch nicht, wo sie hingegangen ist, wenn sie mal nicht nach Hause gekommen ist?"

Sarina schüttelte den Kopf. „Ich vermute, sie war bei Mike. Wohin hätte sie sonst gehen sollen? Aber wo der wohnt, weiß ich leider nicht. Tut mir leid."

Jessica lächelte. „Du hast uns schon sehr geholfen." Sie stand auf. „Ich muss noch mal mit deiner Mutter reden." Sie kehrte ins Wohnzimmer zurück. „Frau Lachmann, Ihr Ex-Freund hat Krimhild nicht nur geschlagen, sondern sie wohl auch auf den Strich geschickt und drogenabhängig gemacht. Sarina konnte mir glaubhaft versichern, dass Sie davon wussten."

Verena Lachmann schlug die Hände vors Gesicht. „Deswegen habe ich ihn doch rausgeworfen", schluchzte sie. „Ja, ich weiß, ich hätte das viel früher tun sollen."

„Haben Sie den Kerl wenigstens angezeigt?", knurrte Franz.

Verena Lachmann schüttelte den Kopf und weinte noch heftiger.

Jessica empfand nicht das geringste Mitleid mit ihr. Und die faulen Ausreden, warum die Frau die Augen vor dem Leid ihrer Tochter verschlossen und den Freund nicht sofort rausgeworfen hatte, wollte sie nicht hören. Ihrer Überzeugung nach gab es keinen einzigen stichhaltigen Grund, so einen Kerl auch nur eine Sekunde länger im Haus zu dulden. Nur Schwäche und Feigheit; und Gleichgültigkeit. „Das wird für Sie und vor allem für Ihren Ex-Freund noch ein Nachspiel haben. Sarina will eine entsprechende Aussage machen." Sie verkniff sich den Hinweis, dass Krimhild noch leben könnte, wenn die Mutter sie vor dem „Arschloch" geschützt hätte. Diesen Vorwurf machte sich Verena Lachmann garantiert selbst; wenn nicht schon jetzt, dann später. Und wie Jessica Sarina einschätzte, würde das Mädchen dafür sorgen, dass die Mutter ihre Schuld niemals vergaß.

Da Jessica und Franz im Moment hier nichts weiter erfahren konnten, beendeten sie die Befragung. Sarina bestand nach wie vor darauf, sie zum Präsidium zu begleiten und Karsten Hensler anzuzeigen. Ihre Mutter schloss sich dem notgedrungen an.

Trotz der Familientragödie, mit der sie hier konfrontiert worden waren, empfand Jessica eine gewisse Befriedigung, denn sie hatten den Vornamen des mutmaßlichen Mörders erfahren. Ein Anfang. Und vielleicht würde sich Sarina später noch an weitere Details erinnern, die ihnen halfen, den ominösen Mike zu finden.

*

Die Nachmittagsbesprechung ergab einen weiteren Baustein bei der Suche nach Jolandas Mörder. Sarina Lachmann hatte entgegen ihrer ursprünglichen Behauptung doch noch genug von „Mike“ erinnert, dass ein Phantombild hatte erstellt werden können. Zwar war sie sich hinsichtlich des Gesichts nicht sicher, außer dass es relativ hager war und eine gewisse Ähnlichkeit mit einem Habicht hatte, der in ihrem Biologiebuch abgebildet war. Auffallend war lediglich seine ungewöhnliche Lockenfrisur. Falls das Mädchen sich in dem Punkt nicht irrte, musste Mike eine ähnliche Haartracht wie Jimi Hendrix haben, nur nicht ganz so kleingelockt und weniger voluminös.

Mit dem Hinweis konnte man schon etwas anfangen. Jessica hatte vor der Besprechung bereits die Datenbank nach einem Mike durchforstet, auf den die Beschreibung passen könnte, aber keinen Treffer gelandet. Falls er eine kriminelle Vergangenheit hatte, so war er noch nie erkennungsdienstlich erfasst worden. Das Fehlen eines Strafregisters sprach aber ebenfalls dafür, dass der Mord an Jolanda wahrscheinlich eine Beziehungstat gewesen war. Immerhin hatte man durch die Spermaspuren an Jolandas Körper die DNA des Täters. Auch an dem Stein, mit dem sie erschlagen worden war, hatte man außer ihrem Blut noch verwertbare Spuren des Menschen sichergestellt, der ihn in der Hand gehabt hatte. Falls Mike der Täter war, konnte man ihn dadurch zweifelsfrei überführen.

Jessica ließ das Phantombild hundert Mal ausdrucken und verteilte es nicht nur an die Kollegen der MK „Jolanda“, sondern schickte auch welche zu den Kollegen von der Bereitschaft. Im Anschluss an die Besprechung zogen sie los, um mit dem Phantombild im und um den Bahnhof herum hausieren zu gehen. Da Mike sich höchstwahrscheinlich regelmäßig dort aufhielt, bestand die Möglichkeit, dass jemand ihn kannte und seinen Nachnamen wusste.

Jessica seufzte, als sie ihre Jacke anzog und sich mit Franz auf den Weg machte. Im Geist verabschiedete sie sich für die nächsten Tage von einem geregelten Feierabend und sagte Hallo zu endlosen Überstunden, durchgearbeiteten Wochenenden und kräftezehrender „Beinarbeit“, mit der sie ihren Teil des Abklapperns der Gegend um den Bahnhof erledigen würde, bis der Täter gefasst war. Wie bei jeder Mordermittlung.

Mittwoch, 12. Oktober

Jessica hatte das Gefühl, keinen Schritt mehr gehen zu können, als sie mit Franz das nächste Lokal in der Nähe des Bahnhofs betrat. Zwar hielt sie sich fit und war eine ausdauernde Joggerin, aber *Stop and Go* über Stunden hinweg schlauchte gewaltig. Ihre Fußsohlen brannten und die Beine fühlten sich an, als wären sie Fremdkörper, die mit jedem weiteren Schritt zu Folterinstrumenten mutierten. Der Nebel, der heute einfach nicht weichen wollte, trug auch nicht zur Hebung ihrer Stimmung bei. Andererseits passte er perfekt zur Situation: Sie stocherten wie im Nebel herum auf der Suche nach Mike, der sich bisher wie ein Phantom einer Identifizierung entzog.

„Pause?“, schlug sie vor, als sie sich nach jemandem umsah, den man nach Mike fragen konnte.

„Unbedingt!“ Franz klang erleichtert.

Sie setzten sich an einen Tisch und studierten die Tageskarte. Viel Auswahl gab es nicht, aber die „üblichen Verdächtigen“ wie hausgemachte Hamburger, Currywurst, Gulaschsuppe und Hawaii-Toast genügten als Snack. Und einen großen Becher Kaffee. Oder gleich zwei.

Jessica streckte die Beine von sich, lehnte sich zurück und verdrängte die Befürchtung, dass sie ganz Frankfurt würden abklappern müssen, ehe sie Mike gefunden hatten. Zwar war er in der Bahnhofsgegend bekannt wie ein bunter Hund. Viele Shopinhaber und Gastwirte kannten ihn zumindest vom Sehen, einige wussten auch, dass er Mike hieß. Doch bis jetzt hatte niemand ihnen einen Nachnamen nennen oder sagen können, ob Mike sein echter Vorname, eine Abkürzung oder eine Art Pseudonym war.

Die Bedienung kam, wünschte einen guten Tag und fragte, was die Herrschaften trinken wollten. Beide bestellten einen großen Becher Kaffee. Als er gebracht wurde und sie ihre Essensbestellungen aufgegeben hatten – Jessica hatte sich für einen Hamburger „de Luxe“ entschieden, Franz für Currywurst und Kartoffelsalat –, zeigte Jessica das Phantombild von Mike und ihren Dienstausweis.

„Kennen Sie diesen Mann?“, stellte sie die Frage, die sie in den letzten vierundzwanzig Stunde gefühlte tausend Mal ausgesprochen hatte und die sie sogar bis in ihre Träume verfolgte.

Die Bedienung, eine junge Frau von Anfang zwanzig, die ihrem Namensschild nach Sophie hieß, zog finster die Brauen zusammen und nickte. „Mike Dräger. Hat er was verbrochen? Würde mich nicht wundern."

Jessica vergaß schlagartig Erschöpfung und Hunger. „Sie kennen ihn?"

„Ja, sag ich doch. Der wohnt in einer WG in der Mainzer Landstraße. Wenn er da noch wohnt und nicht schon rausgeflogen ist."

„Wissen Sie auch die Hausnummer?", fragte Franz. Er wirkte elektrisiert.

„146 E. Ich hab da auch gewohnt, bin aber weg, ungefähr zwei oder drei Monate, nachdem Mike eingezogen ist. Der Kerl war mir unheimlich."

„Inwiefern?", wollte Jessica wissen.

Sophie zögerte mit der Antwort. „Er ... Na ja, er hat gesagt, er ist Student, aber an der Uni habe ich ihn nie gesehen. Hab auch nicht mitbekommen, dass der irgendwann mal gelernt hat oder so. Stattdessen war er immer unterwegs, auch hier, und hatte immer irgendein Mädchen dabei. Also, nicht immer dieselbe. Aber behandelt hat er die ..." Sie verdrehte die Augen. „Als wenn sie sein Eigentum wären. Wie den letzten Dreck."

Jessica holte ihr Smartphone heraus und zeigte ihr das Foto von Krimhild Lachmann. „Ist er mal mit dieser Frau hier gewesen?"

Sophie nickte. „Und die war voll auf Droge. Hab ich deutlich gesehen. Ich studiere Medizin, und zu erkennen, wenn jemand Drogen konsumiert hat, steht auf dem Lehrplan."

„Haben Sie vielleicht mal ein Gespräch mitbekommen zwischen den beiden, das Ihnen verdächtig vorkam?", wollte Franz wissen.

Die junge Frau zögerte. „Ich bin mir nicht sicher."

„Sagen Sie es, bitte. Auch Dinge, die Ihnen belanglos erscheinen, könnten für uns wichtig sein." Franz lächelte gewinnend.

Sie wiegte den Kopf. „Das war letzten Freitag. Das Mädchen war ziemlich schlecht drauf. Und die beiden hatten wohl so was wie einen Streit. Sie hat immer wieder gesagt: ‚Ich will nicht mehr. Ich mach das nicht mehr.' Er hat sie daraufhin ziemlich grob am Arm gepackt und angeschnauzt: ‚Das bestimmst nicht du!'" Sie runzelte die Stirn. „Und dann hat er noch gesagt: ‚Ich lass nicht zu, dass ich deinetwegen dreihundert Eier in den Wind schießen muss.' Dann hat er sie hochgezerrt und ist mit ihr raus."

Franz und Jessica sahen einander an. *Dreihundert Eier* – und in seiner SMS an Jolanda hatte Mike ihr Informationen für dreihundert Euro verkaufen wollen. Jessica merkte an Franz' Gesichtsausdruck, dass er die Summe ebenso wenig für einen Zufall hielt wie sie.

Sophie biss sich auf die Lippe und sah unsicher von einem zur anderen. „Hätte ich die Polizei rufen sollen? Aber ich dachte, das ist nur ein normaler Beziehungsstreit."

„Sie haben nichts falsch gemacht", versicherte Jessica und reichte ihr ihre Visitenkarte mit dem üblichen Spruch: „Falls Ihnen noch etwas einfällt, melden Sie sich bitte."

Sophie nickte, steckte die Karte ein und ging, um Jessicas und Franz' Bestellung auszuführen.

Jessica rief im Präsidium an und erreichte Hajo. Sven, Monika und der Rest der MK waren ebenfalls unterwegs, um Mike ausfindig zu machen.

„Wir haben einen Namen und eine Adresse", teilte sie ihm mit. „Mike oder Michael Dräger. Wir fahren gleich hin, brauchen aber Verstärkung. Kannst du mal nachsehen, ob wir den Knaben im System haben?"

Sie hörte, wie Hajo auf der PC-Tastatur tippte. „Nichts", sagte er nach einer Weile. „Falls er schon länger kriminell ist, ist er bisher noch nicht aufgefallen. Mike ist übrigens sein echter Name, wie ich hier sehe. Geboren 17. April 1992, gemeldet Mainzer Landstraße 146 E seit letztem Jahr. Auf ihn ist ein Audi A8 zugelassen, metallicblau, Kennzeichen F-MS 492."

Nicht gerade eine Studentenkarre. Woher hatte Mike das Geld für so einen Wagen? Jessica hatte zwar nicht die genauen Preise im Kopf, wusste aber, dass so ein Wagen selbst als Gebrauchter eine fünfstellige Summe im oberen Bereich kostete. In Verbindung mit dem Streit mit Krimhild, den die Bedienung mit angehört hatte und dem, was Sarina darüber gesagt hatte, was der Freund ihrer Mutter Krimhild angetan hatte sowie Mikes Geldforderung an Jolanda kam ihr ein Verdacht. Der machte eine Beziehungstat allerdings höchst unwahrscheinlich.

„Ich gebe Sven und Monika Bescheid, dass sie sich mit euch bei der Adresse treffen“, sagte Hajo. „Schnappt euch den Kerl!“ Das klang überaus grimmig.

„Machen wir.“

Jessica unterbrach die Verbindung. Das Essen wurde gebracht. Sie warf einen leidvollen Blick darauf.

„Sag nur nicht, wir müssen das Essen stehen lassen. Vielmehr mitnehmen“, befürchtete Franz.

Sie winkte ab. „Wenn wir uns beeilen, schaffen wir das.“ Sie hasste es, Essen halb zerkaut hinunterzuschlingen, aber weil sie nicht wusste, wann sie die nächste Mahlzeit bekommen würden und sie mit leerem Magen schlecht arbeitete, war dies das kleinere Übel.

Sie aßen hastig, tranken ihren Kaffee auf einen Zug aus und hinterließen ein großzügiges Trinkgeld, das sie mitsamt dem Betrag für das Essen nach amerikanischer Manier sichtbar auf den Tisch legten, ehe sie das Lokal verließen und zu Mikes Adresse fuhren.

*

„Oh mein Gott!“ Severin Kovac schüttelte den Kopf. „Das hat ja so kommen müssen.“

Sein Mitbewohner Jonas Berger schnaubte. „Wir hätten den Kerl schon längst rauswerfen sollen. *Sehr viel* früher!“ Er maß Kovac mit einem finsteren Blick. „Aber du hieltest das ja für übertrieben.“

„Meine Herren, bitte“, wandte Jessica begütigend ein. „Das führt zu nichts.“

Kovac und Berger waren die beiden anderen Drittel der WG, in der auch Mike wohnte. Gewohnt hatte, denn er war Sonntagabend Knall auf Fall verschwunden. Hatte ein paar Sachen gepackt und war noch in der Nacht abgehauen. Ohne Nachsendeadresse oder den Hauch einer Andeutung, wohin er wollte. Zu erfahren, dass er verdächtigt wurde, einen Mord begangen zu haben, erschütterte die beiden Studenten zutiefst.

Doch das war nichts im Vergleich zu der Enttäuschung, die nicht nur Jessica fühlte, sondern garantiert auch Franz, Monika und Sven, die mit ihr im Wohnzimmer der WG saßen und hofften, irgendeinen Hinweis zu Mikes Aufenthaltsort zu bekommen.

„Was können Sie uns über Mike sagen?“, wollte Franz wissen. „Jede Kleinigkeit kann uns helfen.“

„Also Student ist er schon mal nicht, wie er behauptet hat, als er eingezogen ist“, war Berger überzeugt. „Aber das konnten wir vorher nicht wissen. Wir gehen ja nicht hin und überprüfen die Angaben, wie die Polizei das könnte.“

„Hat Sie nicht gewundert, dass er sich einen ziemlich teuren Wagen leisten kann?“, hakte Monika nach.

Kovac nickte. „Am Anfang schon. Aber erst dachten wir, dass er reiche Eltern hat, die ihn finanzieren.“

„Haben wir so lange geglaubt, bis wir mitbekommen haben, womit er sein Geld verdient“, ergänzte Berger. „Erst dachten wir, dass er ständig wechselnde Freundinnen hat, sei seine persönliche Marotte. Er ist halt ein Frauentyp, so vom Aussehen. Aber dann haben wir eines Tages gesehen, dass er mit seiner angeblichen Freundin in ein schniekes Nobelrestaurant gegangen ist.“

Kovac nickte. „Die Freundin war aufgebrezelt wie ...“ Er wiegte den Kopf. „Na ja, sie war ziemlich leicht bekleidet.“

„Und die beiden haben sich mit einem Mann getroffen, der sie beinahe ausgezogen hat mit seinen Blicken.“

„Und das wissen Sie woher?“, hakte Sven nach.

„Wir haben es von draußen durch die Panoramafenster gesehen“, gab Kovac zu. „Wir waren natürlich neugierig, weil seine Freundinnen, wenn er sie mit herbrachte, nie so toll ausgesehen haben. Da haben wir uns gewundert und haben, äh, nun ja, beobachtet.“

Die beiden warfen einander einen verlegenen Blick zu, ehe sie betont zur Seite und zu Boden sahen. Ein eindeutiges Zeichen, dass sie Mike wohl regelrecht nachgeschnüffelt hatten.

„Ich vermute, dass Ihre Beobachtungen damit noch nicht beendet waren“, gab Jessica ein Stichwort. „Bitte, meine Herren, Neugier ist nicht strafbar. Ihre Beobachtungen können uns aber möglicherweise helfen.“

„Dass Mike nie wieder hier auftaucht?“, hoffe Berger. „Dabei helfen wir Ihnen gern.“ Er nickte zur Bekräftigung. „Also, der Typ – also der schnieke Kerl – hat Mike Geld gegeben. Danach hat er dessen Freundin abgeschleppt. Eine gute Stunde später hat er die Freundin zurückgebracht und die beiden sind abgehauen.“

Wieder tauschten die jungen Männer einen Blick.

„Wir waren uns nicht sicher“, fuhr Berger fort. „Deshalb haben wir uns am Abend drauf und den Rest der Woche vor dem Restaurant auf die Lauer gelegt. Und prompt kam Mike jeden Abend mit einer seiner aufgebrezelten Freundinnen an, die dann, nachdem er Geld bekommen hat, jedes Mal mit irgendeinem Typen weggegangen sind und eine Stunde später, manchmal auch zwei zurückkamen.“

„Der Kerl ist ein Zuhälter!“, brachte Kovac es auf den Punkt.

Das bestätigte den Verdacht, der Jessica bei dem Inhalt des Streits gekommen war, den Mike mit Krimhild gehabt hatte und in dem es um dreihundert Euro gegangen war. Aber wie war Jolanda an so einen Typen geraten? Vielmehr lautete die Frage, warum sie sich mit ihm eingelassen hatte. Sie war doch nicht dermaßen naiv gewesen. Wie sie Mike vermutlich kennengelernt hatte, glaubte Jessica inzwischen zu wissen. Sie hatte Mikes Phantombild heute Morgen bei den Mitarbeitern der Bahnhofsmission herumgezeigt. Einer von ihnen war sich sicher, den Mann des Öfteren vor der Fixerstube gesehen zu haben, wo er gezielt junge Frauen angesprochen hatte. Alle paar Wochen sei er wieder aufgetaucht. Das war dem Mitarbeiter zwar verdächtig vorgekommen, weil Mike aber das Gebäude nie betreten hatte und es nicht verboten war, auf einer öffentlichen Straße Leute anzusprechen, hatte man keine Handhabe gehabt, ihn wegzuschicken.

Dass Jolanda ihm dort begegnet sein musste, lag auf der Hand. Nach dem, was Severin Kovac und Jonas Berger gerade erzählt hatten, war für Jessica ebenfalls klar, dass Mike sich seinen „Nachschub“ an jungen Frauen, die er prostituieren konnte, eben dort gesucht hatte. Wahrscheinlich hatte er sie als Gegenleistung regelmäßig mit Stoff versorgt. Und mit großer Wahrscheinlichkeit war Krimhild nicht die Erste seiner „Freundinnen“ gewesen, die an einer Überdosis gestorben war. Alles andere würde man von Mike erfahren, sobald man ihn hatte.

„Wir haben ihn zur Rede gestellt“, sagte Berger. „Aber er hat uns nur kaltschnäuzig angepflaumt, das ginge uns nichts an. Er würde schließlich regelmäßig seine Miete zahlen und wir sollten unsere Nasen aus seinen Angelegenheiten raushalten.“

„Darauf haben wir ihn rausgeworfen", ergänzte Kovac. „Aber er hat uns nur ausgelacht. Nachdem alle Versuche ihn rauszukriegen nichts genützt haben, haben wir schärfere Geschütze aufgefahren und ihm gedroht, ihn bei der Polizei anzuzeigen, wenn er nicht verschwindet."

Jessica verkniff sich, darüber den Kopf zu schütteln. Typen wie diesem Mike drohte man nicht auf diese Weise, denn das konnte tödliche Folgen haben. Menschen wie er waren unberechenbar. Was sie wieder zu der Frage brachte, was Jolanda getan hatte, das am Ende zu ihrem Tod geführt hatte. Vielleicht hatte er geglaubt, mit ihr leichtes Spiel zu haben, sie in sich verliebt zu machen und auf den Strich schicken zu können, nachdem Krimhild gestorben war. Und als sie sich weigerte, hatte er sie vor Wut erst vergewaltigt und dann erschlagen.

„Das hat dann endlich gewirkt", fuhr Kovac fort. „Er wollte zum Ultimo das Feld räumen. Und dann ist er Sonntagabend in aller Hektik weg. Wir haben uns sein Zimmer angesehen und festgestellt, dass noch ein paar Sachen von ihm da sind. Weil er aber bis Einunddreißigsten die Miete bezahlt hat, wollten wir bis dahin warten, bevor wir das Zimmer ausräumen und neu vermieten."

„Wir haben uns sowieso gefragt, wozu er ein Zimmer in einer WG brauchte, wo er doch als Zuhälter massenhaft Kohle verdient hat." Berger schüttelte den Kopf. „Ich sag ja, wir hätten ihn viel früher rausschmeißen sollen. Lange bevor wir das mit seinem ‚Broterwerb' entdeckt haben. Schließlich hat er nie auch nur einen Finger gerührt, um hier mal sauber zu machen und so."

Die üblichen WG-Querelen. Jessica ahnte allerdings den Grund, warum Mike sich dieses Zimmer gemietet hatte. Sicherlich hatte er das für seine Tarnung als Student gebraucht. Zu einem Studenten, der in einer WG lebte, fassten gerade junge Frauen nur allzu leicht Vertrauen. Was es sonst noch über Mike zu wissen gab, würden sie hoffentlich von seinen Eltern oder anderen Angehörigen erfahren.

„Wer von Ihnen ist der Hauptmieter der Wohnung?", erkundigte sich Franz.

„Ich." Kovac hob die Hand.

„Erlauben Sie uns in Ihrer Eigenschaft als offizieller Mieter, Mikes Zimmer in Augenschein zu nehmen?"

„Bitte, gerne! Durchsuchen Sie alles, was Sie wollen."

Sowohl Franz wie auch die anderen verzichteten darauf, ihm den Unterschied zwischen einer „Nachschau“ und einer richterlich angeordneten Durchsuchung zu erklären. Er und Jessica gingen in Mikes Zimmer, während Sven und Monika die Befragung der Mitbewohner fortsetzten.

Sie fanden den überhasteten Aufbruch, um nicht zu sagen die Flucht bestätigt. Mike hatte sich nicht die Mühe gemacht, irgendetwas aufzuräumen oder für den Auszug einzupacken. Ganz offensichtlich hatte er die Schubladen und den Kleiderschrank aufgerissen und vermutlich wahllos irgendwelche Dinge, die er für die nächsten Tage brauchte, in eine Tasche gestopft. Sowohl die Schubladen wie auch der Schrank standen offen. Jessica zog sich Einweghandschuhe über und begutachtete die Dinge, die er zurückgelassen hatte.

In einer Ecke des Zimmers stand ein Wäschekorb. Zuoberst lag ein dunkelblaues T-Shirt, das einen intensiven Schweißgeruch verströmte. Sie hielt die Luft an, bevor sie es nahm und in einen Asservatenbeutel steckte. Sie atmete auf, als das Ding darin, der Beutel verschlossen war und der Gestank nicht mehr ihre Nase beleidigte. Sobald sie im Präsidium zurück war, würde sie einen Beschluss beim Richter beantragen, der ihnen gestattete, die DNA aus dem Schweiß zu analysieren. Wenn die mit der aus dem Sperma von Jolandas Mörder übereinstimmte, war der Kerl dran. Allerdings hegte Jessica kaum noch Zweifel an seiner Schuld. Dazu war Mike zu hastig geflüchtet. Doch man konnte nie wissen.

Franz pfiff durch die Zähne, was sie veranlasste, zu ihm hinzusehen. Er hielt ein schmales Notizheft in der Hand, das er aus einer Tischschublade hervorgezogen hatte. „Dicker Fisch“, stellte er fest.

Normalerweise wurde bei einer Nachschau nicht in den Schränken und Schubladen gewühlt, sofern der Besitzer das nicht ausdrücklich gestattete. Doch hier standen die Schränke offen, weshalb es legitim war, einen Blick hineinzuwerfen. Jessica ging zu ihm und sah ihm über die Schulter. In dem Heft standen verschiedene Vornamen von Frauen, auf jeder Seite einer, und darunter Geldbeträge mit Datumsangaben. Falls das Mikes erstes „Buchführungsheft“ war, hatte er seine Karriere als Zuhälter ungefähr zu der Zeit begonnen, als er in die WG eingezogen war. Dass er es zurückgelassen hatte, zeigte, wie eilig er es gehabt hatte zu verschwinden. Und dass er mit größter Wahrscheinlichkeit nicht plante zurückzukommen. Krimhilds Name stand auch in dem Heft. Als vorletzter. Als letzter stand Jolandas mit dem ersten Eintrag vom Sonntag und dem Betrag von dreihundert Euro.

„Wer sagt das jetzt dem Schilling?", überlegte Franz in einem Tonfall, der deutlich ausdrückte, dass er nicht beabsichtigte, derjenige zu sein.

„Niemand", entschied Jessica. „Was immer es mit diesen dreihundert Euro auf sich hat, Jo hat sich garantiert nicht prostituiert. Im Leben nicht. Dazu war sie viel zu romantisch."

„Mag sein. Aber die Loverboy-Masche funktioniert genau über diese Schiene, wie du weißt."

Jessica schüttelte den Kopf. „Diese Masche basiert darauf, das Opfer in sich verliebt zu machen, bis es vor Liebe blind ist und für den geliebten Mann alles tut, einschließlich sich an andere Männer verkaufen. Aber das braucht Zeit. Selbst wenn wir die berühmte Liebe auf den ersten Blick in Betracht ziehen, hätte er nicht genug Zeit gehabt, Jolanda so weit zu kriegen, dass sie sich prostituiert, wenn wir davon ausgehen, dass sie ihn durch ihr Ehrenamt kennengelernt hat. Würde sie ihn schon länger kennen, hätte sie garantiert ihrer besten Freundin Nathalie davon erzählt. Das sind so die Geheimnisse, die beste Freundinnen miteinander teilen. Und die paar Tage, die sie ihn demnach gekannt hat, reichen definitiv nicht aus, um ihre Einstellung und ihre Prinzipien so komplett auszuhebeln, dass sie für den Kerl mit anderen Männern ins Bett steigt. Schon gar nicht für Geld." Sie schüttelte erneut den Kopf. „Dahinter muss was anderes stecken. Und deshalb werden wir ihrem Vater keine Silbe von diesem Eintrag erzählen."

„Du bist der Boss", gab Franz nach und tütete das Heft ein.

„Außerdem passt Jo nicht in sein Beuteschema, denn wie es aussieht, hat er sich die Frauen unter den Fixerinnen gesucht. Aber das werden wir ihn fragen, sobald wir ihn haben."

Sie sahen sich noch eine Weile in dem Zimmer um, fanden aber nichts, das ihnen weitergeholfen hätte. Doch was sie hatten, war schon mal ein Fortschritt. Selbst wenn Mike nicht Jolandas Mörder sein sollte, war er in jedem Fall dran wegen der Prostitution von Minderjährigen und Abhängigen, da er sie sich im Drogenmilieu suchte und vermutlich als Gegenleistung mit Stoff oder dem Geld dafür versorgte. Da er seinem „Erwerb“ gemäß seiner Buchführung erst gut ein Jahr lang nachging, erklärte das, warum er noch nicht polizeilich in Erscheinung getreten war.

Bevor sie mit den anderen die WG verließ, bat sie Severin Kovac und Jonas Berger, sie unverzüglich zu benachrichtigen, sollte Mike zurückkommen. Aber möglichst so, dass er das nicht bemerkte. Wer einmal tötete, war gefährlich. Wenn Mike mitbekam, dass seine Mitbewohner die Polizei alarmierten, könnte er daraufhin gewalttätig reagieren statt mit erneuter Flucht. Die Aussicht jagte den beiden Studenten sichtbar Angst ein.

„Wir lassen sofort das Türschloss austauschen“, entschied Kovac. „Der Bursche kommt hier nicht mehr rein.“

Jessica hielt das für eine gute Idee. Sie verabschiedeten sich. Bevor sie mit Franz zum Präsidium zurückkehrte, sah sie bei der Staatsanwaltschaft vorbei, um Markus Stelzer auf den neusten Stand zu bringen. Das hätte sie zwar auch telefonisch tun können, da sie aber auch zum Richter musste wegen des Beschlusses für die DNA-Analyse, nutzte sie die Gelegenheit, ihm persönlich Bericht zu erstatten.

Als sie am Büro von Volker Schilling vorbeikam, sah sie, dass dessen Tür offenstand. Von drinnen hörte sie Geräusche, als ob jemand in Akten wühlte. Machte sich etwa jemand an Volkers Akten zu schaffen? Kaum gedacht, schalt sie sich eine Närrin, weil sie sofort an eine unerlaubte Aktion gedacht hatte, statt an einen ganz normalen und vor allem legalen Vorgang, der seine Richtigkeit hatte, wenn ein Staatsanwalt in Urlaub oder anderweitig für längere Zeit abwesend war. Der Betrieb musste schließlich weitergehen und die Gerichte waren sowieso schon überlastet.

Jemand fluchte. Erstaunt erkannte sie Volkers Stimme. Sie klopfte an die halb offene Tür und trat ein. Tatsächlich suchte Volker hektisch etwas in einem Aktenschrank und fuhr gehetzt herum, als er Jessica eintreten hörte. Er sah elend aus, obwohl er wie immer im Dienst tadellos gekleidet war. Sein Gesicht war bleich und wirkte eingefallen, die Augen glänzten fiebrig und hatten einen gehetzten Ausdruck, außerdem dunkle Ringe, die von Schlafmangel zeugten. Ihn so zu sehen, tat Jessica in der Seele weh.

„Hallo Volker. Was machst du denn hier?“ Dumme Frage, das wurde ihr im selben Moment bewusst.

„Wonach sieht es denn aus?“, fragte er zurück. „Ich arbeite. Meine Fälle erledigen sich schließlich nicht von selbst.“

Sie sah ihn besorgt an. „Geht es dir wirklich ... Ich meine, bist du wirklich schon wieder in der Lage zu arbeiten?“

Er schloss die Augen und senkte kaum merklich den Kopf. Jessica wertete das als ein klares Nein. Als er jedoch den Kopf hob und sie ansah, lag eine Entschlossenheit in seinem Blick, dass sie wusste, was er antworten würde, noch ehe er es tat.

„Ich muss arbeiten, sonst drehe ich durch. Und zu Hause fällt mir die Decke auf den Kopf. Und nicht nur die. Außerdem – ich gebe es zu – ist meine Bar allzu gut bestückt. Wenn ich zu Hause bleibe, fürchte ich, dass ich mich sinnlos besaufe. Und das kann ich mir nicht leisten. Ich habe Verpflichtungen und Fälle, die ich dringend abschließen muss. Die Arbeit lenkt mich ab. Ich brauche das.“

Sie verstand ihn. Nur allzu gut. Auch sie hatte sich nach der Trennung von ihrem letzten Freund wie eine Wilde in die Arbeit gestürzt, nur um nicht ständig an das schmerzhafte Ende ihrer Beziehung zu denken. Volker erging es garantiert noch schlimmer als ihr damals.

Erwartungsvoll sah er sie an. „Gibt es was Neues?“

Sie nickte. „Wir haben eine heiße Spur, wer der mutmaßliche Mörder sein könnte. Leider ist er abgetaucht. Wir haben aber ein Beweisstück gesichert, das seine Täterschaft eindeutig bestätigen oder widerlegen kann. Ich wollte Stelzer gerade darüber informieren. Hat Jolanda vielleicht mal einen Mike Dräger erwähnt?“

„Heißt er so?“

„Der Verdächtige, ja.“

Er schüttelte den Kopf. „Und bevor du fragst: Sie hatte auch keinen Freund. Sie war noch nicht so weit, meine Jo.“ Seine Augen füllten sich mit Tränen. Er schluckte und zwinkerte sie weg. „Ich fand das auch ungewöhnlich in ihrem Alter, wo doch die jungen Leute heutzutage spätestens mit sechzehn ihre erste Beziehung haben. Aber sie sagte immer, dass sie auf den Richtigen wartet.“ Er biss sich auf die Lippen und schluckte wieder. „Kannte sie den Kerl?“

Jessica wiegte den Kopf. „Es sieht so aus, als habe sie ihn vor ein paar Tagen kennengelernt. Aber das ermitteln wir noch genau. Da fällt mir ein: Hat sie dich in den letzten Tagen, Sonntag vielleicht, um eine größere Geldsumme gebeten?"

„Nein. Wie kommst du darauf?"

Sensibles Terrain, das Vorsicht gebot. Sie durfte nicht zu viel preisgeben, denn Staatsanwalt oder nicht, da das Opfer seine Tochter war, schloss ihn das von einer detaillierten Kenntnis der Ermittlungen aus. „Nur so eine Idee. Ein Indiz deutet darauf hin, dass er Jolanda möglicherweise um Geld angehauen hat."

Er schüttelte den Kopf. „Das hätte sie mir erzählt."

Jessica hegte daran einige Zweifel. Aber sie unterließ es, Volker darauf hinzuweisen, dass Jolanda ihm auch nichts von dem Treffen mit Mike erzählt, sondern ihm vorgelogen hatte, sie ginge wie geplant mit Nathalie ins Kino.

Er tat einen tiefen Atemzug. „Jolandas Beerdigung ist am Freitag um elf. Falls du kommen willst ..."

„Selbstverständlich." Sie hätte gern noch etwas Tröstliches gesagt, wusste aber nicht was. „Nichts kann mich fernhalten. Es sei denn, wir haben eine heiße Spur zu dem Mörder. Falls wir ihn bis dahin noch nicht gefasst haben."

„In dem Fall bist du hundertprozentig entschuldigt." Volker nickte vehement. „Den Kerl zu finden hat oberste Priorität." Er hüstelte verlegen. „Entschuldige, ich wollte dir nicht in deinen Job reinreden. Du und dein Team habt hervorragende Arbeit geleistet, dass ihr den Kerl schon identifiziert habt. Du bist eine verdammt gute Ermittlerin, Jessica."

Woher kam denn dieses Lob auf einmal? Egal. Sie freute sich über die Anerkennung. „Danke. Also dann bis spätestens Freitag. – Und, Volker: Pass auf dich auf, ja? Es gibt Leute, die machen sich um dich Sorgen." Verdammt! Hatte sie damit schon zu viel gesagt?

Doch er nickte nur und hatte sich schon wieder über seine Akte gebeugt, bevor Jessica sich umgedreht hatte und zur Tür ging. Mit etwas Glück hatten sie Mike Dräger bis Freitag schon in Gewahrsam.

*

Leider blieb ihnen das Glück nicht hold. Als Jessica ins Präsidium zurückkehrte – den Beschluss für die DNA-Analyse aus dem T-Shirt in der Tasche, für dessen sofortige Ausstellungen Markus Stelzer gesorgt hatte –, lag zwar der Beschluss für die Ortung von Mikes Handy vor. Aber es konnte nicht geortet werden, weil es ausgeschaltet war. Möglicherweise hatte er es inzwischen auch weggeworfen und sich ein neues besorgt. Er wurde mitsamt seinem Wagen in die Fahndung gegeben.

Jessica übernahm mit Franz die Aufgabe, Mikes Eltern aufzusuchen, in der Hoffnung, dass er sich vielleicht bei denen verkrochen hatte. Aber dort war er nicht. Die Familie hatte ihn vor knapp zwei Jahren rausgeworfen und den Kontakt zu ihm abgebrochen. Neben den üblichen spätpubertären familiären Querelen und grundsätzlichen Differenzen offenbarte sich, dass Mike vom ersten Moment seines Lebens an allzu sehr verwöhnt worden war. Besonders die Mutter hatte ihn vergöttert und ihm jeden Wunsch von den Augen abgelesen.

Gemäß dem, was unausgesprochen in dem Gespräch mit den Eltern durchblickte, waren Mike kaum jemals Grenzen gesetzt oder ihm Wünsche verweigert worden. Daraus hatte er den Anspruch abgeleitet, dass ihm alles zustünde, was er haben wollte. Die Konflikte waren vorprogrammiert, hatten sich kumuliert und sich vor zwei Jahren im endgültigen Bruch entladen. Der Anlass war bezeichnend für Mikes Charakter, von dem Franz und Jessica im Anschluss an das Gespräch ein verdammt gutes Bild hatten.

Mike hatte sich nicht nur geweigert, eine Ausbildung oder ein Studium zu beginnen, sondern ganz selbstverständlich erwartet, von seinen reichen Eltern ausgehalten zu werden, bis er sie nach ihrem Tod beerben konnte. Ein Nein hatte er nicht akzeptiert. Als sie nachdrücklich darauf bestanden, dass er einen Beruf erlernte und er nicht die geringsten Anstalten dazu machte, hatten sie ihm den Geldhahn zugedreht. Daraufhin hatte er sie bestohlen. Massiv.

Als Erstes hatte er beiden Eltern die nur zu entsprechenden Anlässen benutzten Kreditkarten für das Urlaubskonto entwendet und das Konto leergeräumt. Nachdem das aufgeflogen war, hatte er den Befehl der Eltern erhalten, den entstandenen Schaden abzuarbeiten. Woran Mike nicht im Traum gedacht hatte. Als ihm die Eltern daraufhin die Pistole auf die Brust gesetzt und ihn vor die Wahl gestellt hatten, entweder zu gehorchen oder zu verschwinden und sich nie mehr blicken zu lassen, hatte er sich für Letzteres entschieden. Nicht ohne seines Vaters Münzsammlung mitgehen zu lassen. Von dem Geld, für das er sie vermutlich verkauft hatte, musste er seinen dicken Wagen angeschafft haben. Dann hatte er wohl festgestellt, dass das Leben ohne elterliche Finanzierung nicht so lief, wie er das gern wollte und sich überlegt, wie er ohne allzu viel oder überhaupt Arbeit seinen gewohnten Standard halten konnte und war irgendwann auf den Gedanken gekommen, drogenabhängige Mädchen auf den Strich zu schicken.

Zumindest der Vater gab sich in dem Punkt nicht überrascht; seiner Meinung nach hatte so etwas „kommen müssen". Dass ihr Sohn aber eines brutalen Mordes in Tateinheit mit einer nicht minder brutalen Vergewaltigung dringend verdächtig war, schockierte beide Eltern zutiefst. Die Mutter gab sich die Schuld an allem und bereute lautstark, ihren geliebten Jungen allzu sehr verwöhnt zu haben, statt ihm beizeiten Grenzen zu setzen.

Jessica widersprach ihr nicht. Sie verkniff sich auch den Hinweis, dass ohne diese allzu ausufernde Nachgiebigkeit ein siebzehnjähriges Mädchen wahrscheinlich noch leben würde. Mike war nicht der erste und ganz sicher auch nicht der letzte Mann, der gegenüber einer Frau eine Vergewaltigung als „Disziplinierung" für legitim hielt, um sie gefügig zu machen. So wie Jessica Jolanda kannte, hatte die ihm anschließend gedroht, ihn anzuzeigen, worauf er sie erschlagen hatte.

Doch bis sie ihn hatten und er ihre Vermutung bestätigen oder dementieren konnte, blieb das nur eine Möglichkeit von mehreren für die Hintergründe der Tat.

Jessica fühlte sich nicht nur erschöpft, als sie schließlich am späten Abend Feierabend machte und nach Hause fuhr, sondern auch frustriert, denn Mikes Eltern hatten angeblich keine Ahnung, wo ihr Sohn sich aufhalten könnte. Das mochte stimmen, konnte aber auch eine Lüge sein, um den Sohn zu schützen, der trotz begangener Verbrechen immer noch ihr Kind war. So oder so, das MK-Team würde ihn früher oder später finden.

*

Schmerz zerriss ihn. Fuhr durch seinen Körper und brannte unbarmherzig in ihm. Wie die Scham. Wie der Hass. Die Verzweiflung.

Und die Ohnmacht. Ausgeliefert zu sein, sich nicht wehren zu können, das Unaussprechliche erdulden und ertragen zu müssen – benutzt zu werden wie ein Stück Vieh ... Nein: wie eine Sache. Ein Gegenstand, namenlos, gesichtslos, ohne Identität zum Gebrauch für jedermann. Neuer Schmerz. Diesmal schlimmer. Um ihn herum Gelächter und Obszönitäten, mit denen man ihn verhöhnte. Und kein Ende in Sicht. Er schrie.

Und fuhr hoch. Dunkelheit umgab ihn. Und Stille. Sein Herz hämmerte und die Erinnerung an die Schmerzen pulsierte noch durch seinen Körper. Er brauchte ein paar Sekunden, bevor er begriff, dass er nur einen Albtraum gehabt hatte von Dingen, die schon lange vergangen waren. „Nur" wurde dessen Horror jedoch in keiner Weise gerecht. Sein Magen drückte gegen die Rippen. Er rannte ins Badezimmer und übergab sich.

Mit zitternden Händen wusch er sich anschließend das Gesicht. Als er aufblickte und sich im Spiegel sah, starrte ein Fremder ihn an mit Augen, in denen sich das Grauen spiegelte. Er stöhnte und vergrub das Gesicht im Handtuch, bevor er sich abtrocknete.

Der Weg zurück ins Schlafzimmer kam ihm endlos vor. Den nassgeschwitzten Schlafanzug zu wechseln, stellte einen Kraftakt dar, als würde er im Fitnessstudio fünfzig Kilo stemmen. Als er sich aufs Bett setzte, merkte er, dass Bettdecke und Laken ekelhaft feucht von seinem Schweiß waren. Doch er hatte keine Kraft und keinen Nerv, das Bettzeug auch noch zu wechseln. Deshalb nahm er eine Decke aus dem Schrank, ging ins Wohnzimmer und legte sich auf die Couch. Der Schmerz hörte endlich auf.

Während er da lag und darauf wartete wieder einzuschlafen, fragte er sich ein ums andere Mal, wie er das Unaussprechliche jemals hatte vergessen können. Denn er hatte es tatsächlich vergessen. Verdrängt, weil es anders nicht auszuhalten gewesen wäre.

Darüber, warum die Erinnerung jetzt als Albtraum zurückgekommen war, musste er nicht lange rätseln. Dafür war der Zeitungsartikel verantwortlich, der heute in der *Frankfurter* gestanden hatte und in dem von der Vergewaltigung und dem Mord an der „jungen Schülerin Jolanda S." berichtet worden war. Natürlich war dies nicht der erste Artikel über eine Vergewaltigung, den er las. Im Laufe der Jahre, seit ihm das Martyrium zugefügt worden war, hatte er viele gelesen. Nie hatte einer davon die tief in seinem Innern versiegelten Erinnerungen geweckt. Doch der Krug ging so lange zum Brunnen, bis er brach. Irgendwann kam der eine Tropfen, der das Fass zum Überlaufen brachte. Genau das hatte dieser Artikel getan.

Er wischte sich über das Gesicht und stellte fest, dass es nass von Tränen war. Der Schmerz war fort. Dafür tobte der Hass in ihm mit einer Macht, als habe er nur darauf gelauert, endlich herausgelassen zu werden. Er brannte ebenso schlimm wie vorhin die Schmerzen. Doch im Gegensatz zu denen raubte er ihm nicht die Kraft, sondern erfüllte ihn mit einer Energie, die ihn nicht mehr einschlafen ließ.

Kurzentschlossen stand er auf, holte sich eine Flasche Bier aus dem Kühlschrank und setzte sich in einen Sessel. Das eiskalte Getränk auf nüchternen Magen bekam ihm zwar nicht gut, aber es belebte ihn und kühlte den verzehrenden Hass, der ihn von innen aufzufressen schien. Ein bisschen. Doch ihm war klar, dass der, einmal aus seinem Gefängnis entkommen, ihn nie wieder in Ruhe lassen würde. Er musste nachdenken, überlegen, was er tun sollte. Tun konnte. Im Moment wusste er nur eines: Er konnte so nicht weiterleben.

Donnerstag, 13. Oktober

Michael Manderbach fühlte sich prächtig und war mit seinem Leben rundum zufrieden. Vorgestern hatte er seinen sechsundsiebzigsten Geburtstag gefeiert. Gefühlt halb Frankfurt hatte ihm gratuliert. Auch drei Tage später trudelten immer noch Glückwünsche ein. Ein Grund, sein Leben einmal Revue passieren zu lassen, Rückschau zu halten auf sein Werk und alles, was er erreicht hatte.

Sein ganzes Leben hatte er der Jugend gewidmet; früher als Lehrer und nach der Pensionierung bei den Jugendverbänden der katholischen Kirche, der er sich seit seiner Kindheit stark verbunden fühlte. Der Glaube gab ihm Orientierung und Halt. Zu wissen, dass es eine höhere Macht gab, der man sich bedingungslos anvertrauen konnte und die voll wahrhaft unendlicher Liebe sogar die Todsünden verzieh, hatte etwas Beruhigendes, ja, glücklich Machendes. Die eine, wahrhaft unverzeihliche Sünde, nämlich die bewusste Abkehr von Gott, hatte Manderbach nie begangen. Sonstige Sünden schon. Doch wer hatte das nicht getan? *Wer von euch ohne Sünde ist, werfe den ersten Stein.* Stand schon in der Bibel. Das Bewusstsein, von Gott trotzdem allzeit geliebt zu werden, gab ihm eine heitere Gelassenheit als Grundhaltung.

Aber Manderbach tat noch mehr, um Körper, Geist und Seele im Gleichgewicht zu halten. Jeden Tag unternahm er einen ausgiebigen Spaziergang, sorgte für ausreichend Schlaf, aß leichte Kost und genoss Alkohol nur in Maßen. Auch seine kleine Wohnung in einem Altbau im Gallusviertel mit kleinem Balkon und Blick ins Grüne trug zu seinem Wohlbefinden bei. Er vermisste nichts.

Schon gar nicht Helga, seine Frau, die ihn nach nur zehn Jahren Ehe verlassen hatte. Von einem Tag auf den anderen. Und das nur, weil eines Tages ein Mann vor der Tür gestanden und ihn übel verleumdet hatte. Sein Dementi hatte Helga als Lüge abgetan und dem Kerl geglaubt, nicht ihrem Mann. Das nahm er ihr verdammt übel. In all den Jahren ihrer Ehe hatte er ihr nie einen Grund gegeben, an seinem Wort zu zweifeln.

Oder etwa doch? Hatte sie etwas geahnt und die Behauptung des Mannes – bei dem er sich beim besten Willen nicht mehr erinnern konnte, ihn früher gekannt zu haben – nur als Bestätigung ihres Verdachts genommen? Er wusste es nicht. Helga hatte sich geweigert, mit ihm darüber zu reden und hatte ihn Knall auf Fall rausgeworfen. Einfach so. Blöde Kuh! Ihm ging es ohne sie viel besser. Und andere Leute wussten ihn sehr zu schätzen.

Er war ein angesehener Mann. Vor sechs Monaten hatte ihn ein Vertreter von Kolping angesprochen, ob er nicht Lust und Zeit habe, sich für die Integration junger Flüchtlinge einzusetzen und ehrenamtlich Sprachkurse zu geben. Manderbach hatte begeistert zugesagt und nahm die neue Herausforderung als ein willkommenes Mittel, um geistig nicht einzurosten.

In der *Frankfurter Rundschau* war sogar ein Artikel mit Gruppenfoto erschienen, in dem alle namentlich erwähnt wurden, die sich ehrenamtlich bei der Kolpinggesellschaft für Flüchtlinge einsetzten. Das machte ihn stolz und war eine zusätzliche Motivation.

Voller Vorfreude auf den heutigen Unterricht betrat er das Kolpinghaus. Traute Tanzer, eine junge Frau, die neu im Team war, winkte ihm zu.

„Herr Manderbach, es hat jemand für Sie angerufen, ein Herr Mühlstein."

Manderbach schüttelte den Kopf. „Ich kenne keinen Mühlstein."

„Es geht um eine Spende, er hat in der Zeitung von unserer Aktion gelesen und möchte bei uns Geld investieren. Ich habe ihm gesagt, dass Sie ab elf Uhr im Haus sind. Er will gegen zwölf wieder anrufen. Ich hatte das Gefühl, dass er mit ‚Spende' keinen Kleckerbetrag meinte."

Manderbach lächelte. „Das wäre in der Tat eine gute Sache. Hat der Mann gesagt, warum er ausgerechnet mit mir sprechen will? Für Spenden ist doch die Führungsetage zuständig. Ich habe damit nichts zu tun."

„Er sagte, er kennt Sie von früher."

Manderbach überlegte. Kannte er jemanden namens Mühlstein? Ihm fiel niemand ein. Aber er hatte im Laufe seines Berufslebens so viele Kollegen gehabt und Schüler unterrichtet – Hunderte, vielleicht sogar über tausend –, dass er nicht mehr jeden Namen im Kopf hatte. Wenn der Mann wieder anrief, würde das sicher schnell geklärt sein.

Er ging in sein Büro, das er auch als Unterrichtsraum benutzte und schloss die Tür. Fünf junge Leute – vier Männer und eine

Frau – erwarteten ihn bereits, die Deutschbücher und Schreibhefte vor sich auf dem Tisch.

„Guten Morgen, Herr Manderbach", begrüßten sie ihn im Chor und es klang schon fast akzentfrei.

„Guten Morgen, meine Lieben. Dann wollen wir mal."

Die Stunde flog nur so dahin mit viel Mühe, aber auch Lachen. Manderbach fand es immer wieder aufs Neue befriedigend, jungen Menschen etwas beizubringen.

Die Gruppe hatte nach Unterrichtsschluss kaum den Raum verlassen, als pünktlich um zwölf Uhr das Telefon klingelte. „Manderbach."

„Mühlstein. Guten Tag. Ich hatte heute Morgen schon einmal angerufen. Haben Sie einen Moment Zeit?"

„Ja, habe ich. Was kann ich für Sie tun?" Reine Höflichkeit, da Mühlstein das bereits Traute Tanzer gesagt hatte.

„Sie können mir helfen, ein Problem zu beseitigen. Ich bin Teilhaber eines größeren Unternehmens, und mein Steuerberater hat mir kürzlich geraten, eine nicht unbescheidene Spende zu leisten, weil ich sonst in eine zu hohe Steuerprogression komme. Sie verstehen?"

Manderbach nickte, obwohl sein Gesprächspartner das nicht sehen konnte. „Durchaus."

„Ich habe den sehr interessanten Artikel über die Kolping Gemeinschaft im Gallusviertel und den Einsatz für Flüchtlinge gelesen und möchte das gerne unterstützen."

„Darüber freuen wir uns natürlich sehr. Aber darf ich fragen, warum Sie sich ausgerechnet an mich wenden, um Ihr Vorhaben anzukündigen? Sie bräuchten das Geld doch nur zu überweisen. Und wenn Sie mit jemandem persönlich darüber sprechen wollen, so ist doch jemand vom Bundesvorstand und der Stiftungsverwaltung der geeignetere Ansprechpartner. Ich bin nur ein kleiner Ehrenamtler und völlig unbedeutend."

Mühlstein lachte. „Sie erinnern sich nicht mehr an mich, nicht wahr?"

„Tut mir leid, aber Ihr Name ist mir momentan nicht geläufig."

„Macht nichts", entschied Mühlstein.

Täuschte sich Manderbach oder hatte das tatsächlich enttäuscht gelungen? „Es tut mir wirklich leid, aber ..."

„Wäre es Ihnen recht, wenn wir alles Weitere persönlich besprechen?“, unterbrach ihn Mühlstein. „Die Summe, die mir vorschwebt, möchte ich nicht am Telefon nennen.“

Warum nicht, wenn der Mann darauf bestand und er ihn von früher kannte. „Ja. Gern. Wann und wo wollen wir uns treffen?“

Mühlstein zögerte. „Passt Ihnen morgen Abend um acht im Restaurant *Druckwasserwerk* am Westhafen? Ich lade Sie selbstverständlich ein. Meine Sekretärin wird einen Tisch auf meinen Namen reservieren.“

„Ja, das passt mir gut. Bis morgen dann. Auf Wiederhören, Herr Mühlstein.“ Aber Mühlstein hatte bereits aufgelegt. Morgen Abend also. Er war gespannt, welche „nicht unbescheidene Summe“ Mühlstein spenden wollte.

*

Jessica fühlte sich frustriert und andererseits unter Hochspannung. Die Fahndung nach Mike Dräger war raus, aber bisher ergebnislos. Dafür hatte die Kriminaltechnik bereits die DNA aus dem T-Shirt analysiert. Sie stimmte mit der von Jolandas Vergewaltiger und der auf dem Stein, mit dem sie erschlagen worden war, überein. Somit stand mit an Sicherheit grenzender Wahrscheinlichkeit fest, dass Mike Dräger der Mörder war. Sein Handy war immer noch ausgeschaltet. Möglicherweise hatte er die Stadt inzwischen verlassen. Doch die Fahndung wurde bundesweit geführt. Falls er oder sein Auto irgendwo auftauchten, hatten sie ihn. Falls er sich des Autos nicht entledigt hatte. Der richterliche Beschluss zur Überwachung seiner Kontenbewegungen stand noch aus, würde aber spätestens morgen vorliegen. Mit etwas Glück war er dumm genug, irgendwo Geld zu zapfen oder mit der EC-Karte zu bezahlen, was einen Hinweis gab, wo man ihn suchen musste. Es war nur eine Frage der Zeit, bis er geschnappt wurde.

Noch immer stand die ungeklärte Frage im Raum, wo Jolanda ihn kennengelernt hatte. Jessica hatte noch einmal mit Nathalie gesprochen, ob sie sich vielleicht noch an etwas erinnerte, das einen Hinweis geben könnte. Ohne Erfolg. Mikes Eltern konnten oder wollten keine Auskunft über seine Freunde geben, seine Mitbewohner schworen Stein und Bein, dass sie ehrlich und wahrhaftig keine Ahnung von irgendwelchen Freunden oder Bekannten hatten, und auch die Kellnerin Sophie wusste nichts.

Als Nächstes stand die Überprüfung an, ob die Eltern irgendwo einen Zweitwohnsitz oder ein Ferienhaus besaßen, wo er sich versteckt haben könnte. Falls das auch nichts brachte, war wieder Beinarbeit angesagt mit dem erneuten Abklappern all jener Lokalitäten rund um den Bahnhof, wo man ihn schon mal gesehen hatte. Vielleicht ergab auch die Auswertung seines „Kassenbuches" einen Hinweis. Leider waren dort nur Vornamen vermerkt und kein einziger Nachname, sodass es schwierig war, die Frauen zu identifizieren. Jessica hatte die Pressestelle veranlasst, einen Aufruf über die Medien herauszugeben, dass alle Frauen sich als Zeuginnen melden sollten, die zu Mike Dräger in einer Beziehung gestanden hatten. Eine vorsichtige Formulierung, um die Betreffenden nicht öffentlich zu kompromittieren.

Die Post war gerade gekommen. Jessica seufzte beim Anblick des dicken Stapels, der auf ihrem Tisch gelandet war. Eine Einladung zur Jahreshauptversammlung der Polizeigewerkschaft, der vierteljährliche Rundbrief vom *Weißen Ring*, die neueste Ausgabe von *Die Kriminalpolizei*, die Anfrage einer Schule, ob jemand von der Kripo eine Stunde über Drogenkriminalität referieren könne und ein paar andere Schreiben. Sie öffnete den obersten Briefumschlag aus braunem Papier und zog das einzige darin liegende Blatt heraus. Als sie es auseinander faltete, stellte sie fest, dass es nur zwei Zeilen enthielt, die fett und in riesigen Buchstaben gedruckt waren.

Eins, zwei, drei
der Tod eilt herbei!

„Nee, oder?", brummte sie und schüttelte den Kopf. „Echt jetzt?"

Da hatte wohl einer zu viele schlechte Krimis gesehen oder gelesen. Jessica hielt das für einen üblen Scherz, vermutlich von irgendwelchen Jugendlichen, denen langweilig war und die sich bei dem Gedanken daran aufgeilten, dass ihr Briefchen den ganzen Polizeiapparat in Bewegung setzte. Leider konnte und durfte sie das nicht ignorieren, denn dahinter mochte durchaus mehr stecken.

Sie zog sich Einweghandschuhe an, ehe sie das Blatt vorsichtig am Rand nahm, es gegen das Licht hielt und es hin und her drehte.

Auf den ersten Blick waren keine Spuren wie Fingerabdrücke zu erkennen. *Eins, zwei, drei, der Tod eilt herbei.* Falls das kein Scherz war, handelte es sich höchstwahrscheinlich um die Ankündigung eines Mordes. Jessica ertappte sich bei dem stummen Gebet, dass es bitte, bitte ein Scherz sein möge.

Sie schaute sich den Umschlag an. Der Aufkleber war mit einem Laserdrucker beschriftet worden. *Kriminaloberkommissarin Jessica Steinfels, Polizeipräsidium Frankfurt, Adickesallee 70, 60322 Frankfurt.* Eindeutig – an sie persönlich. Die Briefmarke war jedoch nicht abgestempelt. Vermutlich war der Brief bei der Post beim automatischen Stempeln zusammen mit einem anderen erfasst und deshalb nicht gestempelt worden. Oder der anonyme Absender hatte sich nach dem Aufkleben der Marke entschieden, den Brief persönlich in den Postkasten des Präsidiums zu werfen. Immerhin ließe sich durch einen Stempel erkennen, in welchem Postzentrum der Brief abgefertigt worden war, woraus gewisse Rückschlüsse auf den Absendeort möglich wären.

Sie legte beide Schriftstücke separat in eine Klarsichtfolie und machte von jedem eine Kopie. Anschließend ging sie zu Hajo und zeigte sie ihm.

Er las die Nachricht und schüttelte den Kopf. „Manche Typen werden nie erwachsen."

Sie nickte. „Mir gibt aber zu denken, dass der Brief an mich persönlich gerichtet ist."

„Mir auch. Und ich brauche dich wohl nicht zu fragen, ob du eine Ahnung hast, wer als Absender infrage kommt."

„Musst du nicht. Und nein, ich habe nicht die leiseste Ahnung. Wenn es ein Scherz ist, dann kämen dafür die Insassen der beiden Oberstufenklassen in Betracht, denen ich vor zwei Wochen einen Vortrag über Cyberkriminalität gehalten habe."

Hajo grinste bei der Bezeichnung „Insassen" für die Schüler. Jessica hatte, wie er wusste, ihre Schulzeit gehasst und verglich daher jede Schule mit einem Gefängnis.

„Falls es kein Scherz sein sollte, kämen dafür etliche Kriminelle in Betracht, die ich dingfest gemacht habe. Falls der Schrieb aber als Drohung gemeint ist – also dafür ist er zu unspezifisch. Solche Typen schreiben eher ‚Du bist tot' oder ‚Wenn ich dich erwische, dann ...' oder was anderes in dem Tenor." Sie schüttelte den Kopf.

„Ich kann beim besten Willen nicht sagen, was dahinter stecken könnte."

Hajo nickte. „Du kümmerst dich weiter um deine Arbeit, hältst die Augen offen, und ich kümmere mich um das hier." Er deutete auf den Schrieb. „Ab damit zum Erkennungsdienst."

Jessica nickte und verließ Hajos Büro. Sie machte sich keine Sorgen, denn dass solche Botschaften ernst gemeinte Todesdrohungen waren, kam in der Realität äußerst selten vor. In ihrer ganzen Laufbahn hatte sie noch keinen einzigen solchen Fall gehabt, geschweige denn, dass sie persönlich betroffen gewesen wäre. Trotzdem würde sie Hajos Rat beherzigen und vorsichtig sein. Sie brachte das Schreiben zur KT, kehrte in ihr Büro zurück und schaute nach, ob auf dem Server ein neuer Bericht über die Suche nach Mike Dräger eingegangen war. Als sie keinen fand, machte sie sich daran, die bisherigen Ermittlungsergebnisse für den Staatsanwalt und später das Gericht aufzubereiten. Noch akribischer als sonst, damit die Beweiskette lückenlos war und auch der gewiefteste Anwalt Jolandas Mörder nicht heraushauen konnte. Erst recht nicht wegen irgendwelcher Nachlässigkeiten oder gar Fehler in der Ermittlungsarbeit.

Anschließend machte sie sich mit Franz wieder an die „Beinarbeit".

*

Feierabend! Endlich! Als Jessica um halb zehn nach Hause kam, fühlte sie sich, als hätte sie einen Marathon absolviert. Damit sie nicht noch einmal aufstehen musste, sobald sie einmal saß, hatte sie sich einen XXL-Döner zum Mitnehmen geholt, der hoffentlich das gefühlt gigantische Loch in ihrem Magen stopfen würde. Dazu ein Bier aus dem Kühlschrank, und der Rest des Abends konnte beginnen. Des sehr einsamen Abends.

Sie hasste ihr Privatleben. Denn von „Privat"-Leben konnte nicht die Rede sein. Franz und seine Frau Eva hatten sie schon oft eingeladen, einen Abend oder ein Wochenende mit ihnen zu verbringen. Jessica hatte bis auf die Einladungen zu Franz' Geburtstagsfeiern immer abgelehnt. Als Single fühlte sie sich wie das fünfte Rad am Wagen. Obwohl die Abende bei den beiden sehr schön waren. Doch fast immer wurde irgendein lediger Freund, Verwandter, Bekannter angeschleppt, der Jessica Gesellschaft leisten sollte. Gut gemeint, aber gerade das gab ihr das Gefühl, bemitleidet zu werden. Ab und zu gönnte sie sich einen One-Night-Stand, wobei es ihr schon fast egal war, wie der Typ hieß, Hauptsache er war gut. Einen bezahlten *Begleiter* hätte sie gern mal ausprobiert, denn diese Typen besaßen immerhin ein gewisses Niveau und Klasse. Aber das konnte sie sich als Kriminalbeamtin nicht leisten. Es hätte sie angreifbar, erpressbar gemacht. Und glücklich machten solche Intermezzi auch nicht.

Wie sollte sie einen verlässlichen Partner kennenlernen? Vor allem: Wollte sie tatsächlich einen? Darüber grübelte sie nach, während sie den wirklich guten Döner aß und ihn mit Bier hinunterspülte. Der Schichtdienst der Polizeiarbeit machte die Angelegenheit nicht einfacher. Und Männer in ihrem Alter waren entweder Single, aber unbrauchbar und total durchgeknallt und hatten eben deshalb noch keine Frau – oder keine mehr –, oder waren durch die Lehre des Lebens extrem beziehungsgeschädigt. Außerdem: Was konnte sie denn schon einem Mann bieten? Sie war weder die perfekte Hausfrau und hatte auch nicht den geringsten Ehrgeiz, das jemals zu werden, noch könnte sie sich in einer Mutter-Rolle wiederfinden. Dafür liebte sie ihren Beruf zu sehr. Nicht zuletzt waren ihre bisherigen Beziehungsversuche eben daran gescheitert. „Du liebst deinen Job erheblich mehr als mich“, hatte Fred, ihr letzter Versuch, ihr vorgeworfen, als er gegangen war. Tja. Und es gab noch einen anderen Grund, warum sie eine feste Beziehung scheute.

Das Klingeln des Telefons riss sie aus ihrer Grübelei und ließ sie zusammenzucken. Eine ihr nicht geläufige Nummer wurde angezeigt. Sollte sie das Gespräch annehmen? Elektrisiert richtete sie sich auf, als ihr der Gedanke kam, dass der Anrufer der Schreiber des kryptischen Briefes sein könnte. Ein Grund mehr, nicht ranzugehen. Andererseits ...

„Steinfels.“

„Hi, hier ist Nele. Von neulich aus der *Bodega.* Wie geht's dir? Stör ich?“

Jessica stieß erleichtert die Luft aus. „Hi. Eh, nein, du störst nicht.“

Einen Moment herrschte Schweigen. „Das klingt – irgendwie nicht begeistert. Irgendwie eher genervt.“

„Nein, nein“, versicherte Jessica. „Ich hatte nur einen anstrengenden Tag und bin erst vor einer guten halben Stunde nach Hause gekommen.“

„Störe ich wirklich nicht?“

„Nein. Wie geht es dir denn?“ Sie begrüßte die Gelegenheit, ihre Gedanken auf etwas anderes zu konzentrieren als die Arbeit und ihre persönlichen Probleme.

Nele hatte offenbar auf dieses Stichwort gewartet, denn sie berichtete munter drauflos, was sich seit ihrem Treffen in der *Bodega* ereignet hatte. Das tat sie auf eine so amüsante Weise, dass Jessica mehrfach herzhaft lachen musste. Als sie das Gespräch schließlich beendeten, war es kurz vor Mitternacht. Jessica fühlte sich entspannt und lächelte immer noch, als sie Minuten später ins Bad ging, um sich bettfertig zu machen.

Schlagartig holte der Job sie ein, als ihr bewusst wurde, dass theoretisch Nele Schröder die Absenderin des merkwürdigen Briefes sein konnte. Was wusste sie schon über die Frau? Nahezu nichts. Zwar hatte sie ganz und gar nicht den Eindruck, dass Nele zu solchen idiotischen Scherzen neigte, geschweige denn, dass sie eine psychopathische Stalkerin sein könnte, aber solange sie die Identität des Absenders nicht kannte, konnte sie sich nicht sicher sein.

„Ich werde paranoid“, schalt sie sich.

Doch leider war Paranoia keine Garantie dafür, dass sie sich irrte. Sie öffnete das Fenster, um durch die frische Luft einen klaren Kopf zu bekommen, und blickte auf die Straße. Kalte Feuchtigkeit schlug ihr entgegen und deutete darauf hin, dass morgen wieder ein Nebeltag werden könnte. Und der Briefschreiber befand sich irgendwo dort draußen, plante vielleicht schon den nächsten Brief oder den angekündigten Tod, der dem Schreiben gemäß herbeieilen sollte. Hoffentlich war das Ganze wirklich nur ein Scherz. Seufzend schloss sie das Fenster und ging zu Bett.

Freitag, 14. Oktober

Die Traueranzeige für Jolanda stand heute Morgen in der *Frankfurter Allgemeinen* und umfasste eine halbe Seite. Ihr Vater hatte das Gedicht *Der Tod und das Mädchen* von Matthias Claudius als Einleitung gewählt und es durch eigene Worte ergänzt.

> *„Vorüber! Ach vorüber!*
> *Geh wilder Knochenmann!*
> *Ich bin noch jung, geh Lieber!*
> *Und rühre mich nicht an."*

Doch hörte der Tod nicht auf meines Kindes Flehen:

> *„Gib deine Hand, du schön und zart Gebild!*
> *Bin Freund, und komme nicht, zu strafen:*
> *Sei gutes Muts! ich bin nicht wild,*
> *Sollst sanft in meinen Armen schlafen."*

Liebe Jolanda, für mich warst du die ganze Welt.
Ich nehme Abschied von meiner Tochter Jolanda Schilling
** 13. Februar 1999*
† 09. Oktober2016
in der Blüte ihrer Jugend.
Die Trauerfeier findet am Freitag, 14. Oktober, um 11.00 Uhr in der Friedhofskapelle in Frankfurt-Seckbach statt. Ich bitte, von Beileidsbekundungen am Grab abzusehen. Statt Blumen bitte ich um eine Spende an die „Lawine e.V.", Beratungsstelle für Opfer sexueller Gewalt.

Für Jessica war eine Teilnahme an der Trauerfeier selbstverständlich. Sie hatte allerdings nicht mit dieser Menschenmenge gerechnet, die gekommen war, um dem Mädchen die letzte Ehre zu erweisen oder Volker Schilling durch ihre Anwesenheit ihr Mitgefühl auszudrücken. Die Leute drängten sich auf dem kleinen Friedhof dicht zusammen. Einige wenige Menschen, die bei Volker standen, waren wohl Verwandte. Jolandas Mitschüler waren ebenfalls anwesend; ihrer Zahl nach zu urteilen, war die gesamte Jahrgangsstufe gekommen. Der Rest bestand vermutlich aus Leuten, die mit Volker arbeiteten oder ihn anderweitig kannten. Jessica entdeckte etliche Kollegen und auch Daniel Mannsfeld von der Bahnhofsmission, der ein betroffenes Gesicht machte.

Nur Mike Dräger konnte sie nirgends entdecken. Das hätte sie auch gewundert. Zwar gab es Mörder, die unmittelbar oder aus der Ferne dem Begräbnis ihrer Opfer beiwohnten. Da die Anzeige aber erst heute Morgen in der Zeitung gestanden hatte und er sich sowieso die größte Mühe gab, von der Bildfläche verschwunden zu bleiben, hielt er sich fern. Falls er überhaupt Zeitung las. Trotzdem hielten Jessica und ihre Kollegen unauffällig Ausschau nach ihm. Man konnte nie wissen.

Die Türen der Kapellenhalle blieben offen. Der Innenraum war zum Bersten voll und draußen drängten sich noch mehr Menschen.

Volker saß in der ersten Reihe und starrte reglos auf den Sarg, ein Schmuckstück aus glänzendem Mahagoniholz mit einer an ein abstraktes Gemälde erinnernden Maserung. Ein kreuzförmiges Gebinde aus weißen Callas und weißen Lilien thronte darauf neben einem Herz aus weißen Rosen, in dessen Mitte ein Foto von Jolanda in einer Halterung steckte. Auf einem kleinen Tisch vor dem Sarg stand Jolandas Lieblingsstofftier, ein buntes Pferdchen, das mindestens ebenso verloren dreinblickte wie Volker Schilling.

Er hielt sich während der Trauerrede des Pfarrers bewundernswert, wirkte gefasst, obwohl in ihm ein emotionaler Sturm toben musste. Jessica hätte ihn gern getröstet, indem sie einfach neben ihm gesessen und seine Hand gehalten hätte. Doch erstens stand ihr das nicht zu und zweitens gab es Momente, in denen Mitgefühl eine zusätzliche Bürde war, die man nicht auch noch aushalten konnte.

„Es gibt nichts, das die Hinterbliebenen an diesem Tag trösten kann“, schloss der Pfarrer seine Predigt. „So möchte ich den Angehörigen und Freunden von Jolanda die Worte Albert Schweitzers mit auf den Weg geben: *Das schönste Denkmal, das ein Mensch bekommen kann, steht im Herzen der Mitmenschen.*“ Er wandte sich dem Sarg zu. „Liebe Jolanda, du wirst in uns allen weiterleben.“

Jessica sah, wie Volker zusammensackte und die Hände vors Gesicht schlug. Seine zuckenden Schultern zeigten, dass er weinte. Ein neben ihm sitzender Mann legte ihm die Hand auf den Rücken und flüsterte ihm etwas zu. Das Abschlussorgelspiel setzte ein. Friedhofsbedienstete in elegantem Livree schoben den Sarg auf die Rollbahre und zur hinteren Tür hinaus. Jessica sah, wie Volker mühsam aufstand und ihnen an der Seite des Pfarrers und des anderen Mannes folgte, begleitet von Johannes Brahms' Melodie „Guten Abend, gute Nacht". Auch Jessica folgte mit Franz in einigem Abstand.

Der Nebel war heute Morgen so dicht, dass man kaum zehn Meter weit sehen konnte. Entsprechend gespenstisch wirkte der Trauerzug zum Grab, besonders da der Nebel die Geräusche dämpfte. Leider verhinderte er auch, dass man allzu viel sah. Selbst wenn Mike hier gewesen wäre, hätte Jessica ihn nicht entdecken können, wenn er sich nicht gerade in die vorderste Reihe gedrängt hätte.

Nachdem der Sarg in die Grube gesenkt worden war und der Pfarrer noch ein paar abschließende Segensworte gesprochen hatte, ging Jessica ebenso wie die anderen an der Grube vorbei und schippte ein Schäufelchen Sand auf den Sarg.

„Ich finde deinen Mörder, Jolanda", flüsterte sie. „Und wenn ich jeden Stein nach ihm umdrehen muss."

Als sie sich nach Volker umsah, war er verschwunden. Klar: Keine Beileidsbekundungen am Grab. Er war fertig mit der Welt und musste wohl allein sein. Sie konnte es ihm nicht verdenken.

Sie fuhr mit Franz zum Präsidium und machte sich wieder auf die Suche nach Mike. Irgendwo musste der Kerl doch stecken. Da nach ihm gefahndet wurde, war es unwahrscheinlich, dass er über irgendeine Grenze entkommen konnte. Zumindest nicht auf dem normalen Weg über die Straßen. Und sie konnte sich nicht vorstellen, dass er sich von seinem teuren Auto trennte. Vielleicht hatte er sich irgendwo verkrochen und hoffte, dass die Suche nach ihm in ein paar Tagen oder Wochen nicht mehr so intensiv geführt wurde und er sich gefahrlos aus der Deckung trauen konnte. So oder so, irgendwann musste er wieder auftauchen.

*

Michael Manderbach betrat pünktlich um acht das *Druckwasserwerk*. „Guten Abend, es wurde ein Tisch reserviert auf den Namen Mühlstein. Mein Name ist Manderbach."

Der angesprochene Kellner nickte ihm freundlich zu: „Ja, Herr Mühlstein erwartet Sie schon. Wenn Sie mir bitte folgen wollen."

Manderbach folgte dem Ober und sah sich um. Er war noch nie in einem Restaurant wie diesem gewesen. Es gehörte wohl zu den sogenannten „In-Kneipen", das mit *Symphonie der Sinne* warb, wo sich sehen ließ, was Rang und Namen hatte, aber auch junge und an ihrer Kleidung als solche zu erkennende Besserverdienende fühlten sich hier sichtbar wohl. Das *Druckwasserwerk* mit seinem preisgekrönten historischen Bauwerk hatte eine gute Lage, direkt am Main, und war anscheinend sehr beliebt, denn fast alle Tische waren besetzt.

An einem Tisch in der Nähe der Theke saß ein Mann, mittelgroß, offener Gesichtsausdruck, der kultiviert wirkte und einen Anzug trug, der ihm wie angegossen passte.

Er stand auf, als Manderbach kam und gab ihm die Hand. „Mühlstein. Guten Abend, Herr Manderbach. Schön, dass Sie so kurzfristig einrichten konnten, mit mir den Abend zu verbringen."

Der Mann kannte ihn eindeutig, aber Manderbach erinnerte sich auch jetzt nicht an ihn, wo er ihn unmittelbar vor sich hatte. Obwohl er ihm vage bekannt vorkam.

„Guten Abend, Herr Mühlstein. Ich bedanke mich für die Einladung."

Mühlstein lächelte. „Nehmen Sie doch bitte Platz." Zum Kellner gewandt bestellte er zwei Cognacs als Aperitifs. „Sie nehmen doch einen Aperitif?", vergewisserte er sich etwas verspätet.

Manderbach nickte. „Danke, gern." So ein kleiner Cognac konnte ja nicht schaden. Er beugte sich vor. „Herr Mühlstein, bitte klären Sie mich auf. Ich habe seit Ihrem Anruf hin und her überlegt, woher wir uns kennen, aber ich komme nicht drauf. Ihrem Alter nach waren Sie einer meiner Schüler. Doch – und nehmen Sie das bitte nicht persönlich – ich erinnere mich nicht an Ihren Namen. Sie kommen mir zwar bekannt vor, aber ..."

„Wenigstens etwas", unterbrach Mühlstein ihn.

Für einen Moment wirkte der Mann – nein, nicht enttäuscht. Manderbach hatte das Gefühl, er sei wütend. Aber das bildete er sich bestimmt ein. Dass er sich nicht mehr an ihn erinnerte, war definitiv kein Grund für Wut.

Mühlstein lächelte. „Wissen Sie was: Bevor ich Ihnen lange Erklärungen gebe, kommen Sie im Anschluss an unser Gespräch doch mit mir nach Hause. Ich habe ein Fotoalbum, wenn Sie darin die Fotos von uns sehen, fällt es Ihnen wie Schuppen von den Augen. Einverstanden?“ Er winkte ab. „Natürlich sind Sie das. ‚Positive Neugier', wie Sie das immer genannt haben, ist doch der Antrieb allen Seins. Sie erinnern sich?“

Manderbach nickte. Wie könnte er einem Schüler, bei dem sein Unterricht so einen bleibenden Eindruck hinterlassen hatte, diese Bitte abschlagen? „Gern“, stimmte er zu und war sich sicher, dass Mühlstein sich nur deshalb an ihn wegen der Spende gewandt hatte, um einen Vorwand zu haben, ihm das Fotoalbum zu zeigen. Hoffentlich meinte er das mit der Spende ernst und hatte sie nicht nur als Köder benutzt, weil er befürchtet hatte, Manderbach würde eine Einladung zum Ansehen eines Fotoalbums ablehnen.

Die Getränke wurden gebracht, sie prosteten sich zu, nahmen beide einen Schluck.

„Herr Mühlstein, ich denke, Sie haben sich bereits über unsere Arbeit umfassend informiert, bevor Sie sich zu einer Spende entschlossen haben. Darf ich Ihnen trotzdem von unserem Hilfsprogramm Näheres erzählen?“

Mühlstein nickte. „Ich bitte darum. Obwohl es an der Summe, die ich zu spenden gedenke, nichts ändern wird. Ich denke, Ihre Organisation kann vierzigtausend Euro gut gebrauchen.“

Manderbach blieb fast die Spucke weg. Hastig trank er einen weiteren Schluck Cognac. Selbst Organisationen wie der Vorstand einer Bank oder karitative Stiftungen spendeten in der Regel nicht mehr als zehntausend Euro pro Jahr. Vierzigtausend war eine exorbitante Summe. „Das ist wirklich überaus großzügig. Im Namen der Stiftung bedanke ich mich aufs Herzlichste!“

Mühlstein winkte ab und sah ihn erwartungsvoll an. Manderbach berichtete über die Arbeit der Stiftung. Doch schon recht bald drehte sich das Gespräch um alte Zeiten, als er noch Lehrer gewesen war. Mühlstein hörte aufmerksam zu und sorgte zwischendurch immer wieder dafür, dass Manderbach nicht „auf dem Trockenen“ saß. Mühlstein vertrug wesentlich mehr Alkohol, denn während er immer noch nüchtern zu sein schien, schwirrten Manderbach schon die Sinne. So einen Abend hatte er seit Langem nicht mehr erlebt.

Als Mühlstein endlich Anstalten machte, Manderbach wie versprochen mit nach Hause zu nehmen, um das Fotoalbum anzusehen, war es schon fast Mitternacht. Manderbach hatte Probleme, sich aufrecht zu halten. Das Gefühl wurde noch verstärkt, als sie das Lokal verließen und die kalte Nachtluft ihnen entgegenschlug.

Dichter Nebel war aufgezogen wie schon heute Morgen. Man sah die Hand vor den Augen nicht.

„T-tut mia leid, Herr Müllschtein.“ Himmel, er konnte nicht mal mehr richtig sprechen. „Mascht esss Ihnen wasch ausch, mich nach Haus z’ fahrn? Ich glaub, ich binnich’ mehr nüschtern ’enuch fürs Fodoallum. Schuldigung.“

„Kein Problem. Bis zu meinem Wagen schaffen Sie es doch sicher noch? Er steht gleich da vorn.“

Mühlstein stützte ihn und Manderbach vertraute sich nur zu gern dieser Hilfe an, denn er traute seinen Beinen keinen Schritt weit. „I’ wohn’ Gallusvirdel, Kos’eimer Schtraße.“

„Ich weiß, wo Sie wohnen, keine Sorge.“

Manderbach fragte sich flüchtig, woher Mühlstein das wusste. Aber er war nicht in der Lage, länger darüber nachzudenken. Mühlstein half ihm wenig später in einen Wagen und Manderbach lehnte sich an die geschlossene Tür, dankbar, dass er sich nicht mehr selbst aufrecht halten musste. Ihm fielen die Augen zu.

Unsanft schreckte er auf, als die Beifahrertür aufgerissen und er aus dem Wagen gezerrt wurde. „He! Nich so hassich“, protestierte er und sah sich um.

Im Nebel war weit und breit kein Haus zu sehen. Aber auch die Straße war verschwunden. Stattdessen befanden sie sich auf einem schmalen Weg, der wie ein für Autos gesperrter Spazierweg aussah und von Bäumen oder Sträuchern gesäumt war, die Manderbach als schemenhafte Silhouetten wahrnehmen konnte. In unmittelbarer Nähe hörte er Wasser ans Ufer plätschern. Die Lampen von Mühlsteins Wagen spendeten das einzige Licht weit und breit. Ansonsten war es stockfinster.

„Hier sin wa doch nich richtich“, war er überzeugt, denn sie befanden sich garantiert nicht im Gallusviertel.

„Oh doch“, versicherte Mühlstein. „Und wie!“

Er ließ Manderbach so abrupt los, dass der beinahe gestürzt wäre. Er konnte sich gerade noch am Autodach festhalten. Verwundert sah er, wie Mühlstein sich Einweghandschuhe überzog, wie man sie im Krankenhaus verwendete. Was hatte das zu bedeuten?

„So, du alter Sack. Jetzt ist Schluss mit lustig.“

Manderbach verstand nicht. Er begriff nur, dass der vermeintliche Gönner der Stiftung von einer Sekunde zur anderen sein persönlicher Feind geworden war. Sein Todfeind! „Wasch sollll dasch?“

Mühlstein zog etwas aus seiner Manteltasche, das Manderbach als Elektroschocker erkannte. „Du gottverfluchte Sau erinnerst dich tatsächlich nicht mehr an mich. Nach allem, was du mir und den anderen angetan hast, kannst du dich nicht mal mehr an mich erinnern. Du mieses Schwein hast mein Leben zerstört! Und obendrein gibst du dich auch noch so bieder und rechtschaffen, dass mir zum Kotzen ist!“ Er fletschte die Zähne in einer Weise, die an ein wildes Tier erinnerte. „Jetzt weißt du, wovon ich rede, nicht wahr?“

Das wusste Manderbach tatsächlich. Seine größte Sünde hatte ihn eingeholt. Nach so vielen Jahren! Und er wusste noch etwas, spürte es mit absoluter Gewissheit: Mühlstein würde ihn töten.

„Bidde nichchtt!“

Der Mann lachte. Ein so bitteres, trauriges Lachen, wie Manderbach es noch nie gehört hatte. „Bitte nicht!“, äffte er ihn nach. „Das habe ich auch gesagt damals. Jedes Mal habe ich dich angefleht: *bitte nicht*! Hat nichts genützt. Das war dir scheißegal. *Ich* war dir scheißegal! Hauptsache du konntest deine perverse Lust befriedigen.“ Mühlstein wurde vollkommen ruhig. „Nun, jetzt befriedige ich meine Lust. Ich bin der Scharfrichter Gottes. Du kennst doch die Bibel? *Weder Unzüchtige noch Knabenschänder werden das Reich Gottes erben*, heißt es da. Und: *Du sollst nicht beim Knaben liegen wie bei einer Frau, denn es ist ein Gräuel.* Aber diese Stelle gefällt mir besonders: *Wer diesen Gräuel getan hat, soll des Todes sein!*“

„Nein!“, wimmerte Manderbach.

„Doch! Sag auf Wiedersehen, schöne Welt, Michael.“

Er drückte den Elektroschocker gegen Manderbachs Hals. Das Letzte, was Manderbach fühlte, war ein entsetzlicher Schmerz – dann nichts mehr.

Mühlstein fing ihn auf, bevor der zu Boden sackte, und schleppte ihn zum Ufer des Mains. Er ließ den Kerl dort zu Boden fallen und zog sich den Mantel aus, legte ihn ein Stück zur Seite, weit genug weg, dass er keine verräterischen Spuren abbekam.

Er nahm sein Jagdmesser aus der Innentasche des Mantels und prüfte die Klinge, obwohl er das schon mehrfach getan hatte, als er das Messer schärfte. Anschließend stellte er sich hinter Manderbach, packte ihn an den Haaren, riss seinen Kopf hoch und schnitt ihm ohne zu zögern die Kehle durch. Das Blut rann warm über seine Hand. Ein paar Flecke landeten auf dem Jackettärmel, aber das machte nichts. Sobald er den Mantel wieder anzog, war davon nichts mehr zu sehen.

Mühlstein zog Manderbach die Hose herunter und schnitt ihm die Genitalien ab. Er stopfte ihm die Eier links und rechts in den Mund, sodass es aussah, als hätte der Mann Mumps. Der Pimmel wollte nicht so recht halten zwischen Manderbachs Zähnen, dieses alte, verschrumpelte Teil. Mühlstein hätte es viel lieber in tausend Teile zerhackt, aber das nähme zu viel Zeit in Anspruch. Der Ort hier war zwar abgelegen und es war unwahrscheinlich, dass um diese Zeit und bei diesem Wetter ausgerechnet hier jemand lang ging; aber er konnte sich nicht leisten, ein unnötiges Risiko einzugehen. Er stopfte dem Toten den Penis kräftiger in den Mund, ehe er Klebeband aus dem Mantel holte und das Gesicht mehrfach damit umwickelte, bis die Kinnpartie kaum noch zu erkennen war.

Verschluck dich daran, alter Sack!, wünschte Mühlstein von Herzen. *Schade, dass du vorher schon verreckt bist. Ich hätte dir dieses einmalige Gefühl gegönnt, du Wichser!*

Nun zum letzten Teil. Er holte ein in Plastik eingeschweißtes Schriftstück aus der Innentasche seines Jacketts und steckte es in Manderbachs Jackentasche. Anschließend beförderte er die Leiche mit einem kräftigen Tritt in den Main.

„Pro Schwein ein Schein“, murmelte er und staunte, wie zufrieden das klang. „Wenn ich für jeden von euch hundert Euro bekäme, wäre ich in Kürze reich, denn es leben noch eine ganze Menge

Schweine, die schon viel zu lange grunzen." Er grinste das dunkle Mainwasser an. „Glaubt nur nicht, dass ihr mir entkommt."

Er zog die Einweghandschuhe aus, krempelte sie um, damit das Blut daran innen blieb und nicht unliebsame Spuren hinterließ, knotete sie zu einem kleinen Bündel und steckte es in die Hosentasche. Weitere Spuren brauchte er nicht zu verwischen, denn der einsetzende Regen würde alle Hinweise tilgen. Mühlstein zeigte Manderbachs davonschwimmenden Leiche den Stinkefinger, drehte sich um und zog seinen Mantel wieder an, ehe er in seinen Wagen stieg und nicht zurückschaute.

Samstag, 15. Oktober

Jessica hatte Hunger, aber nichts Essbares im Kühlschrank. Auch in den Vorratsschränken gähnte die Leere. Also machte sie sich auf den Weg zum Supermarkt. Draußen war es stockfinster, die Straße menschenleer und Jessicas Schritte hallten dumpf wie in einem Mausoleum. Der Nebel war so dicht, dass sie keine fünf Schritte weit sehen konnte, feucht, kalt und klamm. Er legte sich auf ihre Kleidung und ihre Haut, sodass sie sich schon nach kurzer Zeit völlig durchnässt fühlte. Warum hatte sie nicht rechtzeitig tagsüber eingekauft? Dann hätte sie sich nicht durch dieses Wetter quälen müssen. Als nach einer gefühlten Ewigkeit verschwommen die Beleuchtung des Supermarkts auftauchte, beschleunigte sie ihre Schritte. Mit einem Gefühl der Erleichterung betrat sie den Laden.

Stille. Alle Kassen waren unbesetzt und keine Kunden, kein Personal in Sicht. Jessica war vollkommen allein. Sie ging durch die Reihen und füllte den Einkaufswagen mit Brot, Butter, Salami, Gurke und Chardonnay. Ihre Schritte verursachten kein Geräusch. Seltsam. Und unheimlich. Sie zuckte zusammen, als ein Mann den Laden betrat und zielstrebig auf sie zu ging. Sie traute ihren Augen nicht: *Mike!* Jolandas Mörder. Er grinste und zog ein großes Messer aus der Innentasche seiner Lederjacke. Bevor sie reagieren konnte, hatte er sie erreicht und stieß ihr das Messer in den Bauch. Sie schrie, schlug nach ihm und rang keuchend nach Luft.

Mit einem heiseren Wimmern fuhr sie hoch und hielt sich den Bauch, in dem der Schmerz des Stiches wütete. Dunkelheit umfing sie, unterbrochen von einem grünen Leuchten – die Digitalanzeige des Weckers. Fünf Uhr vierundvierzig.

Ein Traum! Das Ganze war nur ein verfluchter Albtraum gewesen. Die Feuchtigkeit, die sie dem Nebel zugeschrieben hatte, war ihr komplett durchgeschwitzter Schlafanzug. Sie ließ sich ins Kissen zurückfallen und stellte fest, dass sie zitterte. Der Traum war so verdammt real gewesen. Sie spürte jetzt noch den Schmerz, wo Mikes Messer sie getroffen hatte. Scheiße!

Während sie darauf wartete, dass sich ihr rasender Herzschlag beruhigte, überlegte sie, was der Traum ihr sagen wollte. War Mike etwa der Briefschreiber? Ausgeschlossen war das nicht. Er wäre nicht der Erste, der nach einem Mord die Ermittler verhöhnte.

Und nach allem, was seine Mitbewohner und auch seine Eltern über ihn erzählt hatten, passte das durchaus zu ihm. Auch dass der Brief direkt an Jessica adressiert war, sprach dafür. Immerhin hatte die Zeitung über den Fall berichtet und sie namentlich als Ermittlungsleiterin genannt. Die Adresse des Präsidiums stand im Internet und in jedem Telefonbuch.

Nachdem sein Bild gestern mit der Bitte um Mithilfe bei der Suche an die Bevölkerung ebenfalls in der Zeitung gestanden hatte und im Lokalfernsehen gezeigt worden war, glaubte sie nicht, dass jemand von seinen Freunden – sofern er überhaupt welche hatte – ihm Unterschlupf gewährte. Es musste ein Versteck geben, in dem er sich sicher genug fühlte, um dort vorübergehend von der Bildfläche zu verschwinden. Nur – wo?

Grübeln dieser Art war dem Schlaf leider sehr abträglich, und es gelang Jessica nicht, wieder einzuschlafen. Also stand sie auf. Hier halfen nur noch ein guter Kaffee und eine heiße Dusche, um die trüben Gedanken zu vertreiben. Außerdem musste sie nachher sowieso wieder ins Büro. Mordermittlungen kannten nun mal weder Wochenende noch sonstige Pausen. Selbst das Essen geschah meistens nebenbei.

Sie setzte den Kaffee auf, ging unter die Dusche und gönnte sich ein Glas Milch und einen großen Becher Joghurt zum Frühstück. Anschließend ging sie eine Runde joggen. Der Morgen war kühl und zum Glück trocken. Der Regen von letzter Nacht hatte aufgehört und auch der Nebel legte heute eine Pause ein.

Ihr Lauf führte sie an einer Gartenkolonie vorbei. Zu dieser Jahreszeit war sie verlassen. Zwar kamen noch einige Gartenbesitzer, um notwenige Rückschnitte vorzunehmen, aber das gärtnerische Vereinsleben würde erst im Frühjahr wieder aufblühen. Der Anblick der Gartenlauben, deren Fenster teilweise mit Holzplatten verrammelt waren, erinnerte sie daran, dass immer noch geprüft werden musste, ob jemand von Mikes Verwandten ein Ferienhaus, eine Jagdhütte oder etwas Ähnliches besaß, wo er sich vielleicht verkrochen haben könnte. Ebenso eine Abfrage an sämtliche Hotels und Pensionen ...

Sie kehrte um, duschte zu Hause noch einmal und genehmigte sich ein ordentliches Frühstück aus Müsli und Obst, ehe sie ins Präsidium fuhr. *Wo immer du steckst, Mike, wir kriegen dich!*

*

Günter Helfer kam früh im Griesheimer Bootshafen an. Er hatte ein gutes Verkaufsangebot für seine Jolle bekommen und wollte sich nochmals vergewissern, dass das Boot in Topform war, bevor er es dem Interessenten präsentierte. Einerseits fiel es ihm schwer, sich von dem Boot zu trennen, das ihm viele Jahre lang beste Dienste geleistet und unzählige schöne Stunden beschert hatte. Andererseits wurde er langsam zu alt fürs Segeln. Außerdem brauchte er das Geld, denn seine Rente war alles andere als üppig.

Als er sein Boot erreicht hatte, sah er, dass neben ihm im Wasser etwas Großes schwamm. Im ersten Moment glaubte er, dass jemand einen Müllsack einfach ins Wasser geworfen hatte. Dann sah er, dass es sich um einen Menschen handelte, der mit dem Gesicht nach unten regungslos im Wasser trieb.

„Scheiße!", entfuhr es ihm.

Hastig zog er sein Handy aus der Jackentasche und rief den Rettungsdienst. Anschließend sah er sich nach dem Bootshaken um, mit dem er den Menschen aus dem Wasser ziehen konnte. Rannte hin, schnappte das Ding und versuchte, den leblosen Körper umzudrehen, damit der Mann atmen konnte, falls es nicht schon zu spät war. Je nachdem, wie lange der schon in dem kalten Wasser lag, war er vielleicht bereits an Unterkühlung gestorben. Doch Helfer wollte nichts unversucht lassen.

Nach einigen Mühen gelang es ihm, den Körper herumzudrehen. Zunächst stutzte er und glaubte, was dem seltsam vermummten – vermummten? – Mann aus dem Mund hing, sei seine Zunge. Dann erkannte er, dass es ein Penis war. Helfer würgte und übergab sich und wagte danach nicht, noch einen zweiten Blick auf die Leiche zu werfen. Ganz offensichtlich war das hier ein Fall für die Polizei. Die Sanitäter, deren Sirene er schon hörte, kamen zu spät.

*

Jessica fühlte sich frustriert. Wieder einmal. Das Ergebnis der Überprüfung, ob Mike Drägers Eltern noch ein anderes Haus oder Grundstück besaßen, war negativ. Eine erneute Nachfrage bei ihnen, ob andere Verwandte ein solches Domizil besäßen, hatten sie verneint.

Immerhin hatte der Fahndungsaufruf in der Zeitung insofern etwas gebracht, dass sich drei Mädchen beziehungsweise deren Eltern gemeldet hatten, deren Vornamen in Mikes „Kassenbuch“ standen. Jessica und Franz hatten den Vormittag damit verbracht, ihre Aussagen aufzunehmen. Dadurch hatte sich der Verdacht bestätigt: Mike hatte seinen „Lebensunterhalt“ dadurch finanziert, dass er drogenabhängige Mädchen auf den Strich geschickt hatte. Ausschließlich drogenabhängige, sofern sie nicht schon zu kaputt waren.

Seine dafür verwendete Methode war ebenso effektiv wie perfide. Er hatte sich seine „Beute“ unter den Mädchen gesucht, die versuchten clean zu werden und zumindest diese drei vor der Fixerstube der Bahnhofsmission angesprochen. Hatte ihnen einen Job und guten Verdienst in Aussicht gestellt, sie zunächst hofiert und gleichzeitig mit Drogen versorgt, schick eingekleidet, war mit ihnen in Nobelrestaurants essen gegangen, wo dann „zufällig“ ein distinguierter Herr aufgetaucht war, der das Mädchen offen bewunderte. Da dieses Detail bei allen dreien übereinstimmte, war das offenbar die probate Masche.

Von dieser Begegnung bis zum ersten Beischlaf gegen Geld mit dem betreffenden Mann war es jedes Mal nur ein relativ kleiner Schritt gewesen. Die Mädchen waren zu dem Zeitpunkt bereits so vom vermeintlichen Luxus, mit dem Mike sie verwöhnte, eingelullt und von seinem Drogennachschub abhängig gewesen, dass sie nahezu alles getan hätten, um ihn sich zu erhalten. Obendrein empfanden sie, wie alle drei kleinlaut gestanden, dieses Leben als erheblich erstrebenswerter als die Aussichten, die ihnen die Eltern, die Schule oder die Lehre bieten konnten. Von den fünfhundert Euro, die Mike für jede „Vermittlung“ kassiert hatte, bekamen die Mädchen zweihundert. Und seinem Kassenbuch war zu entnehmen, dass er jeden Tag mindestens drei Mädchen „vermittelt“ hatte.

Doch es kam, wie es kommen musste. Schon bald hatten sich die Mädchen wie der letzte Dreck gefühlt, wie eine Ware, die verkauft wurde, wie ein Gegenstand. Als sie auszusteigen versuchten, hatte Mike sein wahres Gesicht gezeigt, sie geschlagen und vergewaltigt und sie hatten noch mehr Drogen konsumiert, weil sie diese Hölle anders nicht ertrugen. Die Mike ihnen gegeben hatte, damit „alles gut" für sie sei.

Nach diesen Schilderungen fragte sich Jessica umso mehr, was der Kerl von Jolanda gewollt hatte. Mit größter Wahrscheinlichkeit war er ihr begegnet, als sie im Rahmen ihrer ehrenamtlichen Tätigkeit hin und wieder die Fixerstube aufgesucht hatte. Vermutlich hatte er sie zunächst für eine Fixerin gehalten und sich an sie herangemacht, weil er Fixerinnen wegen ihrer Sucht besser kontrollieren konnte. Aber warum hatte er sie nicht fallengelassen, als er erfahren hatte – und das hatte er garantiert beim ersten Gespräch mit ihr festgestellt –, dass sie keine Fixerin, sondern eine Ehrenamtliche der Bahnhofsmission war? Und wieso war er auf den Gedanken gekommen, von Jolanda dreihundert Euro für angebliche Informationen zu bekommen?

Jessicas Theorie dafür besagte, dass er damit hatte austesten wollen, wie weit er Jo beeinflussen konnte. Auf diesem Hintergrund und hinsichtlich der Aussagen der drei Mädchen passte auch die Vergewaltigung ins Bild: Jo hatte nicht gespurt, er hatte sie „bestraft". Und sie wahrscheinlich umgebracht, weil sie gedroht hatte ihn anzuzeigen. Aber grau war alle Theorie.

Allerdings gab es noch einen möglichen anderen Hintergrund dafür, dass er sich ausgerechnet Jolanda ausgesucht hatte. Jessica rief Volker Schilling an. Wie sie vermutet hatte, hockte er nicht zu Hause und blies Trübsal, sondern war in seinem Büro und arbeitete.

„Wie geht es dir?", wollte sie zunächst wissen. „Beschissen, klar. Aber kommst du einigermaßen zurecht? Irgendwie?"

„Danke, dass du nachfragst, Jessica." Er klang aufgewühlt. „Ehrlich: Ohne die Arbeit würde ich durchdrehen. Der ganze Schmerz von früher – von damals, als Marianne gestorben ist, ist wieder hochgekommen. Ich habe das Gefühl, zwei Menschen am selben Tag verloren zu haben." Er schluchzte unterdrückt. „Und das ist so ungerecht! So eine gottverdammte ..." Er sog scharf die Luft ein und gab einen Laut von sich, der Jessica deutlich sagte, dass er mit aller Macht um seine Selbstbeherrschung rang. Sie fühlte einen Kloß im Hals und kam sich noch hilfloser vor als ohnehin schon.

Sein Leid zu erleben und nicht das Geringste tun zu können, damit er sich wenigstens ein winziges bisschen besser fühlte, war hart.

„Ich wünschte, ich könnte irgendwas Tröstliches sagen, aber ...“

„Es gibt keinen Trost“, unterbrach er sie und sprach genau das aus, was sie hatte sagen wollen. „Außer einem: Habt ihr den Kerl?“

Er musste nicht ausführen, welchen Kerl er meinte.

„Noch nicht.“ Und sie fühlte sich schuldig deswegen. „Aber deshalb rufe ich an.“ Sie berichtete, was sie von den Mädchen erfahren hatte. „Mir ist die Idee gekommen, ob der Kerl sich Jolanda vielleicht gezielt gegriffen hat, weil er dich treffen wollte. Ich weiß, Jo hätte sich nie im Leben auf so etwas eingelassen, aber sie passt absolut nicht in sein herkömmliches Beuteschema.“

Sie biss sich auf die Lippen. Verdammt, das klang so gefühllos. Aber die übliche Berufsterminologie, die ihr wie allen langjährigen Kripobeamten in Fleisch und Blut übergegangen war, ließ sich nicht einfach abschalten.

„Also“, fuhr sie hastig fort, „bist du dir sicher, dass du diesen Mike Dräger nicht kennst?“

Sie hörte ihn durchatmen und dass er mit den Fingern auf der Tischplatte trommelte wie immer, wenn er nachdachte. „Der Name sagt mir wirklich nichts“, antwortete er schließlich. „Aber bei den vielen Fällen, die ich jedes Jahr zu bearbeiten habe, bleiben mir etliche nicht im Gedächtnis. Die, hm, Unspektakulären verschwinden schnell im Orkus des Vergessens.“

„Er kann, falls du ihn kennst, keiner deiner Fälle gewesen sein, denn wir haben keine Akte über ihn. Bisher ist er strafrechtlich nicht in Erscheinung getreten. Aber vielleicht gab es außerhalb des Beruflichen eine Begegnung. Oder er war in einem Verfahren ein Zeuge, der sich von dir in irgendeiner Form falsch behandelt glaubte. Irgend so was.“

Wieder schwieg er eine Weile. „Das könnte sein. Obwohl ich mich nicht an einen Vorfall erinnern kann. Aber das will ja nichts heißen. Ich denke darüber nach. Aber seid ihr sicher, dass er nicht doch ... Dass Jo ihn nicht vielleicht doch schon länger kennt?“

„Relativ sicher. Aber das werden wir erfahren, sobald wir den Kerl haben. Er entkommt uns nicht, Volker. Darauf gebe ich dir mein Wort.“ *Denk an Dürrenmatt!*, mahnte ihr Gewissen. *Nicht dass du endest wie Kommissär Matthäi*. Sie seufzte. *Halt die Klappe!*, beschied sie der Stimme in ihrem Kopf.

„Ich weiß, Jessica. Danke."

Er hatte aufgelegt, bevor sie noch etwas sagen konnte. Sie hatte kaum den Hörer aus der Hand gelegt, als Hajo in ihr Büro kam, das Gesicht ernst.

„Wir haben einen neuen Fall. Eine Wasserleiche ist am Griesheimer Bootshafen entdeckt worden." Er blickte Jessica bedeutsam an. „Man hat in der Jackentasche einen eingeschweißten Schrieb gefunden mit der Aufschrift *‚Eins, zwei, drei, der Tod eilt herbei!'* Das solltest du dir ansehen. Vielleicht kennst du den Toten. Laut seinem Ausweis heißt er Michael Manderbach."

Jessica schüttelte den Kopf. „Der Name sagt mir auf Anhieb nichts."

Hajo machte eine Kopfbewegung zum Flur. „Sehen wir uns das mal an."

Jessica stand auf, nahm ihre Dienstwaffe und ihre Jacke und folgte Hajo. Mit einer Mischung aus Erleichterung und böser Vorahnung begrüßte sie zu wissen, dass das Schreiben offenbar kein Scherz und allem Anschein nach auch keine Drohung gegen sie gewesen war. Weil der Täter es aber direkt an sie gerichtet hatte, musste er sie kennen. Was bezweckte er damit? Vor allem: Wer war er?

*

Das Wetter war in die Tristesse des Herbstes übergegangen, als Jessica und Hajo am Griesheimer Bootshafen ankamen: grau in grau mit schweren Wolken am Himmel, als würde der nächste Regenguss jeden Moment losbrechen. Zwei uniformierte Polizisten versuchten mit mäßigem Erfolg, den Pulk der allzu neugierigen Passanten aufzulösen, von denen einige mit ihren Handys Fotos machen wollten. Der Bootssteg war komplett abgesperrt. Auf dem Steg selbst war bereits das weiße Plastikzelt errichtet worden, das die Leiche abschirmte und vor der Witterung schützte. Der Notarzt war noch da und kümmerte sich um einen älteren Mann, der bleich aussah und erschüttert wirkte. Wahrscheinlich war er derjenige, der den Toten gefunden hatte.

Jessica und Hajo zeigten den Beamten am Absperrband ihre Marken und wurden mit einem Nicken durchgelassen. Ein weiterer Beamter, der bei dem bleichen Mann stand und das sah, kam ihnen entgegen.

„K11, Schiele und Steinfels“, stellte Hajo sie beide vor.

Der Mann reichte ihnen die Hand. Er trug bereits Einweghandschuhe. „POK Marenke. Ich hoffe, Sie sind hart im Nehmen. Ist kein schöner Anblick. Den Mann, der die Leiche gefunden hat“, er nickte zum Notarztwagen hin, „hat sich die Seele ausgekotzt. Aber er ist ansprechbar. Heißt Günter Helfer.“

„Wir sehen uns erst mal die Leiche an“, entschied Hajo.

Polizeioberkommissar Marenke begleitete sie zu dem Zelt.

„Oh Mann“, entfuhr es Hajo, als er sah, wie der Mörder den Toten zugerichtet hatte. Er zog sich ebenso wie Jessica bereits Handschuhe an. „Da gibt es am Fremdverschulden und daran, dass die Tat ein Mord ist, wohl kaum einen Zweifel.“

Marenke nickte. „Das hier hatte er bei sich.“ Er reichte Hajo ein in Folie geschweißtes Blatt Papier.

Hajo hielt es so, dass Jessica es ebenfalls sehen konnte.

Eins, zwei drei,
der Tod eilt herbei!
Dies ist die Eins:
die Leich' eines Schweins.
Freuet euch sehr,
denn es folgen noch mehr!

„Oh Gott, verdammt!“, entfuhr es Jessica. „Der Kerl will noch mehr Menschen töten. Falls er ‚eins, zwei, drei‘ nicht nur geschrieben hat, weil er einen Reim brauchte, dann hat er noch zwei weitere Leute im Visier. Vielleicht mehr.“

Über das Motiv des Verbrechens brauchte sie nicht lange zu spekulieren. Kastration deutete fast immer auf Rache für ein Sexualdelikt hin. Was bedeutete, dass der Täter auch eine Frau sein könnte. In der Ausführung von Rachenplänen übertrafen Frauen die Männer meistens hinsichtlich Grausamkeit und Raffinesse. Konnte Nele die Täterin sein? Hoffentlich nicht! Jessica mochte die Frau. Es täte ihr elend leid, wenn sie sie am Ende festnehmen müsste. Aber wenn Nele nichts damit zu tun hatte, war es schon ein seltsamer Zufall, dass die Mordankündigung unmittelbar erfolgt war, nachdem sie Nele kennengelernt hatte. Besser sie überprüfte die Frau.

Immerhin ergab das durchaus einen Sinn. Falls Nele sich für ein an ihr begangenes Verbrechen rächen wollte, hatte sie das in der Vergangenheit vermutlich angezeigt, aber die Täter waren ungeschoren davongekommen. Eine Gruppenvergewaltigung zu beweisen war schwierig, wenn alle beteiligten Männer Stein und Bein schworen, der Sex sei einvernehmlich und – bei nicht allzu schweren Verletzungen des Opfers – lediglich ein bisschen „hart" gewesen, aber selbstverständlich sei auch das ganz freiwillig von Seiten der Frau gestattet worden. „Sie wollte das so", lautete die gängige Ausrede. In so einem Fall hatte die Frau keine Chance, Gerechtigkeit zu bekommen. Nele lernte eine Polizistin kennen und nahm das zum Anlass, die Gerechtigkeit in die eigenen Hände zu nehme. Die Begegnung konnte durchaus der Auslöser für die Tat gewesen sein. Bitte nicht! Aber das würde Jessica herausfinden.

„Wir können wohl in Anbetracht der Leiche davon ausgehen, dass der anonyme Briefschreiber nicht hinter mir her ist, oder?" Sie blickte Hajo fragend an.

Er nickte. „Sehe ich auch so. Aber du hast mit Jolanda Schillings Fall noch genug zu tun. Ich übernehme die Leitung für diese MK. Eventuell müssen wir eine Soko bilden. Wir arbeiten aber so eng zusammen wie es geht."

Sie nickte ebenfalls. Das war ihr recht, denn sie hatte gegenüber Volker und Jolanda ein Versprechen zu erfüllen. Und jeder Tag, der verging, ohne dass Mike gefasst wurde, nagte an ihr. „Ich spreche mal mit dem Mann, der die Leiche gefunden hat."

Sie ging zum Notarztwagen hinüber, wo die Sanitäter offensichtlich mit der Behandlung des Zeugen fertig waren.

„Herr Helfer? Ich bin Hauptkommissarin Steinfels von der Kripo. Wie geht es Ihnen?"

„Muss", antwortete er. Aber er wirkte nicht so, als würde ihm dieses „muss" leichtfallen. „Ich habe versucht, den Mann mit dem Bootshaken rauszuziehen, weil ich dachte, er lebt vielleicht noch. Dann habe ich gesehen ..." Er räusperte sich. „Also, so was sieht man doch nur im Fernsehen. Wenn überhaupt. Scheiße."

„Tut mir leid, dass Sie am frühen Morgen ein so schreckliches Erlebnis hatten. Ist Ihnen vielleicht noch irgendetwas aufgefallen? Schwamm im Wasser außer der Leiche noch etwas Ungewöhnliches? Oder haben Sie jemanden gesehen, der sich auffällig verhalten hat?“ Das war zwar unwahrscheinlich, weil die Leiche nach dem sichtlich aufgeweichten Zustand der Haut schon einige Zeit im Wasser gelegen hatte, aber man konnte nie wissen.

Helfer schüttelte den Kopf. „Ich war länger nicht hier. Zuletzt Mitte vorletzter Woche. Und heute habe ich nur diesen armen Menschen hier im Wasser schwimmen sehen. Der Anblick wird mich wohl bis an mein Lebensende verfolgen.“

Jessica hielt das für sehr wahrscheinlich. „Falls Sie psychologischen Beistand benötigen, rufen wir gern einen Notfallseelsorger.“

Helfer schüttelte den Kopf. „Geht schon“, hoffte er. „Kann ich gehen? Bitte!“

„Haben wir Ihre Adresse, falls sich noch Fragen ergeben? Und der Tage müssten Sie ins Präsidium kommen und Ihre Aussage unterschreiben. Da geben wir Ihnen aber Bescheid.“

Er nickte und deutete auf POK Marenke. „Dem jungen Mann habe ich meine Adresse schon gegeben. Ich wohne gleich drüben auf der anderen Mainseite in Schwanheim.“

Da der Mann ihnen nicht weiterhelfen konnte und seine Personalien hinterlassen hatte, verabschiedete sich Jessica und fuhr nach kurzer Rücksprache mit Hajo ins Präsidium zurück. Weil der Mörder ihr persönlich seine Tat angekündigt hatte, fühlte sie sich in gewisser Weise für den Fall verantwortlich. Ein Grund mehr, Jolandas Fall so schnell wie möglich abzuschließen, um sich danach voll und ganz auf diesen neuen Mord konzentrieren zu können.

*

Mike Dräger wusste, dass er Scheiße gebaut hatte. Aber so was von! Ebenso war ihm bewusst, dass seine Chancen, ungeschoren aus dem Schlamassel rauszukommen, denkbar schlecht standen. In seinem Versteck war er fürs Erste zwar sicher, denn um diese Jahreszeit verirrten sich nur wenige Leute hierher. Aber er musste vorsichtig sein und durfte nichts tun, das seine Anwesenheit verriet. Nach einer Weile, wenn ein bisschen Gras über die Sache gewachsen war, konnte er es hoffentlich schaffen, sich ins Ausland abzusetzen.

Doch wie es dort weitergehen sollte, falls er überhaupt so weit käme, dafür hatte er nicht den geringsten Plan. Dafür, wie er die Zeit bis dahin totschlagen sollte, auch nicht. Er musste sein Handy ausgeschaltet lassen, weil die Polizei ihn sonst aufspüren konnte. Das bedeutete: kein Internet, keine Chats, keine Videospiele. Seine Mädchen konnte er auch nicht her zitieren, weil das zu riskant wäre. Sie hatten an einem Ort wie diesem nichts zu suchen, und wenn jemand sie kommen oder gehen sah ... Scheiße, aber auch!

Verdammt, warum hatte diese dämliche Staatsanwaltstochter auch nicht gehorcht? Statt ihm wie befohlen dreihundert Euro zu bringen, hatte sie ihn mit fünfzig abspeisen wollen. Und dann war sie auch noch frech geworden, als er Sex als Entschädigung von ihr wollte und hatte sich obendrein gewehrt. Das hatte er auf keinen Fall dulden können. Die Tussi war selbst schuld an ihrem Tod. Weiber! Blöde Fotzen! Und wegen der saß er jetzt in diesem Loch, langweilte sich zu Tode und hatte hier nicht mal einen Fernseher, mit dem er sich die Zeit vertreiben konnte. Verdammter Mist!

Wenigstens hatte er sich noch genug Vorräte besorgen können, um es eine Weile aushalten zu können. Und einen elektrischen Heizlüfter gab es auch, dass er nicht frieren musste. Ansonsten gab es hier nichts. Nur ein paar alte Bücher. Aber was sollte er mit denen anfangen?

Er blickte nach draußen. Alles still, alles friedlich. Kein Mensch zu sehen. Wenigstens etwas. Aber er konnte nicht ewig hier bleiben. Wohin könnte er sich absetzen? Wie der Polizei entkommen, die garantiert nach ihm suchte? Und wann wäre es halbwegs sicher, das Versteck zu verlassen? Das wollte wohl überlegt sein. Sobald er außer Landes war, konnte er sich irgendwo was Neues aufbauen. Mädchen, die für ein paar Kröten und schöne Kleider alles taten, gab es an jeder Straßenecke.

Wenn er nur ungeschoren hier weg käme. Im Moment zählte nichts anderes.

*

Jessica hatte einen frustrierenden Tag hinter sich, als Hajo sie und Franz am Nachmittag zur Besprechung der neu gegründeten „MK Manderbach“ bat. Über Mike gab es nichts Neues und weitere Zeuginnen, die vielleicht etwas über ihn wissen könnten, was die Polizei noch nicht wusste, hatten sich nicht gemeldet. Wie es aussah, würde es eine langwierige Fahndung werden, falls er nicht einen Fehler beging, durch den er sich verriet. Der einzige Lichtblick für Jessica war, dass die Überprüfung von Nele Schröder nichts ergeben hatte, was auf sie als mögliche Täterin im Mordfall Manderbach deutete. Sie war nie polizeilich in Erscheinung getreten und hatte auch von sich aus keine Anzeige gegen jemanden erstattet. Zwar war das noch lange kein hundertprozentiger Beweis für ihre Unschuld, aber es machte die relativ wahrscheinlich.

Jessica fühlte sich darüber unerklärlich erleichtert, machte sich aber nicht die Mühe, über den Grund dafür nachzudenken. Das konnte sie immer noch tun, wenn sie den Kopf wieder frei hatte.

Hajo setzte seine Truppe kurz über die Ereignisse in Kenntnis. „Es besteht kein Zweifel, dass der Täter irgendeinen Bezug zu Jessica haben muss“, betonte er, obwohl das offensichtlich war, und blickte sie fragend an.

Sie schüttelte den Kopf. „Ich habe nicht die leiseste Ahnung. Da es sich nun erwiesenermaßen nicht um einen Scherz handelt, habe ich hin und her überlegt, aber mir ist niemand eingefallen, der dafür infrage käme. Die einzige mögliche Verdächtige habe ich schon überprüft; auch wenn der Verdacht etwas weit hergeholt ist.“ Sie berichtete von Nele.

Nachdem sie geendet hatte, nickte Hajo. „Ich denke, diese Frau können wir als Verdächtige vorläufig vernachlässigen, behalten sie aber bis zum hieb- und stichfesten Beweis auf dem Radar. Und es könnte nicht schaden, wenn du ihr auf den Zahn fühlst, wo sie gestern Abend war.“

Das hatte Jessica sowieso vorgehabt.

„Also“, fuhr Hajo fort, „wir wissen inzwischen, dass der Tote wahrscheinlich nicht am Hafen, wo er gefunden wurde, auch ins Wasser geworfen wurde. In seiner Kleidung fanden sich Schottersplitter, die es am Hafen in Griesheim nicht gibt. Ich habe mich schon bei den Kollegen vom Wasserschutz schlau gemacht. Wir haben Ende Oktober, das Wasser ist kalt, kein Hochwasser, das bedeutet, der Main liegt bei einer ungefähren Fließgeschwindigkeit von 0,5 bis 1,5 Meter pro Sekunde. Selbst wenn die Leiche sich ab und zu beim Treiben auch mal am Ufer verhakt, wird sie dennoch vom Fluss mitgezogen. Der Rechtsmediziner vermutet – noch als unbewiesene Theorie –, dass der Tote gestern Abend zwischen zehn und zwei in der Frühe ermordet wurde. Ihm wurde die Kehle aufgeschlitzt mit einem ziemlich scharfen Messer. Anschließend wurde er ins Wasser geworfen. Gehen wir vom Standort Griesheim aus und blicken flussaufwärts, dann müsste die Leiche in der Nähe der Europabrücke ins Wasser geworfen worden sein. Aber das ist nur eine Schätzung. Wir werden jedenfalls um die Europabrücke herum zu beiden Seiten des Ufers mit der Suche beginnen. Vielleicht finden wir dort irgendetwas, das uns einen Hinweis auf den Täter gibt. Hin und wieder passiert ja so ein Wunder, wie dass ein abgerissener Knopf dort herumliegt."

Der nicht unbedingt dem Mörder gehören musste, wie allen klar war.

Hajo nickte Franz zu. „Da der Mörder sich mit seiner Vorankündigung direkt an Jessica gewandt hat, möchte ich sie weitgehend mit in die Ermittlungen einbinden. Franz, du kannst doch sicherlich auch ohne sie die Suche nach Jolandas Mörder koordinieren?"

Franz nickte. „Selbstredend."

„Gut. Dann begleitest du, Jessica, mich gleich zu Manderbachs Wohnung."

Das war ihr recht, denn sie war verdammt neugierig, was sie dort finden würden.

*

Mit einem Schlüssel von dem Bund, das in Manderbachs Manteltasche gefunden worden war, verschafften sich Jessica und Hajo Zutritt zu seiner Wohnung in der Kostheimer Straße, nachdem sie sich Spurenschutzanzüge angezogen hatten, für den Fall, dass die Wohnung der Tatort war. Doch nichts deutete darauf hin. Alles lag oder stand ordentlich an seinem Platz und wirkte schon fast penibel aufgeräumt. Manderbach war offenbar sehr belesen, denn Bücherregale vom Boden bis zur Decke dominierten nicht nur das Wohnzimmer, sondern auch das Schlafzimmer. In einem Zimmer, das eindeutig das Lesezimmer war, gab es neben einem Sessel und einer Stehlampe nichts anderes als Bücher.

Auf dem Couchtisch im Wohnzimmer lagen die Fernsehzeitungen der letzten und der kommenden Woche. Aufgeschlagen daneben befand sich ein Fotoalbum, unter diesem ein weiteres. Manderbach hatte sich zuletzt Bilder angesehen, die ihn als jüngeren Mann mit wechselnden Scharen von Kindern zeigten, die sich zu Gruppenfotos aufgestellt hatten. „Vertrauenslehrer des Jahres 1979" stand unter einem. Jessica fiel auf, dass alle Kinder Jungs waren, kein einziges Mädchen dabei.

Sie schlug das zweite Album auf und stieß auf ein mit einem Herz aus Goldpapier umrahmtes Hochzeitsfoto mit der Unterschrift „Helga und Michael im Glückshimmel". Das Album enthielt Fotos von Manderbach und seiner Frau, Hochzeitsfotos und solche, die wohl aus den Flitterwochen stammten. Sie blickte sich im Wohnzimmer um. Nirgends konnte sie das Wirken einer Frau erkennen. Und im Schlafzimmer stand auch nur ein Einzelbett. Demnach war Manderbach entweder schon lange geschieden oder Witwer. Falls Ersteres der Fall war und die Ex-Frau noch lebte, konnte sie vielleicht einen Hinweis geben, auch wenn das eher unwahrscheinlich war. Unter dem Album lag ein ausgeschnittener Zeitungsartikel, der ein Datum von Ende August trug und ein Foto von Manderbach und fünf anderen Leuten zeigte. Der Text darunter stellte sie als neue ehrenamtliche Helfer der Kolping-Stiftung für die Integration von Flüchtlingen vor. Manderbach, so stand dort zu lesen, würde seine Kenntnisse als pensionierter Lehrer einbringen und den Neubürgern und ihren Kindern Deutschunterricht erteilen.

„Der Mord hat definitiv nicht hier stattgefunden", stellte Hajo fest, der in der Zwischenzeit einen Blick in jedes Zimmer, auch das Bad, geworfen hatte. „Keine Blutspuren, keine Putzspuren, kein typischer Geruch nach kürzlich benutzten Reinigungsmitteln. Wir müssen also am Mainufer nach dem Tatort suchen. Immer vorausgesetzt, dass der Mord dort stattgefunden hat, wo der Täter die Leiche ins Wasser geworfen hat oder in unmittelbarer Nähe." Er blätterte in einem Terminkalender, der auf einem Schreibtisch lag, und pfiff durch die Zähne.

„Was gefunden?", vermutete Jessica.

Er schwenkte den Kalender und sah sie bedeutsam an. „Freitagabend acht Uhr Treffen mit einem Herrn oder einer Frau Mühlstein im *Druckwasserwerk*. Na, das ist doch schon mal ein Hinweis."

Jessica nickte. Allerdings wäre es zu schön, um wahr zu sein, wenn diese Person tatsächlich der Täter sein sollte. „Manderbach war mal mit einer Helga verheiratet. Vielleicht lebt die Frau noch."

Hajo blickte sie aufmerksam an. „Woran denkst du dabei?"

„Falls sie nicht verstorben, sondern von ihm geschieden ist, hat die Scheidung bestimmt einen Grund. Und wenn ich die Mordmethode bedenke, vielmehr wie die Leiche hinterher ganz bewusst zugerichtet und zur Schau gestellt wurde und dass der Mörder ihn als Schwein bezeichnet hat, liegt der Verdacht mehr als nahe, dass er irgendwann mal ein Sexualdelikt begangen hat. Wenn mein Mann so was getan hätte, hätte ich mich auch auf der Stelle scheiden lassen."

Hajo nickte. „Da ist was dran. Falls das der Scheidungsgrund war, kann sie uns vielleicht einen Hinweis auf das damalige Opfer und unseren heutigen Täter geben. Hoffentlich." Er griff zum Handy, rief im Präsidium an und bat um eine Regelabfrage hinsichtlich des aktuellen Wohnortes einer Helga Manderbach, die mal mit Michael Manderbach verheiratet gewesen war. Als er das Gespräch beendete, lächelte er zufrieden. „Helga Manderbach, Berger Straße hundertfünf E. Fahren wir hin."

Jessica merkte Hajo an, dass er aufgeregt war. Falls Helga Manderbach ihnen tatsächlich einen Hinweis auf den Täter geben konnte, würde sie das ein großes Stück vorwärts bringen. Vielleicht konnte der Fall dadurch schon aufgeklärt werden, bevor der Mörder sich sein nächstes Opfer schnappte.

Sie folgte Hajo.

*

Helga Manderbach wohnte in einem Altbau mit historischer Fassade und wunderschönen gemauerten Balkonen im ersten Stock. Sie empfing Jessica und Hajo an der Wohnungstür mit besorgt gerunzelter Stirn und bat die beiden herein, nachdem sie ihre Dienstausweise vorgezeigt hatten. Jessica betrachtete sie unauffällig. Sie trug eine elegant wirkende Bluse aus schimmerndem Stoff zu einer Stoffhose, hatte sich dezent geschminkt und die halblangen, silbergrauen Haare sahen frisch gewaschen aus.

„Was will denn die Polizei von mir?", fragte sie, während sie die beiden ins Wohnzimmer führte und ihnen auf der Couch Platz anbot.

Beide setzten sich. Helga Manderbach nahm in einem Sessel Platz. „Kann ich Ihnen etwas anbieten?"

„Danke nein", wehrte Hajo ab. „Frau Manderbach, es geht um Ihren Ex-Mann Michael. Er wurde heute Vormittag ermordet aus dem Main geborgen. Wie es aussieht, handelte der Täter aus Hass."

Helga Manderbach stieß einen Laut aus, der wie eine Mischung aus verunglücktem Lachen und verächtlichem Schnaufen klang. „Das wundert mich nicht. Nur dass das so lange gedauert hat und nicht schon viel früher jemand ihm ..." Sie unterbrach sich. „Entschuldigung. Ich bin auf meinen Ex-Mann nicht gut zu sprechen. Darum habe ich mich scheiden lassen. Mit Michael verheiratet zu bleiben, da braucht man ein Gemüt, das ich nicht besitze. Oder Gleichgültigkeit, wie man es nimmt."

Jessica und Hajo sahen einander an.

„Wie meinen Sie das?", wollte Hajo wissen.

Helga Manderbach schnaubte und schüttelte den Kopf. „Ich gebe zu, dass ich lange Zeit nichts bemerkt habe." Sie seufzte. „Vielleicht wollte ich es auch nur nicht wahrhaben. Dem eigenen Mann traut man doch nichts Schlechtes zu. Schon gar nicht so etwas. Aber eines Tages konnte ich die Augen nicht mehr vor der Wahrheit verschließen, als ..." Sie errötete und brach ab.

„Als – was?", hakte Jessica sanft nach.

Helga Manderbach blickte zu Boden und strich sich über die Stirn, als wollte sie dort einen Schmerz vertreiben. Schließlich hob sie den Blick. „Er war Lehrer und hat an verschiedenen Gymnasien für Jungen unterrichtet. Ich habe an die zehn Jahre gebraucht, bis ich die Augen nicht mehr davor verschließen konnte, dass er einigen von ihnen ... dass er ..." Sie schluckte und atmete ein paar Mal tief durch. „Er hat sich an einigen von ihnen vergangen. Das ist der Grund, warum er so oft die Stelle wechseln musste, was ich aber erst sehr viel später erfahren habe."

Sie seufzte, schüttelte den Kopf und schwieg. Jessica und Franz warteten geduldig, dass sie fortfahren würde.

„Die Schulen haben das vertuscht, denn zuzugeben, dass einer ihrer Lehrer Kinder missbraucht, konnten sie sich nicht leisten. Zuletzt war er in einem katholischen Internat. Dort ist er nach dem letzten Rauswurf untergekommen. Eines Tages stand ein junger Mann vor meiner Tür und fragte mich, wie ich mit so einem Mann verheiratet sein konnte. Erst wusste ich nicht, was er meinte. Dann wurde er deutlicher und beschuldigte Michael des Missbrauchs, mit dem er sein Leben zerstört habe. Ich wollte es erst nicht glauben, aber der junge Mann wirkte so – aufrichtig. Überzeugend. Dazu die häufigen Stellungswechsel, die Michael mir immer ausweichend begründet hat ... Als ich ihn zur Rede stellte, leugnete er zunächst. Erst als ich damit drohte, mich mit seinen früheren Rektoren in Verbindung zu setzen, um die Wahrheit über die häufigen Stellenwechsel zu erfahren, gab er nach und gestand seine Untaten. Daraufhin habe ich ihn rausgeworfen. Auf der Stelle. Und ihn danach nur noch ein paar Mal gesehen, als er seine restlichen Sachen aus unserer damaligen Wohnung holte. Und noch mal vor Gericht bei der Scheidungsverhandlung."

Sie strich sich erneut über die Stirn, schüttelte den Kopf und starrte zu Boden.

„Hatte der junge Mann, der damals vor Ihrer Tür stand, seinen Namen genannt?", wollte Jessica wissen.

Helga Manderbach überlegte. „Ich glaube nicht. Falls doch, kann ich mich nicht mehr daran erinnern. Ich weiß nur noch, dass er behauptete, ein ehemaliger Schüler von Michael zu sein. Aber einen Namen ..." Sie überlegte erneut, ehe sie den Kopf schüttelte. „Tut mir leid."

„Kennen Sie Namen von anderen Opfern?" Hajos Stimme klang hoffnungsvoll und drängend zugleich.

Helga Manderbach schüttelte wieder den Kopf. „Und ich muss zugeben: Ich wollte sie nicht wissen. Das Bewusstsein, mit so einem ... einem – Schwein zehn Jahre verheiratet gewesen zu sein ..." Sie schüttelte sich und schlang die Arme um den Oberkörper. „Ich wollte das alles nur vergessen und nichts mehr von allem wissen, was mit Michael zu tun hatte. Erst recht keine Details oder gar die Namen der Kinder, denen er das Unaussprechliche angetan hat. Verzeihen Sie mir bitte."

In Wahrheit bat sie vermutlich die geschändeten Jungen um Verzeihung, weil sie die Augen vor den Neigungen ihres Mannes verschlossen hatte.

„Am Anfang unserer Ehe habe ich das alles ja gar nicht gewusst. Ich liebte ihn. Und er mich auch, da bin ich mir sicher. Aber von seinen sexuellen Gelüsten konnte er nicht ablassen. Dieser Mensch war krank im Kopf. Als ich das begriffen habe, konnte ich nicht mehr mit ihm leben."

Jessica warf Hajo einen Blick zu. Der nickte. Mit größter Wahrscheinlichkeit war der Täter in der Historie des Opfers zu finden. Die Frage, warum er sich so viele Jahre Zeit gelassen hatte mit seiner Rache, würden sie ihm stellen, wenn sie ihn hatten.

„Hat Ihr Ex-Mann vielleicht irgendwann mal jemanden namens Mühlstein erwähnt?", wollte Jessica wissen. „Ein ehemaliger Schüler oder vielleicht ein Kollege? Kollegin?"

Die Frau dachte nach, runzelte die Stirn, verengte leicht die Augen. Sah zur Seite und legte den Kopf schräg, ehe sie ihn schüttelte. „Der Name sagt mir nichts. Wenn Michael mal einen Schüler erwähnt hat, nannte er ihn immer nur beim Vornamen. Ich kann mich jedenfalls nicht erinnern, dass er mal einen Nachnamen genannt hat." Sie sah erst Jessica dann Hajo an. „Hat dieser Mühlstein ihn – umgebracht?"

„Das wissen wir noch nicht." Jessica lächelte entschuldigend. „Wir gehen aber jeder möglichen Spur nach."

„Frau Manderbach, können Sie uns eine Liste der Schulen geben, an denen Ihr Mann unterrichtet hat?", bat Hajo.

Die Frau nickte. „Sie entschuldigen mich einen Moment." Sie stand auf und verließ das Zimmer.

Jessica sah sich im Wohnzimmer um. Helga Manderbach hatte offenbar die Liebe zu Büchern mit ihrem Ex-Mann geteilt, denn auch ihr Wohnzimmer enthielt an jedem freien Platz an der Wand Bücherregale; sogar über der Couch.

Helga Manderbach kam zurück und reichte Hajo einen Zettel, auf dem sechs Namen von Schulen standen. „Soweit ich mich erinnere, sind das alle. Aber wenige Wochen nach unserer Trennung hat er wieder mal die Stellung gewechselt. Ich glaube, man hatte ihn aus dem Staatsdienst entlassen oder suspendiert oder etwas in der Art. Ich weiß nur, dass er an einer Privatschule untergekommen war, weil das bei der Scheidungsverhandlung erwähnt wurde."

„Wissen Sie den Namen?", fragte Hajo.

Sie schüttelte den Kopf. „An den kann ich mich nicht erinnern. Das ist immerhin vierzig Jahre her."

„Vielen Dank." Hajo nickte. „Sie haben uns sehr geholfen."

Die Frau zuckte mit den Schultern. „Ich darf das eigentlich nicht sagen, aber in meinen Augen hat der Mörder ein gutes Werk getan."

Weder Hajo noch Jessica antworteten darauf, sondern verabschiedeten sich.

„Der Verdacht, dass es sich um einen ehemaligen missbrauchten Schüler handelt, liegt zwar nahe", sagte Jessica, als sie wieder im Auto saßen. „Aber wie Frau Manderbach schon sagte: Ihr Mann war ‚krank im Kopf' und hat mit seiner Pensionierung garantiert nicht seine ‚sexuellen Gelüste' verloren. Deshalb könnte der Täter auch der Vater oder die Mutter eines Jungen sein, den Manderbach nach seiner Zeit als Lehrer missbraucht hat. Vielleicht sogar eins der Flüchtlingskinder, mit denen er ehrenamtlich gearbeitet hat."

Hajo nickte und schüttelte gleich darauf den Kopf, das Gesicht grimmig. „Ich werde nie begreifen, wieso Menschen sich an den Schwächsten der Schwachen, den Kindern, derart vergreifen können."

Er sprach aus bitterer Erfahrung, wie Jessica wusste, denn er hatte eine um acht Jahre jüngere Schwester gehabt, die im Alter von neun Jahren von einem Nachbarn, der wahrscheinlich mindestens ebenso „krank im Kopf" war wie Manderbach, brutal ermordet worden war – Hajos Grund für den Entschluss, zur Polizei zu gehen.

„Noch weniger kann ich begreifen, wie Leute, die davon wissen, so was auch noch vertuschen können und nichts anderes tun, als einen vergewaltigenden Lehrer wegzuloben." Er hieb mit der Faust auf das Lenkrad. „Nur damit der Scheißruf irgendeiner verdammten Schule keinen Schaden nimmt!" Er knurrte wie ein Tier. „Und die Taten von damals sind heute längst verjährt. Kein Wunder, wenn ein früheres Opfer die ihm verwehrte Gerechtigkeit in die eigenen Hände nimmt."

Und das aus dem Mund des Mannes, der sich die Prämisse „Gerechtigkeit, nicht Rache" zum Lebensmotto erkoren hatte. Doch Jessica verstand ihn.

„Was kann ich tun?", bot sie ihre uneingeschränkte Unterstützung an.

Er schüttelte den Kopf. „Gegenwärtig nichts. Wir ermitteln erst einmal, wer zu Manderbachs Schulzeiten seine Opfer gewesen sind. Sobald wir die Namen haben, kannst du prüfen, ob einer von denen dir bekannt vorkommt. Denn der Mörder kennt dich, das steht fest."

Genau das verursachte ihr ein beklemmendes Gefühl. In dem Zusammenhang wollte sie noch etwas überprüfen.

Wieder im Präsidium angekommen, rief sie Nele an. „Ich mache bald Feierabend und wollte dich fragen, ob du Lust hast, mit mir was trinken zu gehen", schützte sie als Grund vor. Denn in Wahrheit wollte sie nichts anderes als nach Hause, duschen, etwas essen und danach die Welt draußen vergessen mit all ihren Verbrechen und Verbrechern und allem Leid, das nicht nur solche Schurken anderen Menschen verursachten. Nicht dass das funktionieren würde, aber sie konnte es versuchen. „Eigentlich wollte ich dich gestern Abend schon fragen, aber dann ist es bei mir spät geworden und ich war am Morgen auf einer Beerdigung ..."

„Und warst nicht in Stimmung", ergänzte Nele verständnisvoll. „Kann ich mir denken. Ich hätte gestern Abend auch nicht gekonnt, denn mein Ralph – mein Freund – ist wieder mal da und hat mich ins Kino eingeladen." Sie lachte. „Er hat mich in ‚Doctor Strange' geschleift. Comic-Verfilmungen sind ganz und gar nicht mein Ding, aber Benedict Cumberbatch als Zauberer hatte dann doch was."

Jessica fühlte sich erleichtert. Nele hatte ein Alibi. Das war zwar nicht gerade wasserdicht, denn der Freund konnte sie decken, falls er befragt wurde, und gerade in einem Kino, wo am beginnenden Wochenende viel los war, erinnerte sich das Personal nicht an jeden Besucher. Aber es war ein Alibi. Auch wenn die Spuren im Fall Manderbach in dessen Vergangenheit wiesen und Nele als Frau nicht in sein Beuteschema für einen Missbrauch passte, war

Jessica über diese Bestätigung ihrer Unschuld froh. Sie plauderte noch ein bisschen mit Nele, die es mit ihrer fröhlichen Art wieder einmal fertigbrachte, sie aufzuheitern. Zumindest vorübergehend.

Das Gespräch endete mit einer bedauernden Absage von Nele, die auch den Samstagabend und den Sonntag mit ihrem Freund verbringen wollte, der morgen Abend schon wieder auf eine Auslandsreise gehen musste. Jessica begrüßte die Absage, denn so stand ihrem geplanten Einigeln nichts im Weg.

Die kurz darauf erfolgende Nachmittagsbesprechung ergab leider keinen Fortschritt. Das Team hatte versucht, den ominösen Mühlstein zu finden, mit dem Manderbach am Freitagabend verabredet gewesen war. Schließlich war der Name nicht so häufig. Da der Täter noch weitere Morde plante und recht organisiert vorgegangen war, wäre er schön blöd, wenn er Manderbach seinen echten Namen genannt und dadurch eine deutliche Spur zu sich hinterlassen hätte.

Ein Team hatte sich im Kolpinghaus umgehört und neben Lobliedern über Manderbachs Engagement für die Flüchtlinge einen interessanten Hinweis bekommen. Die Sekretärin hatte am Donnerstagmorgen, kurz bevor Manderbach zum Unterricht erschienen war, einen Anruf von einem Mann namens Mühlstein erhalten, der Manderbach zu sprechen wünschte, um mit ihm wegen einer größeren Spende zu sprechen. Sie hatte sich darüber gewundert, dass der offenbar vermögende Mann sich in so einer Angelegenheit an einen unbedeutenden Ehrenamtler wenden wollte, statt mit einem Vorstandsmitglied der Stiftung zu sprechen. Aber Mühlstein hatte das damit begründet, dass er Manderbach von früher kannte. Der habe sich jedoch an niemanden mit diesem Namen erinnern können.

Kein Wunder, denn der Name war mit größter Wahrscheinlichkeit falsch. In Frankfurt gab es keine einzige Person dieses Namens und bundesweit sowieso nur knapp siebzig Mühlsteins, von denen etwa dreißig Frauen waren, die man nach der Aussage der Kolpingsekretärin ohnehin ausschließen konnte. Selbstverständlich würden alle Mühlsteins überprüft werden, falls sich nicht vorher andere Hinweise auf den Täter ergaben, aber dass der Mörder unter ihnen war, daran glaubte niemand von der MK Manderbach. Das wäre zu schön gewesen, um wahr zu sein. Dass Mühlstein eins von Manderbachs früheren Missbrauchsopfern war, lag auf der Hand, besonders auch im Hinblick darauf, wie er die Leiche zugerichtet und dass er weitere Morde angekündigt hatte.

Die Kollegen Uwe Kemkes und Marlene Gabriel hatten im *Druckwasserwerk* Manderbachs Foto herumgezeigt und das Personal befragt, das am Freitag Dienst gehabt hatte. Die Bedienung konnte sich erinnern, Manderbach mit einem jüngeren Mann gesehen zu haben, der altersmäßig irgendwo zwischen vierzig und fünfzig sein musste. Er hatte einen Tisch auf den Namen Mühlstein reserviert. An sein Aussehen konnte sie sich nicht genau erinnern. Sie war sich nur sicher, dass er dunkle, an den Schläfen schon leicht graue Haare hatte. Gesichtszüge?

„Ich glaube, er sah für sein Alter ganz gut aus."

Okay, die Einschätzung konnte man einer jungen Frau von gerade mal Mitte zwanzig nachsehen. Hilfreich war sie nicht, denn diese „Beschreibung" traf auf die Hälfte aller Männer in Frankfurt zu, die im entsprechenden Alter waren. Und wie Jessica das Gedächtnis von Zeugen kannte, konnte der Mann auch blond, dick und hässlich sein.

Für ein Phantombild reichte die Erinnerung der Kellnerin leider nicht. Auch nicht verwunderlich. Wer täglich unzählige und besonders an den Wochenenden mehrere Hundert Gäste bediente, konnte sich nicht an Einzelne erinnern, sofern die nicht außergewöhnliche Merkmale besaßen oder sich auffällig verhielten. Und so raffiniert, wie der Mörder vorgegangen war, um Manderbach in die Falle zu locken, hatte er sich mit hundertprozentiger Sicherheit weder auffällig gekleidet noch sich so verhalten, dass er jemandes Aufmerksamkeit erregt hatte. Somit war auch das eine Sackgasse.

Als Jessica schließlich nach Hause fuhr, kreisten ihre Gedanken immer noch um die dringende Frage, woher Manderbachs Mörder sie kannte, dass er seinen Mord ausgerechnet ihr angekündigt hatte.

Montag, 17. Oktober

Der Montag begann, wie der Sonntag geendet hatte: düster. Das bezog sich nicht auf das Wetter, denn nachdem der herbstliche Frühnebel sich verflüchtigt hatte, strahlte die Sonne sommerlich hell und tauchte Frankfurt in ein Licht aus gleißendem Gold. Aber nicht nur Jessica fühlte sich alles andere als „goldig".

Der gestrige Tag hatte sie bei der Suche nach Mike nicht weitergebracht. Der Tatort, an dem Manderbachs Leiche in den Main geworfen worden war, war zwar mit Hilfe eines Mantrailer-Suchhundes gefunden worden; da es in der Nacht zum Samstag aber geregnet hatte, gab es keine verwertbaren Spuren mehr. Was noch übrig war – ins Erdreich gesickertes Blut –, zeigte lediglich, dass der Mann offenbar zu diesem relativ abgelegenen und spätabends menschenleeren Ort am Fluss gebracht worden war, um ihn hier zu ermorden. An dem Weg, den normalerweise Jogger und Spaziergänger benutzten, hatte sich der Täter relativ sicher fühlen können, denn nachts trieb sich hier niemand mehr herum. Natürlich würde der übliche Aufruf in der Presse geschaltet, ob jemand zum fraglichen Zeitpunkt etwas Verdächtiges bemerkt hatte, aber es war mehr als unwahrscheinlich, dass sich daraufhin jemand meldete.

Und um den Start in die neue Woche noch düsterer zu machen, stand die Obduktion von Manderbachs Leiche an. Hajo hatte gefragt, ob Jessica dabei sein wolle. Er ging davon aus, dass Mike in Kürze gefasst würde und Franz und der Rest des Teams der „MK Jolanda" die Aufarbeitung des Falls für die Staatsanwaltschaft weitgehend allein erledigen konnten, sodass Jessica am neuen Fall mitarbeiten konnte. Selbstverständlich hatte sie zugestimmt.

Sie wunderte sich nicht, als sie das Gebäude der Rechtsmedizin an der Kennedyallee betrat und dort Volker Schilling antraf.

Er nickte ihr zu. „Guten Morgen Jessica. Gut geschlafen?" Sein Tonfall drückte aus, dass die Frage nur eine gewohnheitsmäßige Höflichkeitsfloskel war. Unter normalen Umständen hätte ihn ehrlich interessiert, ob sie eine gute Nacht gehabt hatte. Doch nur eine Woche nach Jolandas Tod und ihrer Beerdigung am Freitag, hatte er für Jessica spürbar Mühe, sich aufrecht zu halten.

„Dir auch einen guten Morgen, Volker. Danke der Nachfrage, aber meine Nacht war mäßig. Und das wird sich wohl die nächsten Tage nicht ändern. Aber wie geht es dir? Beschissen, ich weiß."

Er nickte. „Und das wird sich auch nicht ändern, bis ihr Jolandas Mörder gefunden habt."

Obwohl er das ganz sicher nicht so gemeint hatte, klang das vorwurfsvoll und gab Jessica das Gefühl, eine Versagerin zu sein, weil sie Mike Dräger immer noch nicht gefasst hatte. Doch sich zu verteidigen verbot sich von selbst. „Das werden wir", sagte sie nur und beließ es dabei.

Sie gingen hinein und wurden von Dr. Max Schmitt bereits erwartet, der ihnen gut gelaunt entgegentrat. „Einen schönen guten Morgen", wünschte er fröhlich. „Bereit für deftige Einblicke? Dann folgen Sie mir bitte. Der Patient hat sich für Sie hübsch gemacht."

„Ihren Humor möchte ich haben, Doktor", brummte Jessica. „Und wie man an einem Montagmorgen derart gute Laune haben kann, wird mir immer ein Rätsel bleiben."

Schmitt grinste. „Der arme Montag kann nun wirklich nichts dafür, dass die Leute ihn nicht mögen. Geben Sie ihm eine Chance."

Das hatte Jessica nicht vor. An Tagen wie diesen wünschte sie sich, das Wochenende würde ewig dauern; vorausgesetzt sie musste es nicht durcharbeiten. Sie betraten die Obduktionshalle, in der Hajo zusammen mit Schmitts beiden Co-Obduzenten wartete. Nach einem kurzen Gruß in die Runde begann Schmitt mit der Leichenöffnung im Brustbereich, während einer der beiden anderen Ärzte die Kopfschwarte vom Schädel entfernte, um ihn anschließend aufzusägen und das Gehirn freizulegen. Der dritte öffnete den Bauch.

Jessica erlebte zwar nicht zum ersten Mal eine Obduktion, aber sie hätte gut und gerne darauf verzichten können. Ihr Magen rebellierte immer wieder aufs Neue. Da half auch der unter die Nasenlöcher geschmierte Geruchshemmer nicht viel. Hajo schien das nicht zu stören und Volker stand völlig gefasst neben ihr, beobachtete das Geschehen und lauschte den Kommentaren der Obduzenten, die von dem über dem Arbeitstisch angebrachten Mikrofon aufgezeichnet wurden.

Dass Manderbach an einem Schnitt am Hals gestorben war, der die Schlagader durchtrennt hatte, stand außer Zweifel. Die Genitalien waren ihm *post mortem* abgetrennt wurden.

Interessant war der Mageninhalt. Manderbach hatte kurz vor seinem Tod eine Menge Alkohol zu sich genommen, dessen Geruch noch deutlich erkennbar war. Als Essen konnten Reste einer Tomatensuppe, Thunfisch, Rinderfilet mit Risotto und eine Art Vanillesüßspeise festgestellt werden.

Er hatte kein Wasser in der Lunge und war demnach erst nach seinem Tod ins Wasser geworfen worden. Alles in allem ergab die Obduktion nicht viel Neues. Vermutlich hatte der Mörder Manderbach im *Druckwasserwerk* ordentlich abgefüllt und ihn dann, vielleicht unter dem Vorwand, ihn nach Hause zu fahren, zu dem Ort am Main gebracht, wo er ihn getötet hatte. Dass die Person mit dem Namen Mühlstein, mit der er Freitagabend dort verabredet gewesen war, der Mörder war, wurde immer wahrscheinlicher.

Volker Schilling wirkte nach Abschluss der Obduktion sehr zufrieden. Er nickte Hajo und Jessica zu. „Wenn ihr irgendwas braucht für diesen Fall – Durchsuchungsbeschluss, Vorladung, was auch immer –, ein Wort genügt und ich stelle es sofort aus oder besorge es beim zuständigen Richter. Bitte ruf mich jederzeit an“, das galt direkt Jessica, „auch wenn es mitten in der Nacht ist.“ Er brachte ein gequältes und deshalb total verunglücktes Lächeln zustande, das mehr wie eine groteske Grimasse wirkte. „Ich schlafe sowieso schlecht bis gar nicht. Die Wahrscheinlichkeit, dass du mich weckst, ist also eher gering.“ Wieder das verunglückte Lächeln. „Und wenn doch, bin ich nicht böse drum, denn aus den allnächtlichen Albträumen lasse ich mich liebend gern wecken.“ Er schloss die Augen und atmete tief durch.

Jessica legte ihm spontan die Hand auf den Arm und drückte ihn. Sie hätte so gern etwas getan, um sein Leid zu mildern – irgendwas, verdammt! Aber leider gab es für diese Art von Seelennot keine Milderung und erst recht kein Heilmittel. Nicht einmal die Zeit.

Volker tätschelte kurz ihre Hand, nickte ihr und Hajo zu und verabschiedete sich.

„Arme Sau“, murmelte Hajo und schüttelte den Kopf. „Ich möchte ums Verrecken nicht in seiner Haut stecken. Verdammt, wo ist dieser Mike abgeblieben? Den kann doch nicht die Erde verschlungen haben." Er warf Jessica einen Blick zu, den sie als anklagend empfand, auch wenn er das wohl nicht beabsichtigt hatte.

„Wir tun, was wir können", verteidigte sie sich. „Und glaub mir: Ich will ihn auch lieber gestern als heute erwischen."

Hajo winkte ab. „Ich weiß. Schon gut. Konzentrier dich heute wieder auf Mike. Wir versuchen inzwischen, bei Manderbachs früheren Arbeitsstellen was rauszufinden und diesen Mühlstein aufzutreiben."

Sie verabschiedeten sich von Dr. Schmitt und seinen Kollegen und verließen die Rechtsmedizin.

*

„Herr Pfarrer, es ist wirklich dringend, ich brauche schnellstmöglich einen Beichttermin bei Ihnen, heute noch, wenn es geht. Nicht erst nächste Woche."

Schweigen.

„Herr Pfarrer?"

Es raschelte. „Einen Moment, ich schaue nach einem Termin. Ich halte immer Zeit für Notfälle offen." Es raschelte wieder. „Was ist es denn, das nicht bis nächste Woche warten kann?"

Der Anrufer flüsterte: „Es geht um eine Todsünde, die ich begangen habe. Ich kann diese Last nicht länger mit mir herumtragen und muss mit jemandem darüber reden. Sie sind doch zum Schweigen verpflichtet?"

Wieder raschelte es. „Selbstverständlich. Das Beichtgeheimnis ist unverletzlich."

„Das ist gut. Ich muss mich bei Ihnen sicher fühlen können, Anonymität ist für mich Voraussetzung."

„Natürlich."

„Und ich brauche die Gewissheit, dass sich Gott nicht von mir abwendet."

„Gott ist gnädig. Er wendet sich von niemandem ab, erst recht nicht von einem reuigen Sünder. – Ich habe heute Abend um halb acht Zeit für Sie. Passt Ihnen das?"

„Sogar ausgezeichnet. Danke."

„Wollen Sie mir Ihren Namen sagen? Dann trage ich den in meinen Terminkalender ein."

„Mühlstein. Das genügt."

„Also, Herr Mühlstein, heute Abend können wir uns dann ungestört unterhalten. Kommen Sie in die Kirche. Ich erwarte Sie im Beichtstuhl."

„Vielen, vielen Dank, Herr Pfarrer. Danke." Der Anrufer hatte aufgelegt, noch bevor der Pfarrer ihm antworten konnte.

*

Dieser Montag war tatsächlich einer von der Sorte, denen Jessica von Herzen das Prädikat „Ich hasse Montage!" gönnte. Die MK Jolanda versuchte erfolglos, weitere der Mädchen oder Frauen aus Mikes Notizbuch aufzutreiben. Von dreien konnten sie immerhin sagen, dass sie mit großer Wahrscheinlichkeit tot waren, denn das Ende der dokumentierten Geldeinnahmen unter ihren Namen fiel mit wenige Tage später erfolgten Todesfällen zusammen. Was sie deshalb trotz der fehlenden Nachnamen relativ sicher sagen konnten, weil die Namen der Mädchen ungewöhnlich waren: Nikita, Henja, Phyllis. Ein Abgleich mit dem Melderegister hatte offenbart, dass es in Frankfurt jeweils nur eine einzige Person mit diesem Vornamen gegeben hatte, die alle verstorben waren und altersmäßig zu Mike passten.

Auch Hajos Team hatte mit der Nachforschung in Manderbachs Vergangenheit kein Glück gehabt. Die Schulen, die Helga Manderbach als Wirkungsstätten ihres Ex-Mannes genannt hatte, hatten zwar bestätigt, dass Manderbach bei ihnen vor vielen Jahren als Lehrer tätig gewesen war, aber angeblich wusste niemand etwas davon, dass gegen ihn Missbrauchsvorwürfe erhoben worden wären. Das mochte stimmen, denn die derzeitigen Rektoren waren jung genug, Manderbachs Söhne zu sein. Falls nicht zufällig einer von ihnen als Schüler dessen Opfer geworden war und die Tat entweder komplett verdrängt hatte oder heute partout nicht mehr und nie wieder darüber reden wollte, dann wussten sie wahrscheinlich tatsächlich nichts darüber, weil ihre Vorgänger im Amt die Missbrauchsvorwürfe totgeschwiegen hatten. In welchem Internat Manderbach schließlich untergekommen war, darüber gab es keine

Unterlagen. Der Rektor der letzten staatlichen Schule, an der Manderbach unterrichtet hatte, konnte nur sagen, dass es eine Privatschule gewesen war. In den Alpen vielleicht. Oder im Schwarzwald? Möglicherweise im Taunus. Irgendwas Gebirgiges; mehr wusste er nicht und auch das nur vom Hörensagen ohne Gewähr.

Von den noch an den Schulen unterrichtenden Lehrkräften hatte keiner Manderbach gekannt. Manderbachs frühere Kollegen waren ebenfalls längst pensioniert oder bereits verstorben. Die Listen mit deren Namen waren freundlicherweise zur Verfügung gestellt worden und die Leute würden der Reihe nach befragt werden, sofern sie noch unter den Lebenden weilten, falls das erforderlich sein sollte. Denn als Erstes würde bei sämtlichen Internaten des Landes nachgefragt werden, ob ein Michael Manderbach dort bis vor ungefähr zehn oder zwölf Jahren unterrichtet hatte.

Der Erkennungsdienst, der den an Jessica geschickten anonymen Brief untersucht hatte, hatte gemeldet, dass auf dem nicht die geringsten Spuren zu finden waren. Außer Jessicas Fingerabdrücken. Wer immer ihn geschrieben hatte, war schlau genug gewesen, ein jungfräuliches Blatt vermutlich aus der Mitte eines ebenfalls jungfräulichen Paketes Druckerpapier zu nehmen und es nur mit Einweghandschuhen anzufassen. Natürlich trug der aufgedruckte Text die individuellen Merkmale des Druckers, auf dem er ausgedruckt worden war. Sobald man einen Verdächtigen hatte, konnte man ihn mit einem auf seinem Drucker hergestellten Probedruck abgleichen. Doch niemand im Team gab sich der Illusion hin, dass der Täter dadurch überführt werden könnte. So raffiniert, wie er sich bisher angestellt hatte, lag der Verdacht nahe, dass er den Text auf dem Drucker irgendeines Copy Shops oder Internetcafés ausgedruckt hatte.

Der Briefumschlag wimmelte außen zwar von Finderabdrücken, aber den hatten unzählige Menschen in der Hand gehabt auf der Post und im Präsidium. Dass der Absender zwar klug genug war, weder auf dem innenliegenden Blatt noch im Inneren des Umschlags Spuren zu hinterlassen, aber außen welche hinterließ, war mehr als unwahrscheinlich. Auch die Briefmarke und der selbstklebende Verschluss des Umschlags wiesen keinerlei Spuren auf. Ganz offensichtlich hatten sie es hier mit einem Mann zu tun, der aufgrund der vielen Krimis im Fernsehen gut genug über die Polizeiarbeit Bescheid wusste, um keine der Standardfehler zu begehen, die unbedarften Kriminellen zu unterlaufen pflegten. Frustrierend! Und: Scheißmontag; auch wenn der nichts für den Frust konnte.

Jessica sah ihre Post durch und erstarrte, als sie einen Briefumschlag fand, der dem ähnelte, in dem der Mord an Manderbach angekündigt worden war: die gleiche braune Farbe, das gleiche Schriftbild des Aufdrucks, der an der gleichen Stelle saß. Vorsichtshalber zog sie sich Einweghandschuhe an, ehe sie ihn öffnete. Sie stöhnte, als sie den Inhalt las:

Nummer zwei macht mich frei
und ich fühl mich gut dabei.
Dieses Schwein hat gern „genagelt",
darum Nägel hat's gehagelt!

„Scheiße", murmelte sie und brachte den Brief zu Hajo. Zwar konnte sie sich nicht vorstellen, was der Absender mit „Nägel hat's gehagelt" meinen könnte, aber es klang nicht gut. Ganz und gar nicht gut.

*

Mühlstein öffnete das Portal der ehrwürdigen St.-Blasius-Kirche in Bonames. Die Tür quietschte in ihren Angeln. Das Innere des Kirchenraums war nur spärlich beleuchtet. In einer Ecke brannten ein paar Opferkerzen. Die klobigen Mauern der Backsteingotik und das alte Holz der Bänke erzählten die Geschichte der letzten Jahrhunderte. An den Wänden links und rechts hingen alte Ölgemälde in düsteren Farben, die verschiedene Bibelszenen darstellten und unangenehme Erinnerungen weckten. Langsam ging Mühlstein den Mittelgang entlang auf den Beichtstuhl zu. Die Kirche war menschenleer. Eine über dem Mittelteil des Beichtstuhls angebrachte und eingeschaltete Lampe glomm grün und zeigte an, dass der Priester bereits im Beichtstuhl wartete. Die Vorhänge der beiden Beichtkabinen links und rechts standen offen. Bei der Priesterkabine in der Mitte war der Vorhang zugezogen. Der Beichtvater war also schon da.

Mühlstein hatte sich wie ein Handwerker angezogen: blauer Overall mit gelber Schrift *Facility Management*, schwere Arbeitsschuhe, deren Schritte laut auf dem Steinboden hallten, eine Baseballkappe, die er tief genug ins Gesicht gezogen hatte, sodass man seine Züge nicht erkennen konnte, falls jemand ihn gesehen hätte. In der Hand hatte er einen Werkzeugkasten. Er machte ein unglückliches Gesicht wie das schlechte Gewissen höchstpersönlich. Falls Pfarrer Matuschek ihn beobachtete, sollte er keinen Zweifel daran haben, dass hier tatsächlich eine zutiefst gequälte Seele seine Hilfe suchte.

Er wählte die rechte Beichtkabine, weil sie der Eingangstür näher war, trat ein und zog den Vorhang hinter sich zu. Den Werkzeugkasten stellte er zu seinen Füßen ab.

Der Pfarrer beugte sich ein Stück zum dünnen Trenngitter. „Schön, dass Sie gekommen sind. Sie sind doch Herr Mühlstein?"

„Ja." Mühlstein machte das Kreuzzeichen. „Im Namen des Vaters und des Sohnes und des Heiligen Geistes. Amen."

„Gott, der unser Herz erleuchtet, schenke wahre Erkenntnis der Sünden in seiner Barmherzigkeit", erwiderte Matuschek.

„Amen. Herr Pfarrer, meine letzte Beichte war vor vielen Jahren. Ich bin kein großer Kirchgänger, wissen Sie. Und ich habe mich weiß Gott nicht immer an alle Regeln gehalten. Aber jetzt bekenne ich in Reue meine Sünden."

„Was liegt Ihnen denn besonders auf der Seele? Sie sprachen von einer Todsünde."

Mühlstein atmete tief durch. „Was mich besonders belastet, liegt schon viele Jahre zurück. Ich habe mich mein ganzes Leben so gut wie möglich an die zehn Gebote gehalten. Aber das fünfte Gebot einzuhalten, das will mir nicht so recht gelingen."

Er hörte Matuschek scharf einatmen. „Worin genau liegt das Problem?" Ein Hauch von Angst in der Stimme verriet, dass der Pfarrer die Antwort ahnte. Und fürchtete. „Das fünfte Gebot untersagt ganz klar die ungerechtfertigte Tötung", betonte Matuschek.

„Da bin ich aber froh, Herr Pastor. Dann kann es ja nicht so schlimm sein, was ich getan habe."

„Was haben Sie denn getan?" Diesmal lag ganz deutlich Angst in der Stimme des Geistlichen.

„Das war keinesfalls ungerechtfertigt."

Schweigen. Doch Mühlstein hörte, wie Matuschek unruhig auf seinem Sitz hin und her rutschte. Schließlich räusperte er sich. „Das fünfte Gebot will Leben schützen." Das klang unsicher, ganz so, als wüsste Matuschek nicht so recht, was er sagen sollte. Vermutlich hatte ihm noch nie jemand einen Mord gebeichtet.

Mühlstein lachte leise. „Noch besser. Dann habe ich nichts Unrechtes getan."

„Aber", Matuschek räusperte sich erneut, „Sie haben – jemanden getötet?"

„In der Tat."

„Sind Sie Soldat? Geschah das in einem Kampfeinsatz?"

Mühlstein lächelte. „Das kommt darauf an, wie man Kampfeinsatz definiert."

Wieder herrschte eine Weile Schweigen. „Das Gebot meint, dass man das Leben der Mitmenschen und ihre Gesundheit und Unversehrtheit als deren höchstes Gut ansehen soll. Aber", wieder ein Räuspern, „Mord ist keine der sieben Todsünden. Und nur die Todsünden sind schwer verzeihlich. Manche sagen, sie seien absolut unverzeihlich."

Mühlstein begann das Gespräch zu genießen. „Das beruhigt mich doppelt." Er hätte beinahe gelacht, beherrschte sich aber. „Nur so aus Interesse, Herr Pfarrer: Haben Sie es in Ihrem Leben immer geschafft, das fünfte Gebot einzuhalten?"

„Ja. Ich habe niemanden getötet. Zumindest keinen Menschen. Und das Töten von Tieren fällt nicht unter das fünfte Gebot."

„Ich spreche auch nicht von Tieren. Ich spreche vom Seelenmord. Wenn man jemanden verletzt, aufs Tiefste und Schlimmste verletzt, tötet man dann nicht auch einen Teil seiner Seele? Ist das nicht auch eine Form von Mord? Und eine viel schlimmere als die Tötung des Körpers, weil das Opfer mit dem Entsetzlichen, das ihm angetan wurde, weiterleben muss? Oder sich am Ende sogar umbringt, weil er das nicht erträgt? Und Selbstmord ist doch eine schlimme Sünde, nicht wahr?"

„Ja, durchaus. Doch Gott ist auch in diesem Punkt gnädig. Aber lassen wir bitte die philosophischen Betrachtungen. Sie sind gekommen, weil es Ihr Wunsch war, die Sünden zu bereuen. Dann sollten Sie mir nun davon erzählen."

„Gelten denn einige Sünden vor Gott schlimmer als andere?"
Matuschek seufzte. „Natürlich. Die Bibel warnt vor schweren Sünden wie sexuelle Unmoral, Gier, Neid, auch Erpressung oder Mord, im Gegensatz zu Gedankenlosigkeit wie zum Beispiel verletzende Worte. Dann kommt es darauf an, ob man die Gebote kannte oder nicht. Unwissenheit ist zwar keine Entschuldigung, aber nicht ganz so schwer zu werten, als wenn man Gottes Gesetze absichtlich bricht. Man muss auch unterscheiden zwischen einmaligen und wiederholten Sünden. Letzteres ist eindeutig als Vorsatz zu werten, wenn der Sünder zurechnungsfähig ist. Ich persönlich bin überzeugt, dass absichtliche Sünden auf ein böses Herz schließen lassen."
Mühlstein lächelte. „In dem Punkt stimme ich Ihnen uneingeschränkt zu. Dann hätte ich gerne die Absolution für die gerechtfertigte Tötung eines Mannes, der schuldig war wie die Hölle und die Gesetze Gottes immer wieder vorsätzlich gebrochen hat."
Im Halbdunkel des Beichtstuhls sah Mühlstein, wie Matuschek den Kopf schüttelte. „So geht das nicht. Sie müssen Reue zeigen. Ihre Tat aus tiefstem Herzen bereuen."
„Ich zeige Reue, dass ich nicht eher reagiert habe."
„Und Sie müssen die aufrichtige Absicht zur Besserung haben. Die Worte der Lossprechung sind wirkungslos, wenn Sie nicht aufrichtig bereuen. Denn Gott kennt Ihr Herz und Ihre Gedanken. Er wird Ihnen nur vergeben, wenn *er* von Ihrer Reue überzeugt ist, nicht ich."
Wieder lächelte Mühlstein. „Gut, ich gelobe Besserung und ich bereue zutiefst und bitte um Vergebung."
Der Pfarrer seufzte. Es klang erleichtert. „Beten Sie einen Rosenkranz für jeden, dem Sie Unrecht getan haben. Und hinsichtlich des fünften Gebots – vielleicht sollten Sie mit der Polizei sprechen."
Mühlstein lächelte erneut. „Zu gegebener Zeit werde ich das tun", versicherte er.
Wieder seufzte Matuschek und diesmal klang es ganz eindeutig erleichtert. „Gott, der barmherzige Vater, hat durch den Tod und die Auferstehung seines Sohnes die Welt mit sich versöhnt und uns den Heiligen Geist gesandt zur Vergebung der Sünden. Durch den Dienst der Kirche schenke er dir Verzeihung und Frieden. So

spreche ich dich los von deinen Sünden im Namen des Vaters und des Sohnes und des Heiligen Geistes."

„Amen", antwortete Mühlstein. „Herr Pfarrer, da wäre noch etwas." Er beugte sich vor und öffnete den Werkzeugkasten zu seinen Füßen und zog heraus, was oben auf lag.

„Was kann ich noch für Sie tun?", fragte der Priester.

„Nur noch eins. Danke, Pfarrer Matuschek, für die ausführliche Erklärung. Ich erlaube mir, Sie auf Ihre Aussage hin *festzunageln*."

„Was ..."

„Sie kennen die Gebote Gottes besser als jeder andere und haben sich trotzdem immer wieder und ganz bewusst der sexuellen Unmoral schuldig gemacht. Sie sind ein Seelenmörder. Und nach Ihren eigenen Worten haben Sie ein böses Herz, weil Sie mit voller Absicht immer wieder dieselbe Sünde begangen haben. Ich wünsche viel Spaß in der Hölle!" Mit diesen Worten schoss Mühlstein mit der Nagelpistole durch die Trennwand in den Kopf des Priesters.

Dienstag, 18. Oktober

Jessica hängte missmutig ihre Tasche an den Garderobenhaken in ihrem Büro. Dieses Jahr meinte es das Wetter allzu gut mit dem Nebel, was ihrer Stimmung nicht gerade förderlich war.

Sie hatte sich kaum an ihren Schreibtisch gesetzt, als ihr Telefon klingelte. Hajos Handynummer wurde im Display angezeigt. „Morgen, Hajo."

„Es gibt einen Toten in der St.-Blasius-Gemeinde in Bonames", teilte er ihr mit, ohne sich mit einer Begrüßung aufzuhalten. „Den Pastor hat es erwischt. Und an seinem Gewand steckt ein Zettel. Dreimal darfst du raten, was draufsteht."

Jessica stöhnte und schüttelte den Kopf. „Scheiße!"

„Amen! Komm her, so schnell du kannst."

Er hatte die Verbindung unterbrochen, bevor sie antworten konnte. Seufzend stand sie auf und machte sich auf den Weg. In ihrem Kopf kreiste beständig die Überlegung, ob sie den Mord nicht irgendwie hätte verhindern können. Müßig natürlich, denn da der anonyme Briefschreiber keinen Namen seines Opfers genannt und auch keinen Hinweis auf den künftigen Tatort gegeben hatte, gab es nichts, wie irgendjemand diesen Mord hätte abwenden können. Dennoch oder gerade deswegen empfand sie eine gewaltige Wut auf den Täter. Nicht genug damit, dass er mindestens drei Menschen zu töten plante, er verhöhnte auch noch die Polizei und Jessica im Besonderen, weil er seine Bekennerbriefe an sie persönlich schickte.

Verdammt, wer war der Kerl? Irgendwo her kannte sie ihn, vielmehr er sie. Sie zermarterte sich seit dem ersten Brief das Gehirn, kam aber zu keinem Ergebnis. Ihr fiel einfach niemand ein, der dafür in Frage käme. Was sie und auch Hajo vermuten ließ, dass es sich um jemanden handeln könnte, den Jessica möglicherweise nicht einmal persönlich kannte und dem sie vielleicht nur ein einziges Mal begegnet war. Aber was genau wollte der Kerl mit den Briefen erreichen? Tatsächlich nur verhöhnen oder wünschte er sich gefasst zu werden? Natürlich unbewusst, aber so etwas hatte es schon gegeben. Wenn sie doch nur einen Anhaltspunkt hätte! Doch den gab es leider nicht. Gottverfluchter Mist, aber auch!

Sie parkte ihren Wagen auf dem Parkplatz vor der St.-Blasius-Kirche neben Hajos altem Ford. Die Kollegen vom Erkennungsdienst waren schon vor Ort. Jessica stieg aus und entdeckte Hajo – schon im Spurenschutzanzug – bei einem Rettungswagen, wo er mit jemandem sprach, der von der offenen Wagentür für Jessicas Blicke verdeckt wurde. Sie ging hin. Als Hajo sie bemerkte, nickte er ihr zu und kam ihr entgegen.

„Das gibt es doch gar nicht. Das glaube ich einfach nicht", hörte sie einen Mann im Wagen unglücklich sagen. Seine Stimme zitterte.

Hajo machte eine Kopfbewegung zum Rettungswagen. „Der Küster hat den Toten gefunden, als er heute Morgen seinen Dienst antrat. Er steht unter Schock. Wundert mich nicht bei dem Anblick, den der Tote bietet. Zieh dich an und komm."

Jessica zwängte sich in einen Spurenschutzanzug und folgte ihm ins Innere der Kirche. Als sie sich dem Beichtstuhl näherte, nahm sie den typischen leicht metallischen Blutgeruch wahr, was davon zeugte, dass eine Menge davon geflossen sein musste. Die Kollegen vom Erkennungsdienst traten zur Seite, damit sie den Toten besser sehen konnte.

Overkill!, schoss es ihr durch den Kopf. *Pinhead*, war ihr nächster Gedanke, denn der Kopf des Priesters war mit langen Nägeln gespickt wie die Figur „Pinhead" aus den *Hellraiser*-Filmen. Nur dass es hier erheblich mehr waren als bei der Figur im Film. So viele, dass das Gesicht des Toten nicht mehr zu erkennen war. Die Soutane war hochgeschoben, seitwärts neben dem Körper so drapiert und festgenagelt, dass man einen freien Blick auf das entblößte Gemächt des Priesters hatte. Auch das war mit gleich drei Nägeln an die Bank darunter genagelt worden. *Nummer zwei hat gern genagelt, darum Nägel hat's gehagelt.* Nun ergab dieser seltsame Satz einen verdammt guten Sinn.

Jessica war so einiges gewohnt in ihrem Beruf und schon mit manchen unschönen Dingen konfrontiert worden. Aber der abgrundtiefe Hass, der sich in diesem Mord und auch dem an Michael Manderbach ausdrückte, ließ sie schaudern und verursachte ihr einen Anflug von Übelkeit.

„Der Tote ist Pfarrer Matuschek", sagte Hajo. „Laut Aussage des Küsters – also nach dem bisschen, das er rausgebracht hat – muss das hier der Pfarrer sein, denn die Gemeinde hat nur den einen Priester." Er deutete auf die Brust des Toten. „Er ist in jedem Fall die Nummer zwei der angekündigten Serie."

Auf dem Brustteil der Soutane war ein Blatt Papier mit einer Sicherheitsnadel befestigt. Ein Teil des Papiers war blutgetränkt, aber der aufgedruckte Text war deutlich zu erkennen: derselbe Wortlaut wie auf dem Brief, den Jessica gestern erhalten hatte. Wut schoss in ihr hoch und ließ sie die Zähne so heftig zusammenbeißen, dass die Kiefer schmerzten und knirschten. Sie ballte eine Faust und hielt sie hinter ihrem Rücken, bevor Hajo die sah und sie womöglich auf diese Demonstration von Unprofessionalität ansprach. Sie atmete tief durch und zwang sich gewaltsam, sich wieder zu entspannen. Halbwegs.

„Während du noch hierher unterwegs warst", riss seine Stimme sie aus ihren Gedanken, „habe ich mir mit der Pfarrsekretärin Matuscheks Terminkalender angesehen. Rate, mit wem er gestern Abend um halb acht als letzten Termin ein Beichtgespräch vereinbart hatte."

„Mit Herrn Mühlstein", vermutete Jessica.

Hajo nickte. „Ein weiteres Indiz, dass wir es mit demselben Täter zu tun haben. Und die Sache mit den Nägeln ist nun auch klar." Er deutete auf das hölzerne Trenngitter zur rechten Beichtkabine, das teilweise zerfetzt war. „Der Täter hat die ersten und tödlichen Nägel offenbar mit einer Nagelpistole durch das Gitter geschossen, denn die Dinger befinden sich nur vorn im Gesicht und an der linken Kopfseite. Danach hat er sich vor den Pfarrer gestellt und meiner Schätzung nach den gesamten Rest der Nägel dem Mann ins Gesicht geschossen. Bis auf die drei, mit denen er seinen Schwanz auf die Bank genagelt hat." Er schüttelte den Kopf. „Ich habe schon manches Opfer eines Hassverbrechens gesehen, aber so was noch nie."

„Willkommen im Club", murmelte Jessica und schüttelte ebenfalls den Kopf. „Verdammt, gibt es denn gar keinen Anhaltspunkt, wer der Kerl sein könnte?" Sie biss sich auf die Lippen, denn das war ihr ungewollt entschlüpft.

Hajo klopfte ihr auf die Schulter. „Wir kriegen ihn", war er überzeugt. „Da das Motiv klar sein dürfte", er deutete auf Matuscheks Unterleib, „besteht die Möglichkeit, dass der geheimnisvolle Mühlstein ein Opfer beider Männer war. Und noch mindestens eines Dritten, den er ebenfalls zu töten – hinzurichten beabsichtigt."

„Oder er ist einer jener selbsternannten Rächer, die irgendwann den Rappel kriegen und jeden Pädophilen töten, den sie ausfindig machen", gab Jessica zu bedenken.

Hajo nickte, schüttelte aber gleich darauf den Kopf. „Das halte ich für eher unwahrscheinlich. Ins Profil dieser Art von Rächern passt nicht der Hass, der sich in den Taten unseres Mörders ausdrückt. Das ist etwas Persönliches."

In dem Punkt musste sie ihm zustimmen. Sie blickte sich in der Kirche um, konnte aber nichts entdecken, das ihr einen Hinweis gegeben hätte, wer Mühlstein sein könnte. Außerdem, wenn es etwas zu finden gab, würden die Leute vom Erkennungsdienst es entdecken.

„Ich frage mich, warum gerade jetzt", überlegte sie und deutete auf den Toten. „So was macht man doch nicht aus heiterem Himmel. Niemand steht eines Morgens auf und beschließt, eine Reihe von alten Pädophilen umzubringen. Es muss einen Auslöser gegeben haben."

„Sehe ich auch so", stimmte Hajo ihr zu. „Oder Mühlstein oder wie immer er wirklich heißt hat den Plan schon vor langer Zeit gefasst und nur entsprechend lange, vielleicht sogar mehrere Jahre gebraucht, um diese bestimmten Opfer ausfindig zu machen. Vielleicht hat er auch Jahre damit zugebracht zu versuchen, das zu vergessen, was die ihm angetan haben." Er zuckte mit den Schultern. „Alles ist möglich. Wenn wir ihn haben, wird er uns das hoffentlich ausführlich erklären." Er blickte Jessica von der Seite an. „Immer noch keine Idee, wer er sein könnte?"

Sie schüttelte den Kopf. „Ich kenne niemanden, der als Junge missbraucht wurde. Und ich bin seit dem ersten Brief alle meine gegenwärtigen und früheren Bekannten und früheren Mitschüler durchgegangen. Falls darunter ein Opfer von Manderbach oder Matuschek ist, habe ich davon nie was erfahren. Und ich hätte bestimmt nicht vergessen, wenn mir jemand so etwas erzählt oder ich es anderweitig erfahren hätte." Zumindest hoffte sie das. Wenn man jemanden nicht gut kannte oder den Kontakt zu ihm verlor, dann verblasste unter Umständen mit der Zeit auch die Erinnerung an eine solche Offenbarung. Jeder Mensch hatte in der Regel mit seinem eigenen Leid und alltäglichen Kümmernissen genug zu tun.

Hajo klopfte ihr erneut auf die Schulter. „Mach dir keinen Kopf. Es wird sich alles aufklären."

Und um eben das zu erreichen und, wenn irgend möglich, den nächsten Mord zu verhindern, überließen sie dem Spurensicherungsteam das Feld und gingen hinüber ins Pfarrhaus, um die Sekretärin zu befragen.

*

Irmgard Geier erweckte den Eindruck des personifizierten Elends. Sie saß zusammengesunken an ihrem Schreibtisch, eine Frau Ende fünfzig, das graue Haar kurzgeschnitten, die Wangen nass von Tränen, in der Hand ein zerknülltes Taschentuch. Matuscheks Tod ging ihr offensichtlich sehr nahe.

„Guten Morgen, Frau Geier", grüßte Jessica, die den Namen der Frau auf einem Schild auf dem Tisch gelesen hatte. „Schrecklich, die Sache mit dem Pfarrer. Kein Wunder, dass Sie das so sehr mitnimmt." Sie zeigte der Frau ihren Dienstausweis. „Jessica Steinfels von der Kripo. Meinen Kollegen haben Sie ja vorhin schon kennengelernt."

Sie und Hajo hatten auf dem kurzen Weg hierher besprochen, dass Jessica das Reden übernahm, so von Frau zu Frau. Hajo ließ sich auf einen Besucherstuhl vor dem Schreibtisch fallen, während Jessica sich einen anderen Stuhl heranzog und sich neben die Sekretärin setzte.

„Haben Sie den Toten gesehen?", fragte sie sanft.

Irmgard Geier nickte und brach erneut in Tränen aus. Sie warf das zerknüllte Taschentuch zum Papierkorb neben dem Tisch, verfehlte ihn, machte sich aber nicht die Mühe, es aufzuheben. Stattdessen zog sie ein neues aus der Packung neben ihr und heulte eine Weile hinein.

Jessica legte ihr die Hand auf die Schulter und streichelte sie sanft, als Irmgard Geier sie nicht abschüttelte. „Für jemanden, der solche Dinge noch nie gesehen hat, ist das entsetzlich." Genau genommen war es das auch für sie, denn mit einem Mord wie diesem oder einem annähernd ähnlichen hatte sie bis zum Fund von

Manderbachs Leiche auch noch nie zu tun gehabt. Aber sie hatte schon den einen und anderen übel zugerichteten Toten gesehen, sodass solche Dinge generell nichts Neues für sie waren. Kein Abgrund war so tief wie der der menschlichen Psyche und der der grausamen Fantasie, mit der manche Menschen andere quälten oder töteten.

Irmgard Geier brauchte eine geraume Weile, bis sie sich einigermaßen beruhigt hatte. „Unser Küster kam ganz aufgelöst angelaufen und stotterte nur, dass Randolph im Beichtstuhl ..." Sie schluckte. Neue Tränen traten in Ihre Augen. Sie zwinkerte sie weg. „Natürlich bin ich sofort hingerannt, um ihm zu helfen." Sie starrte auf die Tischplatte. „Erst als ich ihn sah", ihre Stimme war so leise, dass Jessica sie kaum verstehen konnte, „war mir klar, dass ihm niemand mehr helfen konnte. Er ..."

Sie würgte sichtbar, sprang auf und rannte hinaus. Jessica verstand das nur allzu gut. Wie viele andere Polizeianwärter hatte sie damals bei ihrer ersten Leiche ähnlich reagiert, als sie mithelfen musste, den Toten vor Ort vorschriftsmäßig zu entkleiden. Und bei ihrer ersten Obduktion hatte sie auch rauslaufen und kotzen müssen.

„Wie ist dein Eindruck?", riss Hajo sie aus ihren Gedanken. „Ist sie nur so durch den Wind, weil ihr der Anblick des Toten den Schock ihres Lebens versetzt hat? Oder steckt mehr dahinter?"

Jessica legte den Kopf leicht schräg, wie immer, wenn sie nachdachte, und lauschte in der Erinnerung der Art nach, wie Irmgard Geier den Namen des Pastors ausgesprochen hatte. Dazu ihre Reaktion, als sie wohl an den Anblick der Leiche dachte ... „Mein Bauchgefühl sagt mir, dass mehr dahintersteckt."

Irmgard Geier kam zurück, kreidebleich, aber ein bisschen gefasster als vorher. Sie setzte sich wieder an den Schreibtisch und schaute erst Hajo, dann Jessica mit tieftraurigen Augen an. Der Ausdruck darin bestätigte Jessicas Vermutung. So sah man aus, wenn man einen geliebten Menschen verloren hatte und nicht nur einen Chef, mit dem man sich hervorragend verstanden oder mit dem man sich freundschaftlich verbunden gefühlt hatte.

„Sie standen sich wohl sehr nahe, der Pfarrer Matuschek und Sie." Jessica ließ ihre Stimme so mitfühlend wie möglich klingen.

„Wenn man viele Jahre zusammenarbeitet ... Wie lange waren Sie für ihn tätig?“

„Vierundzwanzig Jahre.“ Wieder kamen der Frau die Tränen. Sie presste ein neues Taschentuch gegen ihre Augen, fing sich aber relativ schnell wieder.

„Dann kennen Sie ihn recht gut und auch die Verhältnisse hier in der Gemeinde.“

Irmgard Geier nickte.

„Hat der Pfarrer Feinde?“

Die Frau blickte sie aus großen Augen an in einer Weise, die Jessica sagte, dass Irmgard Geier einen Verdacht hatte oder sogar etwas wusste.

„Jeder Hinweis kann uns helfen“, gab sie ein Stichwort. „Und sei er noch so vage oder Ihrer Meinung nach unbedeutend.“

Irmgard Geier knetete ihr Taschentuch, senkte den Kopf und blickte zu Boden. Jessica wappnete sich mit Geduld, obwohl sie die Frau am liebsten geschüttelt und angebrüllt hätte, verdammt noch mal mit der Sprache rauszurücken. Aber Druck wäre in diesem Fall kontraproduktiv und würde höchstwahrscheinlich nur erreichen, dass die Frau dichtmachte. Die schüttelte den Kopf.

„Ich kann mir nicht denken, dass ...“ Erneutes Kopfschütteln. „Nein, auf keinen Fall!“

Jessica warf Hajo einen kurzen Blick zu. Der signalisierte mit einem Nicken, dass sie weiter ihr Glück versuchen sollte.

„Manchmal“, wieder sprach Jessica sanft, „sind gerade die Dinge, die wir uns nicht vorstellen können – oder wollen, doch zutreffend. Bitte, Frau Geier. Randolph Matuschek wurde auf grausamste Weise ermordet. Sie standen ihm nahe. Sie wünschen doch sicher auch, dass der Täter zur Rechenschaft gezogen wird. Wir sind für jeden Hinweis dankbar.“

Irmgard Geier nickte. Gleich darauf schüttelte sie den Kopf und brach in Tränen aus. Sie legte die Arme auf den Tisch, vergrub ihr Gesicht in der Armbeuge und weinte schluchzend vor sich hin. Hajo verdrehte die Augen und seufzte sichtbar genervt. Jessica hätte es ihm gern gleichgetan, aber eine genervte Reaktion brächte sie nicht weiter. Hier war Mitgefühl gefragt. Wieder legte sie Irmgard Geier die Hand auf die Schulter, streichelte sie sanft und wartete äußerlich gelassen ab, denn die Frau schien mit dem Weinen nicht mehr aufhören zu können. Tatsächlich dauerte es eine gefühlte Ewigkeit, bis sie sich wieder beruhigt hatte.

Jessica schenkte ihr ein mitfühlendes Lächeln. „Ich weiß, die ganze Situation ist furchtbar für Sie. Aber offenbar haben Sie einen Verdacht.“ Gespannt blickte sie die Frau an.

Irmgard Geier nickte und schüttelte sofort danach wieder einmal den Kopf. „Ich kann – will nicht glauben, dass er so weit gehen könnte. Gegangen ist.“ Wieder füllten sich ihre Augen mit Tränen, die sie aber hastig mit dem Ärmel ihres Pullovers abwischte.

Hajo beugte sich vor. „Von wem sprechen Sie?“

Kopfschütteln. Dem nach zwei Sekunden Pause ein noch heftigeres Kopfschütteln folgte. Dann ein Seufzen, in dem sich alles Leid der Welt ausdrückte. „Christian. Mein – unser Sohn.“ Sie machte eine fahrige Geste. „Randolph und ich waren ein Paar.“

Hajo warf Jessica einen triumphierenden Blick zu. Sie nickte. Irmgard Geier hatte ihre Vermutung soeben bestätigt.

„Heimlich natürlich. Wir haben uns vom ersten Tag meiner Arbeit hier ineinander verliebt. Aber wir haben fast ein Jahr dagegen angekämpft, bis wir nicht mehr konnten.“ Sie lächelte traurig. „Es muss gleich beim ersten Mal passiert sein, als wir miteinander geschlafen haben. Ich wurde schwanger. Aber das durfte ja nicht sein und eine Abtreibung kam nicht infrage. *Du sollst nicht töten.* Bevor meine Schwangerschaft offensichtlich wurde, habe ich mich beurlauben lassen. Wir haben familiäre Gründe angegeben, einen Pflegefall in der Familie. Nach Christians Geburt ...“, ein wehmütiges Lächeln huschte über ihr Gesicht. „Er ist Heiligabend zur Welt gekommen. Darum haben wir ihn Christian genannt.“ Sie seufzte tief. „Nach seiner Geburt kam ich mit ihm zurück.“ Sie stützte den Ellbogen auf die Tischplatte und die Stirn mit der Hand, ehe sie den Kopf schüttelte.

Jessica und Hajo warteten ungeduldig, dass sie fortfuhr.

„Das ist alles sehr peinlich. Aber ...“ Ein Schulterzucken. Irmgard Geier straffte sich. „Randolph und ich haben uns nicht nur hinsichtlich seines gebrochenen Zölibateides versündigt. Ich wollte keinem Mann ein fremdes Kind unterschieben. Damit ich aber als ledige Mutter weiterhin für Randolph arbeiten konnte, haben wir das Gerücht in die Welt gesetzt, Christan sei das Ergebnis einer Vergewaltigung.“

Wieder flossen Tränen.

Hajo und Jessica blickten einander an. Sie erkannte an Hajos Gesichtsausdruck, dass er dasselbe vermutete wie sie. Christian Geier war aufgrund dieser Lüge irgendwann zu der Überzeugung gekommen, dass Matuschek der Vergewaltiger seiner Mutter war und hatte sich grausam dafür gerächt. Aber wie passte Manderbach in das Bild? Die Bekennerschreiben bewiesen, dass es sich um denselben Täter handelte. Oder gab es nicht nur einen, sondern zwei oder mehrere Täter, die sich für ihre Rache an Vergewaltigern zusammengetan hatten und sie als Gruppe ausführten? Diese Möglichkeit ließ Jessica schaudern.

Irmgard Geier beruhigte sich wieder. „Wegen der Lüge galt ich eine Zeitlang als Vorbild der christlichen Tugend des Verzeihens." Sie errötete tief. „Die Frau, die das Kind ihres Vergewaltigers trotz der schrecklichen Tat in Liebe angenommen hat und großzieht. Niemand hat sich was dabei gedacht, dass Randolph für gerade dieses Kind, das noch dazu an Weihnachten geboren wurde, eine Art Vaterrolle übernahm." Sie schüttelte den Kopf. „Wir glaubten unser Geheimnis sicher. Aber die Lügen haben sich eines Tages bitter gerächt." Sie starrte gedankenverloren auf die Tischplatte.

Als sie keine Anstalten machte fortzufahren, hakte Jessica nach: „Nämlich wie?"

Irmgard Geier zuckte zusammen, als hätte sie die Anwesenheit von Jessica und Hajo völlig vergessen. Für einen Moment schloss sie die Augen. „Christian war von Anfang an – schwierig. Er hat natürlich durch das Gerede der Leute und wie sie sich ihm gegenüber verhielten unsere für seine Existenz erfundene Geschichte mitbekommen. Das hat ihn sehr belastet. Aber ich schwöre, wir hatten damals nicht im Traum daran gedacht, dass das solche Auswirkungen auf ihn haben könnte."

Jessica hielt das für eine Schutzbehauptung. Man musste schon sehr naiv sein, um das ernsthaft zu glauben. Besonders im gegenwärtigen Zeitalter, wo psychologische Zusammenhänge in jeder Zeitung und Zeitschrift thematisiert wurden. Und „Küchenpsychologie" hatte auch vor vierundzwanzig Jahren schon in jeder Boulevardzeitschrift in der Ratgeberrubrik gestanden.

„Wir hatten gedacht, dass über die Sache in absehbarer Zeit Gras wachsen und alles gut werden würde."

Naiv. Eindeutig bodenlos naiv.

„Aber das war nicht der Fall. Der Makel seiner angeblichen Zeugung verfolgte Christian sogar in der Schule. Man beschimpfte ihn oder hänselte ihn. Er wurde oft genug sogar verprügelt. Irgendwann wurde er aggressiv und steckte ständig in irgendwelchen Schwierigkeiten. Also hatten Randolph und ich uns entschieden, Christian in ein Internat im Taunus zu geben."

Jessica und Hajo sahen einander an. Schlagartig passte Manderbach ins Bild.

Irmgard Geier seufzte tief und schüttelte den Kopf. „Wir hielten das für die beste Lösung für den Jungen. Er sah das leider anders und beschuldigte mich, ihn ‚abschieben' zu wollen, um ihn los zu sein und nicht mehr daran erinnert zu werden, dass er durch eine Vergewaltigung gezeugt worden war. Wir hatten einen wirklich schlimmen Streit." Wieder seufzte sie. „Da habe ich den Fehler gemacht, ihm die Wahrheit zu sagen und zu gestehen, dass Randolph sein Vater und er ein Kind unserer Liebe ist."

Erneut kamen ihr die Tränen. Sie fischte ein weiteres Taschentuch aus der inzwischen fast leeren Packung und weinte vor sich hin. Aber sie fasste sich diesmal relativ schnell. „Ich habe nicht gedacht, dass das den Jungen so mitnimmt. Er hat mich aufs Übelste beschimpft, sogar geschlagen."

„Wie alt war er da?", fragte Hajo.

„Zehn. Und es bedeutete das Ende unserer bis dahin doch ganz guten Beziehung. Also der zwischen mir und Christian. Er hat mir und Randolph nicht verziehen. Bis heute nicht."

Jessica und Hajo warteten wieder einmal, dass sie fortfahren würde, was sie aber nicht tat. Sie starrte nur mit kummervollem Gesicht zu Boden.

„Sollen wir das so verstehen", brach Hajo schließlich das Schweigen, „dass Sie glauben, Ihr Sohn hat seinen Vater ermordet?"

Das löste eine neue Tränenflut aus, begleitet von einem heftigen Schluchzen und einem Griff zum nächsten Taschentuch; dem letzten aus der Packung. Schließlich schüttelte sie den Kopf. „Das will ich nicht glauben. Er ist immerhin unser Sohn. Und egal, wie groß sein Hass auf uns ist, dass er Randolph so zugerichtet hat ..." Erneutes Kopfschütteln. „Das kann ich nicht glauben."

Jessica hörte eine Einschränkung in Irmgard Geiers Tonfall. „Aber?“, hakte sie nach.

Ein Seufzen, diesmal resigniert. „Aber er hat Randolph sinngemäß mit ... mit so einer – Verstümmelung gedroht.“ Sie errötete. „Als es ... Nein, ich muss der Reihe nach erzählen. Wir haben natürlich versucht, Christian unsere Lage – unsere Liebe begreiflich zu machen. Aber er ist im katholischen Glauben erzogen worden und hat die Macht der Liebe damals noch nicht verstanden. Deshalb hat er uns alle unsere diesbezüglichen Sünden haarklein an den Kopf geworfen – schon damals als Zehnjähriger. Und seine Unterbringung im Internat hat er als Strafe empfunden, als Abschiebung, mit der wir unsere Lügen vertuschen und ihn als ‚verbotene Frucht‘ unserer Liebe aus unserem Leben entfernen wollten, um nicht mehr an unsere Sünden erinnert zu werden.“

Sie lachte bitter und presste wieder das Taschentuch vor die Augen, das schon so nass war, dass es keine Tränen mehr aufnehmen konnte. „Er war eben ein Kind und hatte keine Ahnung. Aber die Sache hat ihn so mitgenommen, dass er von uns nichts mehr wissen wollte. Er hat jeden Kontaktversuch abgeblockt und uns verleugnet. Randolph sowieso, aber mich auch.“ Sie schüttelte den Kopf. „Ich weiß, es war alles unsere Schuld. Und mehr als einmal habe ich – haben wir bereut, dass wir nicht standhafter waren. Und eben deshalb ist Christians Leben völlig aus den Fugen geraten. Er war im Internat aufsässig und aggressiv, ständig in Prügeleien verwickelt, hat gestohlen, die Einrichtung demoliert und dergleichen mehr. Nach einem Jahr wurde er rausgeworfen. Weil er nicht mehr zu mir wollte und jedes Mal weggelaufen ist, kaum dass man ihn wieder mal zu mir gebracht hatte, hat sich schließlich das Jugendamt eingeschaltet und er kam in ein Heim. Das Letzte, was ich von ihm gehört habe, war, dass er das Heim verlassen hat, als er achtzehn war. Ich wurde natürlich als Mutter darüber benachrichtigt und bin noch mal zu ihm gegangen in der Hoffnung, dass er nach all den Jahren versöhnlich ist und wir einen Neuanfang machen können.“ Sie seufzte. „Das Gegenteil war der Fall.“ Wieder kamen ihr die Tränen. „Ich habe in meinem ganzen Leben keinen solchen Hass erlebt wie an dem Tag von meinem eigenen Sohn. Ich bin sicher, wenn die Leute vom Heim nicht dabei gewesen wären, er hätte mich verprügelt. So hat er es notgedrungen dabei belassen, mich aufs Übelste zu beschimpfen. Und bei der Gelegenheit", sie sah erst Hajo, dann Jessica an, „hat er damit gedroht, Randolph", sie errötete, „den lüsternen Schwanz abzuschneiden und ihm ins Maul zu stopfen. Verzeihen Sie, aber das waren seine Worte, nicht meine."

Hajo und Jessica warfen einander einen bezeichnenden Blick zu und dachten offensichtlich dasselbe. Die Drohung passte. Vor allem zu Manderbachs Verstümmelung. Wenn Christian Geier im selben Internat gewesen war wie Manderbach, dann war er dort wohl dessen Opfer geworden. Dazu der Hass auf den Vater, dessen sexuelle Verfehlung seiner Meinung nach sein Leben verpfuscht hatte ... Aber der anonyme Brief, der sich auf Matuschek bezog, bezichtigte auch ihn des sexuellen Missbrauchs. Nur subjektive Sichtweise des Täters oder bezog er sich auf reale Taten?

„Frau Geier", Jessica berührte vorsichtig ihren Arm, „sind Sie sich sicher, dass Ihr Sohn keinen Kontakt mehr zu seinem Vater hatte?"

Die Frau nickte. „Ganz sicher."

„War Pfarrer Matuschek vielleicht als Seelsorger für die Gemeinde zuständig, zu der das Heim gehört, in dem Ihr Sohn untergebracht war?"

„Nein. Das wüsste ich. Das Heim liegt außerdem am anderen Ende der Stadt. Warum fragen Sie das?"

Jessica blickte Hajo an. Wie viel durfte sie preisgeben? Er verstand die unausgesprochene Frage und nickte.

„Frau Geier", übernahm er das Gespräch, „die Art, wie Pfarrer Matuschek zu Tode gekommen ist, ähnelt einem anderen, erst kürzlich begangenen Mord. Zu dem gab es eine Art Bekennerschreiben, in dem das Opfer – ebenfalls ein Mann, ein paar Jahre älter als der Pfarrer – des sexuellen Missbrauchs an minderjährigen Jungen beschuldigt wird."

Irmgard Geier fuhr so heftig hoch, dass ihr Stuhl umkippte. „Sie glauben doch nicht etwa, dass Randolph ..."

Sie schnappte empört nach Luft und starrte erst Hajo, dann Jessica wütend an. Sekunden später sanken ihre Schultern nach vorn. Sie warf das zerknüllte Taschentuch, das sie immer noch in der Hand hielt, in den Papierkorb, stellte den Stuhl wieder auf und setzte sich. Hielt sich eine Hand vor den Mund und blickte zu Boden.

„Ich kann und will das nicht glauben", sagte sie schließlich. „Wir haben unsere Beziehung nach Christians Geburt noch viele Jahre fortgesetzt. Wenn er – getan hätte, was Sie andeuten, das hätte ich doch gemerkt. Merken müssen. Oder?"

Und mit diesem „Oder" hatte sie die Frage bereits beantwortet, wahrscheinlich ohne sich dessen bewusst zu sein.

„Die engsten Angehörigen und Freunde merken oft nichts von den dunklen Abgründen in einem Menschen", sagte Jessica sanft.

Irmgard Geier schüttelte den Kopf. „Ich will das nicht glauben", wiederholte sie. „Andererseits ..." Sie biss sich auf die Lippen, ehe sie Jessica in die Augen sah. „Bitte seien Sie diskret."

„Das sind wir immer, so weit es uns möglich ist. Wir werden bestimmt nichts an die große Glocke hängen, wenn Sie das meinen."

Wieder seufzte Irmgard Geier tief. „Es gab Gerüchte. Über Randolph und sein Verhältnis zu kleinen Jungs. Aber das war vor meiner Zeit bei ihm. Und ich habe nie etwas drauf gegeben. Hielt das für Verleumdung. Weil ein Mann wie Randolph, der offensichtlich Frauen bevorzugt ... Das kann doch nicht sein. Oder?"

Entweder sie hatte noch nie etwas von Bisexualität gehört oder wollte das für sie so Schreckliche einfach nicht wahrhaben.

„Von wem stammten die Gerüchte?", wollte Jessica wissen.

„Von einem jungen Mann, der eines Tages im Gottesdienst auftauchte. Das hat mir meine Vorgängerin erzählt, als sie mich eingeführt hat. Jemand hatte im Anschluss an einen Gottesdienst Randolphs Engagement gelobt und ihn als Vorbild herausgestellt. Da trat dieser Mann hinzu und schnauzte die Leute an, sie sollten bloß nicht auf die Fassade vom Biedermann reinfallen, denn der Pfarrer sei alles andere als ein Unschuldslamm und würde kleine Jungs missbrauchen und habe das angeblich auch mit ihm selbst vor Jahren getan. Aber das hat niemand geglaubt." Sie seufzte wieder einmal. „Allerdings hat sich das Gerücht noch eine Weile gehalten. Weil aber niemand es bestätigt hat und sich sowieso niemand von Randolph etwas so – Ungeheuerliches vorstellen konnte, wurde die Sache irgendwann nicht mehr erwähnt." Heftiges Kopfschütteln. „Und ich kann beim besten Willen nicht glauben, dass er so etwas getan haben soll. Doch nicht Randolph!"

Falls sich der Verdacht bestätigte, stand ihr eine böse Überraschung bevor. Und der junge Mann von damals konnte theoretisch derselbe gewesen sein, der auch bei Helga Manderbach gewesen war, um sie über die Verbrechen ihres Mannes aufzuklären.

„In welchem Internat war Ihr Sohn?", wollte Hajo wissen.

„Don Bosco in Falkenstein."

Das war schon mal ein Anhaltspunkt. „Haben Sie zufällig so etwas wie einen Lebenslauf von Pfarrer Matuschek?"

Irmgard Geier nickte. Sie stand auf, ging zu einem Regal mit Ordnern und nahm einen heraus, auf dessen Rücken „Personal" aufgedruckt war. Eine Weile blätterte sie darin, ehe sie ein Blatt herausnahm. Sie ging zum Kopierer, schaltete ihn ein und kopierte die Seite. Danach reichte sie Hajo die Kopie und heftete das Original im Ordner ab, den sie mit, wie es schien, übertriebener Sorgfalt an seinen Platz zurückstellte.

Hajo hielt die Kopie so, dass auch Jessica sie lesen konnte.

„Randolph Matuschek, geboren am 15.03.1950 in Stuttgart, 1968 Abitur in Offenbach, 1968-1975 Studium in Frankfurt, 1975 Priesterweihe, 1975-1983 Kaplan in Falkenstein, 1983-1993 Pastor in Bremen, seit 1993 Pfarrer in Frankfurt-Bonames."

„Vielen Dank, Frau Geier." Hajo lächelte ihr zu. „Letzte Frage für heute: Hatte der Pfarrer Geschwister? Oder sonstige Angehörige?"

„Er hatte eine Schwester, die ist aber schon vor Jahren gestorben. Zu seinem Schwager gibt es, soweit ich weiß, keinen Kontakt. Seine Eltern leben nicht mehr. Seine Gemeinde war seine Familie. Dafür lebte er." Sie schluckte die nächsten Tränen tapfer herunter.

Hajo stand auf. Das tat auch Jessica.

Hajo gab Irmgard Geier die Hand. „Das war alles für heute. Wenn wir noch Fragen habe, melden wir uns. Alles Gute für Sie."

Auch Jessica reichte ihr die Hand. „Haben Sie jemanden, mit dem Sie reden können?", wollte sie wissen. „Sonst können wir unseren Notfallseelsorger vorbeischicken."

Irmgard Geier schüttelte den Kopf. „Ich komme schon zurecht. Was wird denn nun mit der Kirche? Dem Gottesdienst heute Nachmittag?"

„So lange die Kirche ein Tatort ist und die Untersuchungen nicht abgeschlossen sind, darf niemand sie betreten. Sie müssen alle

Gottesdienste für mindestens den Rest der Woche absagen. Am besten Sie informieren Ihre Vorgesetzten."

Irmgard Geier nickte, schien aber mit ihren Gedanken anderswo zu sein.

„Auf Wiedersehen, Frau Geier."

„Wiedersehen."

Hajo und Jessica verließen das Pfarrhaus.

„Der Sohn?", überlegte Jessica und schüttelte gleich darauf den Kopf. „Ich kenne aber keinen Christian Geier. Da bin ich mir sicher."

„Würde aber alles passen", meinte Hajo. „Er ist zumindest ein heißer Kandidat. Und auch wenn du ihn nicht kennst, er ist wohl irgendwann mal über dich gestolpert. Bei einem deiner Vorträge, einer Erwähnung in einem Zeitungsartikel ..." Er runzelte die Stirn. „Da war doch erst vor ein paar Wochen dieser Fall mit dem Kerl, der vor dreißig Jahren seine Frau umgebracht hat und du es ihm erst jetzt nachweisen konntest. Da hat die *Frankfurter* dich mit Namensnennung zitiert: ‚Auch lange zurückliegende Taten werden verfolgt, bis sie aufgeklärt sind, betonte Hauptkommissarin Steinfels'. Oder in der Art. Möglicherweise ist das der Grund, warum er dir diese Ankündigungen schickt."

Jessica fuhr sich mit der Hand über die Stirn. „Dann will er, dass ich ihn aufhalte?" Sie schüttelte den Kopf. „Ich hasse diese psychopathischen Spiele!"

Hajo klopfte ihr auf die Schulter. „Zum Glück haben wir es selten mit solchen Verrückten zu tun." Er gab ihr die Kopie von Matuscheks Lebenslauf. „Fahr zurück ins Präsidium und sieh mal, was du rausfinden kannst. Hier wirst du momentan nicht gebraucht."

Jessica ließ sich das nicht zweimal sagen. Falls Christian Geier tatsächlich der Täter war, wollte sie ihn schnellstmöglich aus dem Verkehr ziehen, damit er nicht noch die angekündigte Nummer drei auf seiner Liste umbringen konnte.

*

Christian Geier war bei der Polizei kein Unbekannter. Er hatte ein dickes Strafregister, wenn auch das meiste davon Jugendstrafen waren: Diebstähle, Körperverletzung, Drogendelikte. Die letzte Tat, ein versuchter Kreditkartenbetrug, begangen vor gut zwei Jahren, war noch nach Jugendstrafrecht verhandelt worden, weil Geier zu dem Zeitpunkt mit zwanzig Jahren als Heranwachsender eingestuft worden war.

Jessica schüttelte den Kopf, als sie das las. Sie konnte und wollte sich dem Argument dieser Praxis nicht anschließen, dass bei manchen jungen Menschen bis einundzwanzig eine „Reifeverzögerung“ vorlag. Wer mit achtzehn für voll geschäftsfähig und reif genug erachtet wurde, Auto zu fahren, zu heiraten, Verträge rechtskräftig zu unterzeichnen, der war auch verdammt reif genug, die volle Verantwortung für von ihm begangene Straftaten zu übernehmen. Samthandschuhe und Jugendstrafrecht für über Achtzehnjährige waren ihrer Überzeugung nach fehl am Platz. Erst recht im Hinblick darauf, dass Geier wieder mal zu einer Bewährungsstrafe verurteilt worden war, obwohl er durch alle vorangegangenen Straftaten bewiesen hatte, dass Bewährung bei ihm nichts nützte. Auch für solche in ihren Augen unangebrachte Milde fehlte Jessica jedes Verständnis.

Als Beruf war bei Geier Hilfskoch angegeben, aber mit dem Status arbeitslos. Ob er immer noch ohne Arbeit war, konnte Jessica nicht sagen. Aber einer Sache war sie sich nahezu sicher: Geier gab garantiert die Schuld an seiner kriminellen Karriere und dem beruflichen Misserfolg den Eltern. Jessica notierte sich seine Adresse, nachdem sie die im Melderegister überprüft hatte. Bevor sie aber den jungen Mann zusammen mit jemanden vom Team heimsuchte, wollte sie noch ein paar Dinge überprüfen.

Ein Anruf beim Don-Bosco-Internat in Falkenstein ergab, dass Michael Manderbach dort von 1978 bis zu seiner Pensionierung im Jahr 2005 unterrichtet hatte. Sie erfuhr ebenfalls, dass Christian Geier 2004 im Internat aufgenommen, aber nur ein Jahr später der Schule verwiesen worden war wegen „untolerierbarer Auffälligkeiten“. Und auch Randolph Matuschek war als Geistlicher – damals Kaplan – in Falkenstein tätig gewesen; allerdings nur bis 1983, lange vor der Geburt seines Sohnes. Doch mit an Sicherheit grenzender Wahrscheinlichkeit hatten Manderbach und Matuschek sich gekannt, denn die Sekretärin des Internats, Walburga Sander, konnte nach einem Blick in die entsprechenden Unterlagen auch bestätigen, dass Matuschek ab und zu Gottesdienste in der Kapelle des Internats abgehalten hatte. Ging man davon aus, dass Manderbach Christian missbraucht hatte und addierte seinen Hass auf den Priester-Vater, dann ergaben die Morde und vor allem ihre Art einen verdammt guten Sinn.

Jessica pflegte die neuen Erkenntnisse in die Datenbank für die „MK Manderbach" – seit heute Morgen „Soko Manderbach/Serie" – ein, damit alle Teammitglieder Zugriff darauf hatten. Anschließend rief sie Hajo an und teilte ihm ihre Ergebnisse mit.

„Laden wir Geier zu uns ein oder gehen wir zu ihm?", fragte sie.

„Letzteres", entschied Hajo. „Falls er der Mörder ist", sein Tonfall drückte aus, dass er daran keinen Zweifel mehr hegte, „wird ihm eine Einladung zu uns sagen, dass wir ihm auf der Spur sind. Das nutzt er dann womöglich zur Flucht. Und noch eine Fahndung brauchen wir nicht."

Ein wenig subtiler Hinweis, dass Mike Dräger immer noch nicht gefunden worden war.

„Nimm Uwe mit", wies Hajo sie an. „Nehmt den Kerl vorläufig fest."

„Schon unterwegs", versicherte Jessica und beendete das Gespräch.

Sie nahm ihre Jacke, ihre Waffe und die Handschellengürteltasche und ging in Uwe Kemskis Büro. Uwe saß vorm Computer, kaute ein Stück Zuckerschnecke, deren Rest auf einem Teller neben der Tastatur lag, und nickte ihr zu.

„'allo Schessica", nuschelte er mit vollem Mund und deutete auf den Bildschirm. „Noje Erschebnische vom Erkenn'dienscht." Er kaute hastiger und schluckte den Bissen herunter. „In Sachen Manderbach: Abgesehen davon, dass das Wasser sowieso etliche Spuren vernichtet hat, gibt es keine an der Leiche oder dem Klebeband oder wo auch immer. Nichts." Er schüttelte den Kopf. „Abgesehen davon, dass das frustrierend ist, scheint es so, als habe der Täter ganz bewusst alles vermieden, was uns einen Hinweis auf seine Identität hätte geben können. Ich meine, normalerweise bleiben irgendwo auf Klebeband oder Tesafilm Fingerabdrücke zurück. Doch hier gibt es nicht mal einen Teilabdruck oder einen verwischten oder was auch immer. Kein Haar, kein Hautfetzchen, kein sonst was. Reifenspuren konnten auch nicht sichergestellt werden, weil der Regen sie buchstäblich verwässert hat. Ich sage mal: Das Ganze hat eine verdammt schlaue Methode."

Konnte Christian Geier die ausgeheckt haben, bei dem es gerade mal bis zum Hilfskoch gereicht hatte? Andererseits war kriminelle Raffinesse nicht zwangsläufig an Intelligenz gebunden. Bauernschläue übertraf manchmal sogar die beste Intelligenz. Sie berichtete Uwe von dem, was sie herausgefunden und Hajo angeordnet hatte. Uwe sprang so schnell von seinem Stuhl auf, als hätte er auf den sprichwörtlichen glühenden Kohlen gesessen und begrüßte ganz offensichtlich den Außeneinsatz. Was Jessica nicht wunderte, denn er war ein ausgeprägter Praktiker. „Papierkram" war nicht sein Ding. Jessica dagegen hatte zwar nicht das Geringste gegen Außeneinsätze einzuwenden, aber ihr lag mehr das Kombinieren der Fakten, die Schlussfolgerungen und das Finden von Verbindungen zwischen ihnen. Wie ein Puzzle alle Teile eines Verbrechens zusammenzusetzen, bis sie ein lückenloses Bild ergaben, war ihre Stärke.

Uwe grinste sie an. „Dann wollen wir mal!"

Das klang richtig fröhlich. Und hatte den Effekt, dass sich Jessicas Stimmung ein wenig hob.

*

Klaus Behringer saß in seinem Büro, die Beine übereinander gelegt, und schlug den Finanzteil der *Financial Times* auf. Er las die Überschrift der ersten Seite: *German Behringer Bank among the top 10 worldwide*. Er lächelte zufrieden. Anschließend nahm er sich die *Frankfurter Allgemeine*, danach die *Süddeutsche*, doch welchen Wirtschaftsteil er auch durchblätterte, seine kleine Privatbank stand überall als herausragendes Beispiel für unternehmerisches Know-how. Sie in die Liste der weltweit bedeutendsten zehn Banken zu bringen – allesamt erheblich größer als seine – war eine Leistung, die nicht mal sein Vater geschafft hatte. Es konnte nicht besser sein. Entspannt trank er eine Tasse schwarzen Ceylon Tee mit Zitrone und freute sich an seinem Erfolg.

Das Klingeln des Telefons riss ihn unsanft aus seinen Gedanken.

Er nahm ab. „Ich wollte nicht gestört werden", herrschte er seine Sekretärin an und fand es äußerst befremdlich, dass sich Frau Engel nicht wie üblich an seine Anweisung gehalten hatte.

„Entschuldigen Sie, Herr Behringer, da ist ein Herr in der Leitung der sagt, es ginge um Leben und Tod. Und er besteht darauf, Sie persönlich und sofort zu sprechen. Er klingt wirklich sehr – dringend."

Eva ist was passiert!, durchfuhr es ihn. *Oder Venus!* Himmel, nur das nicht! „Stellen Sie ihn durch."

Sekunden später klickte es in der Leitung. „Behringer."

„Guten Tag, Herr Behringer. Geht es Ihnen gut?"

„Was soll die Frage? Sie haben meiner Sekretärin gesagt, es ginge um Leben und Tod. Ist meiner Frau was passiert? Oder meiner Tochter?"

Der Unbekannte kicherte. „Noch nicht. Also, geht es Ihnen gut?"

Erlaubte sich da jemand einen Scherz? „Wer sind Sie?"

„Das werden Sie zu gegebener Zeit erfahren."

Behringer fühlte Wut in sich aufsteigen. „Sie beantworten auf der Stelle meine Frage oder ich lege auf!"

„Das würde ich an Ihrer Stelle nicht tun. Sie wollen doch nicht, dass Ihrer Tochter was passiert. Oder?" Das letzte Wort klang drohend.

Behringer wurde flau im Magen. „Was wollen Sie?"

„Geben Sie mir Ihre private Handy-Nummer."

„Das werde ich nicht tun, bevor Sie mir gesagt haben, wer Sie sind und was Sie wollen."

Der Unbekannte lachte. „Sie werden tun, was ich sage, sonst bringe ich Ihre Tochter um. Ich habe ihren Kopf im Visier. Haben Sie schon mal eine Leiche gesehen, der eine Kugel den Kopf zerfetzt hat wie eine geplatzte Melone? Also wie lautet Ihre Handynummer? Ich meine die von dem Handy, dessen Existenz Sie sogar vor Ihrer Frau geheim halten."

Behringer lockerte seine Krawatte, weil er das Gefühl hatte, keine Luft mehr zu bekommen. Woher wusste der Kerl von dem Handy? Wie sollte er reagieren? „Sie irren sich. Ich habe kein solches Handy."

„Verarschen Sie mich nicht! Ich kenne Sie besser, als Sie denken.“

Das klang dermaßen eiskalt, dass Behringer übel wurde.

„Ich habe Unterlagen, die Ihnen und Ihrer Bank schweren Schaden zufügen können. Stellen Sie sich mal vor, die Öffentlichkeit erfährt, dass Sie sich an kleinen Jungs vergreifen. Aber mit Geld ist ja alles machbar, nicht wahr? Und die bisherigen Verfahren gegen Sie wurden eingestellt, weil die Anzeigen zurückgezogen wurden oder sich die Opfer ganz plötzlich an nichts mehr erinnern konnten. Das hat immer gut funktioniert.“

Behringer brach der Schweiß aus. Woher, zum Teufel, wusste der Kerl das? Vielmehr: Woher hatte er die Unterlagen, von denen er sprach? Nur eines war ihm völlig klar: „Sie wollen mich erpressen. Wer sind Sie?“

„Ein Freund.“

Behringer konnte nicht anders, er musste lachen. „Ein Scheißkerl sind Sie!“

„Wie Sie meinen. Die Handynummer. Oder Ihre Tochter erlebt den nächsten Tag nicht.“

Behringer hatte das Gefühl, an seiner Wut zu ersticken. Er zitterte am ganzen Körper. Aber die Sorge um Venus ließ ihn gehorchen. Er nannte die Nummer. „Wenn Sie Venus was antun ...“

„Wenn Sie mir gehorchen“, unterbrach der Mann ihn, „hat Ihre Tochter nichts zu befürchten.“ Er hatte aufgelegt, noch bevor Behringer antworten konnte. Sekunden später klingelte das Geheimhandy in Behringers Jacketttasche. „Ja?“

„Ihr Glück, dass Sie mir die richtige Nummer genannt haben“, lobte der Unbekannte. „Nun können wir ungestört reden. Ihre Sekretärin hat mir bereits bestätigt, dass Sie allein sind. Und Sie haben ganz richtig vermutet: Ich will Geld. Fünfzigtausend Euro und die Unterlagen gehören Ihnen. Sie kommen heute Abend um elf mit dem Geld in den Grüneburgpark. Nehmen Sie den Eingang am Grüneburgweg.“ Der Mann beschrieb den Weg, den Behringer bis zum Treffpunkt gehen sollte. „Ich gebe Ihnen nur diese eine Chance. Kommen Sie pünktlich und kommen Sie allein. Und damit Sie nicht auf dumme Gedanken kommen: Ich beobachte Sie ab jetzt die ganze Zeit und ein Kumpel tut dasselbe mit Ihrer Tochter. Er hat das Mädchen ständig im Visier. Sollten Sie sich nicht an meine Anweisungen halten, zu spät kommen, das Geld nicht dabei haben, eine weitere Person mitbringen oder irgendjemandem auch nur ein Sterbenswort sagen, ist Ihre Tochter tot. Und direkt danach bekommen die Staatsanwaltschaft und die Presse die Unterlagen. Dann sind Sie übermorgen erledigt."

Das war Behringer klar. „Woher weiß ich, dass Sie sich an die Vereinbarung halten und nicht eine Kopie haben, die Sie dann trotzdem weitergeben?"

Der Mann lachte verächtlich. „Denken Sie doch mal nach. Die Staatsanwaltschaft zahlt mir nichts und Sie geben mir erheblich mehr Geld, als ich von der Presse für die Unterlagen bekommen würde. Außerdem brauche ich nur fünfzigtausend. Also wozu eine Kopie?"

War der Kerl wirklich so naiv? Es hatte den Anschein, denn gewisse Presseleute würde ihm mindestens das Doppelte zahlen für belastende Informationen, die den großen Klaus Behringer mitsamt seiner Bank zu Fall brachten. Aber Behringer hatte den Eindruck, dass der Typ die Wahrheit sagte. Fünfzigtausend waren Peanuts. Er hatte sich schon dreimal mit erheblich mehr Geld sozusagen vom Galgen freigekauft und die Eltern der Jungen, mit denen er sich vergnügt hatte, dadurch dazu gebracht, die Klage gegen ihn zurückzuziehen und zu behaupten, die Jungen hätten sich das nur ausgedacht. Falls der Anrufer wirklich belastende Unterlagen besaß, waren fünfzigtausend ein geringer Preis dafür. Aber was konnten das für Unterlagen sein? Und woher ...

Bastian! Der Junge hatte, was Behringer erst viel zu spät erfahren hatte, bei einem Besuch in seinem Liebesnest mit dem Handy Fotos gemacht, die der Vater der Staatsanwaltschaft als Beweis hatte vorlegen wollen. Doch Geld hatte auch dieses Problem aus der Welt geschafft und der Vater die Bilder vor Behringers Augen gelöscht. Doch offensichtlich hatte der Mann Kopien davon angefertigt.

„Ich weiß, wer Sie sind: Bastians Vater. Hören Sie, Herr Hagen ..."

„Ich bin niemandes Vater!", unterbrach der Anrufer schneidend.

Das klang dermaßen kalt, dass Behringer zusammenzuckte und das Gefühl bekam zu frieren. Unwillkürlich schüttelte er sich. Nun gut, es war nicht gerade ratsam, einen Erpresser damit zu konfrontieren, dass er seine Identität entlarvt hatte. Es musste Bastians Vater sein, denn der Junge hatte erwähnt, dass sein Vater Jäger war. Das passte zu der Drohung, Venus zu erschießen. Dieser miese, kleine Erpresser! Aber gut.

„Woher weiß ich, dass Sie nicht das Geld nehmen und mich hinterher weiter erpressen?“, wollte er wissen.

„Das wissen Sie nicht. Aber wie ich schon sagte: Ich brauche nur fünfzigtausend. Und eine Aktion wie diese ist trotz aller sorgfältiger Vorbereitung und Planung immer mit einem gewissen Risiko verbunden, das ich kein zweites Mal eingehen werde.“

Auch das klang plausibel. „In Ordnung. Ich tue, was Sie sagen. Heute Abend haben Sie das Geld.“

„Prima. Danach sind wir miteinander quitt und Sie hören nie wieder von mir.“

Der Anrufer wartete eine Antwort nicht ab, sondern legte auf. Behringer rief sofort Venus und Eva unter einem Vorwand an, um sich zu vergewissern, dass es ihnen gut ging und keine von ihnen entführt worden war. Gern hätte er gefragt, ob ihnen etwas Ungewöhnliches aufgefallen war, ob sie sich beobachtet fühlten oder jemanden gesehen hatten, der sich auffällig verhielt. Aber eine solche Frage hätte ihn in Erklärungsnot gebracht und er wollte keine schlafenden Hunde wecken. Für eine Sekunde erwog er, doch die Polizei zu informieren, entschied sich aber dagegen. Er würde Venus' Leben nicht aufs Spiel setzen. Nicht für läppische fünfzigtausend Euro.

*

Christian Geier wohnte in Niederrad, Im Mainfeld, im sechsten Stock eines Hochhauses neben einer Seniorenresidenz. Jessica und Uwe mussten mehrmals klingeln und einige Minuten warten, bis ihnen endlich ein verstrubbelter, verschlafener Mann in Jogginghose und T-Shirt öffnete. Die Ähnlichkeit mit seiner Mutter war unübersehbar, denn sein Gesicht wirkte wie das männliche und erheblich jüngere Ebenbild von Irmgard Geier.

Jessica und Uwe zeigten ihre Dienstausweise. „Steinfels und Kemski, Kripo Frankfurt. Herr Geier, dürfen wir Ihren Ausweis sehen zur Feststellung Ihrer Identität?" Schließlich war die Ähnlichkeit mit Irmgard Geier keine offizielle Identitätsprüfung.

Geier rieb sich den Dreitagebart und erweckte den Eindruck, als sei er noch nicht ganz wach, obwohl es bereits halb eins war. „Ausweis? Wieso denn?"

„Damit wir sicher sind, dass Sie wirklich Christian Geier sind", antwortete Uwe in einem ausgesprochen sarkastischen Ton.

Christian Geier schien den Sarkasmus nicht zu bemerken. „Ja, klar." Er ging in die Wohnung und ließ die Tür offen. Jessica und Uwe interpretierten das als Aufforderung einzutreten. Geier blickte sich im Wohnzimmer suchend um. Ein aufgeklappter leerer Pizzakarton lag auf dem Tisch neben einer halb leeren Tüte Chips und einer Phalanx von Bierdosen. Die leeren lagen in Reih und Glied neben den vollen, die noch aufrecht standen: acht zu vier. Auf der Couch lag eine zusammengeknüllte Decke und die vor der einen Lehne aufgetürmten und flachgedrückten Sofakissen deuteten an, dass Geier auf der Couch und nicht im Bett geschlafen hatte.

Geier ging zum Wohnzimmerschrank hinüber, der wirkte, als wäre er älter als sein Besitzer. Die Farbe war teilweise abgeblättert und eine Tür hing schief. Jessica hätte jede Wette gemacht, dass Geier den Schrank ebenso wie den Rest der Einrichtung gebraucht gekauft, vielleicht sogar aus dem Sperrmüll organisiert hatte.

Er wühlte in einer Schublade herum, dann in der nächsten und nahm sich anschließend die Schublade eines klobigen Monstrums von Schreibtisch vor, ehe er erleichtert seufzte und Uwe seinen reichlich zerknickten Ausweis reichte. Uwe überprüfte die Daten auf dem Ausweis und gab ihn Geier zurück.

„Was wollen Sie eigentlich?", fragte der unwirsch. „Ich hab nix gemacht." Das klang aggressiv.

„Können wir uns vielleicht irgendwo setzen?", schlug Jessica vor.

Geier deutete auf zwei Sessel, deren Bezüge nicht zueinander passten und die so abgenutzt wirkten wie der Schrank. Er selbst setzte sich auf die Couch. „Was wollen Sie denn?", wiederholte er. Der Blick, den er dabei erst Uwe, dann Jessica zuwarf, strafte seine Behauptung, er habe nix gemacht Lügen.

Uwe nickte Jessica zu. Sie hatten auf dem Weg hierher bereits ihr Vorgehen besprochen, festgelegt, wer die Befragung führte und welche Vernehmungstaktik sie anwenden wollten und sich geeinigt, Geier knallhart mit den Fakten zu konfrontieren. Seine Reaktion darauf würde erste Rückschlüsse zulassen. Besonders im Hinblick darauf, dass der Mann nicht den Eindruck erweckte, ein guter Schauspieler zu sein.

„Ihr Vater wurde gestern Abend ermordet“, teilte Jessica ihm mit. „Pfarrer Randolph Matuschek.“

Geier starrte sie an, als habe er nicht begriffen, was sie gesagt hatte. „Ermordet“, wiederholte er schließlich. „Das heißt, er ist tot? Echt jetzt?“

„Echt jetzt“, bestätigte Uwe mit erneut nicht zu überhörendem Sarkasmus.

Christian Geier lachte. „Mann, das ist ’ne tolle Nachricht! Klasse! Aber deswegen hätten Sie nicht extra herkommen müssen. Trotzdem danke.“ Er lachte wieder und schüttelte den Kopf. Übergangslos wurde er ernst. „Aber wieso kommen Sie damit zu mir? Mir geht der Kerl seit zwölf Jahren am Arsch vorbei. Sagen Sie lieber meiner Mutter, dass er abgekratzt ist. Die ach so biedere Pfarrsekretärin.“

„Ihre Mutter weiß das bereits.“ Jessica sah ihm ernst in die Augen. „Sie vermutet, dass Sie Ihren Vater getötet haben.“

Geier erbleichte. Ihm klappte die Kinnlade nach unten. Jessica musste sich trotz des Ernstes der Situation das Lachen verbeißen, denn er wirkte dadurch wie ein gestrandeter Fisch, der nach Luft schnappte. Er brauchte drei Anläufe, bis er das nächste Wort rausbrachte.

„Miststück, die! Dieses gottverdammte Miststück!“ Er ballte die Fäuste, ehe er Jessica empört ansah. „Glauben Sie der Schlampe kein Wort! Die lügt, wenn sie den Mund aufmacht! Hat mich zehn Jahre lang darüber belogen, wer mein Vater ist. Hat mir und der ganzen Gemeinde weisgemacht, ich sei das Ergebnis einer Vergewaltigung. Hat sich als Heldin dafür feiern lassen, dass sie mich ‚trotzdem‘ zur Welt gebracht und behalten hat. Dabei hat sie verbotenerweise mit ’nem Priester gevögelt, aber sie und mein sauberer Herr Vater waren zu feige, das zuzugeben.“

Zu sowohl Jessicas wie auch Uwes Überraschung füllten sich Geiers Augen mit Tränen. Er pochte sich mit dem Daumen gegen die Brust.

„Haben Sie eine Ahnung, wie es sich anfühlt zu glauben, dass der eigene Vater ein Verbrecher ist, der die Mutter vergewaltigt hat? Wissen Sie das?“ Er schluchzte. „Scheiße ist das! Ganz große Scheiße! Da fühlt man sich wie der letzte Dreck! Als wenn man selbst ’n Verbrecher ist, weil man die Gene in sich hat! Und dann zu erfahren, dass alles eine gottverdammte Lüge war ...“

Er schlug die Hände vors Gesicht. Für einen Moment. Dann ließ er sie sinken und starrte Jessica und Uwe anklagend an. „Und als ich diese Lüge rausgefunden habe, haben sie mich erst ins Internat abgeschoben und danach ins Heim, diese ... diese ...“ Er zog geräuschvoll die Nase hoch und wischte die Tränen mit dem unteren Teil des T-Shirts ab, als wäre es ein Handtuch.

„Nach unseren Informationen waren Sie an dem Rauswurf aus dem Internat nicht ganz unschuldig“, stellte Uwe fest. „Diebstähle, Schlägereien mit Körperverletzung, Sachbeschädigungen ...“

Geier nickte. „Ja. Das war die einzige Möglichkeit, aus diesem Scheißladen rauszukommen.“ Wieder schüttelte er den Kopf. „Dann kam ich zwar in ein Heim, aber das war allemal besser, als bei meiner verlogenen Mutter und meinem scheinheiligen Scheißerzeuger leben zu müssen.“

„Warum?“, hakte Jessica nach. „Nach allem, was ich weiß, sind die Zustände in einem Internat besser als in einem Heim.“

Geier schnaubte verächtlich, wich ihrem Blick aus und zuckte mit den Schultern. „War einfach nix für mich. Ich passte da nicht hin.“

Gelogen, keine Frage. „Wurden Sie dort sexuell missbraucht?“, packte Jessica den Stier bei den Hörnern.

Geier fuhr hoch. „Was soll ’n der Scheiß? Was wollen Sie eigentlich? Erst soll ich meinen Erzeuger umgebracht haben, jetzt unterstellen Sie mir ...“

„Wir unterstellen *Ihnen* gar nichts“, unterbrach Uwe. „Wir wissen von den Vorfällen im Don Bosco. Kennen Sie Michael Manderbach?“

Geier setzte sich wieder auf die Couch, knallrot im Gesicht, und blickte zu Boden. „Was fragen Sie dann noch, wenn Sie eh schon alles wissen?“, murmelte er und senkte den Kopf.

„Beantworten Sie bitte die Frage“, insistierte Uwe.

Geier nickte. „Klar kenn ich Manderbach. Wie Sie offenbar wissen, war er Lehrer an dem Internat. Er war zwar nicht der Schlimmste von den Kerlen, aber er hat sich keinesfalls zurückgehalten. Wenn Sie verstehen, was ich meine." Er hob den Blick. „Darum habe ich ja all das getan – die Schlägereien, die Diebstähle, das Mobiliar zerlegt und all das –, damit ich da weg konnte, bevor die mich auch komplett fertig machen und dann ..." Er starrte erneut zu Boden und schwieg. Ruckartig riss er den Kopf hoch. „Ich war nur in dem Scheißladen, weil mein Erzeuger früher mal da Hauspfarrer war oder so was. Er hat genau gewusst, was da abging und mich trotzdem hingeschickt! Seinetwegen musste ich das alles erleiden! Nur wegen ihm und perversen Mistkerlen wie Manderbach!" Er ballte die Fäuste.

Uwe sah Jessica an. Geier hatte ihnen soeben sein Motiv für die beiden Morde geliefert.

„Und weil Sie Ihren Vater und Manderbach für alles verantwortlich machen, haben Sie beschlossen, beide hinzurichten", resümierte Uwe.

Geier starrte ihn an und wurde kreidebleich. „Wie bitte? Was reden Sie denn da?"

„Wir reden davon, dass sowohl Ihr Vater wie auch Michael Manderbach ermordet wurden und Sie unter dringendem Tatverdacht stehen", erklärte Jessica. „Nachdem Sie schon früher Ihrem Vater gedroht haben, ihm den Schwanz abzuschneiden und Ihre Wut auf ihn immer noch nicht verraucht ist ..."

Geier sprang auf und blickte zur Tür. Uwe sprang ebenfalls auf und verstellte ihm den Weg. „Denken Sie nicht mal dran!", riet er ihm und legte vorsorglich die Hand an die Dienstwaffe.

„Aber ich war das nicht! Ich schwör's bei Gott und allen Heiligen!" Er hob drei Finger. „Ich schwör's!" Wieder traten Tränen in seine Augen. Er ließ sich zurück auf die Couch fallen, vergrub das Gesicht in den Händen und schüttelte den Kopf. „Das darf doch nicht wahr sein, dass diese Scheißkerle mir noch nach ihrem Tod das Leben zur Hölle machen." Er schluchzte eine Weile vor sich hin, ehe er sich wieder das Gesicht mit dem T-Shirt abwischte und Jessica und Uwe verzweifelt ansah. „Ich war das nicht! Ehrenwort!"

„Bitte beruhigen Sie sich, Herr Geier.“ Jessica ließ ihre Stimme sanft klingen. „Können Sie uns sagen, wo Sie am Freitagabend und gestern Abend zwischen jeweils sieben Uhr und zwei Uhr morgens waren?“ Sie fasste die mögliche Tatzeit bewusst weit, denn falls Geier der Täter war, könnte er sich über Details hinsichtlich der Tatzeit verraten, aber nicht behaupten, Jessica habe die betreffende Zeit genannt. Allerdings hatte sie das Gefühl, dass der junge Mann die Wahrheit sagte. Geier müsste schon ein eiskalter und extrem guter Schauspieler sein, um diese Verzweiflung nur vorzutäuschen.

Er atmete auf, ließ sich gegen die Rückenlehne der Couch fallen und nickte heftig. „Ich war im *Schleusentor* in Bockenheim. Da arbeite ich an den Wochenenden in der Küche. Von fünf am Nachmittag bis ein Uhr morgens, manchmal auch zwei Uhr, je nachdem, wann der letzte Gast was zu essen bestellt hat und wie viel abzuwaschen und aufzuräumen ist. Da können Sie meinen Chef fragen und meine Kollegen.“ Er nickte erneut und schüttelte sofort danach den Kopf. „Ich war’s wirklich nicht!“

Jessica glaubte ihm, auch wenn das Alibi noch gründlich geprüft werden würde.

„*Schleusentor*?“ Uwe blickte Geier bedeutsam an. „Nach unseren Informationen sind Sie arbeitslos.“

Geier errötete. „Scheiße. Stecken Sie das bloß nicht dem Amt. Bitte! Sonst verlier ich mein Hartz IV. Aber von den paar Kröten allein kann doch kein Mensch existieren. Und die im *Schleusentor* wollen mich nicht fest anstellen. Also was soll ich machen?“

Jessica verkniff sich die offensichtliche Antwort, dass die Lösung des Problems darin lag, einen Ausbildungsabschluss nachzuholen und danach oder überhaupt fleißig Bewerbungen zu schreiben, bis er eine Anstellung gefunden hatte. Doch Geier erweckte den Eindruck, dass das nicht in seinem Sinn war. Ihr war das egal, denn sie hatte zwei Morde aufzuklären, einen dritten zu verhindern und immer noch Jolanda Schillings Mörder zu fassen.

„Und gestern Abend?“, insistierte Uwe. „Die meisten Lokale haben montags geschlossen.“

„Nicht das *Schleusentor*. Die haben nur einen Ruhetag im Jahr: Heiligabend. Ja, gestern Abend war ich auch da. Bis kurz vor eins.“

„Wer war an dem Missbrauch im Don Bosco noch beteiligt?“, wollte Jessica wissen. „Doch nicht nur Manderbach und ...“ Nein, er musste nicht erfahren, dass sein Vater vermutlich ebenfalls pädophil gewesen war. Wenn er das nicht schon wusste, wäre diese Offenbarung Salz in seine Wunden. Zu wissen, dass sein Vater ihn in ein Internat geschickt hatte, von dem er genau gewusst hatte, dass sich die Lehrkräfte dort an den Jungs vergriffen, würde ganz sicher nicht dazu beitragen, dass Geiers Hass auf Matuschek eines Tages einschlief. „Da gab es doch bestimmt noch andere", vollendete sie ihren Satz.

Er nickte. „Wer von den Lehrern noch so ein Schwein ist, weiß ich nicht. Aber der damalige Hausmeister hat es auch getan."

„Der Name?", wollte Uwe wissen.

„Janssen. Aber der Typ hatte ein paar Wochen vor meinem Rauswurf einen Unfall, bei dem er krepiert ist. Ich hab ihm keine Träne nachgeweint. Keine einzige!"

Also konnte der Hausmeister nicht das nächste Opfer sein.

Geier schüttelte den Kopf. „Waren aber nicht nur die Lehrer und der Hausmeister. Ein paar von den älteren Jungs haben sich manchmal auch an den Jüngeren vergriffen. Habe ich zumindest gehört. Ich hatte nur mit Manderbach und Janssen zu tun. Und das hat mir mehr als gereicht, glauben Sie mir."

Jessica glaubte ihm das unbesehen. „Wie heißt Ihr Chef vom *Schleusentor*?", wollte sie wissen. „Dann können wir uns sofort von ihm Ihr Alibi bestätigen lassen."

Geier nannte nicht nur wie aus der Pistole geschossen den Namen, sondern lieferte auch gleich noch dessen Handynummer. Uwe rief unverzüglich an und bekam Geiers Angaben hinsichtlich der Arbeitszeit bestätigt. Somit war der junge Mann als Mordverdächtiger entlastet.

„Ihnen ist klar, dass Sie mit dem Beschäftigen von Schwarzarbeitern die Straftat der Steuerhinterziehung begehen", belehrte Uwe dessen Chef und fügte mit Augenkontakt zu Geier hinzu: „Und Herr Geier begeht die ebenfalls strafbare Handlung des Sozialbetrugs. Wir sind verpflichtet, das den zuständigen Behörden und der Staatsanwaltschaft zu melden. Wir geben Ihnen aber bis übermorgen die Gelegenheit zur Selbstanzeige. Liegt die bis spätestens Donnerstag nicht vor, wird es richtig übel für Sie. Steuerfahndung, Hausdurchsuchung – das ganze Programm."

Jessica konnte den Chef aus Uwes Smartphone fluchen hören. Geier war blass geworden.

„Sie wissen Bescheid“, beendete Uwe das Gespräch.

Geier sprang auf und ballte die Fäuste. „Was sind Sie denn für ’n Arsch, Sie verdammter ...“

„Vorsicht“, mahnte Uwe, „sonst kommt noch Beamtenbeleidigung dazu.“

Geier fuhr sich mit beiden Händen durchs Haar. „Ich bin am Arsch, verdammt! Warum haben Sie das getan?“

„Weil wir nicht einfach ignorieren können und dürfen, wenn wir von einer Straftat Kenntnis bekommen“, erklärte Uwe. „Und dass Sie eine Straftat begehen, war Ihnen von vorn herein bewusst.“

Geier kamen wieder einmal die Tränen. „Mensch, von dem beschissenen Hartz IV kann doch keine Sau leben!“

In dem Punkt musste Jessica ihm zwar recht geben, denn ein menschenwürdiges Leben war ihrer Überzeugung nach mit einem Hartz-IV-Satz für Alleinstehende ausgeschlossen. Aber nichtsdestotrotz war dieser Satz nun mal Gesetz – bedauerlicherweise – und ein nicht genehmigter Zuverdienst ohne Anmeldung und Sozialabgaben entsprechend eine Straftat.

Sie und Uwe verabschiedeten sich.

„Also wieder zurück auf Feld eins“, resümierte Uwe, als sie im Auto saßen und zum Präsidium zurückfuhren. „Ich halte es allerdings nicht für einen Zufall, dass beide Opfer mit dem Don Bosco in Verbindung standen. Ich meine, theoretisch wäre es zwar möglich, dass es sich um einen Zufall handelt, aber offensichtlich wird der Missbrauch dort immer noch fortgesetzt. Zumindest bis zu der Zeit, als Geier im Internat war. Könnte natürlich danach aufgehört haben, aber ...“ Er schüttelte den Kopf.

„Das fällt mir schwer zu glauben“, stimmte Jessica ihm zu. „In so einem Milieu macht die Gelegenheit Diebe; sozusagen. Und ein Internat ist quasi ein abgeschottetes Biotop, aus dem per se wenig nach außen dringt. Das perfekte Umfeld, um so einen Skandal unter dem Teppich zu halten.“

Uwe nickte. Er sah Jessica von der Seite an. „Und du hast wirklich keine Ahnung, nicht mal die winzigste, abwegigste, wer dir diese Briefe schreiben könnte?“

Sie schüttelte den Kopf. Wie oft sie sich schon den Kopf zermartert hatte, ihr fiel niemand ein, der für die Taten infrage käme. Und warum hatte er erst jetzt seinen Rachefeldzug gestartet? Falls die Taten wirklich ihre Ursache im Don Bosco Internat hatte, das sowohl Manderbach wie auch Matuschek schon vor Jahren bis Jahrzehnten verlassen hatten – was hatte dann die Morde ausgelöst? Wenn der Täter zum Zeitpunkt der Tat zwischen zehn und achtzehn Jahren alt gewesen war, dann musste er heute zwischen vierzig und fünfzig Jahren sein. Eher näher an der Vierzig, denn ein damals junger Erwachsener hätte sich gegen solche Übergriffe zu wehren gewusst, und Matuschek hatte das Internat vor dreiunddreißig Jahren verlassen.

Jessica ging zum unzähligsten Mal in Gedanken die Liste aller Männer in dem Alter durch, die sie kannte, egal wie flüchtig, aber keiner passte ins Bild eines so grausamen Täters. Wenn es doch nur noch mehr Anhaltspunkte gäbe! Aber die würden sich, wenn überhaupt, erst durch die Analyse des Tatorts und der Obduktion von Matuscheks Leiche ergeben. Doch bei der Akribie, mit der der Mörder schon bei Manderbach vorgegangen war, hegte sie erhebliche Zweifel daran, dass sie dadurch schlauer würden.

*

Franz fing sie ab, kaum dass sie im Präsidium angekommen war. „Wir haben einen Hinweis auf Mike Drägers Aufenthaltsort."

Jessica fühlte einen Adrenalinschub. „Wo?"

„Wir haben eine weitere Frau ausfindig gemacht, die in seinem Notizbuch stand. Sie war bis vor fünf Minuten hier, um ihre Aussage zu machen. Und sie ist sich sicher, dass irgendein Kumpel von Mike, von dem sie leider nicht den Namen kennt, eine Gartenlaube in irgendeiner Gartenkolonie besitzt. Oder dessen Eltern gehört das Ding. Jedenfalls hat er angeblich mal erwähnt, dass er sich dort aufhält, wenn er seine Ruhe haben will. Er hat wohl einen eigenen Schlüssel."

„Wo?", drängte Jessica.

Franz seufzte und schüttelte den Kopf. „Das konnte sie uns nicht sagen. Sie war angeblich nie dort und kennt, wie gesagt, auch den Namen des Besitzers nicht. Aber falls das stimmt, wissen wir immerhin, in welchem Bereich wir nach ihm suchen müssen." Er grinste schief. „Gibt ja nur ein gutes Dutzend Gartenvereine in und um Frankfurt."

Jessica nickte. „Wohl eher zwei Dutzend. Nimm dir so viele Kollegen von der Bereitschaft wie möglich und lass sie die Gartenkolonien abklappern. Falls Mike sich nicht von seiner Luxuskarre getrennt hat, müsste die irgendwo auf dem Parkplatz einer der Kolonien stehen. Und danach geht mit Suchhunden die Kolonie ab." Sie hob abwehrend die Hände. „Entschuldige, Franz. Du leitest ja jetzt Jolandas Fall."

„Das tust offiziell immer noch du."

Sie lächelte. „Gib mir Bescheid, bevor ihr zugreift. Ich will dabei sein. Das habe ich Volker Schilling versprochen."

Er nickte und verschwand wieder in sein Büro. Jessica hoffte, dass dies endlich die heiße Spur war, die zu Mikes Festnahme führen würde. Denn sie war mehr als gespannt zu erfahren, warum der Kerl Jolanda umgebracht hatte.

Sie ging in ihr Büro und rief erneut im Internat an, um zu erfahren, welche Lehrer außer Manderbach dort zwischen 1975 und 1983 zum Stab gehört hatten und ob vielleicht welche von denen heute noch dort unterrichteten. Walburga Sander verneinte Letzteres nach einem Blick in die Akten. Auch der Direktor habe sein Amt erst 2003 übernommen.

„Können Sie mir eine Liste der damaligen Lehrer und auch der Schüler aus diesen Jahrgängen geben?", bat Jessica.

„Nicht ohne Erlaubnis des Direktors", wehrte Walburga Sander mit hörbarem Bedauern ab, „denn diese Informationen unterliegen dem Datenschutz. Leider ist Herr Kraft momentan nicht da. Wir haben Herbstferien, und es ist Tradition im Don Bosco, dass der Lehrkörper, sofern die Leute ebenfalls im Internat und nicht in der Umgebung wohnen, jedes Jahr am Anfang der Herbstferien für ein paar Tage eine Städtereise mit den Schülern unternehmen, die die Ferien nicht bei ihren Eltern verbringen. Dieses Jahr sind sie in Sankt Petersburg. Samstag abgereist und vor Mittwochabend oder sogar Mittwochnacht nicht zurück. Im Moment bin ich neben dem Reinigungs- und Hausmeisterteam die einzige Person im Haus. Tut mir leid. Ich kann Ihnen aber die Handynummer des Direktors geben, falls Ihnen das hilft."

„Das wäre nett. Danke."

Jessica erhielt die Nummer und erreichte Direktor Kraft beim zweiten Versuch. Der zeigte sich jedoch entschieden weniger kooperativ als Walburga Sander.

„Was haben Sie denn?", höhnte er. „Nur einen Verdacht, dass ein früherer Lehrer des Don Bosco möglicherweise Opfer eines Verbrechens werden *könnte* und dass ein früherer Schüler der Täter sein *könnte*? Bedaure, aber auf solche vagen Vermutungen hin kann und werde ich Ihnen keine sensiblen Daten wie Namenslisten geben. Wo kämen wir denn da hin? Ohne richterliche Anordnung bekommen Sie nichts dergleichen."

Er hatte aufgelegt, bevor Jessica noch etwas sagen konnte. Genau genommen hatte er recht: Im Moment basierte die Spur ins Don Bosco nur auf der Tatsache, dass beide bisherigen Opfer mit dem Internat zu tun gehabt hatten. Auch wenn das unwahrscheinlich erschien, konnte das Zufall sein. Und nur auf dieses eine Indiz hin würde kein Richter einen Beschluss zur Aushändigung der gewünschten Namenslisten ausstellen. Gegenwärtig konnten sie nur hoffen, eine heiße Spur zum Täter zu finden, bevor er sein nächstes Opfer abschlachtete.

*

Klaus Behringer hatte keine Probleme damit, sich für seinen späten Termin am Abend einen Grund für seine Frau einfallen zu lassen, warum er ausgerechnet zu dieser unwirtlichen Zeit noch aus dem Haus musste. Er hatte öfter spät abends noch Besprechungen. Konferenzschaltungen mit Kunden aus Ländern, in denen eine andere Tageszeit herrschte als in Deutschland. Die vom Erpresser geforderten fünfzigtausend Euro packte er in seine Aktentasche. Er verabschiedete sich von Eva mit einem Kuss und dem Versprechen, bald zurück zu sein.

Draußen hielt dickste Nebelsuppe die Stadt mal wieder unter ihrem Schleier verborgen. Falls der Erpresser seine Drohung wahr machte und sein Kumpel Venus im Visier hatte, die in ihrem Zimmer saß und vermutlich per Laptop oder Smartphone mit ihren Freundinnen chattete, konnte Behringer ihn nicht sehen. Leider traf das nicht zwangsläufig auch auf den Schützen zu, denn es gab Ferngläser und erst recht Zielfernrohre für Jäger, mit denen man auch im Nebel gut sehen konnte. Zum ersten Mal bedauerte er, keine Jalousien oder Übergardinen vor den Fenstern angebracht zu haben. Bei seinem freistehenden Haus mit den nächsten Nachbarn außer Sichtweite, hatte er das nicht für nötig gehalten. Egal. Er musste los.

Seine weise Voraussicht, schon kurz nach zehn aufzubrechen, erwies sich als klug. Normalerweise hätte er zum Grüneburgpark nur eine halbe Stunde gebraucht, aber bei diesem Wetter brauchte er eine geschlagene Dreiviertelstunde, um die Strecke zurückzulegen. Der Erpresser hatte offenbar mit Bedacht den Zugang vom Grüneburgweg aus gewählt, denn an dieser Seite grenzte der Park an ein Wohngebiet, was bedeutete, dass die ganze Straße voller parkender Autos stand. Dadurch war unmöglich zu erkennen, welches davon dem Erpresser und welche den Anwohnern gehörten.

Behringer machte sich auf den Weg. Der Nebel legte sich feucht und kalt auf seinen Mantel und erschwerte das Atmen. Zum Glück musste er sich nicht lange hier aufhalten. Zwar hatte er sicherheitshalber eine Taschenlampe mitgebracht, aber wohl war ihm nicht bei dem Gedanken, sich durch diesen undurchsichtigen Nebel zum Treffpunkt zu kämpfen. Doch ein Blick zur Uhr zeigte ihm, dass es schon kurz vor elf war. Er sollte sich beeilen.

Er schaltete die Taschenlampe ein und ging so schnell es die Sichtverhältnisse zuließen vorwärts. Dabei lauschte er ständig, ob irgendwo ein verdächtiges Geräusch ertönte. Doch seine knirschenden Schritte auf dem Weg übertönten alles andere, und was vielleicht noch hörbar gewesen wäre, verschluckte der Nebel. Der wich tanzend vor dem Strahl der Taschenlampe zur Seite und wirbelte um das Licht herum, als wäre er ein lebendiges Wesen. Fast glaubte er, Goethes *Erlenkönig mit Kron' und Schweif* und *Erlkönigs Töchter am düstern Ort* darin tanzen zu sehen. Unheimlich.

Als er fast auf die Sekunde genau um elf Uhr den genannten Treffpunkt bei einer Bank erreichte, war das allerdings kein Grund aufzuatmen, denn nun kam der gefährlichste Teil. Die Bank war leer, der Erpresser noch nicht gekommen. Oder er versteckte sich im Nebel hinter den Bäumen, die die Bank umstanden. Behringer fegte ein paar feuchte verwelkte Blätter von der Sitzfläche und stellte fest, dass seine Hand zitterte; aber nicht vor Kälte. Er wickelte den Mantel fest um sich und setzte sich, den Aktenkoffer auf den Schoß gepresst. Mit jeder Sekunde, die verging, ohne dass der Erpresser auftauchte, wurde er unruhiger. Wo blieb der Kerl nur? Behringer bemühte sich, etwas zu erkennen. Doch die Dunkelheit und der Nebel traten als verbündete Feinde gegen ihn an. Völlig unpassend für die Situation kam ihm ein Gedicht von Hermann Hesse in den Sinn:

Seltsam, im Nebel zu wandern!
Einsam ist jeder Busch und Stein.
Kein Baum sieht den andern.
Jeder ist allein.

Genau so fühlte er sich. Ein Blick zur Uhr, beleuchtet von der Taschenlampe, zeigte ihm, dass er schon geschlagene zehn Minuten hier wartete. *Kommen Sie pünktlich*, hatte der Kerl verlangt. *Verspäten Sie sich, ist Ihre Tochter tot*, hatte er gedroht. Und nun war *er* derjenige, der sich verspätete. Verdammt!

Ein Ast knackte in unmittelbarer Nähe. Behringer zuckte zusammen und fuhr von der Bank hoch. Er leuchtete mit der Taschenlampe umher, aber außer tanzenden Erlkönigstöchtern aus Nebel war nichts zu sehen. Ihm brach der Schweiß aus und sein Herz hämmerte. „Hallo?"

Keine Antwort. Er zuckte erneut zusammen, als Musik erklang. Erst ganz leise, dann kam sie näher und wurde lauter, dass er die Melodie erkennen konnte und auch den Text verstand. *„This is the end, my only friend, the end"*, sang Jim Morrison von *The Doors*.

Behringer bekam eine Gänsehaut. Wenn das kein übler Scherz war ... Es war kein Scherz, sagte ihm sein Verstand. Er wünschte, er wäre gar nicht erst hergekommen. Er wünschte, er hätte sich nie auf diesen Deal eingelassen. Er wünschte sich ganz weit weg. Die Musik brach ab. Sein Instinkt drängte ihn zur Flucht. Hektisch leuchtete er in den Nebel, doch er konnte niemanden sehen. Hinter ihm knirschte es. Bevor er sich umdrehen konnte, wurde sein Kopf gepackt und mit einer kräftigen Bewegung nach hinten und zur Seite gerissen. *The End.* Und die Stille des Parks deckte gnädig ihren Mantel darüber.

Mittwoch, 19. Oktober

Jessica starrte die Leiche an, die vor einer Stunde von zwei Joggern gefunden worden war, und fühlte sich unangebrachter Weise an Eis am Stil erinnert. Das nächste Bild in ihrem Kopf war ein überdimensionaler T-Korkenzieher, den man mit dem spiralförmigen Wendel himmelwärts gerichtet abgelegt hatte. Allerdings war der „Wendel“ in diesem Fall nicht spiralförmig, sondern bestand aus einem Ast, der aus dem nackten Hintern einer Leiche ragte, die bäuchlings auf einer Bank im Grüneburgpark lag. An seinem Mantel, der ihm über den Kopf geklappt worden war, hing ein wie bei Manderbachs Leiche eingeschweißter und mit einer Sicherheitsnadel fixierter Zettel.

Nummer drei war mir nicht einerlei.
Wie kombiniert die Polizei?

„Mein Gott“, murmelte Hajo, der neben ihr stand. „Der Kerl will offenbar einen Rekord für die meisten Morde in der kürzesten Zeitspanne aufstellen.“ Er schüttelte den Kopf und sah Jessica ernst an. „Er ist offenbar völlig außer Kontrolle. Und das macht mir eine Scheißangst.“

„Möglicherweise war das sein letzter Mord“, hoffte sie. Doch sie hatte das üble Gefühl, dass sie sich in diesem Punkt irren könnte. An dem Blick, den Hajo ihr zuwarf, erkannte sie, dass er dasselbe befürchtete.

„Wenn er wirklich die ganzen Nachrichten hinterlässt, damit wir ihn stoppen können und sollen“, gab er zu bedenken, „dann wird er weiter töten, bis wir ihn gefasst haben. Und um was wollen wir wetten, dass der Tote auch im Don Bosco war?“

Er beugte sich über den Toten, tastete die Manteltaschen ab und zog eine Brieftasche hervor, aus der er einen Ausweis fischte. „Nikolaus Behringer“, las er vor und runzelte die Stirn. „Ich ziehe meine Wette unter Vorbehalt zurück. Laut Geburtsdatum ist der Mann erst sechsundvierzig und damit zu jung, um im Don Bosco Lehrer, Kaplan oder anderweitig angestellt gewesen zu sein.“ Er durchsuchte die Brieftasche weiter und förderte eine Visitenkarte zutage. „Klaus Behringer, Privatbank Behringer.“ Er pfiff durch die Zähne. „*Der* Behringer. Mann, die Presse wird über uns herfallen, wenn das hier publik wird."

„Sorgen wir dafür, dass das nicht bekannt wird", murmelte Jessica. Allerdings war ihr bewusst, dass sich das nicht lange würde geheim halten lassen. Die Familie musste benachrichtigt werden, die die restlichen Verwandten und die Bankangestellten informierte, und irgendeiner der so Eingeweihten würde gegenüber der Presse reden. Oder seiner eigenen Familie davon erzählen, die wiederum ihren Freunden und Bekannten die unglaubliche Nachricht mitteilen würden ... Spätestens übermorgen wusste die Presse Bescheid. Nur den Umstand des Todes konnte man noch eine Weile länger bedeckt halten und die Auffindsituation des Toten und den „Korkenzieher" komplett verschweigen – vorausgesetzt der Finder der Leiche hielt in dieser Hinsicht seinen Mund. Wozu sie ihn nachdrücklich auffordern würden.

Jessica widmete sich mit Hajo und dem Team von der Spurensicherung der üblichen Prozedur. Das weiße Sichtschutzzelt war um die Bank herum bereits aufgebaut, der Parkweg abgesperrt. Doch Jessica sah auf den ersten Blick, dass Spuren zu finden hier Glückssache wäre. Auf dem festgetretenen Boden des Weges und rund um die Bank gab es keine erkennbaren Fußabdrücke. Und wenn der Mörder bei seinem jüngsten Opfer nicht nachlässig geworden war, hatte er garantiert auch keine Fingerabdrücke an der Bank hinterlassen. Allerdings hatte er den Ablageort, der nach den Blutspuren auf der Bank und dem Boden darunter auch der Tatort war, ebenso gut gewählt wie den Beichtstuhl. Beide Orte waren mit Fingerabdrücken unzähliger Menschen übersät. Sollte einer oder mehrere vom Täter darunter sein, waren die ohne Referenzprobe nicht herauszufinden. Und ohne einen Verdächtigen, konnte man auch keine Referenzabdrücke nehmen.

Hajo stieß einen Pfiff aus. „Sieh dir das mal an." Er winkte Jessica an seine Seite.

Die Kollegen hatten den Körper zur Seite gedreht, wobei sich gezeigt hatte, dass das Genick des Toten gebrochen war. Unter ihm hatten sie einen Eckspanner aus rotem Kunststoff gefunden. Hajo hatte ihn aufgeschlagen. Jessica sah ihm über die Schulter. Das erste Blatt enthielt eine Liste mit acht Männernamen – Namen von Jungen, falls die jeweils dahinter in Klammern geschriebenen

Zahlen das Alter angaben: sieben Jahre der Jüngste, elf der Älteste. Auf den folgenden Blättern waren fotokopierte Protokolle von Aussagen bei der Frankfurter Kripo, die Behringer des teilweise mehrfachen Missbrauchs an ihnen beschuldigten. Jedes Protokoll trug den mit rotem Stift in Druckbuchstaben mit ausschließlich großen Lettern handschriftlich auf die Kopien geschriebenen Vermerk: *Anzeige nach Bestechung zurückgezogen.*

„Oh Mann", murmelte Hajo. „Wenn das an die Öffentlichkeit gelangt, ist die Familie ruiniert. Erst mal vom Ruf her und später garantiert auch finanziell, denn es gibt sicherlich etliche Leute, die mit einer Bank keine Geschäfte mehr machen wollen, deren Inhaber als Kinderschänder geoutet wurde."

„Ich frage mich aber, woher der Mörder diese Unterlagen hat", überlegte Jessica. „An Kopien von Polizeiprotokollen kommt nicht jeder X-Beliebige ran." Sie sah Hajo ernst an. „Entweder hat er die durch Bestechung erhalten – oder er ist einer von uns. Ein Polizist. Das würde auch erklären, dass er so sorgfältig alle Spuren verwischt hat. Vielmehr anscheinend überhaupt keine hinterlassen hat."

Hajo stieß seufzend die Luft aus. „Grauenvoller Gedanke. Dass einer von uns ..." Er schüttelte den Kopf.

„Aber das würde auch erklären, woher er mich kennt", überlegte Jessica und musste Hajo uneingeschränkt zustimmen: grauenvoller Gedanke in der Tat.

Volker Schilling kam, nickte grüßend in die Runde und betrachtete die Leiche. „Nummer drei?", vergewisserte er sich.

Jessica nickte. „Zweifellos." Sollte sie ihm von dem neuen Verdacht erzählen? Sie entschied sich, das Hajo zu überlassen. Er war schließlich der Leiter der Soko und außerdem ihr Vorgesetzter.

Doch Hajo schwieg. Sie konnte das vollkommen nachvollziehen. Falls sich der Verdacht nicht bestätigte, hätten sie zu Unrecht schlafende Hunde geweckt. Das dadurch erzeugte Misstrauen und vor allem die Empörung der Kollegen darüber, einen der Ihren zu verdächtigen, würde die Zusammenarbeit noch lange danach nachhaltig stören. In dem Fall sollte Jessica am besten gleich ein Versetzungsgesuch einreichen.

Sie berührte Volker leicht am Arm. „Wir haben einen leider nur vagen Hinweis auf den möglichen Aufenthaltsort von Jolandas

Mörder", teilte sie ihm mit. „Eventuell versteckt er sich in irgendeiner Gartenkolonie in der Laube eines seiner Bekannten. Wir suchen erst mal die Parkplätze nach seinem Auto ab. Wenn das nichts bringt, gehen wir jede Kolonie mit Suchhunden der Reihe nach ab. Falls er sich tatsächlich in einer aufhält, kriegen wir ihn. Nur leider gibt es zu viele Kolonien und noch keinen Anhaltspunkt, aufgrund dessen wir die Suche eingrenzen könnten."

Er nickte. „Danke, Jessica. Ich weiß, ihr tut euer Möglichstes."

Aber sie hatte trotzdem das Gefühl, dass das nicht genug war. Nicht in Jolandas Fall und in dem der Serienmorde auch nicht. Sie machte sich wieder an die Arbeit und betete stumm, dass der Täter bitte, bitte kein Kollege sein möge.

*

Als Jessica Stunden später ins Präsidium zurückkehrte, fühlte sie sich durchgefroren. Sie hatte den Eindruck, die nebelfeuchte Luft habe sich ihren Weg unter die Kleidung gesucht und klebe direkt auf ihrer Haut. Dass inzwischen die Sonne herausgekommen war, half wenig, denn die Temperaturen waren in der Nacht gefallen. Den nahenden Winter konnte man bereits in der Luft riechen.

Behringers Leiche war in die Rechtsmedizin abtransportiert worden und das Tatortteam noch fleißig dabei, Spuren zu sichern. Jessica beneidete sie nicht darum, denn diese Sisyphusarbeit würde mit größter Wahrscheinlichkeit nichts bringen. Oder falls sie etwas brachte, dann erst Tage später, wenn die einzelnen Spuren untersucht waren, was seine Zeit dauerte. Bei den Spuren von gleich drei Tatorten – die von den beiden ersten waren noch nicht einmal vollständig abgearbeitet –, konnten sie froh sein, wenn sie bis Weihnachten fertig waren. Falls sich nicht eher ein Hinweis ergab.

Doch das war nicht das Einzige, was zu tun blieb. Sie und Hajo hatten verabredet, in der Kantine etwas zu essen und danach die Witwe aufzusuchen. Behringers Smartphone hatte während der ganzen Zeit immer wieder geklingelt und neben ein paar anderen fast ausschließlich Anrufe angezeigt, die mit dem Namen Eva versehen waren.

Nicht nur Jessica graute vor dem bevorstehenden Besuch bei Behringers Familie. Gleich mehrere Todesnachrichten in so kurzen Abständen überbringen zu müssen, hatte sie noch nie erlebt.

Auf ihrem Schreibtisch lagen diverse Schriftstücke, überwiegend polizeiliche Informationsblätter, und obenauf ein brauner Briefumschlag mit dem persönlichen Vermerk *An Jessica Steinfels*, jedoch ohne Absender. Sie ahnte, was er enthielt, denn er sah genauso aus wie die beiden vorherigen anonymen Briefe.

Sie zog sich sicherheitshalber Plastikhandschuhe über, nahm eine Schere, schlitzte den Umschlag auf, zog den Inhalt heraus und las:

Die Drei war mir nicht einerlei.
Wie kombiniert die Polizei?
Heute oder morgen schon
bekommt der Nächste seinen Lohn.

Jessica war taff, keine Frage. Aber dies war der Moment, in dem ihr schlecht wurde.

Der Mörder spielte mit ihr. Der Mörder machte sich lustig über sie. Und das Schlimmste war: Der Mörder hörte nicht auf.

Sie brachte den Brief zu Hajo.

*

Das Eisentor der Behringer-Villa gleißte im nachmittäglichen Sonnenlicht so hell, dass Jessica unwillkürlich an den Werbespot mit dem „porentief rein“ erinnert wurde. Statt einfacher Gitterstäbe waren die Streben zu einem Rankenmuster verflochten, das sich im oberen Teil zu einer Blüte entwickelte, die einer Lilie ähnelte. In deren Mitte prangte ein großes B in geschwungener Schrift. Entweder war das Gitter frisch geputzt oder mit einer schmutzabweisenden Schicht behandelt worden, denn die weiße Farbe schien das Sonnenlicht zu reflektieren. Eine Kamera auf der Krone des Tores hatte die Auffahrt in ihrem mechanischen Blick und folgte jeder von Hajos und Jessicas Bewegungen, als sie auf das Grundstück zu gingen.

Gute hundert Meter hinter dem Tor residierte das Schloss. Die typischen Säulen am Eingang und die Fassade hinauf, die Bogenfenster und die Balkone mit den geschwungenen Ornamenten im Geländer verrieten den Jugendstil des beginnenden zwanzigsten Jahrhunderts. Jessica fragte sich, wie viele Leute wohl in dem Monstrum wohnten, das nach der Anzahl der Fenster allein zur Frontseite hin mindestens zwanzig Zimmer haben musste.

„Nobel geht die Welt zugrunde“, meinte Hajo. „Ob die wohl goldene Wasserhähne haben?“

Jessica hatte denselben Gedanken, denn auch der Garten um die Villa herum besaß pompöse Ausmaße und war in seiner Gestaltung eine allerdings nur halb gelungene Kopie des Versailler Schlossgartens. Halb gelungen nicht nur, weil nicht einmal die Hälfte des Versailler Gartens auf die zur Villa gehörende Fläche passte, sondern auch, weil die Beetgestaltung nicht einmal ansatzweise die Finesse des Originals aufwies.

Gewollt, aber nicht gekonnt, kam ihr in den Sinn. Sie hatte sich vor ihrem Besuch hier im Internet schlau gemacht und erfahren, dass Klaus Behringers Großvater diese Villa hatte bauen lassen, die wohl eine größere Menge Geld verschlungen hatte, als geplant gewesen war. Für die Gartengestaltung war danach nicht mehr viel übrig geblieben; aber immer noch genug für ein Copy-Versailles *en miniature*.

Hajo klingelte und hielt seinen Dienstausweis direkt vor die Kamera. Nur wenige Sekunden später ertönte ein Surren, als die Flügel des Eisentores nach innen schwangen. Jessica und Hajo traten ein und legten die Strecke zum Haus auf einem Kiesweg zurück, der frisch geharkt war, wie die parallelen Harkenfurchen bewiesen, die noch kein Fußtritt unterbrochen hatte.

„Zum Glück stinkt Geld nicht, sonst könnte man hier draußen nicht spazieren gehen“, murmelte Hajo.

Jessica verkniff sich ein Lachen, musste ihm aber recht geben.

Die Eingangstür wurde von einer Frau mittleren Alters in einem dunkelblauen Hosenanzug geöffnet. Sie reichte erst Jessica, dann Hajo die Hand. „Berta Hagemeier, Privatsekretärin von Frau Behringer. Sie erwartet Sie im Wohnzimmer. Wenn Sie mir bitte folgen wollen.“ Sie machte eine einladende Geste ins Hausinnere, wartete, bis Hajo und Jessica eingetreten waren und schloss die Tür, ehe sie voranging. „Gehe ich recht in der Annahme, dass Sie wegen Herrn Behringer kommen? Ich vermute, ihm ist etwas zugestoßen. Frau Behringer ist in großer Sorge. Dass er sich nicht meldet und auch in der Bank nicht aufgetaucht ist, ist wohl ein sehr schlechtes Zeichen." Fragend sah sie Hajo an.

„Das kann man so sagen", antwortete er.

Berta Hagemeier öffnete eine Zimmertür und ließ ihn und Jessica eintreten. Das „Wohnzimmer" entpuppte sich als ein ausgewachsener Salon von der Größe eines Ballsaals mit zwei kompletten Couchgarnituren, einer Leseecke, eingerahmt von Bücherregalen, und Gemälden an den Wänden, die abstrakte farbige Muster darstellten. Eins davon kannte Jessica, weil sie es vor Jahren in einer Ausstellung gesehen hatte, für die sie und ein paar Kollegen die Sicherheitsberatung übernommen hatten. Es stammte von Gerhard Richter und kostete eine sechsstellige Summe im oberen Bereich. Sie hatte nicht den Eindruck, dass es sich um ein Replikat handelte.

Behringers Frau war genau die elegante Erscheinung, die Jessica nach dem Eindruck, den schon die Villa machte, erwartet hatte. Ihr Alter war schwer zu schätzen. Unter der perfekt aufgetragenen, wenn auch dezenten Schminke hätte sie Mitte dreißig oder älter sein können. Jessica schätzte sie aber auf Mitte vierzig, höchstens fünfzig. Zumindest würde das vom Alter her zu Behringer passen. Sie trug ein smaragdgrünes Etuikleid und goldfarbene Ballerinas. Ihr aufgestecktes blondes Haar wirkte wie eine Krone. Mit einer Mischung aus Besorgnis und Gefasstheit sah sie Jessica und Hajo entgegen.

„Da man mir bei der Polizei sagte, dass ich meinen Mann erst vierundzwanzig Stunden nach seiner *‚Abgängigkeit'*", sie sprach das Wort mit größtmöglicher Verachtung aus, „als vermisst melden könne, Sie aber trotzdem gekommen sind, darf ich wohl davon ausgehen, dass Sie ihn bereits gefunden haben und keine gute Nachricht bringen." Offenbar hatte Berta Hagemeier ihr gesagt, dass die Polizei vor der Tür stand. „Ihm ist etwas zugestoßen, nicht wahr?"

Hajo reichte ihr die Hand. „Guten Tag, Frau Behringer." Er stellte sich und Jessica vor.

Eine leichte Röte überzog das Gesicht der Frau. „Entschuldigung. Natürlich erst einmal einen guten Tag. Ich bin Eva Behringer. Verzeihen Sie meine Unhöflichkeit. Aber ich bin mehr als in Sorge um Klaus."

Was sie sich nicht anmerken ließ. Jessica kannte so ein Verhalten von Menschen, die von frühester Kindheit darauf trainiert worden waren, immer die Contenance zu wahren und ihre Gefühle unter Kontrolle zu halten, selbst wenn um sie herum alles zusammenbrach. Oder die für jede von den Eltern unerwünschte Gefühlsregung bestraft worden waren. Als Erwachsenen war ihnen die Selbstbeherrschung so in Fleisch und Blut übergegangen, dass sie gar nicht mehr anders konnten, selbst wenn sie wollten.

„Er meldet sich immer bei mir, wenn er länger wegbleibt oder überraschend über Nacht außer Haus bleiben muss", ergänzte Eva Behringer. „Dass er das nicht getan hat ..." Sie schüttelte den Kopf und sah eindringlich von Hajo zu Jessica. „Bitte, was ist denn passiert? Gab es einen Unfall?"

Hajo holte sein Smartphone heraus und zeigte ein Foto vom Gesicht des Toten, das er am Tatort aufgenommen hatte. „Ist das Ihr Mann?"

Eva Behringer wurde kalkweiß und schlug die Hand vor den Mund. Ihr kamen die Tränen. Sie nickte. „Was ..." Sie schluckte und atmete hörbar zitternd durch. „Was ist ihm passiert?"

„Unser aufrichtiges Beileid, Frau Behringer. Ihr Mann ist einem Gewaltverbrechen zum Opfer gefallen", antwortete Jessica. „Man hat ihn auf einer Bank im Grüneburgpark gefunden. Können Sie uns sagen, was er dort wollte?"

Eva Behringer blickte sie verständnislos an, als habe sie Jessicas Frage nicht verstanden; sie nicht einmal gehört. Ihre Augen wurden groß. Tränen glänzten darin. Brust und Bauch zitterten in stummem Schluchzen, die Unterlippe zitterte.

„Frau Behringer", sagte Berta Hagemeier sanft und legte ihr die Hand auf die Schulter. „Eva ..."

Eva Behringer sprang auf, gab einen Laut von sich, der wie ein erstickter Schrei klang, und rannte hinaus.

„Verzeihen Sie bitte", bat Berta Hagemeier unnötigerweise. „Bitte, nehmen Sie Platz. Ich schau mal nach Frau Behringer." Sie folgte ihrer Chefin.

Jessica und Hajo setzten sich und nutzten die Gelegenheit, sich etwas intensiver umzusehen. Jessica musste zugeben, dass das

Wohnzimmer trotz seiner gefühlt riesigen Dimension zwar nicht gerade gemütlich wirkte – zumindest nicht nach dem, was sie darunter verstand –, aber warm mit einer angenehmen Atmosphäre. Sie überlegte, woran das liegen mochte und kam zu dem Schluss, dass das zum einen auf die Teppiche in Braun-, Ocker- und Grüntönen zurückzuführen war. Zum anderen lag es an dem Eindruck, dass das Zimmer „bewohnt" wirkte durch persönliche Akzente wie eine Fotogalerie mit Familienaufnahmen und dass die Bücher nicht wie die Zinnsoldaten schnurgerade in Reih und Glied standen, sondern versetzt.

„Ob wir heute noch was von der Frau erfahren können?", überlegte Hajo, nachdem gute zehn Minuten vergangen waren.

Jessica rief sich ihren ersten Eindruck von Eva Behringer ins Gedächtnis, dass sie eine zur Selbstbeherrschung erzogene Frau war. „Ich denke ja", meinte sie.

Aufs Stichwort kam Eva Behringer in Begleitung von Berta Hagemeier zurück. Die Spuren von abgewischter Schminke im Gesicht und rote Flecken auf ihren Wangen waren die einzigen Anzeichen, dass sie geweint hatte. Sie setzte sich in einen Sessel, faltete die Hände und presste sie so heftig, dass die Knöchel weiß hervortraten in dem Bestreben, die Beherrschung aufrechtzuerhalten. In diesem Moment tat sie Jessica unendlich leid.

Berta Hagemeier stellte sich hinter ihre Chefin mit einer Haltung, die beschützend wirkte.

„Sie haben Fragen", sagte Eva Behringer gepresst. „Ich werde sie beantworten, so gut ich kann."

„Wir fassen uns so kurz wie möglich", versprach Jessica. „Wissen Sie, was Ihr Mann im Grüneburgpark wollte?"

Eva Behringer schüttelte den Kopf. „Dort muss man ihn hingeschafft haben, nachdem ..." Erneutes Kopfschütteln. „Er hatte gestern Abend kurz nach zehn noch einen Geschäftstermin. Manchmal liegen diese Termine spät, wenn es sich um Videokonferenzen mit Übersee handelt. Aber ganz sicher nicht im Grüneburgpark. Oder in der Nähe. Das hätte er mir erzählt."

Wenn manche Frauen wüssten, was ihre Männer so alles trieben, wenn sie sich angeblich auf der Arbeit oder bei einer „Geschäftsbesprechung" befanden. Und viele Eltern waren genauso blauäugig hinsichtlich dem, was ihre Kinder hinter ihrem Rücken anstellten. Wenn die Wahrheit rauskam, fielen sie aus allen Wolken. Jessica fragte sich, ob sie auch so naiv und grenzenlos gutgläubig sein würde, wenn sie verheiratet wäre. Das konnte sie sich beim besten Willen nicht vorstellen.

Berta Hagemeier verließ das Zimmer und kam kurz darauf mit einem Terminkalender zurück, den sie Eva Behringer reichte. Die warf einen Blick darauf und bedeutete ihrer Sekretärin, ihn Hajo zu geben. Er hielt ihn so, dass Jessica ebenfalls hineinsehen konnte. Für den gestrigen Abend war eingetragen „22.30: Hagen".

„Kennen Sie jemanden namens Hagen?", fragte Hajo. „Oder hat Ihr Mann jemanden mit diesem Namen mal erwähnt?"

Täuschte sich Jessica oder war die Frau tatsächlich bei dem Namen leicht zusammengezuckt? Eva Behringer rollte die Lippen nach innen und schüttelte den Kopf. Jessica war sich nahezu sicher, dass der Name ihr sehr wohl etwas sagte. An Hajos Gesichtsausdruck erkannte sie, dass er derselben Meinung war.

„Frau Behringer, bei Ihrem Mann wurden Unterlagen gefunden über mehrere Verfahren wegen sexuellen Missbrauchs von kleinen Jungen. Zwar wurden die alle wieder zurückgezogen und es kam nie zu einer Verurteilung, aber einer von ihnen hieß Sebastian Hagen."

Offenbar hatte Hajo die Akte gründlicher überflogen als Jessica das getan hatte, denn ihr war der Name nicht aufgefallen.

Eva Behringer sprang auf und ballte die Fäuste. „Wagen Sie es nicht, den Namen meines Mannes in den Schmutz zu ziehen, Sie ... Sie *Kretin*! Das sind alles Lügen! Verstehen Sie? Lügen!" Erneut traten Tränen in ihre Augen. Sie unterdrückte sie gewaltsam mit sichtbarer Kraftanstrengung.

Ihre Reaktion auf den Namen und vor allem der Ausdruck in ihren Augen zeigte Jessica aber, dass sie von den Vorwürfen gegen ihren Mann sehr wohl wusste oder doch zumindest etwas von seinen pädophilen Neigungen geahnt hatte. Ihr vehementes Leugnen bewies ihr außerdem, dass die Frau dieses Ungeheuerliche nicht hatte wahrhaben wollen. Oder vielleicht auch, dass sie ihren Mann aus Liebe decken wollte. *In guten wie in schlechten Tagen – bis dass der Tod euch scheidet.*

Hajo hielt den Kalender so, dass Eva Behringer den Eintrag sehen konnte und tippte darauf. „Lügen oder nicht, falls dieser Hagen derselbe ist, der damals die Anzeige wegen Missbrauchs seines Sohnes erstattet hat, könnte er der Mörder Ihres Mannes sein. Also sagen Sie uns freundlicherweise, was Sie darüber wissen. Oder wollen Sie nicht, dass der Täter gefasst wird?“

Eva Behringer errötete und blickte zur Seite. „Können Sie nicht verstehen, dass es mir – unglaublich schwerfällt zu glauben, was meinem Mann da vorgeworfen wird? Wir haben eine Tochter. Ich kenne ihn nur als liebevollen, fürsorglichen Mann und Vater. Und die Leute haben doch die Anzeigen wieder zurückgezogen. Klaus sagte, das sind alles nur Erpresser, die ihn abzocken wollten. Und das stimmte ja auch. Kaum hatte er denen die Summen gezahlt, die sie forderten, haben sie die Anzeigen zurückgezogen. Das hätten die doch nicht getan, wenn diese Anschuldigungen der Wahrheit entsprochen hätten.“ Sie sah erst Hajo, dann Jessica mit einem Blick an, der darum flehte, ihr die Illusion – oder die Fassade – vom fürsorglichen Mann und Vater nicht kaputtzumachen.

Jessica schnaubte verächtlich und tarnte das als Hustenanfall. War die Frau so naiv oder tat sie nur so? Oder hatte sie sich einfach nur alles schöngeredet, weil die Wahrheit unerträglich war? Jessica rief sich zur Ordnung. Sie steckte nicht in Eva Behringers Haut und konnte sich deshalb kein Urteil über sie erlauben.

„Wir haben Grund zu der Annahme, dass es sich bei diesen Anschuldigungen ausnahmslos um die Wahrheit handelt“, sagte Hajo. „Einzelheiten können wir nicht herausgeben, aber es deutet alles darauf hin.“

Wieder blickte die Frau zur Seite und schüttelte den Kopf.

„Frau Behringer, könnte Ihr Mann sich mit diesem Hagen getroffen haben, dem Vater von Sebastian?“, hakte Jessica nach.

Zögern. Dann ein Schulterzucken. „Ich wüsste nicht warum. Klaus würde mit dem Mann nur über seine Anwälte verkehren und sich bestimmt nicht persönlich mit ihm treffen. Das hat er nie getan.“ Sie biss sich auf die Lippen, als ihr bewusst wurde, dass sie damit zugegeben hatte, sehr wohl von Herrn Hagen und auch den anderen Eltern der missbrauchten Kinder zu wissen. Sie warf Jessica und Hajo einen Blick zu, der um Verständnis heischte, ehe sie errötete, sich halb umdrehte, die Hand vor den Mund hielt und sichtbar um Fassung rang.

„Ihr Mann hat Ihnen also nicht gesagt, mit wem er sich treffen will?“, vergewisserte sich Hajo.

Eva Behringer schüttelte den Kopf. „Er hat nur gesagt, dass er noch mal für zwei Stunden oder drei weg müsse. Ich bin in der Zwischenzeit schon schlafen gegangen. Aber als er heute Morgen nicht zu Hause war und ich auch keine Nachricht von ihm auf dem Smartphone hatte, habe ich mir Sorgen gemacht. Er gibt mir immer Bescheid, wenn er unerwartet länger wegbleibt, erst recht wenn das über Nacht ist“, wiederholte sie. Sie sah Hajo und Jessica an und schüttelte erneut den Kopf. „Finden Sie den, der das getan hat“, verlangte sie. „Und mit diesem Hagen sollten Sie anfangen.“

Jessica verkniff sich den Hinweis, dass niemand ihnen ihren Job erklären musste. Auch Hajo tat das nicht.

„Wissen Sie zufällig, ob Ihr Mann etwas mit dem Don Bosco Internat in Falkenstein zu tun hat oder hatte?“, erkundigte er sich.

Eva Behringer nickte. „Er ist dort früher zur Schule gegangen. Ein Eliteinternat.“

Hajo und Jessica sahen einander an. Wieder Don Bosco. Und Christian Geier hatte gesagt, dass sich manchmal auch ältere Jungen dort an den jüngeren vergangen hatten. Vom Alter her konnte Klaus Behringer einer von denen gewesen sein. Sie sollten schnellstmöglich persönlich im Internat vorstellig werden und die Dinge vor Ort prüfen. Denn wenn der Mörder seinen Rhythmus beibehielt, gab es morgen, spätestens übermorgen die nächste Leiche.

Verdammt, wer war der Kerl? Der Vater von Sebastian Hagen, den Behringer missbraucht hatte, war zwar ein Kandidat, aber Jessica glaubte nicht daran, dass er der Täter war. Es sei denn, er hätte auch mit Don Bosco zu tun gehabt.

Hajo reichte Eva Behringer seine Karte. „Sie erhalten Bescheid, wenn Ihr Mann für die Beerdigung freigegeben ist. Falls Ihnen noch etwas einfällt, das uns nützlich sein könnte, scheuen Sie sich bitte nicht anzurufen.“

Die übliche Floskel. Da alles darauf hindeutete, dass der Mord nicht nur zur aktuellen Serie gehörte, sondern definitiv mit dem Internat zu tun hatte, war sowieso unwahrscheinlich, dass Eva Behringer ihnen weiterhelfen konnte.

Hajo und Jessica verabschiedeten sich. Berta Hagemeier begleitete sie zur Tür.

„Sehen Sie es Frau Behringer bitte nach“, bat sie. „Sie ist eine fantastische Galeristin, aber meiner Meinung nach etwas sehr ... nun, blauäugig, was Ihren Mann betrifft. Sie vergöttert ihn und blendet seine negativen Eigenschaften aus.“

Den Eindruck hatte Jessica auch. „Haben Sie vielleicht noch weitere Informationen, die uns helfen könnten?“, hoffte sie.

Berta Hagemeier schüttelte den Kopf. „Ich bin nur die Sekretärin und hatte mit Herrn Behringer wenig zu tun. Aber“, sie zögerte kurz, „ich bin der Überzeugung, dass an der Sache mit den Missbrauchsvorwürfen durchaus was dran ist. Mir ist bei zwei oder drei Gelegenheiten aufgefallen, dass Herr Behringer Kinder – Jungs – in einer Weise angesehen hat, die nichts mit normaler Kinderliebe zu tun hat oder mit der Sehnsucht eines Mannes nach einem Sohn. Aber das hilft Ihnen wohl nicht weiter.“

Das tat es nicht. Hajo bedankte sich trotzdem. Immerhin hatten sie die Bestätigung erhalten, dass auch Behringer im Don Bosco gewesen war. Dadurch stand nahezu fest, dass die Ursache der Mordserie tatsächlich dort zu finden sein musste.

„Wir hören uns als Nächstes in Behringers Bank um“, entschied Hajo, nachdem sie das Grundstück verlassen hatten. „Vielleicht weiß dort jemand Näheres darüber, mit welchem Hagen der feine Herr sich gestern Abend treffen wollte.“

Jessica nickte nur. Sie kannte auch einen Hagen. Rufus Hagen. Ein junger Kriminalobermeister von der Abteilung für Wohnungseinbrüche. Und er kannte sich definitiv gut genug mit Polizeiarbeit aus, um genau zu wissen, wie man es vermied, an einer Leiche Spuren zu hinterlassen.

*

„Protzig – protziger – Behringer Bank“, lautete Hajos vernichtender Kommentar über das Innere der Behringer Bank of Germany. „Ob die Leute wissen, was der honorige Klaus Behringer für einer war?“

Mit größter Wahrscheinlichkeit wussten sie das nicht, andernfalls hätten wohl die meisten Leute, die etwas auf sich hielten, peinlichst vermieden, mit seiner Bank Geschäfte zu machen. Riesige Kronleuchter hingen von den Decken und gaben diamantpoliertes Licht ab. Die Wände waren mit dunkelrotem Samt statt mit Tapete eingekleidet. Teuer wirkende Ölgemälde zeigten im Empfangsraum die ganze Bank-Dynastie, vom Gründer bis zu Klaus Behringer. Das Gemurmel der Kunden an separaten, schwarzlackierten Tischen gab im Raum den Ton an und erinnerte auf dem Hintergrund der roten Wände an ein Spielcasino oder ein Museum. Jessica juckte es in den Fingern, jemand von den Beraterinnen und Beratern, die in standardgrauen Anzügen und Kostümen herumliefen, zu fragen, ob sie hier wohl mit fünf Euro ein kostenfrei geführtes Girokonto eröffnen könne oder ob man sie mit diesem Anliegen diskret zu einer Sparkasse oder Volks- und Raiffeisenbank weiterempfehlen würde.

Reiß dich zusammen, Jessica! Du musst deine Abneigung gegen die oberen Zehntausend aus deinem Job raushalten, verdammt! Benimm dich gefälligst wie ein Profi, nicht wie ein Neidhammel.

Hajo trat an den Tisch mit dem großen Schild „Information", zeigte der silbergrau gekleideten Dame dort seinen Ausweis und wünschte jemanden zu sprechen, der ihnen Auskünfte über Klaus Behringer geben könne. Nach einem kurzen Telefonat wurden er und Jessica zu Behringers Privatsekretärin Kristina Engel in den vierten Stock geschickt. Dort dämpften Schlingenteppiche mit indischen Motiven den Klang ihrer Schritte in den Fluren.

Kristina Engel war jünger, als Jessica erwartet hatte, etwa Mitte dreißig. Ihr schwarzer Hosenanzug mit cremefarbener Bluse wirkte ebenso professionell und effizient wie die modische Kurzhaarfrisur. Sie kam Jessica und Hajo entgegen und reichte ihnen die Hand. Ihr Lächeln fiel jedoch ein wenig schwach aus und konnte nicht die Besorgnis kaschieren, die sie offenbar empfand.

„Ich grüße Sie. Bitte nehmen Sie Platz." Sie deutete auf einen Konferenztisch, der in einer Ecke vor einem großen Panoramafenster stand und wartete, bis Hajo und Jessica sich gesetzt hatten, ehe sie selbst ebenfalls Platz nahm.

„Kaffee? Tee? Ein Mineralwasser?" Sie deutete auf die Getränkephalanx auf dem Tisch, zu der auch Orangensaft und Limonade gehörte, die in Eiskübeln kalt gehalten wurden.

„Danke nein“, wehrte Hajo ab. „Frau Engel, wir müssen Ihnen leider die Mitteilung überbringen, dass Herr Behringer gestern Abend einem Tötungsdelikt zum Opfer gefallen ist.“

Der Sekretärin blieb der Mund offen stehen, sie formte damit ein „Oh“, aber es kam kein Laut über ihre Lippen. Schließlich nickte sie. „Ich habe mir schon gedacht, dass ihm etwas zugestoßen sein muss, als er heute nicht zur Arbeit erschienen ist, nicht auf Anrufe reagierte und auch seine Frau nicht wusste, wo er war. Ich hatte mit einem Unfall oder etwas Ähnlichem gerechnet, aber ein ... Tötungsdelikt ... Das heißt doch Mord, oder?“

Jessica nickte. „So ist es. Nach unseren Informationen hat Herr Behringer gestern Abend noch spät einen Termin mit einem Herrn Hagen. Wissen Sie darüber Näheres? Zum Beispiel Vornamen und Adresse von Herrn Hagen?“

Kristina Engel runzelte die Stirn und schüttelte den Kopf. „Entschuldigen Sie mich bitte einen Moment.“

Sie ging zu ihrem Schreibtisch und warf einen Blick auf den dort liegenden Terminkalender. Sie schüttelte erneut den Kopf, ging ins angrenzende Zimmer, das wohl Behringers Büro war, und kam mit dessen Kalender zurück, den sie vor Jessica und Hajo auf den Tisch legte.

„Wie Sie sehen, hat er für gestern Abend keinen Termin eingetragen und mir auch keinen genannt. Aber ...“ Sie runzelte die Stirn. „Da war gestern Vormittag ein seltsamer Anruf. Ich hatte Weisung, niemanden durchzustellen. Aber dieser Mann sagte, er müsse sofort mit Herrn Behringer verbunden werden, denn es ginge um Leben und Tod. Er sei ein Freund des Chefs und machte es wirklich so – so dringend, dass ich ihn dann mit Herrn Behringer verbunden habe.“ Sie schüttelte den Kopf.

„Und hat Herr Behringer etwas zu diesem Anrufer gesagt?“, wollte Hajo wissen, als sie keine Anstalten machte fortzufahren.

„Nein. Aber er kam mir recht aufgewühlt vor, als er eine Stunde später zu Tisch ging. Ich habe ihn noch gefragt, ob alles in Ordnung sei, weil der Anrufer ja von Leben und Tod gesprochen hatte. Herr Behringer hat nur gesagt, es wäre nichts. Allerdings hat er mich gebeten, fünfzigtausend Euro bereitstellen zu lassen. Er habe für seine Frau eine Überraschung geplant und brauche das Geld in bar.“

Hajo zog die Augenbrauen hoch. „Und das kam Ihnen nicht merkwürdig vor?“

Kristina Engel nickte. „Selbstverständlich. Aber es steht mir nicht zu, meinem Chef neugierige Fragen nach etwas zu stellen, das offenbar seine Privatangelegenheit war. Außerdem kam es öfter vor, dass er seiner Frau größere Geschenke machte. Ein neuer Sportwagen, einen Brillantring, ein Collier. Manchmal hat er die Dinge bar bezahlt. Das Geld hat er, als er das Haus verließ, in einem metallenen Aktenkoffer mitgenommen.“

Hajo und Jessica sahen einander an. Das könnte dazu passen, dass der ominöse Herr Hagen Behringer erpresst hatte.

„Was ist mit diesem Herrn Hagen, mit dem Ihr Chef sich treffen wollte?“, hakte Jessica nach. „Hat er einen Mann dieses Namens in letzter Zeit erwähnt? Könnte es ein Kunde der Bank sei?“

„Erwähnt hat er keinen Hagen.“ Sie setzte sich an ihren Schreibtisch und gab etwas in den Computer ein. „Ich darf Ihnen ohne Weiteres natürlich keine Einzelheiten nennen, aber wir haben sieben Kunden mit dem Namen Hagen.“

„Hat einer von den männlichen Hagens vor ungefähr fünf Jahren von Herrn Behringer eine größere Geldsumme überwiesen bekommen?“, fragte Hajo.

Kristina Engel lächelte entschuldigend. „Sie als Kriminalbeamter wissen doch besser als ich, dass ich Ihnen so eine Auskunft nur geben darf, wenn ein richterlicher Beschluss mir das gestattet.“

Hajo lächelte ebenfalls. „Ich weiß. Ich formuliere einmal anders, denn eine Negativauskunft erfordert keinen richterlichen Beschluss: Können Sie mir bestätigen, dass *keiner* dieser Hagens vor ungefähr fünf Jahren eine größere Summe von Herrn Behringer erhalten hat?“

Kristina Engel zögerte, tippte aber wieder etwas in den Computer und scrollte durch das, was sie auf dem Bildschirm sah. Anschließend sah sie Hajo an. „Ja, das kann ich bestätigen.“

„Gab es früher noch einen oder mehrere andere männliche Hagens, die Kunden der Bank waren?“

Wieder schaute Kristina Engel im Computer nach. „Nein. Niemanden. Wer einmal bei unserer Bank ist, bleibt ihr in der Regel treu.“

Das erhöhte die Wahrscheinlichkeit, dass der Hagen, mit dem Behringer sich getroffen hatte, der Vater des Jungen war, der von dem Bankier missbraucht worden war. Falls Behringer, was mehr als wahrscheinlich war, der Familie des Jungen Schweigegeld gezahlt hatte, damit die Anzeige zurückgezogen wurde, dann hatte er das bestimmt nicht überwiesen, sondern ebenfalls bar bezahlt. Und falls Hagen, wie Eva Behringer vermutet hatte, erpresserisch einen Nachschlag gefordert hatte, erklärte das die Fünfzigtausend in bar. Sicherheitshalber mussten sie noch bei der Witwe nachfragen, ob ihr Mann ihr gestern ein teures Geschenk gemacht hatte.

Theoretisch hatte das Treffen aber auch mit einem anderen Mann, der Hagen hieß, unabhängig von dem späteren Mord stattfinden können. Dafür sprach, dass der Mörder sich seinen Opfern immer mit Mühlstein vorgestellt hatte. Warum sollte er das diesmal geändert haben?

„Kennen Sie oder wissen Sie, ob Herr Behringer jemanden namens Mühlstein kannte?“, fragte Jessica aus diesem Gedanken heraus.

Kristina Engel dachte nach. „Nicht dass ich wüsste.“

Jessica und Hajo verständigten sich mit einem Blick, dass es im Moment nichts weiter zu fragen gab. Beide standen auf.

„Wir melden uns, falls wir noch Fragen haben“, sagte Hajo. Er reichte Kristina Engel seine Karte und spulte den üblichen Spruch ab, sie solle sich melden, falls ihr noch etwas einfiele, ehe er und Jessica sich verabschiedeten.

„Als Nächstes knöpfen wir uns den Vater von Sebastian Hagen vor“, entschied Hajo und warf einen Blick auf die Uhr. „Heute noch.“

Jessica hatte nichts anderes erwartet. Zwar neigte sich die Sonne schon dem Horizont zu, aber an Feierabend war noch lange nicht zu denken. Denn der Mörder hatte ein weiteres Opfer im Visier.

*

Doktor Philipp Gerhard liebte sein Haus in der Zeppelinallee gegenüber dem Palmengarten. Hier weckte ihn jeden Morgen das Zwitschern der Vögel. Aus diesem Grund hatte er das Haus gekauft, als er nach dem Eintritt in den Ruhestand für sich und seine

Frau einen „Alterssitz“ gesucht hatte. Er selbst wäre lieber im Taunus geblieben, aber Irmtraud stammte aus Frankfurt und hatte hierher zurück gewollt. Was tat man nicht alles für die Liebe. Leider war Irmtraud inzwischen an Demenz erkrankt und lebte in einem Pflegeheim.

In der Küche erklang ein Pfeifton, der ihm sagte, dass das Teewasser kochte. Schwerfällig erhob er sich aus seinem Sessel. Mit dreiundsiebzig Jahren gingen viele Dinge nicht mehr ganz so leicht. Das Telefon klingelte. Gerhard zögerte. Sollte er erst den Tee aufgießen oder das Gespräch annehmen? Der Wasserkocher schaltete sich sowieso automatisch ab, also ging er zum Telefon.

„Gerhard.“

„Guten Tag, Herr Doktor Gerhard“, sagte eine Männerstimme. „Sie sind doch der Doktor Gerhard, der Hausarzt im Don-Bosco-Internat war?“

„Ja. Und wer sind Sie?“

„Ein früherer Schüler des Internates. Vielleicht erinnern Sie sich noch an mich. Sie haben mir damals den Spitznamen Mühlstein gegeben.“

Gerhard lachte. „Ach, Sie sind der Unsportliche von den beiden Winklers. Moment ... Wolfram Winkler, nicht wahr?“

„Genau der.“

„Aber Sie haben sich später, wenn ich mich recht erinnere, doch zu einem guten Sportler entwickelt. Sie hatten nur ein paar Anfangsschwierigkeiten. Wie geht es Ihnen denn heute? Was ist aus Ihnen geworden?“

„Ich sorge im Staatsdienst für Recht und Ordnung.“

Gerhard lachte wieder. „Sie sind Polizist? Also, ich hätte eher darauf getippt, dass Sie Lehrer werden. Aber Polizist ist sicher erheblich spannender.“

„Oh ja.“

Gerhard lauschte dieser Bestätigung nach. Der Tonfall hatte irgendwie merkwürdig geklungen. Als wollte Wolfram Winkler ihm etwas Bestimmtes damit sagen.

„Herr Doktor Gerhard, ich rufe aus folgendem Grund an. Ich sortiere gerade alte Fotos aus der Internatszeit. Gruppenfotos.“ Winkler lachte. „Wie die Zeit vergeht! Kaum zu glauben, dass ich schon fünfzig werde. Wie dem auch sei, ich will ein Klassentreffen arrangieren mit den Mitschülern von damals. Aber ich kann mich nicht mehr an alle Namen auf dem Abschlussfoto erinnern. Sie sind auch mit auf dem Foto. Und da habe ich gehofft, dass Sie zumindest ein paar Lücken füllen können. Sie kannten uns doch alle. Besser als manche Lehrer."

Wie wahr. Gerhard hatte sich immer große Mühe gegeben, nicht nur die Krankheiten der Jungs zu behandeln, sondern sie auch als Persönlichkeiten zu sehen. An Wolfram Winkler erinnerte er sich deshalb besonders gut.

„Gerne versuche ich Ihnen zu helfen. Sind Sie in Frankfurt? Dann kommen Sie doch zu mir. Morgen Abend, wenn Ihnen das passt."

„Das passt mir sehr gut. Ich bringe eine Flasche Rotwein mit und das Foto. Vielen Dank für Ihr Entgegenkommen, Herr Doktor Gerhard."

„Keine Ursache." Er nannte seine Adresse. „Bis morgen Abend also. Ich freue mich, mit Ihnen in alten Erinnerungen zu schwelgen. Und auf den Wein natürlich auch."

Winkler verabschiedete sich und Gerhard legte auf, voller Vorfreude auf den Besuch von Wolfram Winkler.

Donnerstag, 20. Oktober

Jessica betrat das Präsidium und war dankbar für die Wärme, die sie augenblicklich umfing. Der Herbst neigte sich spürbar dem Ende zu. Bis zum ersten Frost würde es nicht mehr allzu lange dauern. Aber noch herrschte morgens das typische herbstliche Nebelwetter, das bis zum ersten Sonnenstrahl alles in sein bleiches Tuch einhüllte und die Dinge der Sicht entzog.

Äußerst passend zu ihrer Situation, wie Jessica fand. Nicht nur dass Mike Dräger immer noch nicht gefunden worden war, auch der Serienkiller schien sich hinter den Nebelschleiern zu verbergen. Jessica hatte das Gefühl, dass er unter ihrem Schutz nicht nur immer wieder entwischte, sondern um sie herumtanzte wie ein Phantom, das selbst aus Nebel bestand. Sich ins Fäustchen lachte, weil Jessica, die er mit seinen höhnischen Briefen direkt ansprach, es nicht schaffte, trotz dieser Hinweise auch nur die geringste Spur zu ihm zu finden. Sah man von der Spur ab, die nachhaltig ins Don-Bosco-Internat wies. Nachdem laut Auskunft der Sekretärin gestern der Direktor, einige Lehrer und Schüler von ihrer Reise nach Sankt Petersburg zurück sein mussten, stand ein Besuch dort heute an.

Doch wie sollte man den Täter unter den Hunderten von ehemaligen Schülern, mit denen Manderbach und Matuschek zu tun gehabt hatten, herausfinden? Auch wenn man die Liste der damaligen Jungs auf diejenigen zusammenstreichen konnte, die in der Zeit dort gewesen waren, als Manderbach, Matuschek und Behringer gemeinsam in Falkenstein gearbeitet und gelebt hatten, blieben es Hunderte.

Die drängendsten Fragen, abgesehen von der nach der Identität des Mörders, blieben, warum er erst so viele Jahre nach der Tat mit seinem Rachefeldzug begonnen hatte. Was hatte die Serie ausgelöst? Warum dieser Overkill und die extrem kurzen Zeitabstände von jeweils nur einem Tag, höchstens zwei? Und wer war das nächste Opfer?

Dass sie das bisher nicht hatte herausfinden können, nagte an ihr. Mehr als sie zugeben wollte. Die Angst zu versagen, begleitete sie auf Schritt und Tritt. Nicht nur beruflich, wie sie sich in den wenigen Momenten eingestand, in denen sie wagte, sich darüber

Rechenschaft abzulegen. Dazu kam die unterschwellig ständig präsente Angst, real oder symbolisch verlassen zu werden, wenn sie sich emotional auf einen Menschen einließ und sei es nur freundschaftlich. Existenzängste, Zukunftsängste, Angst vor Ablehnung im Allgemeinen und Besonderen. Und diese Ängste lauerten stets darauf, an die Oberfläche zu kommen, sobald sie sie nicht eisern im Zaum hielt.

Himmel, woher kam denn diese Anwandlung? Doch nach der Ursache musste Jessica nicht lange suchen. Die gestrige Nachforschung bei den Hagens, der Familie des von Behringer missbrauchten Jungen Sebastian Hagen, hatte wieder nichts ergeben. Der Vater war vor zwei Jahren an Lungenkrebs gestorben und Sebastian weilte seit einem halben Jahr als Austauschschüler in Australien. Ältere Brüder, die sich für ihn hätten rächen können, hatte er auch nicht, auch keine Onkel oder Freunde der Familie, die sich dazu bemüßigt fühlen könnten. Und nach allem, was Dr. Schmitts Team über die beiden anderen Leichen herausgefunden hatte, schied eine Frau als Täterin aus. Sie hätte für eine Frau überdurchschnittlich stark sein müssen.

Jessica hatte Hajo von ihrem Verdacht erzählt, Kriminalobermeister Rufus Hagen könnte vielleicht der Täter sein. Hajo hatte gestern noch mit Hagen gesprochen und auch seinen Hintergrund überprüft. Es gab keinen Bezug zum Don-Bosco-Internat und zumindest für den Mord an Behringer hatte er ein Alibi: Er hatte vorgestern seinen Geburtstag gefeiert, wofür es ein gutes Dutzend Zeugen gab, darunter einige Kollegen. Somit schied auch er als Verdächtiger aus.

Auf Jessicas Schreibtisch lagen ein paar Zeitungen von heute, deren fette Überschriften verrieten, dass die Mordserie an die Presse durchgesickert war.

Frankfurter Serienkiller hat wieder zugeschlagen!, lautete die eine. *Mordserie in Frankfurt mit homophobem Hintergrund*, eine andere. *Polizei in Erklärungsnot.* Jessica legte sie zur Seite, schaltete den Computer ein und las sich die letzten Eintragungen der Kollegen durch.

Dr. Schmitt hatte Behringers Leiche gestern noch obduziert. Das einzig Neue in seinem Bericht war die Feststellung, dass Behringers Darmausgang neben den von dem hineingerammten Ast verursachten Verletzungen alte Narben aufwies, die darauf hindeuteten, dass er etliche Jahre zuvor des Öfteren heftigen bis brutalen Analverkehr gehabt hatte. Als ehemaliger Schüler des Don Bosco wunderte Jessica das nicht. Auch nicht, dass er als Erwachsener selbst zum Kinderschänder geworden war. Dass ein früheres Opfer zum Täter wurde, kam gar nicht mal so selten vor, besonders im Fall von Sexualdelikten.

Auch die Suche nach Mike Dräger gestaltete sich schwieriger als gedacht. Franz hatte sich nochmals mit dem Mädchen unterhalten, das ihnen den Tipp mit dem Gartenhäuschen gegeben hatte und gehofft, dass sie sich noch an ein paar mehr Details erinnern könnte, die einen Hinweis lieferten, aufgrund dessen man die Suche eingrenzen könnte. Leider vergeblich. Er hatte sich auch eine Liste der Kleingartenvereine in und um Frankfurt besorgt und festgestellt, dass mehr als 250 davon existierten. Die alle abzuklappern würde dauern. Ein Ausschlusskriterium, das deren Zahl reduzierte, wäre hilfreich gewesen.

Staatsanwalt Markus Stelzer hatte einen richterlichen Beschluss für die Überwachung von Mikes Bankkonto erwirkt, doch das hatte bisher kein Ergebnis gebracht. Mike war schlau genug, sein Konto nicht anzurühren. Vielleicht hatte er sich inzwischen auch an ein weiteres Mädchen herangemacht und schickte sie auf den Strich, um sich zu finanzieren und immer genügend Bargeld zur Verfügung zu haben. Scheißkerl, der!

Jessica rief sich wieder einmal zur Ordnung. Dass ihre professionelle Distanz sie immer häufiger im Stich ließ, zeigte ihr, wie nahe ihr diese beiden Fälle gingen.

Die Post wurde gebracht und ihr wurde flau. War wieder eine Mordankündigung dabei? Sie wartete äußerlich gelassen, bis die Briefe auf ihrem Tisch lagen und der Bote weitergegangen war, ehe sie den Stapel durchsuchte und fündig wurde. Der gleiche braune Umschlag, die gleiche Art von Inhalt.

Die Nummer vier
ist ein besond'res Tier,
das nichts hören, nichts sehen, nichts sagen wollte,
jedoch dem Mammon Achtung zollte.

Jessica hatte den Eindruck, den Täter aus dem Off höhnisch lachen zu hören. Wut packte sie. Sie ballte die Fäuste und musste sich beherrschen, um sie nicht mit aller Kraft auf den Schreibtisch zu dreschen. Das hätte außer geprellten und möglicherweise verstauchten Händen nichts gebracht. Das Bewusstsein, dass wahrscheinlich heute wieder eine Leiche gefunden werden würde, da gestern keine aufgetaucht war, war nahezu unerträglich. Sie fühlte sich nicht nur verhöhnt, sondern obendrein hilflos – ein Gefühl, das sie zutiefst hasste. Deshalb brauchte sie eine Weile und etliche Versuche tief durchzuatmen, ehe sie in der Lage war, den Wisch zu kopieren und mit zur Frühbesprechung zu nehmen. Und es tröstete sie absolut nicht, dass die Kollegen und auch Hajo genauso erschüttert waren wie sie.

Volker Schilling, der an der Besprechung teilnahm, blieb als Einziger äußerlich gelassen. Verglichen mit der Disruption seines gesamten Lebens durch Jolandas Tod konnte ihn wahrscheinlich nichts mehr in irgendeiner Weise berühren.

„Die Lösung liegt in diesem Internat", stellte er fest und nickte Hajo zu. „Fahren Sie hin und lassen Sie sich die Listen der Schüler geben, die in der Zeit da waren, zu der auch Manderbach, Matuschek und Behringer dort ihr Unwesen trieben."

„Haben wir heute sowieso vor", versicherte Hajo. „Bis gestern waren alle vielleicht wichtigen Leute dort auf Reisen und nicht erreichbar."

Volker ging nicht darauf ein. „Nehmen Sie höflichkeitshalber einen Kollegen oder zwei von der Polizeistation vor Ort mit. Ich stelle Ihnen einen Beschluss aus, der Sie berechtigt, diese Listen zu bekommen. Und setzen Sie noch ein paar Kollegen von der Abteilung für Sexualdelikte darauf an, ob dort immer noch Missbrauch stattfindet. Oder falls nicht mehr, bis wann das der Fall gewesen ist. Alle Fälle, die noch nicht verjährt sind, werden zur Anzeige gebracht."

Er klang nicht nur grimmig, Jessica, die neben ihm saß, bemerkte auch, dass er unter dem Tisch eine Faust geballt hatte. Offenbar gingen die Dinge doch nicht an ihm vorüber. Zumindest nicht bei diesem Thema. Nach dem, was Jolanda unmittelbar vor ihrem Tod passiert war, kein Wunder. Jessica hatte in den Medien und auch im Internet auf Jolandas Facebookseite, wo sich die Nachricht von ihrem Tod wie ein Lauffeuer unter ihren Hunderten von „Freunden“ verbreitet hatte, Kommentare gefunden, deren Verfasser die Todesstrafe für alle Vergewaltiger forderten und besonders Kinderschänder am liebsten eigenhändig zu Tode gefoltert hätten. Sie konnte das keinem von ihnen verdenken. Dennoch: Mord – Hinrichtung – war keine Lösung. Dass sie den Täter immer noch nicht hatten, nicht mal eine Ahnung, wer er sein könnte, verursachte ihr wieder einmal Schuldgefühle.

„Falls der Täter plant, sich an allen Männern zu rächen, die ihn damals im Internat missbraucht haben, dann wird er erst aufhören, wenn er den Letzten erwischt hat“, war sie überzeugt. „Oder er bringt gleich alle um, von denen er weiß, dass sie sich damals irgendwann an einem der Jungen vergriffen haben. Bei der Geschwindigkeit, die er mit seinen Morden an den Tag legt, fürchte ich, dass er eine größere Zahl als nur diese vier auf seiner Liste hat. Und wenn wir ihn nicht aufhalten ...“ Sie schüttelte den Kopf.

Hajo tippte auf die Kopie des letzten Bekennerbriefes vor ihm auf dem Tisch. „Da alle bisherigen Opfer mit dem Don Bosco zu tun hatten, können wir davon ausgehen, dass das auch auf das nächste Opfer zutrifft.“

„Leider hat der Mörder nichts Konkretes gesagt, ob das Opfer ein Lehrer oder wie Behringer ein ursprünglich älterer Mitschüler war“, brummte Jessica. „Oder Hausmeister, Koch oder was es sonst an Jobs im Internat gibt. Er hat nur angedeutet, dass der Nächste sich wohl bestechen ließ. Vielleicht ist das sogar der Direktor persönlich.“

„Das halte ich nicht für ausgeschlossen“, stimmte Volker zu. „Höchstwahrscheinlich weiß der Mann von den Vorfällen und deckt die Täter.“ Er klang grimmig. „Mir kann keiner erzählen, dass der Leiter einer solchen Schule nichts von diesen Machenschaften mitbekommt. Also machen Sie dem Kerl ordentlich Druck. Um den Rest kümmert sich später eine Soko ‚Don Bosco‘.“

Sie besprachen noch einige Einzelheiten, ehe jeder sich an seine Aufgabe machte. Hajo rief die Polizeistation in Königsstein an, die auch für Falkenstein zuständig war. Man sagte ihm zu, zwei Beamte zur Unterstützung zu schicken, die sich mit ihm und Jessica beim Don Bosco treffen würden.

Anschließend rief Jessica im Don Bosco an, nicht nur, um ihr und Hajos Kommen anzukündigen. Sie hatte wieder die Internatssekretärin Walburga Sander am Apparat und bat sie erneut um die Liste der Schüler, die zwischen 1975 und 1983 das Internat besucht hatte sowie aller Lehrer, die in der Zeit dort unterrichtet hatten.

„Und wir bringen einen Beschluss mit, der Ihnen erlaubt, die entsprechenden Daten rauszugeben", betonte sie diplomatisch formuliert, denn der Beschluss „erlaubte" das nicht nur, sondern verpflichtete das Internat zur Herausgabe der Listen.

„Ich gebe dem Direktor Bescheid", versicherte Walburga Sander.

Jessica und Hajo warteten, bis Volker Schilling den Beschluss hereinreichte, und machten sich auf den Weg.

*

Das Internat lag ein Stück außerhalb von Falkenstein inmitten einer parkähnlichen Landschaft, die im Sommer, wenn die Bäume ihre Blätter entfaltet hatten, ein eindrucksvolles Bild abgeben musste. Doch im teilweise schon kahlen Herbstkleid wirkten die Bäume ausgemergelt bis skelettiert. Das Gebäude selbst stand am Ende einer Allee von alten Kastanienbäumen, deren Kronen sich über der Auffahrt berührten, wodurch der Eindruck entstand, durch einen dunklen Tunnel zu fahren. Das Internatsgelände war von einer efeubewachsenen Mauer umgeben, die nicht sehr einladend wirkte. Das Eingangstor bestand aus dunklen Gitterstäben, die Jessica an Gefängnisgitter erinnerten. Über dem Torbogen hing ein Messingschild mit der Aufschrift *Don-Bosco-Schullandheim* und darunter *Katholisches Internat.*

Hajo parkte auf der als Besucherparkplatz ausgewiesenen Fläche, einem asphaltierten Bereich des großen Hofes ohne Stellplatzmarkierungen. Falls es die einmal gegeben haben sollte, waren sie im Lauf der Jahre vollständig verblasst und nicht erneuert worden. Ein paar Jungs von ungefähr zwölf Jahren spielten im Hof Fußball und schenkten den Ankömmlingen keine Beachtung. Stattdessen warfen sie immer wieder Blicke zu dem Streifenwagen, der dort stand und mit zwei Beamten in Uniform besetzt war.

Beide stiegen aus, als Hajo und Jessica das ebenfalls taten, und stellten sich als Robert Laermann und Martin Wolf vor.

„Üble Sache, das“, meinte Wolf. „Nicht nur die Serienmorde, sondern der Hintergrund. Nachdem Sie vorhin angerufen haben, habe ich mal nachgeforscht. Bis heute hat es keine Anzeige wegen angeblichen Missbrauchs im Don Bosco gegeben.“

„Wundert mich nicht“, sagte Jessica. „Offensichtlich wurden die Dinge sauber vertuscht.“

Wolf nickte und deutete auf das Internatsgebäude. „Geschlossene Gesellschaft, sozusagen. Was hinter diesen Mauern vor sich geht, wird unter Verschluss gehalten.“

„Und die Eltern sind so dermaßen ...“ Laermann suchte nach Worten und zuckte mit den Schultern. „Blauäugig wäre noch milde ausgedrückt. Gab neulich einen Fall in meiner Nachbarschaft. Als das Mädchen – gerade mal acht Jahre alt – den Eltern erzählte, dass der Sportlehrer sie unsittlich angefasst hat, haben die das Kind erst mal eine Lügnerin genannt und bestraft.“ Er schnaubte. „Als ob ein Kind in dem Alter sich so was ausdenkt.“ Er nickte. „Und früher wurden die Dinge noch mehr totgeschwiegen als heutzutage.“ Er deutete auf das Haus. „Wollen wir?“

Hajo nickte und schloss sich mit Jessica den beiden Kollegen an.

Das Gebäude wirkte abweisend. Dunkle Mauern, teilweise ebenfalls mit Efeu bewachsen, ragten über vier Stockwerke auf. Die Rundbogenfenster erweckten den Eindruck, als starre ein Haufen von riesigen Augen auf den Außenbereich. Der Haupteingang lag erhöht in der Mitte und besaß ebenfalls einen Rundbogen als Sturz. Zu beiden Seiten führten steinerne Stufen, gesäumt von einer steinernen Geländermauer zu einem Podest davor: grau mit der grünlichen Patina einer dünnen Moosschicht hier und da, die den baldigen Einsatz eines Hochdruckreinigers erforderte.

„Was für Eltern verdammen ihre Kinder bloß zum Wohnen in so einem Kerker?“, überlegte Hajo. Er öffnete die Eingangstür und ließ Jessica den Vortritt.

Martin Wolf lachte kurz. „Das haben wir uns vorhin auch gefragt, als wir auf Sie gewartet haben. Sogar mit demselben Wortlaut. Aber wie sagt man so schön: Auf die inneren Werte kommt es an. Und hinsichtlich der Qualität, die die hier vermittelte Bildung hat, genießt das Don Bosco tatsächlich einen hervorragenden

Ruf. Da sieht man schon mal über solche Äußerlichkeiten hinweg."

Drinnen wirkte der „Kerker" genauso trist wie draußen. Ein großflächiges Kachelmosaik auf dem Boden in Grau, Braun und Schwarz bildete geometrische Figuren. Die drei Treppen, die von der Eingangshalle in die oberen Stockwerke führten, bestanden ebenfalls aus Stein, deren Stufen sich in der Mitte im Laufe der Jahre unter Tausende von Jungenfüßen nach unten gewölbt hatten. Für ein Internat war es verdächtig still. Nur die Geräusche der spielenden Jungs im Hof zeugten davon, dass das Gemäuer nicht vollständig ausgestorben war.

Eine Tür in der Mauer, die zwei der Treppenaufgänge stützte, führte gemäß dem Schild darauf ins Sekretariat. Wieder öffnete Hajo die Tür und ließ Jessica zuerst eintreten. Das Zimmer dahinter, obwohl ein funktionell ausgestattetes Büro, vermittelte einen ersten Eindruck von Wärme mit seinen modernen Holzmöbeln und dem grünblauen Teppich. Ein Schild auf dem Empfangstresen wies die blonde Mittdreißigerin, die ihnen von dem Platz vor ihrem Computer entgegenlächelte, als Walburga Sander aus, die sofort aufstand und zu ihnen kam. Ihr Begrüßungslächeln verschwand angesichts der Uniformen.

„Guten Tag, die Herrschaften. Wie kann ich Ihnen helfen?", fragte sie, obwohl sie sich das sicherlich denken konnte.

Hajo und Jessica zeigten ebenso wie Wolf und Laermann ihre Ausweise und stellten sich vor. „Wir hatten vorhin telefoniert", ergänzte Jessica.

Walburga Sander nickte. „Direktor Kraft erwartet Sie. Bitte hier entlang."

Sie deutete auf eine Tür mit der Aufschrift *Joos Kraft, Schulleitung*, klopfte an und öffnete sie auf das von drinnen kommende „Herein!", das nicht besonders freundlich klang.

„Die Herrschaften von der Polizei sind hier."

Joos Kraft wirkte nicht sehr erfreut. Der Eindruck wurde noch durch die Hornrandbrille verstärkt, die seinem Gesicht einen Ausdruck von Unnahbarkeit verlieh und seine Augen größer erscheinen ließ, als sie waren.

„Ich weiß nicht, ob ich Ihnen Platz anbieten soll", sagte er. „Sicherlich gehen Sie gleich wieder." Seinem Tonfall nach war das offenbar sein inniger Wunsch.

„Ich glaube nicht", antwortete Hajo und gab ihm den Beschluss, der ihn zur Herausgabe der erforderlichen Unterlagen zwang. „Die Liste der Schüler zusammenzustellen, die im fraglichen Zeitraum hier zur Schule gingen, dürfte eine Weile dauern."

Kraft schüttelte den Kopf. „Das ist ungeheuerlich, was Sie da verlangen. Das Don Bosco ist ein angesehenes Internat mit dem besten Ruf und ..."

„Und wir wissen inzwischen von zwei Opfern, die hier missbraucht wurden", unterbrach Jessica seine Empörung. „Einer davon bringt seine Peiniger von damals reihenweise um. Und den nächsten Mord hat er schon angekündigt. Also geben Sie uns freundlicherweise die Liste."

Sie war selbst überrascht, wie heftig das herausgekommen war. Doch es verfehlte seine Wirkung nicht.

Joos Kraft nickte Walburga Sander zu, die an der Tür wartete. „Suchen Sie den Herrschaften die Listen raus."

„Ich war so frei, das schon zu erledigen, Herr Direktor."

„Ohne meine Anweisung?", rügte Kraft. „Darüber sprechen wir später noch." Er blickte Hajo an. „Aber dann haben Sie sofort, was Sie wollen." Gesprochen in einem Tonfall, der das *„Und dann hauen Sie auf der Stelle wieder ab!"* gleich mit ausdrückte.

„Nicht so schnell, Herr Kraft", bremste Hajo. „Sie können mir nicht erzählen, dass Sie als Schulleiter nichts von den Dingen mitbekommen haben, die hier im Raum stehen. Wir wollen die Schüler sprechen."

„Dazu haben Sie kein Recht!", fuhr Kraft auf. „Sie dürfen Minderjährige nicht verhören wie Verbrecher! Nicht ohne Erlaubnis der Eltern! Und überhaupt!"

„Ein paar Ihrer Schüler aus dem Abschlussjahrgang sind bereits achtzehn und somit erwachsen, nicht wahr?", warf Martin Wolf ein. „Mit denen werden wir reden. Dazu haben wir alles Recht der Welt. Sie wollen doch nicht etwa polizeiliche Ermittlungen behindern?"

Kraft wurde rot, presste die Lippen zusammen und funkelte alle der Reihe nach an. „Die Jungs schlafen größtenteils noch", wehrte er ab. „Wir sind gestern erst nach Mitternacht von einer Reise zurückgekommen.“

„Dann werden Sie sie wecken“, verlangte Hajo. „Und zwar jetzt.“

Kraft musste sich geschlagen geben. „Frau Sander, seien Sie den Herrschaften behilflich“, wies er die Sekretärin an, die immer noch an der Tür stand.

Er setzte sich wieder, stützte die Ellbogen auf die Tischplatte, nahm die Brille ab und fuhr sich mit beiden Händen übers Gesicht in einer Weise, die Jessica wie das nonverbale Geständnis erschien, dass er genau wusste, was diese Befragung ergeben würde.

„Ich habe die Schule 2003 nach dem Tod meines Vorgängers übernommen“, sagte er. „Und ich schwöre, dass nie einer der Jungen zu mir gekommen ist und eine Andeutung in der Richtung gemacht hat, die Sie der Schule unterstellen.“

Das mochte die Wahrheit sein, aber Jessica war überzeugt, dass er trotzdem Bescheid wusste. Oder er war als Pädagoge total unfähig.

„Wir brauchen einen Raum, in dem wir ungestört mit den Schülern sprechen können“, verlangte Hajo.

„Nehmen Sie das Gesprächszimmer. Frau Sander wird es Ihnen zeigen.“ Er deutete zur Tür. Ein klarer Rauswurf.

Jessica verließ mit den Männern den Raum. Im Vorzimmer war Walburga Sander schon damit beschäftigt, die Listen mit den Namen und damaligen Adressen der Schüler der Jahrgänge 1973 bis 1985 und der in dieser Zeit hier tätigen Lehrkräfte auszudrucken.

Sie warf einen Blick auf die Tür des Direktorzimmers, die Robert Laermann geschlossen hatte. „Ich stelle Ihnen eine Liste mit den jungen Männern zusammen, mit denen Sie nachher reden sollten“, sagte sie leise. „Ich habe zwar keine Beweise für meinen Verdacht – das heißt, ich habe, bis Sie heute Morgen anriefen, überhaupt nicht an so was gedacht. Aber die betreffenden Jungs waren fröhlich, aufgeweckt und aufgeschlossen, als sie vor ein paar Jahren herkamen. Zumindest nachdem sie das anfängliche Heimweh überwunden hatten, das so ziemlich alle in den ersten Wochen, manchmal Monaten haben, nachdem sie eingezogen sind. Und dann – ganz plötzlich von einem Tag auf den anderen – wurde erst der eine, dann der andere niedergeschlagen, verschlossen und sogar aggressiv. Ich habe sie zwar gefragt, was los sei, aber sie haben gemauert und mit dem typischen ‚nichts' geantwortet. Oder sich rausgeredet."

Das konnte Jessica den Jungs nicht verdenken. Vermutlich hatten sie sich zu sehr geschämt oder Angst gehabt, dass Walburga Sander oder jemand anderes ihnen nicht glauben würde. Außerdem war die Sekretärin eine Frau. Falls ihr Verdacht stimmte, hätten die Jungs sich eher die Zunge abgebissen, als ihr gegenüber zu gestehen, dass sie missbraucht worden waren. In dem Alter redeten Jungs über Sex sowieso nicht mit Frauen.

Die Sekretärin schüttelte den Kopf. „Ich schwöre, ich bin nicht im Traum auf den Gedanken gekommen, dass einer von ihnen missbraucht werden könnte. Noch dazu hier im Internat!" Erneutes Kopfschütteln. „Ich habe nie einen Hinweis dafür gesehen. Bis auf diesen ... diese plötzliche Wesensveränderung. Und die hätte hundert Gründe haben können. Heimweh, Liebeskummer, schlechte Zensuren, Zerwürfnis zwischen Freunden, Pubertät, Elternzoff. Sie ahnen nicht, wie oft das vorkommt. Außerdem gibt es einen Vertrauenslehrer. Herr Uhland. Wenn sie mit jemandem geredet hätten, dann mit ihm, dachte ich." Sie blickte sichtbar unglücklich von einem zum anderen.

„Warum sind Ihnen gerade diese Jungen besonders aufgefallen, wenn solche Veränderungen öfter vorkommen?", wollte Jessica wissen.

Walburga Sander zögerte. „Bauchgefühl. Irgendwas war bei ihnen anders. Nichts Konkretes, aber ... Also in der Regel gehen diese, ich nenne sie mal ‚Anwandlungen' relativ schnell vorüber. Bei diesen Jungs war die Veränderung dauerhaft. Außerdem haben sie sich zurückgezogen und Kontakte zu Mitschülern und grundsätzlich allen anderen Menschen vermieden." Wieder ein unglücklicher Blick in die Runde. „Aber Missbrauch ..." Heftiges Kopfschütteln. „Darauf wäre ich im Leben nicht gekommen. Ich kenne doch die Lehrer hier. Das traue ich keinem von ihnen zu."

Jessica glaubte ihr, denn so eine Tat traute man grundsätzlich niemandem zu, den man kannte. Im Gegenteil waren einige der übelsten überführten Kinderschänder und Sexualmörder von ihren Nachbarn als freundlich, hilfsbereit und unauffällig beschrieben worden. Niemand – nicht einmal die eigenen Familienangehörigen, die sie besser kannten als jeder andere – hatte ihnen eine solche Tat zugetraut.

„Seit wann arbeiten Sie hier?"

„Seit fünfzehn Jahren. Ich habe gleich nach dem Abschluss meiner Ausbildung die Stelle hier bekommen."

„Haben Sie vielleicht mal ein Gerücht gehört, dass hier früher so etwas vorgekommen ist?", fragte Jessica. „Vor Ihrer Zeit?

„Nein, mir sind keine diesbezüglichen Gerüchte zu Ohren gekommen."

Der Drucker hatte seine Arbeit eingestellt. Walburga Sander nahm die Blätter und reichte sie Jessica. Anschließend deutete sie auf eine Tür, die sich gegenüber dem Zimmer des Direktors befand. „Dort ist das Besprechungszimmer. Wenn Sie schon mal Platz nehmen wollen. Ich lasse den ersten der Jungs kommen."

Wolf und Laermann gingen ohne zu zögern in das Zimmer. Hajo hielt Jessica zurück, als sie ihnen folgen wollte.

„Nichts für ungut, Jessica, aber du solltest besser nicht dabei sein. Ich glaube nicht, dass die Jungs reden werden, wenn eine Frau anwesend ist."

Da hatte er recht. Sie nickte. „Kein Problem. Ich sehe mir die Listen an, ob darunter ein bekannter Name ist." Sie wandte sich an Walburga Sander und deutete auf einen leeren Seitentisch. „Kann ich mich hier hinsetzen?"

„Selbstverständlich gern." Die Sekretärin betätigte eine Taste an ihrer Telefonanlage. „Heiko Jürgens, bitte sofort im Sekretariat melden. Unverzüglich."

Die Durchsage wurde über einen Lautsprecher in der Decke wiedergegeben und sicherlich auch in jeden anderen Raum des Internats übertragen. Jessica setzte sich an den Tisch und warf einen Blick auf das letzte Blatt. Walburga Sander hatte die Namen mit laufenden Nummern versehen. Es waren knapp über neunhundert, da das Internat in den fraglichen Jahren nahezu jedes Jahr vollständig ausgelastet gewesen war und jedes Jahr neue Kinder aufgenommen und alte entlassen wurden.

Die Liste der ehemaligen Lehrer aus jener Zeit war mit siebzehn erheblich kürzer und enthielt keinen Namen, der Jessica auch nur entfernt bekannt vorkam. Neun von ihnen hatten in den fraglichen Jahren das Internat verlassen, weil sie das Pensionsalter erreicht hatten. Man konnte getrost davon ausgehen, dass sie alle oder fast alle inzwischen verstorben waren. Andernfalls wäre der Jüngste von ihnen sechsundneunzig und so alt wurden selbst heutzutage mit bestmöglicher medizinischer Versorgung nur wenige Leute. Ob die restlichen acht noch lebten und wenn ja wo, blieb zu überprüfen. Jessica rief im Präsidium an, beauftragte Marlene Gabriel damit und schickte ihr per Smartphone ein Foto der Liste.

Theoretisch wäre auch jemand vom Küchen- oder Reinigungspersonal als mutmaßliche Pädophile infrage gekommen. Doch beide Bereiche waren, wie Walburga Sander versicherte, von Anfang an fest in rein weiblicher Hand. Und bis 1990 waren Hausmeisterdienste von einer externen Firma ausgeführt worden, die nur im Bedarfsfall anrückte und nach Erledigung der Arbeit wieder ging. Erst nachdem dieser Kostenfaktor zu teuer geworden war, hatte das Internat einen eigenen Hausmeister fest angestellt. Nach dessen Unfalltod Anfang 2005 hatte man einen neuen eingestellt, der aber im Gegensatz zu seinem Vorgänger nicht im Internat wohnte.

Jessica vertiefte sich in die Liste der Schüler und hatte kaum das erste Blatt zu Ende gelesen, als die Tür zum Sekretariat geöffnet wurde. Ein junger Mann trat ein, der seinem Gesichtsausdruck nach zu urteilen fürchtete, in mega-üblen Schwierigkeiten zu stecken. Schließlich wurde man mit Sicherheit nur in äußersten Notfällen per Rundruf ins Sekretariat bestellt.

Jessica sah auf den ersten Blick, dass es ihm unabhängig von der Aufforderung, sich hier zu melden, nicht gut ging. Seine Blässe hatte jene typische Tönung, die nicht vom spärlichem Aufenthalt in der Sonne herrührte. Er ging gebeugt und hatte die Schultern hochgezogen, hielt den Kopf gesenkt und vermied jeden Blickkontakt. Sie kannte diese „Vogel-Strauß-Taktik“: *Wenn ich niemanden ansehe, bemerkt mich hoffentlich keiner.* Aus Erfahrung wusste sie, dass das selten funktionierte.

Auch seine Kleidung verriet ihr mehr, als der junge Mann ahnte. Sie war zwar nicht schmutzig oder schlampig – beides wäre hier sicherlich nicht geduldet worden –, wirkte aber zwei Nummern zu groß und verbarg die recht schlanke Figur. Ein typisches Anzeichen für Missbrauch.

„Heiko, die Polizei will mit Ihnen reden", teile Walburga Sander dem jungen Mann mit.

Er wurde kreidebleich.

„Keine Sorge", versuchte Jessica ihn zu beruhigen. „Sie sind nicht in Schwierigkeiten. Wir brauchen Sie nur als Zeugen." Sie lächelte und deutete auf die Tür zum Besprechungszimmer.

„Gehen Sie rein", forderte Walburga Sander ihn ebenfalls lächelnd auf.

Worauf Heiko Jürgens mit so schleppenden Schritten und noch tiefer gebeugtem Kopf zu dem Zimmer schlurfte, als ginge er zu seiner Hinrichtung. Armer Kerl.

Jessica vertiefte sich wieder in die Namenslisten. Walburga Sander hatte sehr vorausschauend nicht nur einfach die Jahrgangslisten ausgedruckt, auf denen zum Teil die immer gleichen Namen standen, sondern jeden Namen nur einmal aufgelistet mit den Jahreszahlen, von wann bis wann sie das Internat besucht hatten. Wenn die Schule voll belegt war, wurden hier vierhundert Schüler unterrichtet. Die meisten kamen direkt nach der Grundschule im Alter von zehn oder elf Jahren her, andere wurden ein paar Jahre später aufgenommen. Sofern sie nicht vorher abgingen, blieben sie bis zum jeweiligen Schulabschluss mit sechzehn, siebzehn oder achtzehn Jahren. Im Durchschnitt waren die Jungen acht Jahre geblieben, manche etwas länger, andere kürzer.

Eine gesonderte Liste führte die vergleichsweise wenigen Waisen und Halbwaisen auf, die hier eine Heimat gefunden hatten. Jessica entdeckte keinen Namen, der bereits in den Ermittlungen aufgetaucht war.

Allerdings fiel ihr etwas auf.

„Frau Sander, Sie haben hinter einigen Namen ein Kreuz geschrieben." Fragend sah sie die Sekretärin an.

Walburga Sander nickte. „Es gab ein paar Todesfälle." Sie zögerte. „Um der Wahrheit die Ehre zu geben, die Selbstmordrate ist – wie soll ich sagen? – relativ hoch. Ich betone: relativ. Nach den Unterlagen seit Gründung der Schule – und das weiß ich, weil ich die ganzen uralten Akten digitalisiert habe, wozu meine Vorgängerin vor ihrer Rente nicht gekommen war – gab es Ende des neunzehnten und Anfang des zwanzigsten Jahrhunderts etwas, das man beinahe schon als Selbstmordwelle bezeichnen kann. Nach dem

Zweiten Weltkrieg ließ das erheblich nach, aber es gab immer wieder Jungs, die sich vor lauter Heimweh das Leben nahmen. Und auch den einen und anderen tödlichen Unfall. Als Schulsekretärin führe ich entsprechende Statistiken; das gehört zu meinen Aufgaben. Der Staat evaluiert alle möglichen statistischen Angaben einmal jährlich. Und da ist mir natürlich aufgefallen, dass die Rate der Todesfälle – Selbstmorde – Ende der Sechziger- und Anfang der Siebzigerjahre wieder zugenommen hat. Mitte der Achtzigerjahre ist sie etwas zurückgegangen." Sie überlegte. „Möglicherweise hängt das mit den Dingen zusammen, wegen denen Sie gekommen sind."

Das vermutete Jessica auch. Es war bestimmt kein Zufall, dass die Selbstmordrate rückläufig war, nachdem Pfarrer Matuschek aus Falkenstein versetzt worden war.

Heiko Jürgens verließ das Besprechungszimmer. Verstohlen wischte er sich mit dem Ärmel über die Augen. Doch auch ohne diese Geste sah man ihm an, dass er geweint hatte. Er blickte stur zu Boden und hatte es mehr als eilig zu entkommen. Hajo kam, das Gesicht grimmig, die Lippen zusammengepresst, woran Jessica erkannte, dass der Junge den Missbrauch offenbar bestätigt hatte. Er reichte Walburga Sander einen Zettel.

„Mit diesen Herren möchten wir als Nächstes sprechen, falls sie im Haus sind. Und wenn Sie so gut wären und uns Kaffee und Mineralwasser besorgen könnten? Vielleicht auch ein paar belegte Brötchen oder so. Wir werden noch eine Weile bleiben."

„Selbstverständlich."

Hajo nickte Jessica zu und verschwand wieder in das Besprechungszimmer. Walburga Sander beorderte über die Lautsprecheranlage den nächsten jungen Mann her, ehe sie mit einem kurzen Telefonat in der Küche zwei Thermoskannen Kaffee, Wasser, Orangensaft und Sandwiches orderte. Anschließend sah sie Jessica unglücklich an.

„Schrecklich! Und dass ich nichts gemerkt habe ..."

„Sie haben es doch gemerkt", beruhigte Jessica sie. „Und Sie haben den Jungen Gesprächsbereitschaft signalisiert. Ohne einen konkreten Verdacht gegen jemand Bestimmten oder eine entsprechende Aussage eines der Jungen konnten Sie nicht mehr tun.

Aber wenn ich Ihnen einen Rat geben darf: Ich würde mich an Ihrer Stelle nach einem neuen Job umsehen."

Walburga Sander nickte grimmig. „Worauf Sie wetten können. Hier bleibe ich keinen Tag länger als ich muss."

*

Die „Weile", die zu bleiben Hajo angekündigt hatte, dauerte bis zum späten Nachmittag. In dieser Zeit kamen und gingen acht junge Männer, jeder sichtbar zutiefst erschüttert, teilweise aber auch erleichtert beim Verlassen des Besprechungszimmers. Marlene hatte sich inzwischen mit dem Ergebnis ihrer Nachforschungen über die ehemaligen Lehrer gemeldet. Von den acht fraglichen Namen gehörten weitere drei zu Männern, die bereits verstorben waren. Die restlichen fünf hatte sie angerufen und die beteuerten selbstverständlich ihre Unschuld. Auf ihren Hinweis, dass die mutmaßlichen Taten von damals inzwischen verjährt waren, hatte immerhin einer gestanden, von einigen Missbrauchsfällen gewusst zu haben. Aber er hatte aus Angst um seinen Job geschwiegen. Allerdings konnte er sich noch an ein paar Namen von Tätern erinnern, darunter Manderbach und Matuschek. Zwei weitere Namen gehörten zu den Verstorbenen, darunter der ehemalige Hausmeister Janssen. Er nannte noch einen Namen. Der gehörte einem Lehrer, der immer noch im Don Bosco unterrichtete und kurz vor seiner Pensionierung stand. Eine kurze Erkundigung bei Walburga Sander ergab, dass der Mann im Internat wohnte und anwesend war.

Hajo und die Kollegen Laermann und Wolf verließen das Besprechungszimmer. Sie wirkten mitgenommen.

„Was für ein elender Sumpf", murmelte Martin Wolf und schüttelte den Kopf, ehe er sich an Walburga Sander wandte und ihr einen Zettel reichte. „Diese Lehrer wohnen hier nach Aussage der jungen Leute. Rufen Sie sie bitte her."

„Und den hier bitte auch", ergänzte Jessica, reichte ihr den Zettel, auf dem sie den von Marlene übermittelten Namen aufgeschrieben hatte und setzte die Kollegen darüber in Kenntnis, was sie herausgefunden hatte.

Die Sekretärin gehorchte und Jessica konnte wenige Minuten später erleben, wie drei mutmaßliche Kinderschänder vorläufig festgenommen wurden. Direktor Joos Kraft mitzuteilen, dass auch gegen ihn ermittelt werde, war ihr ein grimmiges Vergnügen, das sie sich nicht entgehen ließ. Seine Reaktion – Angst und Resignation – zeigte ihr, dass er von den Machenschaften seiner Lehrer gewusst hatte. Vielleicht hatte er es nicht wahrhaben wollen, aber er hatte es gewusst.

Als Hajo und sie das Internat verließen, hatte sie die beruhigende Gewissheit, dass die Tage des Don Bosco gezählt waren. Denn sobald die Vorkommnisse hier publik wurden, war die Schule erledigt. Leider viel zu spät für etliche Opfer.

Und einen Killer.

*

Philipp Gerhard gab seinem Besucher die Hand. „Guten Abend, Herr Winkler. Schön, dass Sie da sind. Kommen Sie rein."

Wolfram Winkler lächelte und reichte ihm eine in Geschenkpapier gewickelte Weinflasche. „Die Freude ist ganz meinerseits. Sie ahnen nicht, wie sehr ich mich auf dieses Wiedersehen gefreut habe."

Er legte einen großen Briefumschlag auf den Garderobentisch und zog seinen Mantel aus. Gerhard nahm ihm den ab und hängte ihn auf einem Bügel an die Garderobe.

„Wollen Sie nicht Ihre Handschuhe ausziehen?"

„Verzeihen Sie, aber meine Hände sind von einem Ekzem befallen, das ich täglich mehrere Stunden in einer Heilsalbe ‚baden' und die Bandagen mit Handschuhen fixieren muss."

„Verstehe."

Gerhard führte seinen Gast ins Wohnzimmer und bot ihm Platz an. Winkler setzte sich und sah sich um. Gerhard hatte bereits zwei Weingläser und ein paar Kräcker bereitgestellt. Während er den Wein entkorkte, betrachtete er Winkler eingehend.

„Sie haben sich sehr verändert", stellte er fest. „Ich sehe kaum noch eine Ähnlichkeit mit dem ‚Mühlstein' von damals. Gut sehen Sie aus."

Winkler lächelte. „Ja, wenn man bei der Polizei ist, muss man fit sein. Aber Sie erinnern sich bestimmt noch, dass ich schon damals angefangen habe, ordentlich Sport zu treiben, damit dieser elende Spitzname nicht mehr an mir klebt."

Gerhard lachte. „Ich erinnere mich. Und auch daran, dass das vergebene Liebesmühe war, denn man hat Sie, glaube ich, so genannt, bis Sie das Internat verlassen haben." Er reichte Winkler ein Glas.

„So ist es."

Sie stießen an und jeder trank einen Schluck.

„Hervorragender Wein", lobte Gerhard. „Ich freue mich wirklich, dass Sie gekommen sind. Sie sind der erste ehemalige Don-Bosco-Schüler, der an mich gedacht hat. Sie haben Fotos mitgebracht?" Er deutete auf den Umschlag, den Winkler vor sich auf den Tisch gelegt hatte. „Ich erinnere mich noch ziemlich gut an die meisten Jungs von damals. Bestimmt erkenne ich etliche wieder."

Winkler zog ein paar Fotos aus dem Umschlag und reichte sie Gerhard. Der nahm sie und schaute auf das erste.

„Das war doch das Sportfest von 1980, mit dem wir gefeiert haben, dass Eintracht Frankfurt den UEFA-Pokal gewonnen hat."

„Stimmt", bestätigte Winkler. „Wie gut Sie sich erinnern. Das erste Mal, als ich Kontakt zu Ihnen hatte, war, als Sie die Kontrolluntersuchung für die Aufnahme in die Schule bei mir vornahmen. Ich war damals sehr aufgeregt."

Gerhard schmunzelte. „Das kann ich mir vorstellen, wenn man so jung ist und nicht weiß, was auf einen zukommt. Aber Sie erinnern sich bestimmt, dass Sie auf den Schrecken eine Tafel Schokolade erhielten. Die habe ich immer den Jungs gegeben, damit sie mich nicht als Feind betrachten." Er lachte und trank einen weiteren Schluck des köstlichen Weins. ‚Auslese' stand auf dem Etikett unter dem Wappen eines Pfälzer Weinguts. Danach schmeckte er auch: erlesen und besonders. Kein Wein aus dem Supermarkt.

„Ja, das weiß ich noch. Zartbitter. Und ich weiß noch, wie Sie sagten, dass diese Geschmacksrichtung ein Symbol für die Schulzeit sein soll: süß und manchmal bitter zugleich. Letzteres kann ich unbesehen unterschreiben."

Gerhard runzelte die Stirn. „Aber wenn ich mich recht erinnere, waren Sie doch ein ganz guter Schüler. Ein sehr guter sogar, nachdem Sie sich eingelebt hatten."

Winkler ging nicht darauf ein. Er tippte auf das Foto und zeigte auf einen recht großen Jungen. „An den kann ich mich noch erinnern, das war der Nikolaus Behringer. Aber wer ist das links neben ihm?"

An ihn erinnerte sich Gerhard und auch an fast alle anderen Schüler auf dem Foto. Zu vielen konnte er eine kleine Anekdote liefern. Die Zeit verging wie im Flug. Und Gerhard sprach dem guten Wein mehr zu, als er sollte. Er hatte Magenkrebs und das Herz machte ihm Probleme. Aber die Begegnung mit Wolfram Winkler war ein Highlight seiner alten Tage. Da konnte er mal über die Stränge schlagen.

Er leerte das letzte Glas. „Ja, das waren Zeiten, damals", sinnierte er.

„In der Tat", bestätigte Winkler. „Schlimme Zeiten für einige von uns Schülern. Und zwar deswegen, weil Sie uns nicht geholfen haben."

Gerhard runzelte die Stirn. Was sollte das? „Ich verstehe nicht."

„Dann helfe ich Ihnen auf die Sprünge, Herr *Doktor*."

Gerhard fror auf einmal. Winklers Stimme klang nicht mehr freundlich, sondern bedrohlich. Hasserfüllt.

„Das zweite Mal, als ich mit Ihnen zu tun hatte, haben Sie meinen Hintern zusammengeflickt, nachdem Nikolaus und andere mich vergewaltigt hatten. Da Sie ein so hervorragendes Gedächtnis haben, was die Vergangenheit betrifft", er deutete auf die Fotos auf dem Tisch, „erinnern Sie sich garantiert auch noch daran."

Gerhard wurde blass.

„Ich sehe, es fällt Ihnen wieder ein. Und *ich* erinnere mich, wie Sie vor dem Direktor eingeknickt sind, als er Ihnen befohlen hat, den Mund zu halten und mich nicht ins Krankenhaus zu bringen. Bestochen hat er Sie! Ihnen fettes Geld vom alten Behringer in Aussicht gestellt, wenn Sie vertuschen, dass sein Sohn mich und andere vergewaltigt hat! Und ich erinnere mich auch, wie Sie mir immer wieder erzählt haben, mir würde sowieso keiner glauben, wenn ich behaupte, dass der Nikolaus vom berühmten Bankier Behringer mir das angetan hat." Winkler ballte die Faust.

„Aber ... Aber Wolfram, ich hatte doch keine Wahl!"

„Die hatten Sie!" Winkler spuckte die Worte aus wie Flüche. „Sie waren nur zu feige und zu gierig und haben uns deswegen unermessliches Leid erdulden lassen, haben weggesehen, wenn Typen wie Nikolaus und die Lehrer und der Scheiß-Pfaffe uns missbraucht haben!"

„T-tut mir leid, ich ..."

Die Faust krachte in Gerhards Gesicht. Etwas knirschte. Schmerz explodierte in seinem Gehirn. Irgendein Knochen war gebrochen. Gerhard hörte sich wimmern, hob abwehrend die Hände, aber da schlug die Faust erneut zu. Diesmal in den Magen. Der getrunkene Wein schoss zusammen mit den angedauten Kräckern und dem Abendessen aus seinem Mund und ergoss sich über seine Brust. Er japste nach Luft. Etwas von dem Erbrochenen geriet in seine Luftröhre. Verstopfte sie. Er hustete, aber der Brei hatte sich schon festgesetzt. Gerhard würgte, versuchte, den Pfropfen des Erbrochenen aus seinem Hals zu bekommen, presste die Luft aus der Lunge, so heftig er konnte, aber vergeblich. Der Atemreflex setzte ein und sog das Erbrochene noch tiefer in den Hals und in die Lunge. Gerhards Herz raste. Er griff sich an den Hals, die Brust, rang nach Luft, die nicht mehr in seine Lunge gelangte. Schrie um Hilfe, ohne ein Wort herauszubringen.

„Ich hatte für Sie eigentlich eine andere Todesart vorgesehen", hörte er Winkler wie aus weiter Ferne sagen, der seelenruhig zusah und nicht die geringsten Anstalten machte zu helfen. „Aber zuzusehen, wie Sie ersticken, ist genauso befriedigend. Mindestens!"

Schlagartig begriff Gerhard, dass Winkler der Frankfurter Serienmörder war. Und dass er gekommen war, um ihn ebenfalls zu töten. Dass Gerhard nicht überleben würde, selbst wenn es ihm doch noch gelänge, wieder Luft zu bekommen. Doch dazu war es sowieso zu spät. Sein schwaches Herz setzte aus. Sekunden später umarmte ihn der Tod.

Winkler starrte auf die Leiche und fühlte immer noch Hass in sich. So stark, dass er das Bedürfnis hatte, dem Toten alle Knochen zu zerschlagen und ihn auseinanderzunehmen, bis nichts mehr übrig wäre als eine blutige Masse. Doch das brachte nichts. Inzwischen wusste er, dass die Befriedigung über den Tod seiner Vergewaltiger äußerst flüchtig war. Die Erlösung von seinem

Schmerz, seinem Hass, seiner Wut würde er nicht einmal dann finden, wenn er jeden Vergewaltiger auf der ganzen Welt eigenhändig hinrichtete. Trotzdem würde er seine Mission zu Ende bringen. Dann hatte er wenigstens das beruhigende Gefühl, seine eigenen Dämonen vernichtet zu haben. Danach ...

Er wandte sich von dem Toten ab, wusch das Weinglas, aus dem er getrunken hatte, gründlich aus und vergewisserte sich, dass nicht die geringste Spur daran haftete, die der Polizei einen Hinweis auf seine Identität hätte geben können. Er hatte seine Handschuhe aus gutem Grund anbehalten. Die Kräcker hatte er nicht angerührt und auch sonst keine Spuren hinterlassen. Akribisch suchte er den Sessel ab, in dem er gesessen hatte, ob dort vielleicht eines seiner Haare hing, fand aber nichts. Gut so.

Nun zum letzten Teil. Gerhard hatte sich damals bestechen lassen, damit er den Mund hielt. Winkler suchte Gerhards Brieftasche, entnahm ihr einen Fünfzig-Euro-Schein und stopfte ihn dem Toten so in den mit Erbrochenem verklebten Mund, dass es aussah, als wäre der Geldschein seine Zunge. Anschließend nahm er sein Bekennerschreiben aus dem mitgebrachten Umschlag und legte es dem Toten auf die Brust.

Zum Schluss griff er zu Gerhards Telefon und rief mit verstellter Stimme den Notarzt, gab sich als Gerhard aus und nannte dessen Adresse. Danach sah er sich noch einmal um, ob er wirklich nichts übersehen hatte, ehe er die Wohnung des Arztes verließ. Die Tür ließ er einladend offen, denn er wollte, dass der Notarzt ohne Probleme herein konnte. Jessica Steinfels würde noch heute von Leiche Nummer vier erfahren.

Er sah auf die Uhr. Fast Mitternacht. Gut, dann eben erst morgen früh.

Freitag, 21. Oktober

Stefan Silbertus ließ die Zeitung sinken und hatte das Gefühl, dass das soeben gegessene Brötchen rückwärts wieder aus seinem Magen heraus wollte. Er trank einen großen Schluck Kaffee in der Hoffnung, dass der das Brötchen überzeugen würde zu bleiben, wo es war.

„Was ist los?", wollte Sylvia wissen. „Du machst ein Gesicht, als wäre dir ein Geist begegnet."

Er nickte langsam. „So was in der Art." Er deutete auf die Zeitung, deren Überschrift *„Serienkiller in Frankfurt treibt weiter sein Unwesen"* ein Viertel der Titelseite füllte. „Hier steht, dass laut Auskunft der Polizei eine Spur in ein Internat in Falkenstein führt."

Sylvia biss in ihr Croissant. „Und?", nuschelte sie mit vollem Mund.

Stefan atmete tief durch. „Es gibt in Falkenstein nur ein einziges Internat. Das Don Bosco."

Sie runzelte die Stirn. „Da hast du doch mal gearbeitet, oder?"

Er nickte und starrte wieder auf die Zeitung.

„Und?", wiederholte sie. Sekunden später ließ sie das Croissant sinken. „Sag bloß, du weißt, wer der Mörder ist!"

Er schüttelte den Kopf. „Das nicht. Aber ..." Er strich sich mit der Hand über das Gesicht. „Mein Gott, ich ..." Kopfschütteln.

Sylvia blickte ihn besorgt an. „Stef, du machst mir Angst. Was ist los?"

Wieder ein Kopfschütteln. Gleich darauf traten Tränen in seine Augen. „Scheiße!" Er wischte sie weg, sprang auf und lief ins Bad.

Sylvia hörte Wasser rauschen. Sie angelte die Zeitung vom Platz neben Stefans Teller und überflog den Artikel. Doch sie konnte darin keinen Grund für Stefans Reaktion ausmachen.

Er kehrte zurück, das Gesicht bleich mit einem Ausdruck, als wäre er das schlechte Gewissen auf zwei Beinen. Setzte sich, kippte den Inhalt seines Kaffeebechers auf einen Schlag hinunter.

„Sagst du mir nun endlich, was los ist?", drängte sie.

Er sah sie an. „Ich ..." Er schluckte. „Also, ich ... Als ich damals die Waisenjungen vom Don Bosco als Sozialarbeiter betreut hatte, da kam eines Tages ein Junge zu mir und erzählte mir – Ungeheuerliches."

Sylvia starrte ihn an, warf einen Blick auf die Zeitung und tippte auf den Artikel. „Soll das heißen, dass die Behauptung mit dem Missbrauch stimmt?"

Er nickte. „Das hat der Junge jedenfalls gesagt. Dass er von einigen älteren Mitschülern sowie von einem Lehrer und dem Kaplan vergewaltigt worden war und zumindest die beiden Letzteren das immer noch munter fortsetzten. Nicht nur mit ihm." Er fuhr sich wieder über das Gesicht und schüttelte den Kopf.

„Und?" Die Ungeduld war Sylvias Stimme anzuhören. „Was hast du getan?"

Er sah zur Seite und vermied ihren Blick. „Zunächst konnte – wollte ich das nicht glauben. Schließlich hatte nie zuvor jemand eine solche Anschuldigung erhoben. Und dann gleich gegen zwei honorige, unbescholtene Erwachsene – einer davon Kaplan, ein Mann Gottes ..." Wieder ein Kopfschütteln. „Da der Junge von vorn herein nicht besonders glücklich damit war, im Don Bosco untergebracht worden zu sein, hielt ich das zunächst für eine Lüge, mit der er erreichen wollte, von dort wegzukommen. Aber er ließ nicht locker. Also hörte ich mich um bei den anderen Jungs. Die erzählten mir dasselbe. Sofern sie überhaupt was erzählten und nicht komplett dichtmachten und teilweise ziemlich aggressiv alles leugneten." Er seufzte tief.

„Und dann? Mensch, Stef, lass dir nicht jedes Wort aus der Nase ziehen!"

Er blickte sie unglücklich an. „Und dann – habe ich mit dem Direktor gesprochen." Er schnaubte. „Man glaubt es nicht, aber der Kerl wusste Bescheid! Und nicht erst seit Kurzem." Er schüttelte zum wiederholten Mal den Kopf. „Du ahnst nicht, was das für ein Sumpf war. Niemand von der Außenwelt hat auch nur annähernd geahnt, was sich dort für Dramen abspielten. Wie extrem die Kinder leiden mussten. Und alle, die es wussten, haben geschwiegen." Wieder traten Tränen in seine Augen. „Ich auch. Scheiße, ich war so – feige."

Sylvia konnte kaum glauben, was sie hörte. Er – ihr geliebter Stefan, der Inbegriff von Aufrichtigkeit und Rechtschaffenheit, der sich, seit sie ihn kannte, in seinem Job wie auch privat für die Schwachen einsetzte ... Ausgerechnet er sollte über solche Ungeheuerlichkeiten geschwiegen haben? Unvorstellbar!

„Warum?“, entfuhr es ihr.

Er schnaufte. „Der Direktor hat mir klargemacht, dass gewisse Männer in hohen Positionen, die die – Taten, nein: *Verbrechen* ihrer Sprösslinge mit großzügigen Spenden an die Schule und Bestechungsgelder an diejenigen, die Bescheid wussten, damit sie wegsahen, mein Leben zerstören würden, wenn ich nicht ebenfalls schwieg. Er bot mir sogar an dafür zu sorgen, dass mein Schweigen für mich ebenfalls lukrativ sein würde.“

„Du hast dich doch nicht etwas kaufen lassen?“, fuhr Sylvia auf.

„Wo denkst du hin?“, empörte er sich, kroch aber gleich darauf in sich zusammen. Ja, wohin sollte sie wohl denken, nachdem er ihr gerade gestanden hatte, dass er die ihm anvertrauten Kinder wissend den fortgesetzten Vergewaltigungen ihrer Peiniger ausgeliefert hatte. „Nein, natürlich nicht. Aber angezeigt habe ich das auch nicht. Der Direktor drohte mir, wenn ich das täte, würden ‚Beweise' auftauchen, die mich als Dieb und Lügner und sogar als Mittäter hinstellen würden. Und was ich denn dächte, wem man glauben würde – mir, dem jungen Sozialarbeiter aus schwierigen Verhältnissen oder den Honoratioren der Falkensteiner und Frankfurter Gesellschaft.“ Er blickte auf die Tischplatte vor sich. „Ich war jung. Und mein Job stand auf dem Spiel. Ich hatte zwei Alternativen. Und ich habe mich für die falsche entschieden.“

Unglücklich starrte er auf die Tischplatte und malte mit dem Finger unsichtbare Muster darauf. Er spürte Sylvias Blicke und hatte das Gefühl, von ihnen durchbohrt und angeklagt zu werden. Nach einer Weile seufzte er.

„Nein, ich habe mich nicht bestechen lassen. Aber ich habe alle Hebel in Bewegung gesetzt, schnellstmöglich auf eine halbjährige Fortbildung geschickt zu werden, weg von Falkenstein. Und noch bevor die beendet war, bewarb ich mich intern auf jede ausgeschriebene Stelle, die passte, nur um nicht wieder ins Don Bosco zurück zu müssen. Hat auch geklappt. Ich wurde nach Frankfurt versetzt und bin seitdem hier.“ Er wischte sich über das Gesicht und vermied es, Sylvia anzusehen. „Ich habe die Kinder im Stich gelassen. Dabei hatte mich dieser Junge inständig um Hilfe angefleht. Um Hilfe, Sylvie!“ Er schüttelte wieder einmal den Kopf. „Ich hätte damals etwas tun können. Ich hätte etwas tun *müssen*! Aber ich habe nur daran gedacht, dass es meine erste feste Arbeitsstelle war und ich meinen Job nicht verlieren wollte. Mir gab niemand Rückhalt, Sylvie. Alle zogen den Schwanz ein. Keiner wollte Ärger. Ganz einfach."

Flehentlich sah er sie an. Hoffte auf Verständnis. Vielleicht auch so etwas wie Absolution. Doch was er in ihrem Gesicht las, ließ ihn das Schlimmste befürchten hinsichtlich ihrer Beziehung. Trotzdem musste er auch noch den Rest erzählen.

„Der Zimmerkumpel des Jungen, der mich um Hilfe gebeten hatte, der fand einen Weg, sich diesen ganzen Problemen zu entziehen. Man fand ihn eines Morgens erhängt an der Buche im Schulhof. Der Hausarzt, der die Schule betreute, bescheinigte ihm eine Depression, die der Junge geerbt hätte, und er konnte leider nur noch den Tod feststellen. Die Lehrer hätten sich schon länger intensiv um ihn gekümmert, lautete die offizielle Version, Therapie und Hilfsmaßnahmen hatten aber leider nicht gefruchtet. Damit war das Thema erledigt. Da er auch Waise war, hat niemand nachgehakt. Und er war, wie ich später erfuhr, kein Einzelfall. Andere sahen auch den Tod als einzigen Ausweg aus dem Don Bosco."

Stefan sprang von seinem Stuhl und ging in der Küche auf und ab. „Ich hätte es verhindern können. Verstehst du? Dann könnte der Junge heute noch leben. Ich trage durch mein feiges Schweigen eine erhebliche Mitschuld an seinem Tod."

Er ließ sich wieder auf den Stuhl fallen, stützte den Kopf in die Hände und wünschte sich in ein Mauseloch, das tief genug war, ihn für alle Zeiten aus dieser Welt zu entfernen. Was auch nichts nützen würde, denn die Schuld würde an ihm haften bleiben. Er hatte in den vergangenen Jahren versucht, die Ereignisse von damals zu vergessen. Doch sie hatten ihn eingeholt. Denn irgendwo da draußen rannte ein Mörder herum, der sich, wie es aussah, an seinen Peinigern vom Don Bosco rächte. Sie bestrafte für das, was sie ihm und anderen angetan hatten.

Diese zusätzliche Schuld traf Stefan wie ein Brandmal, das in sein Fleisch gepresst wurde. Hätte er damals die Vorfälle zur Anzeige gebracht, wäre mit etwas Glück den Vergewaltigern im Internat das Handwerk gelegt worden und der Rächer hätte niemanden ermordet, weil ihm anderweitig Gerechtigkeit widerfahren wäre. Oh Gott!

Er blickte Sylvia an. „Ich habe Menschenleben auf dem Gewissen, wenn auch indirekt. Und nicht nur eins." Und er hatte nicht die leiseste Ahnung, wie er damit weiterleben sollte oder könnte. Nur eines wusste er: Sein Leben würde nie mehr so sein, wie er es bisher gelebt hatte.

Er und Sylvia schwiegen eine lange Zeit.

„Wenn ich mich nur an den Namen des Jungen von damals erinnern könnte", sagte Stefan schließlich.

„Er muss nicht der Täter sein", meinte Sylvia. „Ich glaube eher, dass es jemand anderes ist. Die Vorfälle von damals sind – wie lange her?"

Stefan rechnete nach. „Über dreißig Jahre."

„Dann ist es doch ziemlich unwahrscheinlich, dass es ausgerechnet dieser Junge ist, der sich jetzt rächt. Er ist seit ebenfalls ungefähr dreißig oder fünfundzwanzig Jahren erwachsen. Ein Mensch kommt doch nicht aus heiterem Himmel nach so langer Zeit auf den Gedanken, alle Täter von damals reihenweise umzubringen."

Da hatte sie recht.

„Ich vermute eher", fuhr sie fort, „dass es ein ... hm, also jemand ist, der später ein Opfer wurde, lange nachdem du weg warst."

Er nickte nachdrücklich. „Und der nie ein Opfer geworden wäre, wenn ich damals nicht feige gekniffen hätte." Er schlug die Hände vors Gesicht.

Wieder herrschte eine Weile Schweigen.

„Ich muss zur Polizei gehen und eine Aussage machen", entschied Stefan schließlich.

Sylvia schnaubte. „Und was willst du denen sagen? Was du mir gerade erzählt hast, schon klar. Aber was soll das bringen?"

„Es wird ihnen bestätigen, dass ihr Verdacht richtig ist. Mit meiner Aussage kann ich aber in jedem Fall dafür sorgen, dass die Zustände im Don Bosco genau untersucht werden." Er dachte nach. „Ich glaube nicht, dass man mir nach all den Jahren noch was am Zeug flicken kann. Falls mein, hm, damaliges Schweigen in irgendeiner Form eine Straftat war, dann ist sie nach dreißig Jahren längst verjährt. Aber da werde ich mich sicherheitshalber noch erkundigen und notfalls zusammen mit einem Anwalt zur Polizei gehen. Aber wenigstens das bin ich den Opfern schuldig."

Das war er auch damals den Opfern schuldig gewesen. Doch er hatte den bequemeren Weg gewählt und sich aus dem Staub gemacht. Mit den Konsequenzen dieser Entscheidung würde er bis ans Ende seiner Tage leben müssen.

Er ließ den Rest seines Brötchens ungegessen liegen. Ihm war der Appetit gründlich vergangen. Als er eine halbe Stunde später aufbrach, um im Freizeitheim seiner Arbeit als Streetworker nachzugehen, wusste er, dass sein Leben sich entscheidend verändert hatte. Für immer.

*

Jessica starrte auf die Leiche von Philipp Gerhard. Das Erbrochene, das auf seinem Hemd und im Gesicht klebte und sichtbar den Mund füllte, zeigte ebenso wie die bläuliche Verfärbung seiner Haut, dass er daran erstickt war. Die ihm nach seinem Tod verpasste „Geldscheinzunge" zeigte ein Übriges. Das Bekennerschreiben bewies, dass es sich um den Don-Bosco-Rächer handelte.

„Fällt dir was auf?", wollte Hajo wissen, der die Szene ebenfalls eine Weile schweigend betrachtet hatte.

Sie nickte. „Keine Verstümmelung oder Verletzung des Körpers, die auf Sex anspielt. Und", sie deutete auf das wieder eingeschweißte Schreiben, „der Text ist anders als der, den der Täter mir zugeschickt hat." Und zwar ganz anders.

Die Nummer vier,
die liegt nun hier.
Ein Arzt, der niemals helfen will,
den habt ihr hier ganz steif und still.

Jessica ballte die Fäuste. „Ich hasse den Kerl!", brach es aus ihr heraus.

Hajo legte ihr die Hand auf die Schulter. Sie schüttelte sie ab.

„Jessica", seine Stimme klang mahnend, „wenn du anfängst, dir das zu Herzen zu nehmen, verlierst du deine professionelle Distanz. Der Täter schreibt zwar gezielt dich an, aber *du* bist garantiert nicht gemeint. Er hat sich – warum auch immer – meiner Überzeugung nach irgendjemanden von uns ausgesucht, um Aufmerksamkeit zu erregen. Nicht mehr, nicht weniger. Mit dir persönlich hat das nicht das Geringste zu tun. Nicht mal dann, falls er dich tatsächlich persönlich kennen sollte."

Was immer noch ein schrecklicher Gedanke war. Jessica atmete tief durch. „Schon gut, Hajo. Und danke. Du hast recht. Also", sie schaltete bewusst in den „Berufsmodus" zurück, „aus dem Geldschein und der mangelnden Verstümmelung schließe ich, dass dieser Mann wahrscheinlich von den Missbrauchsfällen im Internat gewusst hat und sich bestechen ließ, damit er den Mund hielt. Und dass er an seinem Erbrochenen erstickt ist ... Ich wette, der Täter hatte eine andere Todesart für ihn vorgesehen, aber dass das Opfer sich übergeben hat, hat ihm die Arbeit abgenommen."

Hajo nickte. „Sehe ich auch so. Dem Schreiben nach war der Mann Arzt. Vielleicht hilft uns das, den Kreis der Verdächtigen einzugrenzen. Wir erkundigen uns im Internat, zu welcher Zeit er dort tätig war. Mit etwas Glück war das relativ kurz und wir können ein paar Namen aus der Schülerliste streichen."

Jessica nickte. „Ist er der Letzte?"

Hajo sah sie fragend an.

Sie deutete auf das Schreiben auf der Brust des Toten. „Der Mörder hat keine Nummer fünf angekündigt."

„Wollen wir's hoffen", wünschte Hajo inbrünstig. „Andererseits ..." Er biss sich auf die Lippen.

Jessica wusste, was er hatte sagen wollen. Sie wusste auch, warum er es nicht ausgesprochen hatte. Falls der Täter seine Serie fortsetzte, barg jeder weitere Mord die Chance, dass er einen Fehler beging und eine Spur hinterließ, die zu ihm führte. Doch das hielt nicht nur Jessica für unwahrscheinlich. Alle Asservate der ersten drei Tatorte, die bisher untersucht worden waren – und bei der Fülle derer, die allein in der Kirche sichergestellt worden waren, war die Analyse noch lange nicht abgeschlossen –, hatten keinen Hinweis geliefert. Der Täter hatte nicht einmal auf den Nägeln, mit denen er Randolph Matuschek erschossen hatte, einen Fingerabdruck oder wenigstens Teilabdruck hinterlassen.

Dabei war gerade dies ein Fehler, der den meisten Tätern unterlief, die eine Schusswaffe benutzten. Sie wischten zwar ihre Abdrücke von der Waffe selbst, vergaßen aber, beim Laden Handschuhe anzuziehen, sodass sie auf den Patronen welche hinterließen. Was auch auf die Nägel hätte zutreffen müssen – wenn der Mörder nicht so verdammt gewieft wäre.

„Sehen Sie mal, Herr Schiele." Einer der Kollegen im Spurenschutzanzug reichte ihm eine Packung Tabletten. „Fentanyl wird bei der Behandlung von chronischen Schmerzen eingesetzt. Und hier." Er hielt ihm ein noch nicht eingelöstes Rezept hin. „Ausgestellt von einem Onkologen. Der Tote war offenbar schwer krebskrank."

Hajo schüttelte den Kopf. „Dann hätte der Mörder nur noch ein bisschen zu warten brauchen, und dieses Opfer wäre von allein gestorben."

„Entweder hat er das nicht gewusst", vermutete Jessica, „oder er wollte auf Nummer sicher gehen und nicht riskieren, dass er doch noch geheilt wird."

„Oder er wollte sich seine Rache nicht vom Krebs aus der Hand nehmen lassen", ergänzte Hajo.

So oder so, Philipp Gerhard war tot. Da er allein gelebt hatte, brauchten auch keine Angehörigen benachrichtigt zu werden. Wenigstens etwas. Denn Jessicas Kapazität, Todesnachrichten zu überbringen, hatte ihr absolutes Limit erreicht. Sie widmete sich zusammen mit Hajo und den übrigen Kollegen der Untersuchung des Tatortes und befragte die Nachbarn, ob jemand etwas gesehen hatte. Ohne Ergebnis. Der Nachbar von gegenüber hatte zwar gestern Abend einen fremden Wagen vor dem Haus parken gesehen, aber er hatte sich natürlich nicht das Kennzeichen gemerkt. Er konnte nur sagen, dass es sich um einen dunklen Mittelklassewagen gehandelt hatte. Nein, er hatte niemanden aussteigen oder wegfahren gesehen.

Als Jessica ins Büro zurückkehrte, war es bereits früher Nachmittag. Ihr Magen knurrte. Zum Glück hatte sie immer ein Sandwich für „Notfälle" dabei. Ein Anruf bei Walburga Sander im Don Bosco ergab, dass Dr. Philipp Gerhard seit 1977 bis zu seiner Rente 1998 Hausarzt im Internat gewesen war.

„Die Polizei ist im Haus", teilte Walburga Sander Jessica mit hörbarer Befriedigung mit. „Seit gestern ist ein ganzer Stab Ihrer Kollegen damit beschäftigt, mit den Jungs zu sprechen. Ich bekomme hier zwar nicht viel davon mit", das klang betroffen, „aber nach dem, was ich aus einigen Äußerungen und der Zahl der nach den Gesprächen weinenden Kinder schließen kann, muss hier ein ganzes Wespennest von Kinderschändern existieren. Mein Gott, wie können Erwachsene sich nur an Kindern derart vergreifen? Und dann auch noch Lehrer? Also, das nur ‚pervers' zu nennen, ist definitiv zu milde ausgedrückt."

Dem konnte Jessica nur zustimmen. Sie fragte sich nicht zum ersten Mal, was in Menschen vorging, die sich an Kindern vergriffen. Klar, die klugen Psychologen hatten dafür plausible Erklärungen, von denen keine lautete, dass die Täter Ausgeburten des Teufels oder von Dämonen besessen wären. Doch für Jessica waren sie das. Seelenmörder. Lebenszerstörer, die Wracks zurückließen, von denen etliche den ihnen zugefügten „Schaden" für den Rest ihres Lebens nicht mehr „reparieren" konnten.

Walburga Sander berichtete, dass der Direktor sich nicht blicken ließ und sie die Aufgabe hatte, alle Familien der Schüler zu benachrichtigen, damit diese ihre Kinder abholten. Denjenigen, die die Herbstferien bei ihren Familien verbrachten, musste mitgeteilt werden, dass sie danach nicht mehr ins Don Bosco zurückkehren konnten. Obwohl sie das nicht aussprach, war klar, dass die Tage des Don-Bosco-Internats gezählt waren. Gut so! Aber viel zu spät. Und Jessica ertappte sich bei einem Gefühl von Dankbarkeit für den Serienkiller. Ohne seine Morde und die Spur, die ins Internat führte, wären vielleicht noch Generationen weiterer Schüler missbraucht worden. Kaum gedacht, rief sie sich zur Ordnung. So durfte sie nicht denken.

Aber – wenn genau das die Absicht des Täters war? Dass im Don Bosco aufgeräumt wurde. Nun, das hatte er geschafft. Dennoch heiligte dieser hehre Zweck nicht einen einzigen Mord. Wer immer er war, er hatte garantiert andere Möglichkeiten gehabt, dieses Ziel zu erreichen. Und es wurde verdammt noch mal Zeit, ihn endlich dingfest zu machen.

Jessica strich alle Schüler aus der Liste, die ab 1977 nicht mehr dort gewesen waren. Leider blieben immer noch über sechshundert Namen übrig. Zum wiederholten Mal las sie sich jeden einzelnen durch und überlegte bei jedem, ob sie ihn schon mal gehört hatte oder vielleicht doch jemanden kannte, der jemanden kannte, der so hieß. Wieder ohne Ergebnis.

Falls der Mord an Philipp Gerhard tatsächlich – hoffentlich! – der Letzte der Serie gewesen war, hatte der Täter gute Chancen, für mindestens ein paar Jahre, vielleicht auch für immer mit seinen Taten ungeschoren davonzukommen. Denn bestimmt hatte er auch bei Gerhard keine einzige Spur hinterlassen. Und ohne Spuren oder andere Hinweise, anhand derer die Namensliste weiter verkürzt werden konnte, war es nahezu aussichtslos, ihn zu fassen. Denn Jessica bezweifelte, dass der nächste Schritt – jeden einzelnen auf der Liste verbliebenen Schüler ausfindig zu machen, aufzusuchen und zu befragen – etwas brachte. Der Mörder würde wohl kaum einknicken und gestehen, nur weil die Polizei vor seiner Tür stand, nachdem er sich solche Mühe gegeben hatte, keine Spuren zu hinterlassen.

Verdammt, verdammt, verdammt!

Die Post wurde gebracht. Jessica stöhnte, als sie einen braunen Umschlag darin fand. Der Inhalt sprach Bände:

Die Kinder hat er hängen lassen.
Drum wird der Tod die Fünf anfassen.

Die Serie ging weiter. Doch diesmal gab es einen Anhaltspunkt. Das Schreiben beschuldigte das künftige Opfer, von dem Missbrauch gewusst und Augen und Ohren davor verschlossen zu haben. Das traf zumindest auf den Lehrer zu, mit dem Marlene gestern gesprochen hatte. Ob es möglich wäre, für ihn und die anderen beiden möglichen Opfer Polizeischutz zu arrangieren, blieb abzuwarten; schließlich handelte es sich nur um einen vagen Verdacht und Polizeischutz war teuer. Aber sie konnte die Leute anrufen und sie warnen, dass sie möglicherweise auf der Abschussliste des Killers standen und in den nächsten Tagen nach Möglichkeit das Haus nicht verlassen sollten. Sie hoffte, das würde genügen, um den Täter wenigstens dieses Mal aufzuhalten.

*

Stefan Silbertus war froh, als die Uhr acht zeigte und der letzte Jugendliche das Freizeitheim verlassen hatte, weil es für heute geschlossen wurde. Er fühlte sich erschöpft. Zwar war er körperlich fit und sorgte dafür, dass das auch so blieb, indem er Sport trieb, aber er ging auf die Sechzig zu. Das machte sich bemerkbar. Und die Arbeit mit den Jugendlichen, von denen einige recht schwierig waren, zehrte auch emotional an den Kräften.

Ständig musste er die Balance halten zwischen gutem Freund und Aufsichtsperson, die Grenzen setzte; setzen musste. Musste aushalten, wenn er beschimpft wurde, musste dem mit professioneller Distanz begegnen und sich um Himmels Willen nicht persönlich angegriffen fühlen. Und ab und zu musste er auch tätlich einschreiten, wenn zwei oder mehr junge Leute sich prügelten. Und die Mädchen standen den Jungen darin in nichts nach. Stefan hatte schon zu Anfang seiner Karriere als Sozialarbeiter Kampfsportunterricht genommen und betrieb ihn weiterhin. Er konnte sich also gut behaupten und sich auch deshalb bei den Jugendlichen in solchen Fällen durchsetzen. Aber mit zunehmendem Alter wurde auch das immer anstrengender. Besonders im Hinblick darauf, dass die Tätlichkeiten von Jahr zu Jahr zunahmen. Gewalt war salonfähig geworden. Zwar versuchte Stefan, den jungen Leuten beizubringen, dass es andere Lösungsmöglichkeiten gab und Gewalt die letzte Zuflucht des Unfähigen, Schwachen und des Feiglings war. Aber das war ein Kampf gegen Windmühlen. Eine Sisyphusarbeit.

Während er den Rundgang durch die Räume machte und sich vergewisserte, dass die Fenster ordentlich geschlossen waren, das Licht in den Räumen ausgeschaltet war und die Geschirrspülmaschine summend und brummend ihre Arbeit verrichtete, beschloss er sich zu erkundigen, wie es finanziell um ihn stände, wenn er sich mit sechzig pensionieren ließe, statt bis siebenundsechzig weiter ackern zu müssen. Falls er mit den entsprechenden Kürzungen seiner Pension leben konnte, würde er dem Job baldmöglichst den Rücken kehren.

Als er in den Hauptraum zurückkehrte, saß ein Mann halb auf der Kante eines der Billardtische und spielte mit den Kugeln.

„Hallo Stefan."

Stefan überlegte, wer der Fremde war. Der Mann kam ihm nicht bekannt vor. Dunkle, an den Schläfen leicht ergrauende Haare, etwa zehn Jahre jünger als Stefan.

„Kennen wir uns?"

„Oh ja." Der Mann nickte. „Ist zwar eine Weile her, aber wir hatten mal sehr intensiv miteinander zu tun. ‚Ich bin der Stefan', hast du dich Jungs wie mir vorgestellt. ‚Und ich bin immer für euch da, jederzeit!', hast du mehr als einmal betont."

Der Mann kannte ihn tatsächlich, denn das sagte Stefan noch heute jedem Jugendlichen, mit dem er zum ersten Mal zu tun hatte. Wenn er das Alter des Besuchers berücksichtigte, musste der einer seiner ersten Fälle gewesen sein.

„Hilfst du mir auf die Sprünge? Du hast dich ziemlich verändert seit – damals."

Der Mann nickte. „Ich hoffe aber, du erinnerst dich wenigstens noch an meinen Namen, Stefan-bin-immer-für-euch-da: Wolfram Winkler."

Stefan klappte die Kinnlade nach unten. Er fühlte seinen Mund trocken werden. Wolfram Winkler – der Name, nach dem er heute Morgen vergeblich in seinem Gedächtnis gekramt hatte. Der Name des Jungen, der ihn um Hilfe gebeten, der ihn angefleht hatte, etwas zu tun, damit der entsetzliche Missbrauch an ihm und anderen Jungen im Don Bosco endlich aufhörte. Der Junge, den er feige im Stich gelassen hatte.

„Es tut mir leid, Wolfram. So leid!" Warum klang seine Stimme kaum lauter als ein Flüstern?

Wolfram Winkler schnaubte und kam auf ihn zu. „Das haben die anderen auch gesagt. Vielmehr hätten sie es gesagt, wenn ich ihnen die Zeit dazu gelassen hätte, denn hinterher tut es immer allen Tätern leid."

Stefan fühlte Schwindel, als ihm klar wurde, dass er dem Serienkiller gegenüberstand. Und dass er, Stefan, sein nächstes Opfer werden sollte. „Oh mein Gott!"

„Gott? Ich glaube kaum, dass der dir helfen wird. Der hat damals auch weggesehen und seine Ohren vor unseren Gebeten, unserem Flehen um Hilfe verschlossen. Genau wie du. Du erinnerst dich?" Winkler nickte. „Ja, ich sehe, dass du dich erinnerst."

Stefan nickte. „Ich habe die Sache mit dem Don Bosco heute Morgen in der Zeitung gelesen. Und ich wollte – will morgen sowieso zur Polizei und wegen der Sache von damals aussagen."

Wolfram Winkler lachte. Es klang bitter, traurig und hasserfüllt zugleich. „Ja, das hätte ich an deiner Stelle jetzt auch behauptet."

Er schüttelte den Kopf. „Du bist offenbar heute noch genauso ein Feigling wie damals.“ Die Hände in den Manteltaschen kam er noch einen Schritt näher.

Stefan nahm eine Verteidigungshaltung ein und hob die Fäuste in seiner Weise, die bisher jedem Gegner gezeigt hatte, dass mit ihm nicht zu spaßen war. „Ich kann Karate.“

Wolfram Winkler grinste. „So ein Zufall!“ Das klang verächtlich und eiskalt. „Überraschung: Ich auch!“

Stefan begriff im selben Moment, dass er einen Fehler gemacht hatte. Er hatte den Mann zu nahe an sich herankommen lassen. Bevor er reagieren konnte, traf ihn ein heftiger Tritt zwischen die Beine. Schmerz explodierte in seinem gesamten Körper. Unwillkürlich klappte er zusammen, brach in die Knie und fühlte einen heftigen Brechreiz. Doch bevor er sich übergeben konnte, wurde etwas an seinen Hals gepresst. Im nächsten Moment ließen heftige Stromstöße seinen Körper zucken. Ihm wurde schwarz vor Augen und er sackte zu Boden.

Wolfram Winkler starrte einen Augenblick auf den Körper zu seinen Füßen und machte sich nicht die Mühe zu prüfen, ob der noch einen Puls hatte. Das spielte keine Rolle mehr. Er brach ihm das Genick. Ob das zu seinem Tod geführt hatte oder *post mortem* geschehen war, war ihm egal. Anschließend nahm er einen zu diesem Zweck mitgebrachten Nylonstrick aus der Manteltasche, schlang ihn Stefan Silbertus um den Hals, schleifte den Toten zum Billardtisch und hievte ihn hinauf.

Darüber hing eine moderne Lampe aus ineinander verflochtenen Stahlstreben, aus denen in regelmäßigen Abständen insgesamt fünf Birnen ragten, die in verschiedene Richtungen strahlten. Das Gestänge war an etlichen Stellen in die Decke gedübelt, ließ zwischen ihr aber noch genug Platz, dass Winkler den Strick dort durchziehen konnte. Das tat er und zog die Leiche daran hoch, bis sie wie von einem Galgen herab baumelte. Er verknotete die Enden des Stricks um den Hals des Opfers.

Zum Schluss nahm er den Bekennerbrief aus der Innentasche seines Mantels und heftete ihn dem Toten an den Pullover über der Brust. Danach verließ er das Freizeitheim, ohne sich zu vergewissern, dass er keine Spuren hinterlassen hatte. Das war nicht mehr wichtig. Er löschte das Licht, verließ die Einrichtung und schloss die Tür. Eigentlich sollte ihm der Mensch leidtun, der morgen früh als Erster die Tür öffnete, den Aufgehängten sehen würde und den Schock seines Lebens bekam. Aber er fühlte nichts. Nicht einmal Erleichterung. Und erst recht keine Reue.

Er fuhr nach Hause und schrieb seinen letzten Bekennerbrief. Eine letzte Tat noch, dann war seine Mission erfüllt.

Samstag, 22. Oktober

Franz fing Jessica ab, als sie schlecht gelaunt das Präsidium betrat. Schlecht gelaunt aus mehreren Gründen, von denen das Gefühl des Versagens überwog. Weder hatten sie Jolandas Mörder gefasst noch den geringsten Hinweis auf die Identität des Serienkillers. Obendrein hatte sie verschlafen und war sowieso nicht begeistert davon, sich ein weiteres Wochenende um die Ohren schlagen zu müssen. Aber was sein musste ...

Franz hielt sich nicht mit einer Begrüßung auf. „Mike Drägers Wagen wurde gefunden. Er parkt in der Fuchstanzstraße. Wir können wohl davon ausgehen, dass er sich irgendwo in der Gartenkolonie aufhält. Verkauft hat er ihn wohl nicht, denn der Wagen ist mit einem Ganzkörperkondom eingepackt."

Jessica verbiss sich das unwillkürliche Lachen bei dieser Wortwahl. Die sogenannten „mobilen Garagen" – Plastikhüllen, die über das komplette Auto gezogen wurden, um es vor Starkregen und dem Zufrieren der Scheiben zu schützen – wurden immer beliebter bei Leuten, die keine Garagen hatten. Und ja, der Vergleich mit einem Ganzkörperkondom passte durchaus. Er erklärte außerdem, warum der Wagen nicht schon früher gefunden worden war, denn manche dieser Schutzhüllen waren so groß, dass sie auch die Nummernschilder bedeckten.

„Daraus können wir schließen", fuhr Franz fort, „dass der Typ sich in der Fuchstanz-Kolonie irgendwo versteckt."

Jessica fühlte einen Adrenalinschub. Bevor sie jedoch etwas sagen konnte, bog Hajo um die Ecke und nickte ihr zu.

Auch er verzichtete auf einen Morgengruß und den Hinweis, dass Jessica zu spät dran war. „Leiche Nummer fünf hängt im Jugendfreizeitheim an der Hamburger Allee. Vermutlich seit gestern Abend. Ein paar junge Leute, die heute Morgen im Heim zu einer Jam Session verabredet waren, haben ihn gefunden. Diesmal wurde er aufgehängt."

Jessica seufzte. Die Warnung an die möglichen Opfer hatte also nichts genützt. Scheiße! Sie fühlte sich hin und her gerissen. Einerseits wollte sie unbedingt an der Serie weiterarbeiten, um den Killer endlich zu stoppen. Andererseits hatte sie Volker Schilling versprochen, den Mörder von Jolanda zu finden und wollte dabei sein, wenn er gefasst wurde.

„Kann ich Jessica für den Fall Jolanda erst mal kurz ausborgen?“, fragte Franz. „Wir haben eine heiße Spur.“

Hajo nickte. „Selbstverständlich.“ Er nickte auch Jessica zu. „Ich halte dich auf dem Laufenden.“ Er ging zu seinem Büro und Jessica folgte Franz ins Besprechungszimmer der MK Jolanda.

Innerhalb weniger Minuten trudelten alle Mitglieder ein und setzten sich auf ihre Plätze. Franz brachte sie auf den neuesten Stand. Anschließend sah er Jessica auffordernd an. Sie wusste im ersten Moment nicht warum, bis ihr einfiel, dass offiziell immer noch sie die MK Jolanda leitete.

„Also, Leute, wir müssen sichergehen, dass Mike Dräger sich wirklich in der Gartenkolonie aufhält“, entschied sie. „Theoretisch könnte es auch sein, dass er seinen Wagen nur dort abgestellt hat, um eine falsche Spur zu legen, sich aber am anderen Ende der Stadt aufhält oder sie schon verlassen hat.“

„Dann hätte er sich wohl nicht die Mühe gemacht, den Wagen abzudecken“, vermutete Monika Möller. „Mit verdecktem Nummernschild wäre der Wagen nicht aufgefallen, wenn wir nicht gezielt nach ihm gesucht hätten und die Kollegen von der Streife gerade auch solche abgedeckten Wagen kontrollieren würden.“

„Das denke ich auch“, stimmte Jessica ihr zu. „Aber wir sollten keine Möglichkeit vorschnell ausschließen. Wir werden die Gartenkolonie möglichst unauffällig absuchen.“

„Die über zweihundert Parzellen hat“, ergänzte Franz. „Das habe ich schon überprüft.“

Sie nickte. „Und darum werden wir mit Suchhunden arbeiten. Vielmehr mit einem einzigen. Falls der Gesuchte sich tatsächlich dort versteckt, was wir hoffen wollen, wäre es ungünstig, ihn durch das Aufgebot der halben Hundestaffel aufzuscheuchen. Wir haben einen Teil seiner Kleidung asserviert, die der Hund als Geruchsprobe nehmen kann. Ein Hundeführer tut in Begleitung eines Kollegen so, als würden die beiden nur ihren Hund in der Kolonie ausführen. Beide selbstverständlich in zivil. Sobald der Hund herausgefunden hat, in welcher Laube sich der Gesuchte versteckt, vergewissern sie sich, dass er wirklich dort ist und ziehen sich anschließend zurück. Wie ganz normale Spaziergänger, versteht sich.

Wenn er dort ist, rücken wir anschließend aus, umstellen das Haus und nehmen ihn hoch."

„Wäre es nicht sinnvoller, wenn wir beides miteinander kombinieren?", schlug Sven vor. „Hund vorausschicken und uns im selben Zug vor Ort auf die Lauer legen."

Jessica überdachte das. „Zu riskant", entschied sie. „Falls er ausgeflogen ist, vielleicht um was einzukaufen, und zurückkommt, während wir vor Ort sind und er uns sieht, hat er dadurch unter Umständen die Möglichkeit zu fliehen. Und wer weiß, wann wir ihn dann wiederfinden. Nein, wir vergewissern uns erst, ob er wirklich in der Kolonie irgendwo steckt oder nicht doch seinen Wagen nur als falsche Fährte dort abgestellt hat. Dann vergewissern wir uns, ob er quasi zu Hause ist. Erst danach gehen wir in Stellung und greifen zu."

Sie teilte die Leute ein, die sich für den Fall auf Abruf bereithalten sollten, organisierte den Suchhund und meldete Staatsanwalt Markus Stelzer, dass es eine Spur zu Jolandas Mörder gab. Den Rest überließ sie Franz und fuhr zum Jugendheim.

Hajo und das Tatortteam waren bereits vor Ort. Er beendete seine Befragung einiger Jugendlicher, die in der Kälte vor dem Gebäude standen und sichtbar froren, als Jessica eintraf. Sie schlüpfte in den Spurenschutzanzug und zog sich Handschuhe und Schuhschützer an, die Hajo bereits trug. Er entließ die jungen Leute mit einer Handbewegung und winkte Jessica ins Gebäude. Drinnen war es erheblich wärmer als draußen, obwohl die Heizung spürbar abgeschaltet war. Aber Jessica konnte nachvollziehen, warum die Jugendlichen lieber draußen geblieben waren, denn der Tote hing immer noch mitten im Raum über dem dort stehenden Billardtisch.

„Der Tote heißt Stefan Silbertus, war hier Streetworker und bei der Stadt angestellt." Hajo reichte ihr die wieder in Folie geschweißte Botschaft des Mörders.

Die Fünf war sehr darauf versessen,
sein Missbrauchswissen zu vergessen.
Wegseh'n war sein Hauptpläsier
und darum, siehst du, hängt er hier!

„Diesmal hat der Kerl auch noch Busch zitiert“, knurrte er.

Jessica sah ihn verständnislos an.

„Wilhelm Busch“, erklärte er. „Die letzten beiden Zeilen sind an dessen Gedicht ‚Hans Huckebein, der Rabe' angelehnt: *‚Die Bosheit war sein Hauptpläsier. Drum', spricht die Tante, ‚hängt er hier.'* Weiß ich, weil mein Vater ein Busch-Fan war und ihn bei jeder passenden Gelegenheit zitiert hat.“ Er schüttelte den Kopf. „Sollen wir etwa darüber lachen?“

Danach war auch Jessica nicht zumute. Sie deutete auf die Leiche. „Auch bei ihm keine Verstümmelungen. Und in Anbetracht des Textes und dem aus seiner gestrigen Ankündigung war er wohl auch einer, der von dem Missbrauch wusste, aber darüber geschwiegen hat.“ Sie schüttelte den Kopf. „Was veranlasst Menschen nur dazu, bei so was wegzusehen?“

Hajo warf ihr einen Blick zu, als wäre das eine ziemlich dumme Frage. „Das weißt du doch: Angst.“

„Allenfalls Feigheit“, korrigierte sie. „Egal wie viel Angst ich vor unangenehmen Konsequenzen habe, ich sehe doch nicht weg und schweige, wenn ich erfahre, dass Kinder missbraucht werden. *Kinder!*“

„Du.“ Hajo nickte. „Aber nicht jeder hat deine Charakterstärke, Jessica.“

Das mochte sein, aber sie war nicht bereit, das als mildernden Umstand gelten zu lassen. Ihrer Überzeugung nach hatte jeder Mensch die Pflicht, ein Mindestmaß an Zivilcourage zu zeigen. Und falls der Tote tatsächlich „nur“ von dem Missbrauch gewusst hatte, hätte er anonym die Polizei benachrichtigen können.

Sie sah sich um und beneidete die Kollegen von der Spurensicherung nicht. Bei den vielen, um nicht zu sagen unzähligen Menschen, die hier täglich ein und aus gingen, gab es eine noch größere Fülle an Spuren, besonders Fingerabdrücke, als an der Bank, auf der Klaus Behringer deponiert worden war. Und sie wäre jede Wette eingegangen, dass keiner davon dem Täter gehörte. Vielleicht hatte er irgendwo ein Haar verloren oder einen Schweißtropfen hinterlassen, aber das würde in der Fülle von Haaren und eingetrockneten Flüssigkeiten auf dem Fußboden und anderswo untergehen. Und ohne Referenzprobe waren sie für eine Identifizierung des Täters nutzlos. Ohne Verdächtigen konnte man auch keine Probe aufs Exempel machen. Verdammte Scheiße!

„Sieh mal hier." Hajo deutete auf den Hals des Toten und leuchtete mit einer Taschenlampe dort hin.

Jessica ging zu ihm und betrachtete die Stelle, die weder von Silbertus' Haaren noch von dem Strick um seinen Hals verdeckt wurde. Deutlich waren zwei punktförmige Brandwunden zu erkennen.

„Er wurde mit einem Elektroschocker betäubt", stellte sie fest. „Vielleicht sogar getötet." Sie besah sich die Hände des Toten. „Und er hat keine Abwehrverletzungen. Das heißt, er hat seinen Mörder nahe genug an sich heran gelassen, dass der ihn mit einem Stromschlag ausknocken konnte."

„Was beweist, dass auch er den Täter kannte."

Jessica nickte. „Der mit größter Wahrscheinlichkeit auf der Namensliste des Internats zu finden ist. Aber solange wir nicht wissen, wer von denen missbraucht wurde, können wir deren Zahl nicht eingrenzen. Und bis wir ihre heutigen Adressen ausfindig gemacht haben und sie alle befragt haben, dauert es geschätzt Wochen. Außerdem wird der Mörder wohl kaum so dämlich sein, bei einer Befragung zuzugeben, dass er damals missbraucht wurde, weil er weiß, dass ihn das sofort auf die Liste der Verdächtigen bringt." Sie ballte die Faust. „Es ist zum Verzweifeln!"

Hajo seufzte. „Ich weiß. Aber wir kriegen ihn. Früher oder später kriegen wir ihn."

Zweckoptimismus. Das war Jessica klar. Und Hajo war klar, wie sie an seinem Gesichtsausdruck ablas, dass er wusste, dass ihr das klar war.

„Wir kriegen ihn", bekräftigte er dennoch.

Jessica nickte und sah sich um. Neben dem Billardtisch befand sich eine verschmierte Flüssigkeitslache, die verdächtig nach mehrere Stunden altem Urin roch. Da der Körper, wenn der Tod eintrat, alle Funktionen einstellte, bewirkte das auch eine Entleerung der Blase und des Darms. Dass der Tote „die Hosen voll" hatte, roch man, sobald man in seine Nähe kam. Dass sein Urin sich aber hier verteilt hatte und nicht unterhalb der Leiche auf den Tisch getropft war, zeigte, dass Silbertus neben dem Tisch gestorben und erst *post mortem* aufgehängt worden war. Der Täter hatte mit dieser Zurschaustellung also ein Zeichen setzen wollen.

Um sein Busch-Zitat zu untermalen? In jedem Fall war der Hinweis auf Wilhelm Busch ein wichtiges Indiz. Jessica machte sich im Geist eine Notiz, dass sie und die Kollegen bei der späteren Abarbeitung der Namensliste im Gespräch mit den Männern herausfinden sollten, ob jemand Busch kannte oder sogar seine Bücher im Regal stehen hatte. „Max und Moritz“ kannte nahezu jeder, wenn auch nur relativ wenige Leute das Gedicht auswendig aufsagen konnten. Aber um aus „Hans Huckebein“ zu zitieren, musste man sich schon näher mit Buschs Werken beschäftigt haben, denn der Mörder hatte wohl kaum im Voraus den Gedichtfundus im Internet durchforstet, um eine für seine Tat passende Zeile zu finden. Umgekehrt wurde ein Schuh daraus: Er kannte das Gedicht und hatte das Zitat deshalb für passend befunden.

Sie sah zur Uhr. Der Hundeführer und seine Kollegin, die mit ihm ein spazieren gehendes Paar spielen sollte, mussten inzwischen bei der Gartenkolonie angekommen sein. Wie lange dauerte es, bis der Hund Mike Dräger dort gefunden hatte?

„Jessica!“

Sie zuckte zusammen. Hajo hatte etwas zu ihr gesagt, aber sie hatte es nicht mitbekommen. „Entschuldige. Was hattest du gesagt?“

Hajo winkte ab. „Nicht so wichtig. Fahr zurück ins Präsidium und schnapp dir Jolanda Schillings Mörder. Der Fall lenkt dich sonst die ganze Zeit ab. Wir kommen hier ohne dich klar.“

„Danke.“ Sie machte von Hajos Angebot nur allzu gern Gebrauch. Denn der Gedanke, nicht diejenige zu sein, die Jolandas Mörder verhaftete, lenkte sie tatsächlich zu sehr ab.

Sie fuhr ins Präsidium und hoffte, dass der Zugriff kurz bevorstand. Doch sie war wohl zu ungeduldig, denn Franz berichtete, dass es momentan noch nichts Neues gab. Der Hund war zwar bei der Gartenkolonie angekommen, aber der Kollege hatte berichtet, dass er Mike Drägers Spur in einer anderen Richtung folgte, als in die Kolonie hinein. Jessica unterdrückte ihren Frust und blendete erst recht die Möglichkeit aus, dass der Typ sich längst abgesetzt hatte und sie seine Spur zu spät entdeckt hatten.

Sie wappnete sich mit Geduld und rief im Don Bosco an. Zwar hatte sie nicht damit gerechnet, Walburga Sander an den Apparat zu bekommen, denn auch eine Internatssekretärin hatte am Wochenende frei. Aber es erstaunte sie, dass Martin Wolf den Anruf entgegen nahm.

„Wir räumen hier auf", teilte er ihr auf ihre verblüffte Frage, was er denn dort täte, mit. „Die Kollegen sind schwer damit beschäftigt, alle Computer und Akten einzusacken, in denen vielleicht Beweise für diese ganze Schweinerei zu finden sind."

„Haben Sie die Möglichkeit nachzusehen, wann ein gewisser Stefan Silbertus mit dem Internat zu tun hatte?", fragte sie.

„Ich schau mal. Ich sitze hier am PC des Direktors und sehe mir seine Korrespondenz an. Der Mann hat definitiv von dem Missbrauch gewusst, so viel steht fest. Zwar hat er in den Mails, die ich bisher durchgesehen habe, das Wort nie erwähnt und auch nie direkt Sex erwähnt, aber die Umschreibungen sind eindeutig."

Jessica schüttelte den Kopf und hoffte, Wolf würde nicht zu sehr ins Detail gehen. Das konnte sie heute nicht ab. Sie hörte, wie er etwas in den PC tippte.

„Hier ist was", sagte er nach einer Weile. „Stefan Silbertus war der vom Jugendamt in Frankfurt für die Betreuung der hier untergebrachten Waisen zuständige Sozialarbeiter. Und zwar vom zweiten Februar einundachtzig bis dreißigsten November dreiundachtzig. Hilft Ihnen das?"

„Eine Menge." Zumindest hoffte sie das. „Danke. Und viel Erfolg!"

Wolf bedankte sich ebenfalls und legte auf.

Jessica holte die Namensliste vom Don Bosco. Silbertus war dort von 1981 bis 1983 tätig gewesen. Dadurch konnte sie alle Jungen von der Namensliste streichen, die das Internat vor 1981 verlassen hatten und erst nach 1983 aufgenommen worden waren. Und zwar von der Liste der Waisen, die Walburga Sander vorausschauend gesondert ausgedruckt hatte. Sie enthielt nur dreiundzwanzig Namen. Nachdem Jessica diejenigen während Silbertus' Wirken im Internat markiert hatte, blieben immer noch acht übrig: Eduard Rosenbaum, Joachim Könnecke, Felix Müller, Wolfram Winkler, Rolf Krampmann, Johannes Weber, Andreas Vehreschild und Alexander Kohl. Nach wie vor sagte keiner der Namen ihr etwas.

Dass Silbertus vom Missbrauch im Internat gewusst hatte, bedeutete allerdings nicht, dass einer der von ihm betreuten Waisen betroffen gewesen war. Es bestand durchaus die Möglichkeit, dass er das von anderen Jungen mitbekommen hatte. Vielleicht hatte sich eines der Opfer sogar an ihn um Hilfe gewandt, eben weil er nicht zum Personal des Internats gehört hatte. Und war schmählich im Stich gelassen worden. Wie dem auch war, Jessica konnte die Nichtwaisen nicht ausschließen.

Sie strich auch aus deren Liste alle Namen, die zwischen 1981 und 83 nicht im Internat gewesen waren. Danach blieben immer noch knapp dreihundert übrig. Somit war das Ganze die typische Suche nach der Nadel im Heuhaufen, auch wenn der Haufen merklich geschrumpft war. Doch die Waisen würde sie zuerst ausfindig machen und mit ihnen sprechen.

Sie sah zur Uhr. Wann meldeten sich die Kollegen endlich, die Mike Dräger mit dem Hund suchten? Eigentlich müssten sie ihn schon gefunden haben. Sie wagte nicht daran zu denken, dass Jolandas Mörder sich tatsächlich anderswo versteckt haben könnte und der Fund seines Wagens sich doch als falsche Fährte entpuppte.

Ihr fiel ein, dass sie ihre E-Mails noch nicht abgerufen hatte. Eine gute Ablenkung. Fünfzehn Mails zählte sie. Interna, Externa ... Eine trug als Absender das Don-Bosco-Internat, war mit dem gestrigen Datum versehen und stammte von Walburga Sander.

Sehr geehrte Frau Steinfels, meine Tage hier sind gezählt, denn meine Dienste werden hier nicht länger benötigt. Die Schule wird geschlossen, und das ist gut so. Sobald der letzte Schüler von seinen Eltern abgeholt wurde, ist das Don Bosco Geschichte. Ich bin ab Montag von der Arbeit freigestellt.

Da ich Ihnen dann nicht mehr für Rückfragen im Internat zur Verfügung stehe, habe ich mich noch einmal vergewissert, ob die Namensliste, die ich Ihnen gab, wirklich vollständig ist. Zwar ist sie das, aber mir ist aufgefallen, dass drei der Waisen aus der fraglichen Zeit das Internat verließen, weil sie adoptiert wurden. Bei uns waren sie zwar immer noch mit den Namen gelistet, die sie hier trugen, aber ich habe sicherheitshalber noch mal in den alten Akten im Archiv nachgeschlagen und bei diesen dreien festgestellt, dass die Namen ihrer Adoptiveltern handschriftlich dort vermerkt waren. Es handelt sich um die folgenden Jungen:

1. Rolf Julius Krampmann wurde von Gerd und Hella Mangold adoptiert und heißt heute demnach Rolf Mangold.

2. Eduard Rosenbaum wurde von Helmut und Marta Janssen adoptiert: heute Eduard Janssen.

3. Bei Wolfram Winkler haben die Adoptiveltern nicht nur seinen Nachnamen geändert, sondern ihm auch einen neuen Vornamen gegeben. Er heißt heute ...“

Jessica starrte auf den letzten Namen. Ihr wurde übel. Das musste ein Zufall sein. Oder ein Missverständnis. Oder eine zufällige Namensgleichheit. Oder ein Albtraum. Oder ...

Oder die entsetzliche Wahrheit. Aber *er* konnte doch unmöglich der Serienkiller sein. Er doch nicht!

Jessica spürte etwas Feuchtes über ihre Wangen laufen und merkte dadurch erst, dass sie weinte. Hastig wischte sie sich mit dem Ärmel über das Gesicht und atmete ein paar Mal tief durch. Sie nahm sich die Liste noch einmal vor. Bevor sie einen präsidiumsinternen Tsunami auslösen würde, musste sie sich hundertprozentig sicher sein. Aber alles passte. Besonders auch das Busch-Zitat vom letzten Bekennerbrief. Und warum er seine Rache an den Peinigern und Mitschuldigen von damals erst jetzt durchführte, brauchte sie nicht lange zu erraten. Sie wusste, was ihm den Rest gegeben hatte und ihn psychisch komplett über die Kante der Vernunft – des Verstandes hatte springen lassen. Der Overkill, mit dem er Pfarrer Matuscheks Kopf mit Nägeln durchsiebt hatte, der Ast in Behringers After und die Art, wie er Michael Manderbachs Leiche „entsorgt“ hatte, ließen an dieser Diagnose keinen Zweifel aufkommen.

Dass seine Opfer sich arglos mit ihm getroffen hatten, passte auch ins Bild. Wer kam schon auf den Gedanken, wenn ein ehemaliger Schüler oder eine andere Person, die man kannte, sich mit einem treffen wollte, dass derjenige einen ermorden wollte. Warum er sich den ersten beiden Opfern als „Mühlstein“ vorgestellt hatte, würde sie erfahren, wenn sie mit ihm sprach. Und in gewisser Weise erklärte das Ganze auch, warum er ausgerechnet Jessica diese höhnischen Botschaften geschickt hatte. Die er, wie sie nun vermutete, gar nicht verhöhnend gemeint hatte.

„Oh Gott!“

Erst als sie ihre eigene Stimme hörte, wurde ihr bewusst, dass sie laut gesprochen hatte.

Kein Wunder, dass der Mörder keine Spuren hinterlassen hatte. Kein Wunder, dass er ihnen immer einen Schritt voraus gewesen war. Jessica fegte die Akten, die auf ihrem Schreibtisch lagen, herunter und musste sich beherrschen, das Telefon nicht hinterher zu pfeffern. Wieder liefen ihr Tränen über die Wangen, aber diesmal machte sie sich nicht die Mühe, sie abzuwischen. Sie merkte, dass etwas in ihr zerbrochen war. Etwas, das sich vielleicht nie wieder kitten ließ. In diesem Moment hasste sie den Täter dafür. Wäre da nicht ein Rest Mitgefühl gewesen, durch das sie ein gewisses Verständnis für ihn aufbrachte, sie hätte wohl auch das Bedürfnis verspürt, ihn zur Strafe zu töten.

Der Gedanke erschreckte sie, und sie brachte ihr Gefühlschaos unter Kontrolle. Oberflächlich. Sie musste funktionieren. Um die in ihr brodelnde Suppe aus Hass, Wut, Verletztheit und Enttäuschung würde sie sich später kümmern. Ihr professionelles Denken setzte wieder ein. Ihr war absolut klar, war sie tun musste. Ob sie wollte oder nicht.

Sie zuckte zusammen, als die Tür aufgerissen wurde. Franz kam herein. „Wir haben ihn! Mike Dräger hockt in der Laube auf der Parzelle 189 C. Wir brauchen ihn nur noch einzukassieren.“ Er sah Jessica besorgt an. „Ist was passiert?“

Sie winkte ab. Die Ablenkung war ihr mehr als willkommen. „Später. Fangen wir den Kerl endlich ein.“

Hinter Franz tauchte Markus Stelzer auf. „Ich höre, Sie haben ihn?“

Franz ruderte zurück. „Noch nicht, aber wir wissen, wo er steckt. Wir stellen ein Team zusammen, das ihn festnimmt.“

„Haben Sie sichergestellt, dass er nicht in der Zwischenzeit abhaut?“, wollte Stelzer wissen.

Franz nickte. „Kollegen sind unterwegs, um sich an jedem Ein- oder Ausgang des Geländes zu postieren, damit er es nicht verlassen kann. Aber wie es aussieht, hat er sich in dem Haus eingenistet und plant nicht, in absehbarer Zeit abzureisen.“

Stelzer blickte Jessica an. „Gute Arbeit, Frau Steinfels.“

„Noch haben wir ihn nicht“, wehrte sie ab. Doch selbst das war ihr in diesem Moment erschreckend egal. Denn nach dem heutigen Tag würde sie nicht mehr dieselbe sein. Nie wieder.

*

Zu organisieren, dass die Gartenkolonie Fuchstanz weiträumig genug umstellt wurde, um Mike Dräger mit an Sicherheit grenzender Wahrscheinlichkeit an der Flucht zu hindern, hatte knapp zwei Stunden gedauert. Uniformierte Beamte waren an allen Haupt- und Nebenausgängen der Kolonie postiert. Ein Dreierteam bewachte seinen Wagen. Die unmittelbaren Zugangswege zur Parzelle 189 C waren ebenfalls mit Zweier- und Dreierteams abgeriegelt und eins über das angrenzende Grundstück von hinten in die Parzelle geschlichen, um die Rückfront zu sichern, falls der Mann auf den Gedanken käme, sich durchs hintere Fenster aus dem Staub zu machen.

Jessica, Franz und acht bewaffnete Kollegen näherten sich von vorn, gekleidet in Schutzwesten, die Waffen in den Händen. Das Vorgehen war abgesprochen: Überraschungsangriff ohne jede Vorwarnung. Leider waren die lamelligen Holzfensterläden geschlossen, sodass man nicht ins Innere der Laube sehen konnte. Aber durch deren schmale Ritzen schimmerte das schwache Licht einer Lampe; demnach befand sich jemand im Inneren. Franz und Jessica schlichen zusammen mit dem Rest des Teams so leise wie möglich zur Vordertür.

Jessica drückte vorsichtig die Klinke herunter und fand die Tür unverschlossen. Leichtsinnig. Wenn man auf der Flucht war und sich versteckte, sollte man die Tür seines Verstecks abschließen. Sie verständigte sich stumm mit Franz und dem Team, ehe sie die Tür aufstieß.

„Polizei!“

Was sie noch hatte sagen wollen, blieb ihr im Hals stecken.

Mike Dräger lag auf dem Boden der Laube in einer Blutlache – tot. Dessen vergewisserte sich Jessica, indem sie am Hals seinen Puls fühlte. In seiner Brust klaffte ein Loch, das eindeutig vom Projektil einer Schusswaffe stammte. Die Leiche war noch warm, nicht mal ein bisschen ausgekühlt. Demnach musste Mike erst vor Kurzem erschossen worden sein. Jessica blickte erst Franz, dann die Kollegen an.

„Wie konnte das passieren? Er wurde doch überwacht!"

„Aber nicht lückenlos", wandte Franz ein. „Also jedenfalls nicht sofort. Nachdem wir sicher waren, dass er sich hier aufhält, waren zunächst nur die Kollegen mit dem Hund vor Ort. Und die konnten nicht permanent in Sichtweite bleiben, denn dann hätte er sie wahrscheinlich gesehen. Sie haben aber die möglichen Fluchtwege im Auge behalten." Er zuckte mit den Schultern. Es wirkte hilflos. „Der Mörder muss in der Zeit vor dem Eintreffen des Einsatzteams zugeschlagen haben. Offensichtlich hat er einen Schalldämpfer benutzt, denn die Kollegen haben keinen Schuss gemeldet. Sonst hätten sie doch sofort eingegriffen. Aber wer, zum Teufel, war das?"

Jessica hörte nicht mehr zu. Sie steckte ihre Waffe ein und ging.

„Jessica!", rief Franz ihr nach. „Wo willst du denn hin?"

Sie reagierte nicht darauf. Auch nicht auf sein erneutes: „Jess? Was ist denn los?"

Nachdem sie vorhin die Identität des Serienmörders herausgefunden hatte, war ihr scheißegal, wer Mike Dräger ermordet hatte oder wann oder warum. Das war für sie nicht mehr wichtig. Sie hatte einen Killer zu stellen. Und das würde der schwerste Gang ihres Lebens werden.

*

Als sie das Grundstück in der Romroder Straße betrat, wusste sie aufgrund des Chaos', das in ihr tobte, nicht mehr, was sie eigentlich fühlte. Immenser Schmerz mischte sich mit Enttäuschung, Wut, Unglauben – Leugnen dessen, was sie als wahr erkannt hatte – und Verzweiflung. Und mit der irrwitzigen Hoffnung, dass alles doch ein Irrtum sein möge. Oder ein Albtraum. Oder ...

Nur eine Emotion fehlte völlig: Angst. Dabei war sie sich nur allzu bewusst, dass sie sämtliche Dienstvorschriften missachtete, indem sie den Killer allein aufsuchte. Ebenso den gesunden Menschenverstand. Der Mann hatte fünf Menschen eiskalt und brutal hingerichtet. Wenn er begriff – wenn sie ihm sagte, dass sie Bescheid wusste und ihm die Taten nun auch nachweisen konnte, würde er sie vielleicht ebenfalls töten. Doch selbst das war ihr egal.

Sie zuckte zusammen, als ihr Smartphone klingelte. Sie riss es aus der Jackentasche und wollte es ausschalten, entschied sich aber dagegen, als sie sah, dass der Anrufer Volker Schilling war.

„Ja, Volker."

„Jessica, ich muss unbedingt mit dir reden." Er klang sehr ruhig, fast unbeteiligt. „Kannst du zu mir kommen? Jetzt gleich? Bitte."

„Ja." Sie drückte auf den Klingelknopf und hörte die Glocke durch das Telefon im Haus klingeln. „Ich stehe direkt vor deiner Tür. Du musst mir nur aufmachen."

Nur wenige Sekunden später öffnete Volker die Tür und schaltete sein Smartphone aus, das er bis zu diesem Moment noch ans Ohr gehalten hatte. Jessica tat dasselbe und steckte ihr Phone ein.

„Ich habe eine gute und eine schlechte Nachricht für dich", teilte sie ihm mit. „Die gute: Wir haben Mike Dräger gefunden. Und es wird dich freuen zu hören, dass er tot ist. Jemand hat ihn erst vor wenigen Stunden erschossen."

Er trat zur Seite und forderte sie mit einer Handbewegung auf einzutreten.

„Ich weiß", sagte er und schloss die Tür hinter ihr. „Das war ich."

Jessica stolperte auf ihrem Weg ins Wohnzimmer, weil ihre Beine beinahe den Dienst versagten. Mit offenem Mund starrte sie Volker an. „Du? Aber woher hast du gewusst, wo er sich aufhält? Wir haben das erst vor ein paar Stunden rausgefunden."

„Markus Stelzer hat mich informiert, gleich nachdem du es ihm mitgeteilt hast. Nimm es ihm nicht übel. Er konnte nicht ahnen, dass ich die Gerechtigkeit in meine eigenen Hände nehmen würde. Aber alles andere wäre einfach nicht passend und nicht im Mindesten angemessen gewesen für das, was er Jolanda – und mir – angetan hat."

Er bedeutete ihr, ins Wohnzimmer zu gehen. Jessica tat das und sah sich darin um, um sich zu vergewissern, dass sie sich mit dem letzten Teil des Puzzles nicht geirrt hatte. Das Wohnzimmer war ordentlich aufgeräumt. Auf dem Bücherregal stand ein Foto aus glücklichen Zeiten mit Volker, seiner Frau Marianne und der kleinen Jolanda, die in der Mitte stand und Mama und Papa mit ihren kleinen Händen festhielt. Der Strand und das Meer im Hintergrund zeigten, dass es sich um ein Urlaubsfoto handelte. Die Sonne stand schon tief und ihre Strahlen hüllten die kleine Gruppe in orange-rotes Licht ein. Ein Bild, das Liebe und Wärme ausstrahlte. Und grenzenloses Glück.

Daneben entdeckte sie, wonach sie gesucht hatte: Sauber aufgereiht standen Wilhelm Buschs gesammelte Werke in zehn Bänden, gebunden in rotes Leder und mit einem stilisierten Porträt des Dichters in Goldschnitt, das sich wie ein Puzzle über die Buchrücken verteilte. Abgriffspuren zeigten, dass die Bücher häufig gelesen worden waren. Ihre Erinnerung, dass Volker diese Bücher besaß und sie sie bei einem ihrer diversen Besuche hier im Haus gesehen hatte, hatte sie nicht getrogen.

Sie ließ sich in einen Sessel fallen und fühlte sich den Tränen nahe. Eindringlich sah sie ihn an. „Warum, Volker? Warum denn nur?"

Er setzte sich ihr gegenüber. „Kannst du dir das nicht denken? Wie hätte ich zulassen können, dass der Kerl ein Gerichtsverfahren bekommt, in dem irgendein gewiefter Anwalt es womöglich noch fertigbringt, eine Verurteilung mit minder schwerer Schuld zu erreichen und der Kerl nach zehn Jahren oder weniger wieder rauskommt?" Er schüttelte den Kopf. „Er hat mein Leben zerstört, er hat Jolandas Leben ausgelöscht für nichts und wieder nichts!"

Er beugte sich vor und sah Jessica eindringlich an. „Weißt du, was er mir als Ausrede dafür serviert hat? Eins der Junkie-Mädchen, die er für sich auf den Strich geschickt hat, hatte sich zwei Tage zuvor tot gefixt und", er ahmte die weinerliche Stimme nach, mit der Dräger wohl gesprochen hatte, „ihm waren dadurch dreihundert Euro ‚Verdienst' entgangen." Seine Stimme wurde eisig. „Und weil er Jo für total naiv gehalten hat, wollte er sie abzocken. Er hat ihr weisgemacht, er besäße wichtige Informationen über einen Drogenring, der mich als Staatsanwalt interessieren könnte und die er ihr für diesen Betrag verkaufen wollte. Und weil sie nur fünfzig Euro mitgebracht hat, wollte er sie dafür bestrafen und hat ..."

Er schluchzte, verbarg das Gesicht in den Händen und konnte eine Weile nicht weitersprechen. Jessica unterließ es, ihn darauf hinzuweisen, dass sie mit der Frage nach dem Warum nicht Mike Drägers Hinrichtung gemeint hatte.

Volker wischte sich über das Gesicht. „Warum hat sie sich überhaupt auf so was eingelassen?", rätselte er und seine Augen füllten sich mit neuen Tränen.

Jessica hätte es ihm sagen können. Jolanda hatte allzu viel getan, nur um ihren Vater zu beeindrucken und, wie sie ihr einmal im Vertrauen gestanden hatte, sich als seine „würdige Tochter" zu beweisen, auf die er stolz sein konnte. Bis zu einem gewissen Grad war das geradezu eine Besessenheit gewesen. Doch wenn sie ihm das offenbarte, würde er sich obendrein die Schuld an ihrem Tod geben.

Er trocknete die Tränen mit dem Ärmel seines Pullovers. „Du hast dein Versprechen gehalten, Jessica. Und dafür danke ich dir von ganzem Herzen."

Was das Kommende nur umso schwerer machte. „Da ist noch die schlechte Nachricht, Volker." Sie sah ihm in die Augen und erkannte an der Art, wie er sie ansah, dass er wusste, dass sie den Namen des Serienmörders kannte. Sie ballte die Fäuste. „Warum, zum Teufel, hast du mir das angetan?", platzte es aus ihr heraus. „Mich mit diesen Briefen verhöhnt und mich wie einen unfähigen Trottel aussehen lassen! Mir Schuldgefühle verursacht, weil ich ..." Sie biss sich auf die Lippen und musste ihre gesamte Selbstbeherrschung aufbieten, um nicht in Tränen auszubrechen.

Volker wechselte vom Sessel auf die Couch neben ihr und legte ihr die Hand auf den Arm. „Es tut mir aufrichtig leid, Jessica. Bitte glaub mir das. Es gibt für meine Taten keine Entschuldigung, das ist mir klar. Ich hoffe nur, du kannst mir verzeihen, dass ich dich mit meinen Briefen geängstigt habe. Ich hatte nie die Absicht, dich als Trottel dastehen zu lassen, aber nicht darüber nachgedacht, dass dieser Effekt eintreten könnte. Und das Letzte, was ich jemals wollte, ist, dich zu verhöhnen oder dir Schuldgefühle zu verursachen. Nichts lag mir ferner, denn ich schätze dich sehr. Die Gedichtform habe ich nur gewählt, damit du mir nicht zu schnell auf die Schliche kommst, denn Gedichte schreiben ist nicht mein Metier, wie du weißt, weil wir einmal darüber gesprochen haben, als wir uns über Buschs Werke unterhielten."

Er deutete auf die Bücher im Regal und wartete, dass Jessica etwas sagte. Aber sie hatte das Gefühl, ihr Gehirn sei wie leergefegt.

„Meine Schreiben sollten Wegweiser sein, die dich nach Don Bosco führen, damit denen dort endlich das Handwerk gelegt wird", fuhr er fort. „Inzwischen weißt du sicherlich, dass ich auch ein Opfer von Manderbach, Matuschek und Behringer war. Und Silbertus und Dr. Gerhard haben alles gewusst und weggesehen."

„Ich wusste nicht, dass du adoptiert wurdest. Das hast du nie erwähnt."

Er nickte. „Und die Adoption war meine Rettung. Nachdem ich das Internat deswegen endlich verlassen hatte, hat die Liebe der Schillings mich die Vorfälle vollständig vergessen lassen. Wie ein solches spurenloses Vergessen – oder Verdrängen? – möglich ist, dafür hat bestimmt die Psychologie eine hervorragende Erklärung. Ich kann es mir nicht erklären, aber das spielt jetzt auch keine Rolle mehr. Sicherlich hat auch geholfen, dass die Schillings mir mit meinem Einverständnis auch einen neuen Vornamen gaben; Volker Schilling war der Großvater meines Adoptivvaters, den er sehr verehrt hat. Deshalb musste ich meinen ursprünglichen Namen, unter dem ich im Internat bekannt war, nicht mehr hören."

Jessica hörte ihm zu, gegen ihren Willen fasziniert.

Er seufzte. „Jedenfalls waren diese Vorfälle tatsächlich komplett aus meinem Gedächtnis verschwunden. Mariannes und Jolandas Liebe und meine zu ihnen taten ein Übriges, um sie nicht wieder hochkochen zu lassen. Ich weiß selbst nicht, warum ich mich plötzlich wieder an alles erinnerte. Aber eines Nachts nach Jolandas Ermordung wachte ich aus einem Albtraum auf und alles war wieder da, so lebendig und schmerzhaft, als wäre es gerade eben oder gestern passiert. Mir tat sogar der Körper an den damals misshandelten und verletzten Stellen weh. Und die Namen der Täter, die ich all die Jahre lang vergessen hatte, waren ebenfalls wieder präsent. Wie gesagt, die Psychologen können das bestimmt erklären."

Jessica nickte. Die Psychologie fand schließlich für nahezu alles eine Erklärung. Doch die für diesen Fall interessierte sie momentan herzlich wenig.

„Ich wusste, dass ich die Vergewaltiger von damals nicht mehr belangen konnte, weil ihre Taten verjährt waren. Dank meiner Befugnisse und Möglichkeiten als Staatsanwalt war es aber nicht schwer, ihre aktuellen Adressen herauszufinden und festzustellen, ob sie auch nach ihrer Zeit im Internat dokumentierten Missbrauch begangen hatten. Nur bei Behringer wurde ich fündig. Und dass der sich jedes Mal mit viel Geld freigekauft hat, brachte irgendetwas in mir zum Platzen. Anders kann ich es nicht ausdrücken." Er schüttelte den Kopf. „Jessica, du machst dir keinen Begriff davon, was es mit einem Menschen macht, wie widerlich es sich anfühlt zu wissen, dass einem das schlimmste nur mögliche Unrecht geschehen ist, aber die Verantwortlichen nicht zur Rechenschaft gezogen werden. Noch schlimmer: dass man ihnen gar nichts mehr anhaben kann, weil ihre Taten verjährt sind."

„Irrtum, Volker! Das weiß ich nur zu gut! Wie dir bekannt sein dürfte, weil wir schon verdammt viele Fälle gemeinsam bearbeitet haben, die mit genau diesem Frust geendet haben, weil die Täter warum auch immer nicht belangt werden konnten oder sie frei kamen, obwohl sie schuldig waren, weil wir ihnen eben das nicht beweisen konnten."

Sie biss sich auf die Lippen. Das hatte sie gar nicht so heftig sagen wollen, aber sie fühlte sich irrationaler Weise angegriffen. Ausgerechnet von dem Mann, der genau wusste, wie sehr ihr gerade diese Fehlschläge gegen den Strich und an die Nieren gingen. Schließlich hatte er selbst sie oft genug im Anschluss an einen verlorenen Prozess getröstet mit dem Hinweis, man solle nur seine Siege in Stein meißeln, die Niederlagen aber in den Sand schreiben. Trotzdem verstand sie Volker. Vollkommen.

Jolandas Tod hatte ihn endgültig zerbrochen, nachdem schon der Verlust seiner Frau ein Schlag gewesen war, von dem er sich nie erholt hatte. Jolanda auch noch zu verlieren, hatte ihn komplett zerstört und aus ihm einen gnadenlosen, grausamen Mörder gemacht. Selbstverständlich billigte sie seine Taten nicht. Aber sie verstand sie.

Volker stand auf und trat ans Panoramafenster der Terrasse. Drehte Jessica den Rücken zu und blickte hinaus. Es hatte angefangen zu regnen, dicke, schwere Tropfen, die gegen die Scheibe trommelten.

„Vielleicht nennst du es feige", fuhr er leise fort, „aber ich wusste schon bei Jolandas Beerdigung, dass ich ihr und Marianne in Kürze nachfolgen, mich umbringen würde. Aber vorher wollte ich – nein, musste ich nicht nur die Vergewaltiger von damals bestrafen, sondern auch dafür sorgen, dass im Don Bosco aufgeräumt wird. Das habe ich erreicht. Und ich bin froh darüber."

Er drehte sich zu ihr um. Sein eindringlicher Blick bat um Verständnis. Jessica schwieg. Er ging zum Schreibtisch, nahm etwas, was darauf lag, und reichte es ihr. Ein brauner Umschlag mit dem gleichen Adressaufkleber wie die Bekennerschreiben. „Mein Geständnis. Ich habe alles aufgeschrieben. Wirklich alles. Wie du siehst, wollte ich ihn dir schicken, aber dann empfand ich das als unpassend. Du hast verdient, dass ich dir persönlich alles sage."

Sie hatte das Gefühl, dass es ihm um mehr ging als nur eine persönliche Rechtfertigung. Sie nahm den Brief und steckte ihn in die Innentasche ihrer Jacke. „Ich höre dir zu."

Er setzte sich wieder, stützte die Ellenbogen auf die Oberschenkel, faltete die Hände und blickte auf den Couchtisch vor sich. „Nikolaus Behringer war ein Sadist. Er hat jeden gutaussehenden Jungen, der neu ins Internat kam, als Erster vergewaltigt, und zwar mit einem ekelhaften Vergnügen an der Brutalität, die er dabei an den Tag legen konnte. Und eine Reihe von anderen Jungs haben das ebenfalls getan. Gruppenvergewaltigung. Immer wieder, falls keiner der Lehrer oder der Kaplan Anspruch auf einen Jungen erhoben. Ich habe dir eine Liste der Namen angehängt, von denen ich das sicher weiß. Falls du dich fragst, warum ich sie nicht auch getötet habe ..." Fragend sah er sie an.

Sie nickte.

„Ich habe nur die getötet, die mir persönlich Leid zugefügt haben. Als Nikolaus mich vergewaltigte, hatte er mir eine Augenbinde umgebunden, sodass ich nicht sagen kann, wer von den anderen sich damals ebenfalls an mir vergangen hat. Einige, vielleicht alle, aber ich weiß es nicht. Ich will nicht ungerecht sein."

Jessica schnaubte. „Ach Volker, aber genau das bist du gewesen. Ziemlich egoistisch von dir, nur die zu bestrafen, die *dir* Unrecht taten und nicht auch die, die anderen dasselbe antaten wie dir. Findest du nicht?" Sie schüttelte den Kopf. Himmel, was redete sie hier eigentlich?

Volker blickte sie einen Moment verletzt an, aber dann nickte er. „Wahrscheinlich hast du recht. Ich kann nicht mehr unterscheiden, was Recht und was Unrecht ist. Und ich habe mich in den letzten Tagen mehr als einmal gefragt, ob ich das je wirklich gewusst habe." Er zuckte mit den Schultern. „Vielleicht sollte ich froh sein, dass sowohl Manderbach wie auch Matuschek mich ‚auserwählt' hatten, denn dadurch ließ Nikolaus mich in Ruhe. Er hatte mich so schlimm verletzt, dass ich ein halbes Jahr brauchte, bis ich wieder schmerzfrei sitzen konnte." Er sah Jessica an. „Magst du was trinken?"

Sie schüttelte den Kopf. Nach Trinken war ihr momentan nicht zumute. Volker stand auf, ging zur Bar und kam mit einem randvollen Glas Whisky zurück. Er setzte sich wieder und trank die Hälfte auf einen Zug aus.

„Michael Manderbach war Vertrauenslehrer, aber er hat das ihm geschenkte Vertrauen seiner Schüler auf übelste Weise missbraucht. Nicht mit jedem Jungen, aber mit denen, die ihm hübsch genug erschienen. Er arbeitete mit Pfarrer Matuschek zusammen. Die beiden waren Komplizen. Manderbach suchte die Jungs aus und schickte die, die ihm gefielen und von denen sich erwies, dass sie den Mund hielten und nichts dem Direktor meldeten – der sowieso von den Machenschaften der beiden, von Behringer und den anderen wusste und wegsah –, als Messdiener zu Matuschek. Uns Waisen hatte er besonders im Visier, denn wir hatten ja keine Eltern, denen wir uns anvertrauen konnten oder die wir hätten anflehen können, uns auf ein anderes Internat zu schicken. Wir waren leichte Beute." Er ballte die Faust. „Was den Direktor betrifft: Ihn hätte ich mir auch vorgenommen. Aber er war leider schon tot, gestorben 2003."

Wieder trank er von dem Whisky. „Der damalige Hausarzt Philipp Gerhard wusste auch Bescheid. Schließlich musste er immer unsere Verletzungen wieder zusammenflicken. Er hätte die Kinder schützen können. Aber er ließ sich schmieren und sein Schweigen teuer bezahlen. Ich habe gehört, wie er mit dem Direktor vor meinem Krankenzimmer darüber redete, dass man zumindest Nikolaus zur Rechenschaft ziehen müsse, weil der mich so übel verletzt hatte, dass ich fast gestorben wäre. Aber weil der der Sohn des großen Bankiers Behringer war, wurde Gerhard ein fürstliches

Bestechungsgeld in Aussicht gestellt, wenn er den Mund hielt. Das er auch bekommen hat, denn ein paar Wochen später fuhr er einen nagelneuen Sportwagen in einer Preisklasse, die er sich im Leben nicht von seinem Gehalt hätte leisten können."

Er kippte den Rest des Whiskys hinunter und stellte das leere Glas auf den Tisch, ehe er fortfuhr. „Was Silbertus betrifft: Der kam damals als Sozialarbeiter ins Internat, nur ein paar Monate nach mir. Das Don Bosco rühmte sich, jedes Jahr einer gewissen Zahl von uns minderbemittelten Waisen nur gegen das vergleichsweise bescheidene Geld, das es vom Staat für uns gab, eine Eliteausbildung zu ermöglichen. Wir mussten noch dankbar dafür sein, dass wir dort aufgenommen worden waren. Aber wir haben es teuerst bezahlen müssen."

Er seufzte tief. „Silbertus fungierte für uns als eine Art Ersatzvater. Schöner Vater! Ich bat ihn händeringend um Hilfe, schilderte ihm haarklein, was Behringer, Matuschek, Manderbach und andere uns antaten. Seine Reaktion war Schweigen. Als ich nicht lockerließ, hielt er mich hin, behauptete, er müsse den Sachverhalt erst genauestens prüfen, ehe er Schritte unternehmen könne. Getan hat er nichts. Ein paar Wochen später verließ er das Internat, ließ uns im Stich und kam nie wieder." Er blickte Jessica an. „Was soll ich noch sagen? Meine Mission ist vollendet." Das klang ruhig und gefasst. Sogar erleichtert.

Jessica schüttelte den Kopf. „Ein paar Dinge sind mir noch nicht klar. Warum der falsche Name Mühlstein, unter dem du dich mit Manderbach und Matuschek verabredet hast? Und warum Hagen bei Behringer?"

„Mühlstein war mein Spitzname, als ich ins Internat kam. Damals war ich ziemlich unsportlich und wurde deswegen gehänselt. Ich dachte, dass sich die Verbrecher an mich erinnern, wenn ich sie unter diesem Namen kontaktiere, aber das war nicht der Fall. Bei Behringer habe ich deshalb darauf verzichtet und keinen Namen genannt. Er vermutete dadurch in mir den Vater eines der Jungen, die er nach seiner Schulzeit missbraucht hat und der ihn erpressen wollte. Daher trug er den Namen Hagen in seinen Terminkalender ein. Das Erpressungsgeld, mit dem er mich zum Schweigen bringen wollte, habe ich anonym einer Organisation gespendet, die sich um Missbrauchsopfer kümmert. Ein winziger

Tropfen ausgleichende Gerechtigkeit auf dem heißen Stein der unzähligen missbrauchten Kinder in diesem Land.“

Jessica schnaubte. Als ob das ein Ablassbrief wäre, mit dem er sich aus der Hölle freikaufen könnte. Aber wenigstens hatte er sich nicht bereichert.

„Doktor Gerhard habe ich mich mit meinem Geburtsnamen vorgestellt, unter dem er mich kennengelernt hatte, denn ich brauchte bei ihm einen Grund, ihn zu Hause aufzusuchen, weil er im Gegensatz zu den anderen nicht mehr berufstätig oder ehrenamtlich tätig war, sodass ich ihn über die Schiene hätte kontaktieren können. Silbertus war der Letzte auf meiner persönlichen Liste.“ Wieder blickte er Jessica an. „Du hast dich gefragt, warum ich diese Seelenmörder in so kurzer Reihenfolge getötet habe. Die Antwort ist, dass ich es nicht abwarten konnte, wieder mit meinen beiden Lieben vereint zu sein. Hätte ich mich nicht wieder erinnert, was damals passiert ist, dann hätte ich schon am Abend nach Jolandas Beerdigung Schluss gemacht.“

In Jessica schrillten sämtliche Alarmglocken. Hektisch ließ sie ihren Blick umherschweifen. Hatte sie etwas übersehen? Ein Tablettenröhrchen, dessen Inhalt er vorhin in den Whisky gekippt hatte? Nein, die Tabletten hätten sich nicht in der kurzen Zeit vollständig aufgelöst und der Whisky war klar gewesen, nicht trüb. Seine Waffe? Er war aktiver Sportschütze und besaß eine Pistole. Mit der er Mike Dräger erschossen hatte. Wo war die?

„Volker ...“

„Sag nichts, Jessica“, unterbrach er sie. „Ich möchte nur eines von dir wissen: Kannst du mich verstehen? Ein kleines bisschen wenigstens? Und hättest du nicht an meiner Stelle auch so gehandelt?“

Das war also der Grund, weshalb er ihr persönlich alles hatte beichten wollen: Er wollte von ihr Absolution für seine Taten. Die sie ihm nicht geben konnte, denn was er getan hatte, waren und blieben Verbrechen. Menschlich zwar allzu verständlich, aber juristisch strafbar, falsch, verdammenswert und inhuman.

Sie schüttelte den Kopf. „Du kennst doch die Antwort. „Ja, ich *verstehe* dich durchaus. Aber ich kann und werde deine Taten niemals billigen. Ich bin Polizistin, verdammt! Ich habe genau wie du den Eid geschworen, Recht und Gesetz zu schützen und zu verteidigen. Und was du getan hast, hat mit Recht nichts mehr zu tun. Gerade dir als Staatsanwalt haben doch andere Möglichkeiten zur Verfügung gestanden, um im Don Bosco aufzuräumen. Und was deine Opfer betrifft, hätte es auch für ihre Bestrafung Möglichkeiten gegeben. Gerade Behringer mit den schon dokumentierten Missbrauchsvorwürfen hätten wir über die Schiene drangekriegt. Und bei den anderen – du hättest sie über die Presse erledigen können. Notfalls anonym. Das genügt ja heutzutage schon."

Volker nickte. Und lächelte flüchtig. „Du bist eine hervorragende Ermittlerin, Jessica. Eine untadelige Kriminalistin. Genau genommen die Beste, mit der ich je die Ehre hatte zusammenzuarbeiten. Das hast du mir gerade wieder einmal bewiesen."

Jessicas innere Alarmsirenen schrillten lauter. Sie legte ihm die Hand auf den Arm. „Bitte, Volker, tu nichts Unüberlegtes."

Wieder lächelte er und erhob sich. „Ich habe noch etwas, das ich dir geben möchte."

Das tat auch Jessica. Was hatte er vor? Er ging zum Schreibtisch. Hatte er darin seine Pistole liegen? Jessica folgte ihm. Doch er reichte ihr nur eine kleine Schatulle, die darauf stand. Sie öffnete sie und fand darin eine goldene Kette mit einem Schmetterlingsanhänger, dessen Flügel bunt emailliert waren.

„Sie hat Jolanda gehört, aber sie hat sie nie getragen. Einer ihrer Spontankäufe, der sie zunächst begeistert hat. Aber dann fand sie, dass das Grün und Blau der Flügel nicht zu ihrer Haarfarbe passt. Aber zu deinem roten Haar passt es fantastisch. Und ich bin überzeugt, dass Jolanda gewollt hätte, dass du ihn bekommst."

Jessica wusste nicht, was sie sagen sollte. Der Schmetterling war wunderschön, aber ...

„Behalt mich in guter Erinnerung, Jessica. Leb wohl."

Zu spät merkte sie, dass Volker ein paar Schritte zurückgetreten war, während sie die Kette – ein geplantes Ablenkungsmanöver – betrachtet hatte. Mit einer schnellen Bewegung griff er hinter sich, riss die Pistole hervor, die er wohl die ganze Zeit unter dem Pullover im hinteren Hosenbund stecken gehabt hatte, nahm den Lauf in den Mund und drückte ab.

Jessica schrie auf und schloss krampfhaft die Augen. Zu spät. Der Anblick von Volkers Tod hatte sich bereits in ihr Gehirn gebrannt und würde dort bis in alle Ewigkeit bleiben. Sie zwang sich, die Augen zu öffnen in der irrwitzigen Hoffnung, dass ein Wunder geschehen sein möge und Volker doch noch lebte. Aber er war tot. Ohne jeden Zweifel. Jessica sackte zusammen, als ihre Beine den Dienst versagten. Sie hörte ein Wimmern und begriff erst Sekunden später, dass sie selbst es ausgestoßen hatte. Sie sprang auf, hechtete zur Terrassentür und riss sie auf. Im selben Moment versagten ihre Beine erneut den Dienst und sie brach zusammen, bevor sie hinausrennen konnte. Ihr Oberkörper fiel gegen die Scheibe neben der Tür. Sie machte keinen Versuch aufzustehen, sondern blieb am Boden zusammengekauert und starrte nach draußen, ohne irgendetwas wahrzunehmen, während die Zeit an ihr vorbeifloss.

Erst als die Dämmerung hereinbrach und sie spürte, wie sehr ihr Körper schmerzte, brachte sie es fertig, wieder halbwegs zu denken. Sie schaltete ihr Smartphone wieder ein und stellte fest, dass sie etliche Anrufe von Franz und auch Hajo verpasst hatte. Sie rief Hajo an.

„Verdammt, Jessica, wo steckst du?“, schnauzte er sie an.

„Im Haus von Volker Schilling. Er ist – war der Serienmörder.“

„Was?“

„Er ist tot. Komm einfach her.“

Erneut schaltete sie das Phone aus. Im Hinterkopf zählte eine leise Stimme auf, was ihr blühen würde, sobald Hajo hier war. Mehr als nur ein Rüffel, so viel war sicher. Sie hatte die Vorschriften aufs Gröbste missachtet, indem sie allein zu Volker gegangen war und niemandem Bescheid gesagt hatte. Vielleicht würde man das als Versuch interpretieren, Volker aus persönlicher Freundschaft zur Flucht zu verhelfen. Wahrscheinlich würde es eine interne Ermittlung geben. Vielleicht würde man sie sogar suspendieren. Das war ihr egal. Sie hatte nicht anders handeln können. Denn manchmal musste man nicht den Vorschriften, sondern dem Herzen folgen.

Der Himmel weinte. Jessica sah dem Regen beim Fallen zu. Noch immer hatte sie das Gefühl, neben sich zu stehen. Erneut war etwas in ihrer Welt und in ihr zerbrochen. Die Wunden würden heilen, keine Frage, aber Narben zurücklassen, die immer wieder schmerzten, sobald etwas an sie rührte. Und egal wie sehr sie versuchte, das zu vergessen, es würde nicht funktionieren. In diesem Moment fragte sie sich, ob sie wirklich den richtigen Beruf hatte. Und ob sie weitermachen konnte. Wollte.

Als einige Tropfen auf ihre Hand fielen, merkte sie, dass sie weinte. Eine schwarze Amsel flog heran und setzte sich auf den Terrassenboden unterhalb der Dachrinne, wo der Regen nicht ganz so stark auf sie traf. Sie schüttelte ihr nasses Gefieder, ehe sie zweimal mit dem Schnabel an das Glas pochte und Jessica direkt in die Augen schaute in einer Weise und mit einem Ausdruck, dass sie den Eindruck hatte, es handele sich um keine gewöhnliche Amsel, sondern die Verkörperung eines höheren Wesens, das ihr durch die Gestalt des Vogels etwas sagen wollte. Und für eine Weile stand die Erde gefühlt still.

Der Fortgang der Zeit setzte erst ein, als die Amsel davonflog. Jessica blickte ihr nach und fand endlich die Kraft aufzustehen. In der Ferne hörte sie die Sirenen der Polizeiautos, die das Kommen der Kollegen ankündigten. Sie ging zur Tür, um ihnen zu öffnen und warf noch einen letzten Blick auf Volker, dessen Gesicht im Tod vollkommen friedlich wirkte.

Leb wohl, Volker. Und ja, ich werde dich in guter Erinnerung behalten. Für immer.

Danksagung

Kein Buch ohne Danksagung! Daher möchte ich einen ganz besonderen Gruß an alle Leserinnen und Leser richten, an alle Buchhändlerinnen und Buchhändler sowie an alle Menschen, die meinen Stil zu schreiben lieben und mich damit motivieren, thematisch am Ball zu bleiben und weiterzuschreiben.

Nicht zu vergessen folgende Personen, mit denen ich interessante Gespräche führte, in alphabetischer Reihenfolge:

Dank an Frau Dana Arnold, Leiterin für Event & Catering, Restaurant Druckwasserwerk, die der Verwendung des Restaurantnamens zustimmte.
Ein herzliches Dankeschön dem Fotografen Herrn Manuel Dorn aus Berlin für das wundervolle Coverfoto.
Frau Staatsanwältin Isabelle Gervasoni, die mich unterstützte und half, polizeiliche Ermittlungsarbeit bis hin zur Sachbearbeitung in der Staatsanwaltschaft korrekt darzustellen.
Herr Werner Hartmann vom Wasserstraßen- und Schifffahrtsamt Aschaffenburg, der mich über die Fließgeschwindigkeit und Strömungsverhältnisse des Mains im November aufklärte.
Ebenso Herr Pfarrer Heribert Jünemann aus Bruchköbel, mit dem ich über das Beichtgeheimnis sowie das fünfte Gebot sprach.
Ein großes Dankeschön gilt auch meiner Lektorin Frau Mara Laue, die unbestechlich (und unnachsichtig) alle Unstimmigkeiten aufspürte, sie gemeinsam mit mir auflöste und – nach etlichem Haare-Raufen und Verzweiflungsanfällen – in Vorfreude auf das Schreiben des nächsten Romans umwandelte.

Frau Oberstaatsanwältin Nadja Niesen, die als Pressesprecherin die Staatsanwaltschaft Frankfurt vertritt. Danke schön!

Noch ein Hinweis zu den im Roman genannten Bibelstellen. Sie wurden teilweise etwas sehr eigenwillig vom Täter interpretiert. Korrekt lauten sie (in der Einheitsübersetzung):

- „Weder Unzüchtige noch Götzendiener, weder Ehebrecher noch Lustknaben, noch Knabenschänder, noch Diebe, noch Habgierige, keine Trinker, keine Lästerer, keine Räuber werden das Reich Gottes erben." 1. Korintherbrief Kapitel 6, Vers 9/10
- „Du darfst nicht mit einem Mann schlafen, wie man mit einer Frau schläft; das wäre ein Gräuel." Levitikus 18, 22
- „Schläft einer mit einem Mann wie man mit einer Frau schläft, so haben sie eine Gräueltat begangen; beide werden mit dem Tod bestraft." Levitikus 20, 13

Carola Sieglinde Ossig, im August 2017